Império de Diamante

Série Reinos Eternos

J. M. Beraldo

1ª edição

Editora Draco

São Paulo
2015

J. M. Beraldo
é um nômade carioca que ganha a vida como game designer. Tem contos nas antologias *Piratas* (2015), *Outro lado da cidade* (2015), *Sagas 4* (2013) e *Brinquedos Mortais* (2012), publicou os romances *Véu da Verdade* (2005), *Taikodom: Despertar* (2008) e *Império de Diamante* (2015), trabalhou em dezenas de video games, e escreveu uma penca de livros de RPG. Tem ideias demais e tempo de menos, mas jura que um dia coloca tudo para fora. SITE www.jmberaldo.com

Publisher: Erick Santos Cardoso
Produção editorial: Janaina Chervezan
Edição: Antonio Luiz M. C. Costa
Revisão: Ana Lúcia Merege
Ilustração de capa: Frank William

Dados Internacionais de Catalogação na Publicação (CIP)
Ana Lúcia Merege 4667/CRB7

B 482

Beraldo, J. M.
Império de diamante / J. M. Beraldo. – São Paulo : Draco, 2015. – (Reinos Eternos; 1)

ISBN 978-85-8243-041-5

1. Ficção brasileira I. Título II. Série

CDD-869.93

Índice para catálogo sistemático:
1.Ficção : Literatura brasileira 869.93

1ª edição, 2015

Editora Draco
R. César Beccaria, 27 – casa 1
Jd. da Glória – São Paulo – SP
CEP 01547-060
editoradraco@gmail.com
www.editoradraco.com
www.facebook.com/editoradraco
Twitter e Instagram: @editoradraco

Império de Diamante

Série Reinos Eternos

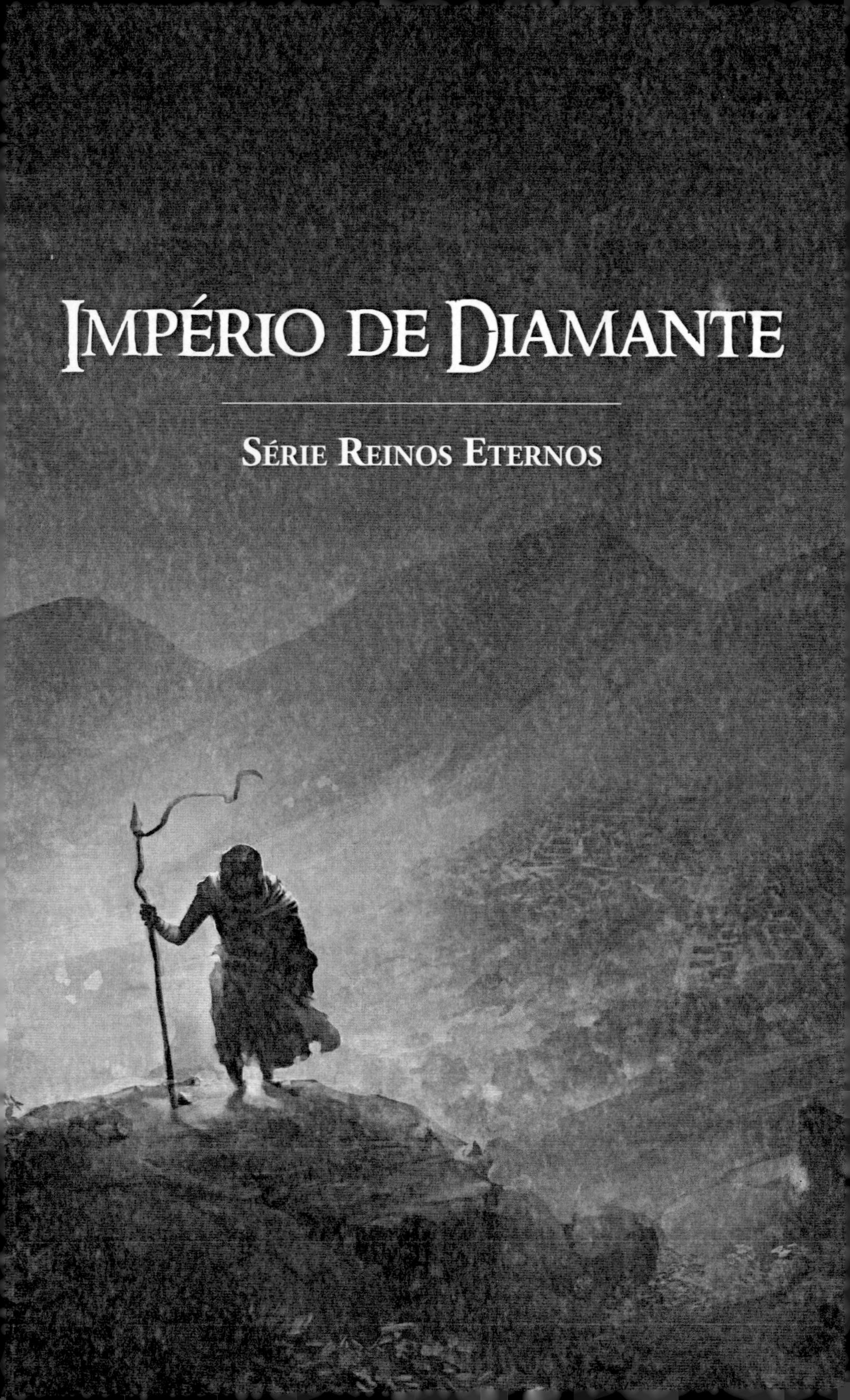

MYAMBE
para Desolação
Ilha das Cabeças
Dentes de Yemallan
Fortaleza Branca
Reino dos Homens Mortos
Terras Estilhaçadas
Mar Raso
Falsa Esperança
Wawet
Planície
ALMED
Meldor

Esperança
Wawet
NDALE
FAWA
Deserto de Narkeasha
Costa dos Ossos
Floresta de Kwindago
Planície de Kahlar
ALMED
Meldor
Oceano dos Mil Deuses
MAAR
Techi
Abechét
ABECHÉT
Rio Kori
Zahra
MANJIJA
Bomomo
WAKALLA
Niotillia
Amlak
SOKOS
Cidade Azul
DNEGE
JIMFARA
Jimfara
Ibongô
Ponto Nàzket
Costa Livre
Tizadir
Rio Maleth
Khalidah
VALE
Mahrus
Porto Qadis
Najmal
Lugdasa
MELKAT
Sukutai
para Akanisha
para Panjekanaverat
Império de Diamante
Metrópole
Cidade
Ruínas
Império de Diamante

Capítulo 1

Eles desceram sobre o vale como uma onda negra e letal. Suas flechas perfuraram a carne. Suas rochas esmagaram ossos e muralhas. Em seguida, suas espadas cortaram aqueles que se atreveram a resistir. A lutar por seus ideais. Suas montarias atropelaram aqueles que se recusaram a morrer. E, por fim, qualquer um tolo o suficiente para permanecer vivo teve suas mãos decepadas.

Por que então Rais Kasim permanecia lá, lança em uma mão, escudo na outra, a espada e adaga presas ao cinturão, de pé, lado a lado com centenas de outros mercenários e milicianos? Estavam todos prestes a morrer diante das hordas sem fim do Imperador de Diamante.

Abutres voavam sobre as colinas, aguardando o banquete que seria servido muito em breve.

O papel daqueles últimos desesperados não era uma vitória. Isso seria impossível, e todos eles sabiam bem disso. Seu papel era tão somente segurar os invasores tempo o suficiente para que os últimos habitantes de Mahrus pudessem fugir através das montanhas, na direção da Costa Livre e, quem sabe, um navio para outras terras. Última esperança para aqueles que se recusavam a aceitar o Imperador como seu deus. Última chance em um continente onde cada um dos portos, navios de grande porte e os homens capazes de construí-los foram queimados. Todos menos aqueles na Costa Livre.

O som dos tambores ecoou ao longe, fazendo Kasim estremecer. Recusando-se a deixar passar seu temor pela morte iminente, os olhos deslizaram de um lado para o outro sob o elmo de couro e placas de ferro. Por incrível que pareça ninguém havia recuado e fugido diante do som tenebroso que anunciava o ataque do inimigo.

Fugir para onde? Os últimos *marid* estavam entre eles e a rota de fuga. Mais do que comandantes daquele exército de sobreviventes, eram executores a cavalo que tinham ordens de abater qualquer soldado que tentasse fugir. Nem mesmo os mercenários como Kasim tinham o direito de fuga. "Está em seu contrato," disse o comandante dos guerreiros sagrados quando foi questionado por Kasim e os poucos sobreviventes de sua companhia. Certo. Um contrato assinado por um homem morto havia três semanas centenas de quilômetros a nordeste dali. Contrato esse que Rais Kasim, hoje o mais velho oficial da companhia, era obrigado a honrar. Mesmo que instintivamente preferisse largar as armas e fugir com os civis.

O chão começou a tremer. Era o som conhecido de cavalos listrados do imperador. Não poucos, mas um batalhão inteiro. Centenas deles, protegidos em couro e anéis de metal, montados por guerreiros nobres movidos pela fé em seu deus-vivo. Eles nem se deram ao trabalho de trazer as caras bigas de guerra.

Kasim engoliu em seco e lambeu os lábios ásperos. Estava quente. Parecia que estava quente desde que começaram sua marcha de fuga dias antes, após perderem Khalidah. O suor onipresente escorria para os olhos, fazendo-os arder. Coçava irritante sob o elmo onde o cabelo que começara a crescer no escalpo raspado roçava na pele. O amuleto sob sua armadura parecia colar na pele e Kasim se questionava se não iria deixar um ferimento na forma da Estrela da Manhã.

Então, eles surgiram.

Primeiro era apenas uma nuvem de poeira crescendo na curva da colina. Em seguida vieram os vultos gigantescos. Poderosas, as zebras que eram marca da Ordem de Diamante passaram sua própria infantaria, ignorando o risco de enfrentarem os últimos defensores do Vale em um local estreito, lanças em riste. Primogênitos do Imperador, eram chamados. E o quão poderosos eram os filhos de um imperador imortal? Diziam que esses guerreiros não temiam a morte. Que seus corpos estavam fechados contra ferimentos e encantamentos. Possuídos por espíritos, afirmavam outros. Seus rostos estavam ocultos por trás de máscaras idênticas feitas de contas coloridas, longas cabeleiras feitas de palha seca esvoaçando atrás deles. Usavam alguma armadura por baixo da túnica negra esvoaçante? Eram sequer humanos?

Kasim tocou com a mesma mão que segurava a lança o lugar onde o amuleto da sorte se escondia sob a armadura. Sorte ou bênção divina, achava pouco provável que qualquer uma das duas fosse capaz de ajudá-lo naquele dia.

Alguém gritou um alerta e Kasim abaixou-se, erguendo seu escudo. Repetiu instintivamente o alerta para seus próprios homens.

– Flechas!

Abaixaram-se, a maioria a tempo de proteger-se das centenas de flechas que saltaram da nuvem de poeira e, em arco, desceram como chuva sobre eles. Os escudos alongados de couro curtido da maioria dos milicianos seriam de pouca ajuda para protegê-los. Os mercenários, usando peças ovais protegidas por placas de metal, tinham melhor sorte. Mesmo assim, Kasim sabia que, entre os sons dos gritos de dor e morte, estavam alguns dos seus homens e companheiros de armas.

Ergueram-se novamente, a tempo de ver a cavalaria sobre eles. O Imperador era um grande estrategista. Devia ser, afinal, segundo o que diziam, vinha conquistando todo o continente de Myambe desde sua adolescência, séculos atrás.

Kasim desceu sua lança sobre os ombros dos soldados à sua frente, na direção de um dos guerreiros montados que avançava em sua direção. Apesar do risco óbvio, sorriu sem humor da noção de um imperador imortal. Não era à toa que seus guerreiros lutavam com tanto afinco e desleixo com a própria vida. Olhou para o céu por meio segundo, tempo o suficiente para perceber que a Estrela da Manhã não estava lá, e invejou os invasores pela companhia do seu deus.

O impacto das primeiras zebras contra a primeira linha de defesa fez estremecer toda a unidade, lançando ondas de choque até vários homens para trás. O impacto atingiu Kasim, que quase caiu. O homem atrás dele, um desconhecido de outra unidade mercenária com quem jamais lutara, apoiou-o com o escudo e empurrou-o novamente para a frente. Enquanto muitas das pontas de metal, como a de Kasim, haviam deslizado pela armadura que protegia o peito e laterais dos animais, um número suficiente tinha penetrado o corpo listrado das zebras, fazendo-as tombar. Levadas pela violência de seu ataque, as zebras não se detiveram em sua morte. Continuaram, atropelando homens e mulheres e caindo dentro das linhas de defesa.

Os milicianos ajustaram às pressas as lanças que não haviam sido perdidas na primeira investida, prontos para receber a segunda onda que se seguia.

Novo impacto, lanças de madeira partiram-se. Os cavaleiros dos animais mortos deixavam-se voar contra os soldados mais adiante da coluna. De onde estava, Kasim não podia ver mais do que as máscaras de contas movendo-se como fantasmas e uma nuvem vermelha de sangue levantando-se onde os temíveis primogênitos imortais do deus-vivo massacravam as linhas de frente.

O ataque desorganizara a linha de defesa. No desespero dos dias após a desastrosa derrota em Khalidah, aquelas unidades haviam sido formadas em grande parte por pessoas sem experiência ou membros de unidades aniquiladas. Não tiveram tempo para reestruturarem-se.

Kasim ouvia os gritos de comando dos *marid* atrás dele, assim como dos oficiais e veteranos à sua volta. Se não segurassem aquela linha, estariam todos mortos.

Olhou sobre as cabeças e lanças para o que vinha além da curva da colina. A nuvem de poeira, piedosa, ocultava a chegada de um exército muitas vezes maior e mais preparado do que o dele.

Um dos primogênitos seguiu em sua direção. Impressão ou não, o homem oculto sob a máscara de contas parecia ter os olhos fixos nos seus. O coração de Kasim pareceu parar por um segundo. Então a montaria de sua nêmese atingiu as lanças preparadas para o ataque. As patas dianteiras da zebra falharam-lhe, e o primogênito foi arremessado por sobre o exército. Caiu, pesado, sobre os homens ao lado de Kasim.

Diante da confusão, ninguém soube como reagir. O homem envolto em tecido negro tentou erguer-se. Kasim viu pela fresta entre as linhas de contas azuis e brancas um brilho branco que parecia sobrenatural. Seu sangue gelou ao perceber que, sim, aquele ser o tinha como alvo. Seu inimigo particular naquela batalha.

O homem, que havia perdido sua espada na queda, sacou um facão de lâmina larga e curta presa ao cinto de tecido vermelho. Ignorando todo o exército à sua volta, empurrou do caminho os outros homens, seguindo diretamente para Kasim. Homens gritavam de dor com o simples toque do guerreiro.

Lanças perfuraram com dificuldade o corpo do intruso, seguidas das lâminas de espadas e foices.

Mesmo assim, o homem não gritara. Enquanto seus olhos ameaçaram fechar de dor, ele continuou a tentar erguer-se. Havia algo no ar à sua volta, como um faiscar que lembrava Kasim de chuva fina. O mercenário tentou se voltar na direção do homem, virar seu escudo naquela direção, mas os soldados adiante e atrás dele o pressionavam, ignorantes do primogênito do Imperador. A mão tentou tocar o amuleto sob a armadura, mas até a sua sorte parecia longe do seu alcance.

O primogênito se deteve alguns passos diante dele. Alguém o empalou, fincando a ponta da lança que atravessava seu ombro ao chão. O intruso ergueu o facão para arremessá-lo. Então, uma espada cortou-lhe a cabeça. O rosto oculto pela máscara perdeu-se entre a poeira e os pés dos soldados.

O miliciano que o fizera olhou para Kasim por uns poucos segundos. Havia um olhar de desaprovação. "Por que não havia reagido e matado o homem," perguntavam aqueles olhos. Mas Kasim não sabia bem a resposta. Não era um novato como tantos outros. Mas havia algo diferente naquela luta. Uma sensação de fim. Uma sensação de derrota iminente. Você luta por seu povo, por suas crenças, ele pensou, olhando para o miliciano que já havia voltado a concentrar-se na guerra diante deles, pressionando com o escudo e o corpo os homens à sua frente. Mas pelo que eu luto? Por ouro? Terras? Olhou na direção dos exércitos do Imperador, que continuavam a avançar. Algo dizia que eles não se interessavam em pagar os mercenários por serviços prestados ao inimigo esmagado.

Um a um, eles continuavam a morrer. Mas não morriam sem luta. Os únicos que pareciam duvidosos de seu lugar ali eram aqueles que defendiam apenas seus interesses. Uma flecha perfurara o peito do miliciano sem nome que questionara Kasim sem palavras. Morrendo, ele ainda deu dois passos, erguendo sua espada ensanguentada, ameaçando seu inimigo. Caiu entre os tantos outros corpos, anônimo, logo depois.

Kasim suspirou e olhou para o homem à sua direita. Não era mais um de seus homens, mas um estranho. Em meio à confusão, parecia ter perdido mais dos sobreviventes da companhia. Havia medo no rosto do homem. Um mercenário, decerto. Pelo tom amendoado da pele e o cabelo raspado rente ao crânio, devia ser proveniente das tribos da planície. Aqueles que o povo do vale considerava bárbaros, agora lutando lado a lado pela sua sobrevivência.

Havia muita ironia naquela batalha perdida.

Por detrás das linhas de defesa vieram gritos de incentivo e fúria. Kasim não precisava olhar para trás para saber que os últimos *marid* haviam finalmente avançado para tomar parte na defesa. Sinal de que, talvez, os últimos refugiados haviam abandonado as ruas de Mahrus.

Kasim ergueu o escudo e colocou-o nas costas do homem à sua frente. Replicando o grito de guerra, pressionou o homem e forçou o avanço. Assim como ele, as centenas de defensores forçaram a investida contra o invasor. Em sua morte, cairiam sobre o inimigo, enfrentando-o com tudo que lhes restava.

No caos da situação, lanças voavam e lâminas rodopiavam no ar. Os primogênitos do Imperador caíam, mas mais deles apareciam. Todos vestidos exatamente da mesma forma. Pareciam ser os mesmos homens, erguendo-se dos mortos para lutar mais uma vez. Talvez daí viesse a crença de que seu Imperador era imortal. Punham sempre um sósia para substituí-lo, talvez coberto pelos feitiços dos seus sacerdotes na capital.

Talvez houvesse uma esperança. Talvez o Imperador recuasse diante da perda de tantos de seus preciosos primogênitos. Presos em um vale estreito, cercados por infantaria armada e lutando pela própria vida, os invasores poderiam ser derrotados.

Rais Kasim foi levado pela sua própria mentira. Esticou o braço para atingir com a ponta da lança o focinho de uma das zebras, que se ergueu, expondo o peito para uma lâmina que o eviscerou. Sangue e entranhas explodiram para fora do corte, tornando o solo escorregadio e traiçoeiro. A zebra e seu cavaleiro caíram, assim como muitos dos homens lutando no solo.

Alguns metros dali, a linha de defesa finalmente encontrava-se com a infantaria do inimigo.

Muito menos espetaculares do que seus primogênitos, os exércitos comuns do Imperador eram homens como os mercenários, refugiados e milicianos que defendiam o vale. Comuns, se não fosse pela impressionante mistura de etnias que compunham o Império de Diamante. Enquanto havia talvez quatro ou cinco terras de origem para os defensores, os invasores provinham de todo o continente. Variavam os tons de pele, os formatos dos olhos e os traços faciais. Mas o que não variavam eram os cortes de cabelo, todos trançados e presos no topo da cabeça como uma espécie de proteção natural, as roupas de algodão tingidas em listras coloridas, e as armas, espadas com lâminas largas curvadas para trás. Seus corpos eram quase tão desprotegidos como aparentavam os dos primogênitos, tendo apenas faixas de couro curtido sobre peitos expostos. Haviam todos abandonado suas culturas pela do Imperador, o deus-vivo.

Kasim sentiu algo estranho. Era como se, subitamente, seu desejo de lutar estivesse se esvaindo. Não era temor por ter visto a enormidade do Império, mas algo diferente. Algo sobrenatural. Olhou à sua volta para perceber um olhar de consternação no rosto de homens e mulheres que, pouco antes, também avançavam com fúria.

Foi então que o viu saindo da nuvem de poeira que lentamente assentava no topo da distante colina.

Cavalgando uma zebra albina cujas listras pareciam desaparecer contra a pelagem branca, mas maior e mais forte do que qualquer uma das montarias vistas até então, o Imperador de Diamante se aproximava. Desafiador, vestia apenas um manto feito de pele de leão com pedras preciosas costuradas, o peito negro musculoso exposto. Em uma mão portava um bastão longo com um enfeite de marfim na forma de um diamante lapidado, seu símbolo de poder. Sacerdotes de cabelos trançados usando mantos vermelhos cobrindo um único ombro cavalgavam ao seu lado em animais menos espetaculares.

O rosto do Imperador estava escondido por trás de uma máscara larga de demônio, pintada com cores vivas. Nos buracos dos olhos brilhavam duas chamas vermelhas, impossíveis. Penas coloridas formavam a juba do leão infernal.

Kasim tocou sem pensar o amuleto sagrado. Aquele não era apenas o senhor de praticamente todo o continente, ali, aparentemente vulnerável, que deixara todos os defensores do vale incertos de sua vitória. Havia feitiçaria ali. Feitiçaria de verdade.

Kasim viu homens começarem a recuar, a largar suas armas. Ouviu os gritos dos *marid*, outrora firmes e comandantes, agora trêmulos, incertos em suas ordens de continuar. Ouviu o medo dos soldados ao seu lado. E sabia que, assim, a morte era certa.

Ele não soube como conseguiu o espaço para aquilo. Nem pensou no que fazia. Kasim ergueu a lança em sua mão e arremessou-a com toda sua força. Quando percebeu o que estava fazendo, já era tarde demais. Era, também, tarde para os sacerdotes que tentaram se colocar no caminho da arma, em vão.

A lança perfurou o peito exposto do Imperador de Diamante e arrancou-o da montaria, jogando-o ao chão.

Kasim viu a máscara desprender-se do rosto e, como que se o tempo passasse devagar, viu a expressão de descrença no rosto de um rapaz que não podia ser mais velho que ele.

Sentiu a incerteza mística desaparecer naquele exato momento.

Os exércitos de defesa foram tomados por um novo fôlego. Gritos de vitória e canções religiosas e étnicas cresceram por toda a parte. Os homens e mulheres em torno de Kasim voltaram a avançar, e os exércitos imperiais foram pegos de surpresa.

Rais Kasim permaneceu imóvel enquanto seus companheiros de armas passavam por eles, acotovelando-se, empurrando, prontos para enfrentar sua morte. Um *marid* passou por ele a cavalo. Tocou-lhe o ombro com a haste de sua lança de arremesso e falou:

– Você nos deu a vitória hoje, Rais.

Kasim olhou incrédulo o mundo mover-se à sua volta. Talvez, sim, ele houvesse dado aos refugiados, aos hereges, o fôlego de que precisavam para sobreviver aos exércitos do deus-vivo. Lembrou-se dos olhos do primogênito que tentou matá-lo.

Um calafrio percorreu a sua espinha ao perceber que, em torno da montaria do deus caído, estavam três primogênitos. E, todos eles, sem exceção, olhavam diretamente para Kasim.

Engolindo em seco, Kasim começou a recuar. Mesmo que houvesse vitória para seus aliados naquela batalha, sabia que não teria descanso se continuasse naquela terra.

Era hora de partir. Para sempre.

Capítulo 2

Sua vida era composta de rituais. Sua própria concepção foi parte de um ritual antigo, em que seu pai requisitou ter sua noite de núpcias com a terceira esposa dentro do palácio. Foi o que garantiu que nascesse abençoado, tocado no ventre de sua mãe pela divindade do Imperador.

Recebeu seu nome em um novo ritual aos sete dias de vida, e um segundo, dado pelos sacerdotes, quando completou cinco anos.

Seu talento surgiu em um ritual quando ainda era criança. E, seguindo as normas do templo, foi imediatamente levado à presença do clero para investigação. Durante um ritual que durou dias e noites, a extensão de sua bênção foi explorada. Em ritual festivo, os sacerdotes declararam ter encontrado nele a presença do deus-vivo.

Um ritual diário o ensinaria a controlar e desenvolver essa bênção. Era capaz de decifrar códigos e compreender línguas com grande facilidade. Podia, em um dia, ler um dos gigantescos tomos de pedra da biblioteca da capital, escrito numa língua perdida que ninguém mais sabia pronunciar. O conhecimento do passado era seu por direito.

Aos quinze anos foi levado ao templo. Deixou para trás sua família mortal para abraçar a família espiritual, filhos do Imperador como ele. Seu pai e sua mãe deixavam de ser família. Eram apenas instrumentos da vontade do deus-vivo.

Houve uma grande festa naquele dia. O povo, que não via o Imperador desde o fim do Grande Expurgo, aceitou aquilo como sinal de que o deus-vivo ainda estava entre eles, mesmo que recluso em meditações no interior do palácio. Havia muito a se pensar após a conquista do vale dos hereges seguidores da Estrela da Manhã.

O jovem sorriu, caminhando descalço pelo tapete azul que se estendia das portas do palácio até o jardim principal, onde os sacerdotes o esperavam. Quem sabe um dia não seria abençoado com a visão do Imperador, mesmo que de relance? Se ele havia sido imbuído de tanto poder apenas por seus pais o conceberem perto da residência do Imperador, imagine o que faria vê-lo pessoalmente?

– Venha, Adisa, filho do Imperador. Hoje você se tornará um de nós.

O sorriso alargou-se e o coração disparou. O incômodo de estar nu sob o manto da passagem, que representava a infância, havia passado. Nem sequer lembrava os grilhões que prendiam seus pés, ferindo seus calcanhares. Como a mortalidade que representavam, eles tiravam sua liberdade e feriam-lhe o corpo.

Adisa era seu novo nome a partir daquele ritual. Escolhido pelos próprios sacerdotes que o iniciavam, significava 'aquele que compreende o mundo'. Era tanto um sinal de seu talento quanto uma honraria. Apenas os filhos do Imperador recebiam um terceiro nome, que substituía os anteriores.

Deixava de ser o garoto Kehinde e tornava-se Adisa, abençoado pelo deus-vivo.

Assim que pôs os pés no jardim interno, sentiu o sol bater em seus olhos. Ficou momentaneamente cego, mas não reduziu o passo. Como todo ritual, tinha sua ordem de eventos. Sua maneira perfeita de cumprir cada passo. Um erro poderia significar um mau presságio. Um que poderia até acabar com o cancelamento do ritual. E Adisa, anteriormente Kehinde, jamais aceitaria voltar a ser mortal.

Sentiu os pés pisarem na grama. Tateou cauteloso pelas pedras que formavam o caminho até o centro do jardim, onde podia ver o vulto de seu tutor Iwegi e outra pessoa. O coração disparou novamente. Poderia ser o Imperador em pessoa? Talvez o talento de Adisa fosse tão importante que o próprio deus-vivo retirara-se de sua reclusão meditativa para participar do Ritual de Purificação.

Chegou até perto do pequeno altar de mármore, onde os raios do Sol ficavam encobertos pela beirada oposta do palácio. Seus olhos se acostumaram à luminosidade.

Um homem idoso com barba cheia e muitas tranças cinzentas estava ao lado de Iwegi. Não o reconhecia, mas certamente não era o deus-vivo. O homem estava curvado, apoiado em um bastão longo terminado no símbolo do Império e Imperador. Usava um manto longo, de algodão, listrado de cores vivas.

Fosse quem fosse, devia ser importante, pois portava o bastão do poder. Se não por isso, apenas um membro do clero com muitos anos e sabedoria poderia ter tantas tranças em seu cabelo, amarradas no alto de sua cabeça e abertas como as folhas de uma palmeira. O próprio

Iwegi tinha metade do número de tranças e era um homem influente. Devia ser um alto sacerdote. Talvez até mesmo um oráculo.

Iwegi acenou para que Adisa chegasse perto do altar. Com olhar furtivo observou o resto do jardim. Longe do gramado, em pé nas paredes e colunas que separavam o lado interno daquela ala do palácio da parte descoberta, estavam vários membros do clero. Havia escribas, curandeiros, soldados e até mesmo um membro da Ordem do Diamante. Adisa sentiu o coração saltar ao perceber que, pela cor das contas na máscara que usava, aquele corpo servia de montaria para o espírito da mudança. Não havia laicos. Aquele não era um ritual para os olhos de mortais.

O velho ao lado de Iwegi deu um passo à frente, parando diante de Adisa.

– Qual é seu nome?

– Adisa, filho do Imperador – respondeu o noviço de queixo erguido.

– O que você deseja?

– Servir ao Imperador, ao Império que forma seus braços e às terras que formam seu corpo.

– Como você o servirá?

– Da forma que o Imperador desejar. Custe o que custar.

O velho examinou Adisa em silêncio. Era difícil não imaginar que ele estava lendo sua alma ou interpretando os futuros possíveis caso aceitassem Adisa como membro do clero.

Aparentemente satisfeito, o velho deu um passo para trás e acenou com uma mão para Iwegi, que pegou do altar uma tigela de barro com ambas as mãos e aproximou-se de Adisa.

– Adisa, filho do Imperador. Você está preparado para abandonar qualquer ligação com o mundo mortal e ser aceito como parte do deus-vivo?

– Sim! – respondeu Adisa, talvez mais empolgado do que devia naquela cerimônia. O sorriso no rosto de seu antigo tutor o fez desviar o olhar, arrependido.

– Para ser aceito, todos os traços de sua vida passada precisam ser expurgados.

Como ensaiado anteriormente, Adisa abriu o cordão que segurava suas vestes e deixou-as deslizar para o chão, ficando nu no centro do jardim. Estendeu as mãos para pegar a tigela do seu tutor.

O cheiro do líquido atingiu seu nariz como um golpe violento. Pareceu queimar as narinas e garganta até o pulmão. Quase abriu a boca involuntariamente para puxar o ar, mas sabia que isso apenas pioraria as coisas.

Antes que desistisse, levou a tigela à boca e bebeu tudo.

Quando a última gota do líquido desceu pela sua garganta, Adisa sentiu o corpo estremecer. Tinha lido e ouvido muito sobre o Ritual de Purificação. Como ele eliminava doenças do mundo mortal, como febres, loucura e ganância. Sabia que, ao fim do ritual, Adisa seria levado a uma cela abaixo do palácio, onde permaneceria pelos próximos dias, recuperando-se.

Mas o conhecimento indireto não era nada comparado à experiência em si.

O estômago de Adisa pareceu contorçer-se. Ele estava de jejum havia três dias. Não comia carne havia semanas. Nenhum membro do clero comia, pois comer um animal era considerado errado. Não podia imaginar que existisse alguma coisa em seu estômago.

Mas havia, como ele descobriu logo que começou a vomitar.

O vômito amarelo saltou da garganta, queimando mais que o líquido que bebera. Misturado a ele havia uma gosma translúcida que Adisa lera ser o mal preso em seu corpo. Segurou a barriga, tentando evitar cair. Os olhos começaram a escorrer muito. Sentiu mais do que lágrimas saírem deles. Havia algo mais, algo pegajoso que por vezes era sólido. Uma mão conseguiu alcançar seu olho direito e puxar para fora do olho um pequeno cristal que se esfacelava como areia.

O nariz começou a escorrer. Não era viscoso como a secreção da gripe. Era quase tão líquido quanto água. Escorreu para seus lábios, o que apenas pareceu tornar mais violentas as contrações dentro do seu corpo.

Estava em chamas. O corpo suava violentamente e logo se sentia como se mergulhado em um banho morno.

As pernas tremeram e os joelhos falharam. Caiu com eles no chão no momento em que seu intestino e bexiga também desistiram. Sentiu urina e fezes moles escoarem do seu corpo e se misturarem aos outros dejetos e à grama a sua volta.

Contorceu-se para a frente, tocando a testa em uma pedra gelada. Sentiu algo escorrer de seus ouvidos. Tossiu novamente e o estômago forçou o vômito, mas não havia mais nada para sair de lá. O estômago insistiu, ignorando os fatos.

Ninguém se aproximou para ajudar. Era parte do ritual e Adisa sabia disso.

Não havia purificação sem o expurgo do mal. Era a primeira lição ensinada para alguém que se tornava parte do clero do Imperador de Diamante. Lição que fundamentara quase vinte séculos do mais poderoso império do mundo conhecido.

Pois fora assim que tudo começou, com a ascensão do Imperador a ser divino em sua missão por expulsar de Myambe o mal que corrompia os homens.

E ele foi expulso, um a um. Aqueles que puderam ser salvos foram aceitos na comunidade. O deus-vivo os aceitou de braços abertos, dando a eles os ensinamentos que lhes faltavam. Salvou suas vidas. Salvou suas terras. Pois o Imperador é o Império e o Império são as terras que alimentam o povo. É o Imperador que alimenta o povo com seu grandioso corpo. Todos sabiam disso.

Era um mundo perfeito e, mais do que fazer parte dele como apenas mais um servo mortal, Adisa queria ser um de seus filhos. Queria fazer mais para garantir o bem-estar do seu povo e do Império de que fazia parte.

Mesmo que, para isso, precisasse passar pelo ritual mais doloroso de sua vida.

Em algum momento, Adisa achou ter perdido a consciência. Em sua mente, estava em outro lugar. Estava de pé em uma planície vasta que parecia sem fim. Podia ver montanhas distantes ao oeste e aves marinhas ao sul e ao leste. Uma floresta cobria boa parte do norte, onde um grande deserto ocupava todo o resto. Algo se erguia do meio do deserto. Algo extremamente alto, que Adisa não conseguia reconhecer.

Percebeu que estava sentado no colo de um homem. Olhou, assustado ao notar que o homem era o Imperador.

O deus-vivo sorriu para ele. Estava sentado no seu trono de madeira decorado de joias, penas e presas trazidas de vários cantos do Império. Cada item que compunha o conjunto representava uma conquista importante. Um reino ou povo convertido.

– Esse Império lhe pertence – disse o deus-vivo, sorrindo. – É seu dever cuidar dele.

Adisa pensou que ficaria sem palavras. Talvez fosse melhor, para evitar falar algo de errado diante do senhor de tudo. Mas uma pergunta que lhe pareceu natural veio aos seus lábios.

– Como posso servi-lo, meu Imperador?

– Use o talento que lhe dei – disse o deus-vivo. – Você tem o poder de salvar o Império, mesmo que, para isso, precise destruí-lo.

Adisa despertou dois dias depois em uma cela na ala interna do clero, onde noviços dormiam. Sentia-se muito fraco, mas estranhamente leve. Forçou-se a se sentar. Havia sido posto para dormir em um estrado trançado cru, muito mais simples do que estava acostumado na casa da família que deixou para trás. No chão havia um baú tosco, sem tranca, uma bacia de barro e uma jarra de água.

Removeu o lençol que o cobria. Estava nu e sua pele negra tinha um tom avermelhado, como se todo o corpo fosse pele nova, recuperada de uma casca de ferida. Percebeu que todo o pelo pubiano havia desaparecido. Tocou a cabeça e o rosto. Tinha perdido também o cabelo, as sobrancelhas e os cílios. Não havia pelo algum no corpo.

Levantou-se com cautela. Sentiu o choque ao tocar os pés descalços no chão gelado de pedra. O choque foi bom. Deu-lhe o ânimo que não sabia se tinha.

Olhou na direção da pesada porta de madeira e metal que o mantinha dentro da cela. Estava incerto se tentava ou não abrir a porta, temeroso de que, por algum motivo, houvesse falhado no ritual. Percebeu com certo desespero que havia desmaiado. Não sabia se podia. Se deveria.

Sentiu vontade de chorar de desespero, mas achou que não teria mais lágrimas para derramar.

Caminhou até o baú. Parou diante dele. Colocou uma mão sobre o tampo e o abriu.

Adisa caiu de joelhos no chão e riu de felicidade.

Lá estava o manto púrpura de iniciado e o medalhão de bronze com o símbolo da ordem dos escribas.

Ele havia se tornado parte do clero do Imperador de Diamante.

CAPÍTULO 3

O navio finalmente parou, seguro à doca, para a felicidade do pequeno grupo de mercenários, que se apressou em descer a prancha assim que esta foi estendida até terra firme.

Uma vez, muitos anos atrás, Porto Qadis fora apenas mais um de muitos grandes portos. Não tinha nada da especial além de sua posição central na extensa, porém estreita, Costa Livre. Então se tornou o único. Não só o único da região, mas o único porto de grande porte em toda Myambe.

Chegavam nele especiarias, frutas, cereais, armas e artesanato de todos os cantos do continente, muitas vezes trazidos por contrabandistas que furavam o cerco dos exércitos imperiais ou sabiam que oficiais agradar. Mas de onde antes apenas saíam refugiados e perseguidos políticos e religiosos hoje chegavam produtos vindos das terras mais distantes: Akanisha, Yawassa, Isaamar e até mesmo dos Onze Reinos.

Chegavam, também, oportunistas e mercenários, pois poucos tinham qualquer desejo de migrar para Myambe se não fosse para ganhar à custa dos outros. E o que não faltava em Myambe eram oportunidades para aqueles que sabiam sobreviver.

– Rais, sua cidade fede.

O veterano olhou por cima do ombro para o jovem magro e alto com sorriso forçado no rosto.

– Essa não é a minha cidade – ele disse, voltando sua atenção para o lugar que não parecia nada com o que lembrava. Havia crescido de forma assustadora. Podia ver torres largas e pelo menos dois palácios onde antes havia apenas casas de barro pintadas com cal. Dúzias de templos pareciam ter brotado por toda a parte, representando as mais diversas culturas do mundo.

– Então todo o seu continente fede – resmungou o forasteiro, balançando a cabeça e olhando com certo nojo para as barracas onde mercadores de todos os tipos e origens ofereciam aos gritos seus produtos.

– O navio está bem ali – disse Kasim, apontando por sobre o ombro. – É só embarcar de volta.

Anton tremeu exageradamente, como se imaginando algo bastante desagradável.

– Prefiro o fedor desse lugar ao que me espera em casa.

Kasim suspirou, lembrando como ele pensou o mesmo quando deixou aquele porto vinte anos antes, abandonando essas terras que um dia chamou de lar. Voltar a se questionar o porquê de ter voltado não valia de nada. Tinha-o feito diversas vezes durante as longas semanas de viagem.

Curiosidade, era a desculpa que mais parecia aceitável. Pouco se sabia sobre Myambe nas terras em que vivera nos seus anos de autoexílio. Mercadores da Costa Livre costumavam passar pelos portos dos continentes mais distantes, mas eles mesmos traziam apenas rumores e informações quebradas sobre o que acontecia no velho continente. E sempre a informação era defasada em semanas, se não meses.

Mas um rumor, um que se repetiu diversas vezes durante suas próprias viagens, era que o Império de Diamante havia estagnado. O clero havia recuado para a capital e, apesar de manter um controle tênue sobre as vastas terras que conquistara, a inabilidade em manter a onipresença do deus-vivo em todo o território lentamente estressava a união do Império. Estavam tornando-se corruptos, vendendo favores em troca de tesouros. A própria nobreza, uma vez serva dos desejos do Imperador, entregava-se aos seus luxos, declarando-se reis de seus próprios impérios em miniatura.

Talvez fosse um bom lugar para um mercenário como ele.

– Está sorrindo por quê?

Kasim olhou para o lado e encontrou Inessa olhando-o curiosa com seus olhos exóticos.

– Nada. Lembrei-me de uma coisa que aconteceu muito tempo atrás. – Pendurou no ombro a bolsa onde carregava seus poucos pertences. Sentiu a bainha da espada bater nas costas. – Vamos. Precisamos encontrar um lugar para ficar.

– E algo que comer! – declarou Anton, batendo no ombro do quarto companheiro, o eterno taciturno Vinko. – Não aguento mais água parada e carne salgada!

Kasim seguiu na direção do mercado, atento à movimentação que começava a crescer à sua volta. Não precisava olhar para saber que seus três companheiros vinham logo atrás, sempre protegendo uns aos outros.

– O capitão do navio parecia certo de que você andou roubando algumas das frutas da carga.

– Não é crime se eu não for pego.

Embrenharam-se na multidão que formava o mercado, forçando passagem entre vendedores, compradores, oportunistas e ladrões. Vendia-se de tudo naquele lugar e Kasim aproveitou a caminhada para reconhecer odores e formas que não via havia anos: o cheiro forte do óleo de ensete fervendo iguarias trazidas do norte; o pão de tef sendo amassado e colocado em fornos de barro bem ali, na rua; as cores vivas de tecidos de seda e algodão trazidos da capital e da planície, tão diferentes das cores saturadas e mortas encontradas em outras terras; os animais coloridos, as aves exóticas da floresta e as feras das terras selvagens, presas em jaulas, olhando nervosas para o mar de homens que os incitava ou ignorava.

– Esse é provavelmente o lugar mais exótico em que já estive.

Kasim sorriu para Inessa.

– Você diz isso de todo porto em que paramos.

Ao seu lado, Anton apontou para uma jaula onde um enorme pássaro-elefante olhava tristonho para o nada.

– Aposto que aquilo tem gosto bom.

– Tem – respondeu Kasim, escapando da congestionada avenida principal para uma rua mais estreita e menos populosa. – Mas o prato custará mais do que pode roubar em um mês.

– Você se surpreenderia.

Kasim parou diante de uma porta aberta. A placa fixada à parede de tijolos nus chamava o lugar de Segunda Chance. O veterano sorriu. Havia encontrado a mesma hospedaria enquanto fugia de Myambe. Passou lá dois dias enquanto esperava conseguir passagem em um dos navios rumando para o sul e para longe da Ordem do Diamante. O lugar serviu de refúgio então. Teria de servir novamente.

– Esse lugar parece prestes a ruir – disse Vinko, abrindo a boca pela primeira vez desde o dia anterior. Alisou os bigodes negros, seu sinal de inquietação.

– Como praticamente tudo nessa cidade – completou Inessa, um pequeno sorriso no rosto.

O líder examinou as paredes e, pela porta, o interior do estabelecimento.

– Eles oferecem lugares para dormir, boa bebida e comida. Me parece perfeito.

– Concordo – confirmou Anton, passando à frente dos demais e entrando da hospedaria.

Kasim esperou uma reação do outros dois, que se deram por derrotados e, com um sacudir de ombros, seguiram-no para o interior do estabelecimento.

Estava apenas parcialmente cheio. Era cedo, poucos estavam usando o andar inferior da hospedaria para comer ou beber. Melhor assim. Kasim preferia um ambiente mais reservado enquanto se situava naquela cidade. Precisava primeiro ter certeza de como estavam as coisas na Costa Livre antes de decidir seus primeiros passos.

Sentaram-se numa mesa onde Anton já fazia seu pedido para uma jovem de rosto marcado por cicatrizes, os cabelos escondidos por um lenço laranja enrolado em sua cabeça. Tinha a pele da cor de ébano, trazendo um sorriso ao rosto de Kasim. Sentira saudades daquela beleza que só Myambe tem. A moça olhava desconfiada para Anton até ver Kasim aproximar-se. Ela então se voltou para o veterano, como se esperando ele fazer o pedido.

Kasim o fez na língua local. A jovem concordou com a cabeça e partiu, tão séria quanto quando chegou.

– O que eu fiz de errado?

– Nasceu com a cor errada.

Anton olhou para suas mãos brancas, erguendo uma sobrancelha.

– Que diferença faz a cor da pele? Eu sou humano, não sou?

Kasim reclinou-se na cadeira, que protestou sonoramente. – Em Myambe vocês são estrangeiros e só. E aproveitem enquanto estão em Porto Qadis, onde peles claras são comuns. A coisa só piora para vocês quando sairmos da Costa Livre.

O trio de mercenários forasteiros olhou em volta. Logo perceberiam que a norma em Myambe era diferentes tonalidades de peles escuras. Alguém como Inessa, de pele alva, cabelos loiros, quase brancos, e olhos verdes era não só uma raridade, mas tão exótico quanto alguns dos animais raros trazidos de outras terras. Apesar de não falar, Kasim preocupava-se que alguém tentasse sequestrá-la para vender a algum nobre em busca de algo diferente para destacar-se dos demais. Olhou para Vinko. Se isso acontecesse, o caçador acabaria morto tentando salvá-la. Ele não se permitiria falhar novamente.

– Myambe já foi feita de muitos povos e raças. Hoje creio que existam poucos fora da Costa Livre.

– Esse Império de Diamante que você falou.

Kasim concordou com a cabeça. Esticou o corpo, estalando as costas com um movimento dos ombros.

– O Imperador e seu clero defendiam uma crença e cultura próprias. Enquanto conquistavam os outros reinos de Myambe, caçavam qualquer um que se recusasse a aceitar as novas regras.

Anton riu, apoiando um braço nas costas da cadeira e colocando os pés sobre outra, da mesa ao lado.

– Se essa história toda é verdade, então todos nós somos descendentes dos seus hereges fugitivos. Irmãos, então?

Verdade, pensou Kasim. Os estudiosos de todos os demais continentes confirmavam que a maioria das civilizações humanas que floresceram em outras terras eram provenientes de Myambe. Reinos exilados durante as Inquisições do Império de Diamante ao longo dos séculos. Mas, na cultura local, não passavam de covardes que preferiam a fuga à luta. Uma lenda local dizia que os homens dos outros continentes eram brancos porque fugiram de medo.

– Se eles não confiam em nós, como conseguiremos trabalho?

Como de costume, a pergunta de Vinko era relevante.

– Eles pagarão bem se mostrarmos do que somos capazes. E é isso que realmente importa.

– Aposto que teremos de começar de baixo. Quebrar algumas pernas e coisa do gênero?

A garota retornou com uma bandeja cheia equilibrada sobre sua cabeça e outra em suas mãos. Kasim sorriu para si ao perceber a expressão de surpresa no rosto dos companheiros.

Sem proferirem uma palavra, observaram a garota colocar sobre a mesa as jarras com vinho de palmeira e água e os pratos com faisão e frutas coloridas. Seu equilíbrio era perfeito.

Foi apenas após a mulher estar longe dali que Inessa falou alguma coisa.

– As cicatrizes no rosto dela. São sinais da guerra que você lutou?

Kasim olhou na direção da mulher que desaparecia atrás de uma cortina de contas para dentro da cozinha. Balançou a cabeça em negativa.

– Ela parece jovem demais para ter nascido então. Me parece ser Surna. Ritual de passagem.

Anton se deteve com uma coxa de faisão encostada aos lábios.

– Você quer dizer que ela fez aquilo no próprio rosto?

O veterano concordou com a cabeça. Serviu-se do vinho, mas não o bebeu imediatamente. Observou o líquido no copo, pensando em como tudo que contara aos companheiros durante a viagem não era o suficiente para prepará-los.

– Vocês têm muito que aprender sobre Myambe se querem sobreviver por aqui.

– Podemos começar aprendendo sobre a comida?

Os três riram e concordaram com Anton. Havia tempo demais que não faziam uma boa refeição. Devoraram tudo, sem questionar do que se tratava. Aos poucos arriscaram provar as frutas locais, raramente arrependendo-se. Kasim observou contente, vez ou outra indicando ou explicando sobre alguma comida nova.

Mas percebeu os olhos de Vinko em um ponto além do seu campo de visão. Tentou ignorar o fato, mesmo sabendo que, se algo havia atraído a atenção do caçador, era importante. Vinko falou discreto enquanto comia inabilmente um pedaço de manga, lambuzando o bigode.

– O homem atrás do balcão parece nos encarar desde que chegamos.

Kasim tomou um gole do vinho, repousando o copo sobre a mesa e lambendo o lábio úmido. Aquele vinho tão barato em Myambe custava uma fortuna nos lugares por onde estivera.

– Provavelmente curioso sobre o que três forasteiros e um nativo estão fazendo armados em sua hospedaria.

Vinko balançou a cabeça na negativa, quase imperceptivelmente. Os dedos sujos alisaram o bigode. Ele se deteve, olhando as mãos sujas do caldo da manga. Lambeu os dedos.

– Não sei. Há algo de estranho naquele sujeito.

Anton parou de mastigar rodelas de banana verde fritas por tempo suficiente para fazer uma pergunta.

– Além de não ter ambas as mãos?

Kasim instintivamente esticou as costas, ficando tenso. Os olhos deslizaram para o lado, mas a cabeça ficou imóvel. Os três companheiros perceberam de imediato, mas foi Inessa que perguntou.

– Algum problema, Rais?

Os três mercenários haviam deslizado uma mão para baixo da mesa, certamente tocando o punho de suas armas.

Kasim forçou um sorriso sem humor e balançou a cabeça, tranquilizando os demais.

– Não. Apenas más memórias.

Atreveu-se a olhar na direção do balcão. O homem atrás dele era alto e tinha a metade frontal da cabeça raspada, atrás os cabelos eram longos, divididos em tranças pequenas. Ambos os braços estavam visíveis, acabando logo antes do pulso em um par de braceletes de couro.

Kasim voltou-se aos amigos, suspirando.

– É costume em Myambe decepar as mãos de seus inimigos. Melhor do que simplesmente matá-los.

Percebeu o horror no rosto de Inessa e Anton. Até mesmo Vinko pareceu ligeiramente perturbado pela ideia. Anton tocou seus pulsos, massageando-os como se imaginasse o que aconteceria se caísse em mãos inimigas.

– Bem-vindos a Myambe.

– Aquele sujeito é um veterano?

– Provavelmente. Parece ser do vale. Talvez tenhamos lutado na mesma batalha.

– Espero que tenha sido ao seu lado, porque ele está vindo para cá.

Antes que Inessa terminasse a frase, Kasim se virou na direção do balcão. Seus olhos encontraram vestes velhas e antigas manchadas de temperos fortes. Não parecia sinal de pobreza, especialmente com os brincos de ouro que pendiam nas orelhas e narinas do homem, mas talvez de um homem que se recusava a aceitar ajuda alheia, apesar das óbvias dificuldades de viver sem as mãos.

O homem olhou em sua direção, franzindo a testa sem sobrancelhas.

– Estão de passagem pela cidade?

O que antes parecia ser um simples par de braceletes estava cheio de pequenos ganchos e presilhas. Formavam uma espécie de garra metálica com alguma serventia ao amputado. O homem provavelmente era capaz de comer por conta própria sem dificuldade alguma, o que explicava o papo e barriga protuberante.

– Não se a cidade nos oferecer oportunidades.

Um sorriso forçado cresceu no rosto do homem, que concordou com a cabeça algumas vezes, os olhos examinando as armas e armaduras do quarteto.

– Mercenários?

– Entre outras coisas – respondeu Kasim, propositalmente vago.

– Bom, bom. Coincidentemente muitos vêm até o Segunda Chance em busca de oportunidades. E muitos também vêm criar novas oportunidades..

O homem buscou algo dentro de suas vestes e Kasim sentiu-se tolo por, durante um instante, sentir-se ameaçado pelo movimento. Não havia como o homem sem mãos sacar uma faca de dentro da roupa. Mas o homem era capaz de puxar um maço de papéis, preso por um arame, por um dos ganchos do bracelete.

– O nome é Odongo, anteriormente de Najmal, hoje responsável por este lugar.

Com um movimento ágil do pulso, Odongo desenrolou o maço de folhas. Com o outro punho, onde Kasim via uma haste de metal curta, Odongo folheou, lendo seu conteúdo enquanto procurava por algo.

– Sim, sim. Aqui. Talvez estejam interessados em fazer um serviço para a comunidade?

Kasim voltou-se para os outros, que olhavam curiosos.

– Paga bem?

O homem sorriu largamente. Tinha olhos que pareciam brancos demais ameaçando saltar para fora das órbitas de seu rosto inchado. Quando falava, parecia fazer um esforço fenomenal para não explodir.

– Oh, claro que sim!

– E do que se trata?

Odongo pegou uma das folhas com o gancho e arrancou-a. Colocou-a sem muito cuidado sobre a mesa, diante dos mercenários.

Kasim viu que a folha trazia um nome, o desenho de uma mulher e algumas poucas informações. O valor no topo da página era mais atraente que a mulher desenhada.

– O que ela fez?

– Faz diferença?

Kasim deu de ombros.

– Não.

Pegou a folha, examinou-a por alguns minutos, então passou-a para Vinko.

– Precisaremos de quartos para o período.

Odongo curvou-se com o mesmo sorriso forçado no rosto.

– Comida e estadia se pagarem regularmente.

– Claro. E queremos informações sobre o alvo. Qualquer coisa que nos ajude a encontrá-la.

O sorriso no rosto do homem amputado tornou-se largo e verdadeiro.

– Se o que precisam é informação, estão no lugar certo. Encontrarão tudo que precisam em Segunda Chance.

Com um aceno de cabeça, Odongo deu as costas e voltou para seus afazeres.

Kasim olhou à sua volta. Percebeu que mais clientes apareciam no estabelecimento e que não poucos estavam armados ou tinham a aparência de mercenários, caçadores e ladrões.

Segunda Chance parecia um bom recomeço. Mas precisaria capturar alguns peixes pequenos antes de realmente começar a fazer dinheiro. Enquanto isso, teria tempo o suficiente para descobrir o estado das coisas em Myambe e decidir se valia a pena o risco de ter voltado.

Capítulo 4

O jardim havia sido construído nas ruínas de um anfiteatro que, por sua vez, fora erguido por uma civilização que deixara de existir pelo menos quinhentos anos antes, varrida do mapa pelo Império.

O homem que comprou aquelas terras e fez delas um restaurante de luxo resolveu manter os degraus e pilares partidos, tomando cuidado apenas para mascarar o que não considerava belo com trepadeiras, árvores ornamentais e cercas vivas. Tinha sido um mercado a céu aberto antes do antigo dono acabar na escravidão para pagar suas dívidas com o Estado.

Era como uma versão em miniatura da vida política em Abechét. Você tomava algo que não lhe pertencia, mascarava as falhas, abusava do que lhe fosse útil e, um dia, outro predador faria o mesmo com você.

Tão longe da capital do Império, leis e costumes relaxavam. Os nobres locais davam-se o direito de certas liberdades que seriam vistas com maus olhos perto dos sacerdotes. Claro, pois Abechét era tão distante que nem mesmo os sacerdotes do deus-vivo iam até lá com frequência.

Talvez por isso Zaim Adoud tivesse de sentar-se à mesa com um grupo de pessoas que o preferia morto, discutindo as trivialidades da vida como velhos amigos.

– Não é verdade – disse o obeso e desagradável Ounami de Yuwa, balançando uma enorme coxa de pássaro-elefante no ar. – O sabor do café de Ndale é certamente mais forte que o de Fawa. Beber Fawa é como...

– É como comer do sal que retiram do mar. Ultrajante!

Houve um murmúrio geral na mesa, onde os nobres e suas esposas negavam com desprezo a ideia de usar o mesmo sal de pessoas comuns. Zaim viu ali sua oportunidade de voltar ao ponto que lhe interessava.

– E é para impedir que na metrópole tenham de depender do sal dos charcos que preciso de seu apoio nesse momento. As caravanas estão sendo atacadas por insurgentes.

– Não soube de problemas de fornecimento de pedras de sal a Abechét.

Os demais concordaram. Zaim suspirou, segurando-se para não massagear as têmporas diante daquelas pessoas, que viriam aquilo tanto como ofensa quanto sinal de fraqueza.

– Estou me referindo às caravanas que seguem para Jimfara. Perdemos três para os insurgentes, além de um carregamento de café e dois de cerâmicas.

-Talvez esses insurgentes estejam querendo fazer um banquete.

Todos da mesa riram alto. Todos menos o Zaim. Antes que pudesse se manifestar, o senhor de Yuwa voltou a falar.

– Soube que macacos aprendem imitando os homens. Talvez esses selvagens estejam tentando imitar a civilização.

Nova rodada de risadas.

– Macacos vestidos! – gritou alguém, gargalhando.

Zaim observou cada um deles. Exibidos, exagerados. Cobertos de joias e tecidos de seda trazidos de Sokos. Gordos, sedentários, inúteis.

Mais do que nunca Zaim Adoud se congratulou por ter deixado as armas com seu assistente, pois já podia imaginar os olhares de pânico daquelas lesmas preguiçosas enquanto cortava seus abdomes flácidos. Patéticos demais para se moverem, ficariam apenas observando enquanto ele matava um por um.

Uma pena que precisasse do apoio de cada um deles.

– Um dos primogênitos está a caminho para inspecionar Abechét.

Silêncio. A notícia trouxera o impacto que Zaim planejara.

– Um... primogênito? – perguntou Ounami, as banhas do pescoço tremendo.

– Há décadas que nenhum membro do clero vem até Abechét – questionou a senhora de Akniyu. – Somos uma colônia esquecida!

– Éramos.

Zaim esticou as costas para dar a sua plateia agora cativa uma boa visão do seu tamanho e porte físico. Talvez agora se lembrassem de que Zaim era não apenas o governador de Abechét, mas também o militar mais graduado do Império naquela região. Ele era a voz do deus-vivo e o verdadeiro senhor daquelas terras.

– Serão algumas semanas até que ele chegue, mas posso apenas suspeitar que tenha algo a ver com os insurgentes.

Era mentira. A mensagem que o pombo trouxera dizia que a vinda do primogênito era relacionada a algo no interior de Kwindago, a floresta além da fronteira noroeste do Império. Qualquer coisa relacionada ao Imperador. As caravanas que saíam ou passavam por Abechét levavam semanas para alcançar a capital Jimfara e seriam mais alguns dias antes que percebessem o atraso do segundo carregamento aguardado.

No entanto, os nobres que se achavam senhores das terras em torno de Abechét não tinham como saber disso. Nem viriam a saber. Zaim pretendia usar o temor de que o Imperador viesse reclamar o que lhe pertencia para forçá-los a ajudar com seus próprios problemas.

– Tem ideia do que ele pretende encontrar?

A dúvida de Dendele foi confirmada como geral pelos olhares fixos em Zaim. Estavam mortos de medo de perderem o que pensavam ser seu por direito. Ótimo.

– Creio que deseja saber se estamos mantendo seguras as terras que o Imperador colocou sob nossos cuidados.

Era sempre bom lembrá-los de que eram senhores de algo apenas até que o Imperador decidisse diferente. Ouviu pelo menos uma pessoa engolir em seco ruidosamente.

– Por que depois de tantos anos?

Zaim era obrigado a concordar com a pergunta. Abechét nunca recebera grande atenção de Jimfara. Pelo menos não nas últimas décadas. Era uma importante rota comercial e grande fornecedora de tecidos. Uma fortaleza havia sido construída lá, sobre as ruínas de um antigo castelo. Algum dia o Imperador planejou usá-la para lançar ataques contra os selvagens de Kwindago ou os nômades de Kahlar. Mas acabou por decidir primeiro eliminar seus inimigos ao sul, mantendo relações comerciais amigáveis com a Cidade de Sal e os agricultores das montanhas.

Mais de duas décadas atrás, o Imperador deu ordens para que o Zaim anterior partisse para o sul com boa parte do seu exército. Em sua campanha para dominar os vales e a Costa Livre, deixou Abechét desguarnecida e um inexperiente e agora órfão Zaim no comando do que restara.

Como seu pai antes dele, Salman Adoud abandonou seu primeiro nome e tornou-se Zaim, general do Império. Era seu o dever de manter aquelas terras seguras e as caravanas mercantis ligando o Império ao norte e oeste de Myambe. Abechét nunca seria sua, assim como nunca foi de seu pai ou de seu avô ou sua bisavó antes dele. Mesmo que o Império houvesse esquecido aquele lugar anos atrás.

Abechét seria para sempre a colônia distante do Império de Diamante.

– Preciso de armas e voluntários. Preciso organizar uma força capaz de eliminar os insurgentes.

Os nobres se entreolharam. Pareciam uma manada nervosa ao sentir o cheiro de um leão a espreita. Não sabiam como reagir e cada um temia dizer algo que não fosse seguido pelos demais.

– Não sabemos se somos capazes de juntar tanto em tão pouco tempo...

Mentiras. Zaim deu um tapa no ar em desdém forjado. Tinha aprendido a manipular aqueles vermes.

– Melhor que sejam, pois temos duas, três semanas no máximo para acabar com esse problema. Ou teremos, todos nós, que nos justificar com um dos primogênitos do Imperador.

Zaim Adoud deixou a mesa alguns minutos depois, com o comprometimento de todos os nobres de que forneceriam os recursos necessários para forjar armas e equipamento e levantar fortificações, além de iniciar um alistamento entre os homens e mulheres capazes de suas terras. Alguns até mesmo enviariam parte de seus escravos para serem treinados.

Apesar da vitória, Zaim não sorriu. Havia muito ainda pela frente e a vinda de um membro da Ordem de Diamante apenas tornaria tudo mais complicado.

– Sua biga o aguarda.

Zaim moveu a cabeça ligeiramente, praticamente ignorando o soldado que o servia como assistente. Era filho de um dos nobres que deixara para trás na mesa. Ao menos o assistente parecia ter abandonado as intrigas da família pela ordem militar.

– Dê-me minha arma.

Apesar do discreto movimento na sobrancelha do assistente, ele não questionou Zaim. Bom. O garoto estava aprendendo bem. Buscou o cinto com o machado, oferecendo-o com ambas as mãos. Zaim tocou a arma, um dedo deslizando até tocar o fio da lâmina. Ela tinha a forma de lua crescente, cobrindo boa parte do cabo de bronze. Servia tanto para atacar quanto para proteger. Olhou a lâmina polida e o reflexo perfeito no metal.

Zaim se virou na direção de um arbusto podado na forma de um elefante no momento de evitar com a lâmina do machado o golpe da faca curvada. O assassino foi surpreendido pela reação rápida, mas não se deteve. Dentes cerrados em fúria e irracionalidade, o homem que se disfarçara com a túnica de um servo segurou com uma mão o pulso de Zaim, tentando deslizar com a outra a adaga presa ao machado.

A fúria foi substituída por dor e frustração quando o assistente de Zaim penetrou a lateral do seu corpo com sua própria faca. A adaga caiu da mão do pretenso assassino, que foi ao chão de joelhos.

O homem disse alguma coisa em sua língua primitiva. Zaim não compreendia. Abechét estava sitiada por inúmeros refugiados da seca que vinha assolando o continente. Selvagens todos, ninguém era capaz de compreender o que diziam. Não era importante. Afinal, eram selvagens que serviam apenas para aumentar a criminalidade na província.

Zaim deu um passo para trás e desceu seu machado no pescoço do selvagem. O corpo caiu na cerca viva, a cabeça pendurada por uns poucos fios de músculo e pele.

Sem parar para observar o rebuliço que aquela cena havia provocado, Zaim devolveu o machado para o assistente, fazendo-lhe um sinal de apreciação pela reação rápida do garoto. Então deu as costas e partiu. Não queria perder mais tempo quando o dono do estabelecimento chegasse para pedir desculpas pelo incidente, prometendo que jamais aconteceria novamente.

Promessas vazias. Aquele não havia sido nem o primeiro nem o último dos atentados contra sua vida. Enquanto antes os insurgentes usavam técnicas mais sutis, como venenos e mulheres sedutoras, agora partiam para o óbvio. Sinal de desespero.

Um inimigo desesperado jamais era bom sinal. Ao menos não quando não se está preparado para aproveitar seus erros.

– Leve o corpo para o balawoo. Quero a alma desse selvagem interrogada antes que abandone o corpo.

Zaim ignorou o olhar de horror no rosto de seu assistente e subiu na biga. Imediatamente o cocheiro pôs os animais a puxar o carro. Chegava a hora de mostrar ao Império que Zaim Adoud, quarto deste nome, era digno de governar aquelas terras do deus-vivo.

E, quem sabe, então, o Imperador daria a Zaim Adoud a posse do que já era seu por direito?

Capítulo 5

As ruínas de Lugdasa formavam vultos tenebrosos contra o céu noturno, dando a Mukhtar Marid e seus homens a impressão de que gigantes cadavéricos protegiam a cidade que uma vez foi sagrada para um povo que existia apenas nas memórias de uns poucos.

Tornara-se profano para aqueles que dominaram aquela região, e o povo predileto, como ousavam se chamar aqueles que aceitaram o jugo do Império de Diamante, abandonara Lugdasa após promoverem sua destruição.

Mas as terras além das torres caídas e muralhas em escombros eram valiosas para qualquer um, pois produziam cobre e cobre branco, além do cobalto usado nas porcelanas e vidros que decoravam as casas dos nobres e os templos ao deus-vivo. E, portanto, foram mantidas sob o controle da guarda imperial, a região repovoada por colonos leais.

Apesar do interesse pessoal em privar a capital do Império de suas preciosas obras de arte, Mukhtar não estava lá pelas minas, mas sim pelo que talvez fosse o último resquício da dinastia Melkat que construíra Lugdasa.

Distante alguns quilômetros do que uma vez foi a cidade, havia uma formação rochosa que mais lembrava uma torre construída por mãos humanas. Era larga em sua base, estreitando-se até o topo, onde voltava a se alargar para formar uma plataforma natural. Lá fora construída uma estrutura singular de pedras brancas e vermelhas.

Se não tivesse feito o reconhecimento prévio do lugar, Mukhtar jamais saberia das escadas esculpidas na rocha, que subiam a torre natural até o topo. A noite escondia detalhes, mas não o pequeno posto de guarda colocado na base do lugar ou a estrutura de madeira logo abaixo do templo. Guardas imperiais garantiam que ninguém entrava ou saía de lá sem permissão.

Do seu esconderijo nas colinas próximas, viram um homem surgiu das sombras do templo, escoltado por soldados bem armados.

Ele subiu em uma grande biga puxada por zebras e partiu. Mukhtar sabia que se tratava do Zaim daquela região ao sudeste do coração do Império. Apesar da proximidade da capital, de tempos em tempos ele visitava o lugar, ignorando o que aquilo significava para sua fé. Afinal, quem denunciaria suas heresias? Ele era senhor supremo de tudo a quilômetros de distância em qualquer direção.

Mukhtar esperou em silêncio até que a biga e sua escolta estivessem bem longe, desaparecendo na noite em direção ao pequeno forte estabelecido próximo às minas. Olhou para os corpos dos patrulheiros inimigos aos seus pés, emboscados poucos minutos antes. Não poderiam esperar muito tempo. Logo o desaparecimento deles seria percebido.

Cobriu o rosto com o véu escuro e deu o sinal com a mão.

Trinta homens avançaram rápido em seus cavalos. Ocultos pela noite e as colunas de rocha que abundavam na planície, estariam perto demais do seu alvo para que pudessem reagir adequadamente.

Lanças e flechas voaram, atingindo as sentinelas do lado externo da barricada entre eles e o templo. Mukhtar derrubou dois homens com suas lanças antes de sacar sua espada de ponta ovalada, símbolo do povo do Vale. Desceu-a sobre cabeças desprotegidas que foram incapazes de resistir aos golpes fortalecidos pelo movimento rápido do cavalo. Os imperiais não usavam elmos, estúpidos em suas crenças. Caíram um após o outro.

Sem esperar, o líder rebelde saltou de seu cavalo ao chão, avançando para o pequeno posto da guarda. Um soldado assustado surgiu em seu caminho, apenas para ser abatido com um golpe que partiu ao meio a lança em sua mão e decepou seu braço direito. O homem foi ao chão gritando, silenciado logo depois pela lança de outro rebelde que vinha logo atrás do seu líder.

Mais dois homens caíram antes de Mukhtar confirmar que todos os guardas na base do templo estavam mortos ou incapacitados. Dois de seus homens estavam feridos, mas podiam ainda lutar.

– Recolham os corpos e escondam os cavalos da vista do forte. Finjam que são guardas do Imperador.

Haziz cuspiu no chão, enojado com a ideia, mas não questionou. Cada um deles sabia sua parte no plano. Quinze guerreiros permaneceriam na base enquanto Mukhtar e os demais avançariam pelas escadarias. Os guardas no templo certamente tinham ouvido a comoção e estariam preparados.

Mukhtar recuou para seu cavalo a fim de pegar seu escudo e começou a subir as escadas. Atrás dele, os outros o seguiam, alguns com escudos também erguidos, outros com arcos e flechas apontados para o templo.

De onde estavam podiam ver que as escadas terminavam em uma plataforma de madeira firmemente presa em torno da rocha. Devia haver um alçapão naquele ponto, mas certamente estava bloqueado por trancas ou peso. Tentar forçar o alçapão seria suicídio. Mukhtar olhou para as frestas entre as tábuas de madeira. Havia espaço suficiente para que os guardiões do templo disparassem suas flechas, mesmo permanecendo protegidos. Logo o fizeram.

As primeiras erraram o alvo, passando perto dos rebeldes. O vento estava forte e a escuridão da noite e das vestimentas dos invasores tornava difícil acertá-los.

Mas logo os guardas aprenderam a ajustar suas miras e, primeiro os escudos de madeira, depois os próprios rebeldes foram atingidos. O tecido grosso de algodão de suas roupas não protegia das flechas tão bem quanto protegia da temperatura. Seus homens tombavam, feridos ou mortos. Um deles perdeu o equilíbrio e caiu para sua morte metros abaixo.

Mukhtar não recuou ou reduziu o passo. Deu ordem para que seus arqueiros continuassem a disparar e que os demais avançassem.

Eliminar o inimigo não seria fácil. As flechas rebeldes atingiam a plataforma, raros disparos passando pelas frestas da madeira. Protegidos, os guardas atacavam sem o medo de serem atingidos por mais do que disparos de sorte. Mukhtar não podia depender da sorte.

Ele continuou, seus olhos não nas escadas, mas na estrutura construída por seus inimigos. Em uma curva que os deixou fora do alcance dos guardas por alguns instantes, Mukhtar virou-se para Rami e deu ordem para que continuassem em frente. Sem esperar que o soldado questionasse sua intenção, o *marid* jogou o escudo cravejado de flechas para longe e começou a escalar a rocha nua.

Prosseguiu procurando fendas onde seus dedos pudessem segurar, deslizando a cada metro na direção do seu alvo. Mantinha sempre os olhos atentos à estrutura, ficando longe do campo de visão das fendas por onde os guardas disparavam suas flechas.

Quando alcançou as toras que seguravam a plataforma de madeira à rocha, desprendeu-se do paredão, agarrando-se ao tronco. Pendurado, usou as mãos para seguir até a beirada da plataforma, onde usou as pernas para tomar impulso. Atentos ao avanço constante de seus homens, os guardas não o perceberam forçar-se para o lado de cima da plataforma do lado oposto. Quando o primeiro deles ouviu o som da espada sendo desembainhada, já era tarde demais.

A sentinela foi ao chão antes de conseguir gritar o alerta, o peito aberto por um corte diagonal da espada. O segundo soldado chegou a gritar antes da lança de arremesso perfurar sua garganta.

Percebendo o inimigo atacando-os pela retaguarda, os guardiões do templo deixaram de se preocupar com os invasores, que subiam as escadas para enfrentar o inimigo mais imediato. Flechas voaram na direção de Mukhtar, que usou a própria rocha como cobertura. Correu em torno da plataforma circular pelo outro lado. Puxou com a mão esquerda outra lança da aljava nas costas a tempo de ver outro guarda correr na direção errada. Atingiu-o pelas costas com a arma. O homem tropeçou, caindo de joelhos sobre a pedra que impedia a abertura do alçapão. Ele tentou apoiar-se nela para se virar e defender-se com sua espada. Mukhtar foi mais rápido, empurrando soldado e pedra para fora da plataforma em queda livre.

Guardas avançaram em ambos os lados, mas era tarde. Os rebeldes sobreviventes, oito deles em condições de lutar, chegaram ao topo das escadas e atravessaram o alçapão. Os poucos guardas que remanesciam foram neutralizados com facilidade. Dois que largaram suas armas para se renderem foram chutados para fora da plataforma. Se eram covardes o suficiente para renegar sua religião e povo, não mereciam viver.

Assim que o último dos guardas imperiais estava morto, Mukhtar guardou sua espada e examinou seus homens. A maioria tinha ferimentos leves. Dois outros haviam permanecido nas escadas, feridos demais para continuar. Ordenou que Rami permanecesse na plataforma com quatro homens enquanto os outros três desceriam com os feridos. Deviam aproveitar para recolher os corpos dos que caíram em batalha para levá-los para um funeral apropriado em terras livres.

Acima de suas cabeças a rocha alargava-se mais, servindo de plataforma para o templo em ruínas. Aproximou-se do portal de pedra que havia sido esculpido na rocha. Era feito com a técnica Lugdasa, onde rochas de formas assimétricas eram empilhadas a seco, sem o uso de adobe ou argamassa para segurá-la no lugar. Muito acreditavam que envolvia magia. De que outra forma as torres e muralhas daquela civilização poderiam permanecer de pé? Inscrições e desenhos haviam sido raspados por soldados supersticiosos que consideravam outras culturas heresias. Os Melkat veneravam os espíritos Azanzi. Mukhtar balançou a cabeça, irritado. Enquanto aqueles espíritos da natureza eram usados para assustar as crianças, adulto algum deveria crer em tal folclore. Apesar disso, Mukhtar não deixou de murmurar uma prece de proteção antes de atravessar aquele portal.

Subiu as escadas cheias de poeira parcamente iluminadas pela luz da lua. Quando chegou ao topo, entendeu o porquê.

Do templo que vira do chão, pouco restava de pé. Formado na maior parte por um grande salão, tinha perdido o teto e boa parte de duas paredes, de forma que a lua cheia e as estrelas iluminavam tudo. Olhou para os blocos de pedra de formato irregular que formavam o chão que o sustentava a muitos metros do solo e questionou-se se a magia que mantinha o lugar de pé estava se esvaindo. O vento noturno penetrava no ambiente, fazendo presente o cheiro de potes com restos de comida e vinho e urnas mal seladas onde eram depositadas as fezes e a urina da prisioneira daquele templo.

Os olhos de Mukhtar caíram sobre uma figura curvada solitária, próxima ao penhasco onde o templo terminava abruptamente.

– Entre, Mukhtar Marid. Os espíritos sussurraram que você viria.

A velha caminhou a passos lentos pelo salão aberto. Seus pés nus deslizaram pelo piso de pedra, chiando quando arrastavam areia e poeira. As mãos seguravam as vestes puídas que a cobriam, como se receosa de estragá-las na sujeira.

Ela parou no centro do templo e se virou, deixando deslizar de sua cabeça o véu branco que cobria cabelos finos e desgrenhados. Revelou à pouca luz da lua um rosto marcado pelas décadas. Olhos cinzentos, quase brancos, fitaram Mukhtar por baixo de sobrancelhas brancas e ralas, contrastando com a pele negra. A boca se abriu em um sorriso sem dentes.

Uma das mãos esqueléticas soltou lentamente as vestes vermelhas e apontou para um ponto no chão. Ela se movia como se feita de pedra, lenta como se imersa em água.

Mukhtar relaxou a mão que tocava o cabo de sua espada, observando os dejetos por toda a parte. Não via sinal de um lugar para dormir, mas também não via outras tigelas e urnas. Os soldados deviam vir até aqui para recolher o material e trazer comida fresca. Provavelmente queimavam o que restava. Ou talvez vendessem os dejetos no mercado negro. Havia quem pagasse uma pequena fortuna por fezes e urina de alguém com tanto poder.

Caminhou até onde o Oráculo havia indicado. Parou no local, examinando o chão e, então, à sua volta, tenso. O vento havia se tornado frio. Podia ver nuvens negras rapidamente ocultando as estrelas, aproximando-se, prestes a cobrir a Lua.

Um movimento da mulher atraiu novamente os olhos atentos de Mukhtar. Sua mão saía das vestes vermelhas, puxando com ela cordões brancos e vermelhos amarrados juntos. Jogou a peça ao chão. Os cordões caíram formando um círculo perfeito.

Ela sorriu novamente ao acompanhar os olhos de Mukhtar e, com a outra mão, buscou um pequeno saco de pano preso ao seu pescoço. Com mãos hábeis, mesmo que lentas e frágeis, o Oráculo abriu o saco e despejou em uma mão pequenos pedaços de ossos. Desenhos cujo sentido pertencia apenas às mentes de mulheres como aquele oráculo marcavam a superfície, formando duas faces para cada osso.

Mukhtar deu um passo para trás e a mulher baixou-se para o chão, sentando-se de pernas cruzadas. Ela gemia baixo com cada movimento custoso, a mão com os ossos sempre chacoalhando o conteúdo, como se preparando para jogar dados.

Os lábios da mulher pouco se moviam, mas um cântico estranho surgia por toda a parte, ecoando em paredes que não existiam mais. Ao invés de ser vencido pelo uivo do vento, que se tornava cada vez mais forte, tal cântico apenas ganhava força, como se o próprio vento o entoasse.

Ela abriu a mão e os ossos foram projetados para o chão. Caíram todos os dezesseis pedaços dentro do círculo de corda. Mukhtar olhou o padrão em que tinham caído e os símbolos à mostra, mas aquilo não lhe dizia nada. Ele não tinha o conhecimento ou o dom para ler aquelas divinações. Mas o Oráculo tinha ambos, e seus olhos leitosos observaram tudo enquanto seus lábios continuavam a entoar sua canção esquecida. Então ela recolheu todos os ossos e repetiu o processo.

Ela o fez sete vezes antes de parar, colocando ambas as mãos sobre os joelhos. Parou, como se estivesse ouvindo alguém murmurar em seu ouvido. Então concordou com a cabeça.

– O caminho para seu destino está em Jimfara.

Mukhtar ficou tenso. Os dedos flexionaram-se, como se tivesse percebido um inimigo próximo. Jimfara... Estaria ela se referindo ao Imperador em pessoa?

– É apenas um passo numa longa jornada – ela continuou, – assim como você é apenas uma peça deste jogo.

O Oráculo ergueu uma mão enquanto descruzava as pernas com cuidado. Mukhtar segurou com cuidado a mão delicada e a ajudou a se erguer. De pé, ela continuou.

– O clero do deus-vivo estará vendendo suas mentiras dentro de seis noites. Lá estará uma importante peça do seu destino.

Ela se virou, afastando-se de Mukhtar e aproximando-se de uma das paredes derrubadas.

– Você é só uma pequena parte de uma história que já foi escrita.

Mukhtar olhou para o céu escuro, para o noroeste, onde ficava a capital do Império, Jimfara. O clero costumava fazer eventos fora das muralhas, onde oferecia comida e ajuda aos coitados que viviam do pouco que plantavam, sem a proteção da guarda imperial. Desesperado, o povo ficava contente com o pouco que recebia, enquanto dentro de suas muralhas abundava opulência.

Certamente um ataque direto ao clero seria um golpe ao Império decadente. Seria esse seu destino? Organizar uma célula de resistência próxima à capital? Atacar o clero onde ele acreditava estar seguro?

Passos apressados subiram as escadas, ecoando nitidamente. Mukhtar colocou uma mão em sua espada e virou-se na direção do som.

Rami surgiu das sombras, uma espada ainda manchada de sangue na mão. Estava cansado e tenso, mas parecia ileso.

– Mukhtar! O forte está em alerta! Precisamos partir!

O líder rebelde deu alguns passos na direção da parede caída e olhou para baixo. Podia ver as luzes de tochas e lanternas movendo-se agitadas na construção distante. Alguma sentinela devia ter escapado e alertado os demais. Logo estariam ali em força.

A velha riu, aproximando-se lenta de Mukhtar. Seus olhos mortos observavam o mesmo que o rebelde.

– Essa não é sua luta, Escolhido. Tem um papel muito mais importante em seu futuro.

Ele se virou para a mulher, observando-a em silêncio.

– Diga-me, velha. Você viu meu futuro. Pôde ver o seu?

O Oráculo sorriu novamente, confirmando com a cabeça. O olhar não era triste, mas sim de aceitação.

– E compreende o porquê?

Ela o encarou, examinando-o, antes de balançar a cabeça em negativa.

– Os soldados nunca pensaram em me matar – ela disse, os olhos cegos nos de Mukhtar. – Sabem que ter o sangue de um oráculo em suas mãos é ter a ira dos espíritos para o resto de seus miseráveis dias.

Foi a vez de Mukhtar concordar com a cabeça.

A espada saltou da bainha e perfurou a barriga da velha. Mukhtar segurou o corpo magro do Oráculo e puxou-o, fazendo-o deslizar mais pela lâmina. Ela soltou um gemido baixo, incapaz de falar.

Mukhtar abraçou-a firme como quem se despede de um ente querido.

– Por quê? – ela questionou enquanto seus joelhos perdiam as forças e o corpo começava a deslizar para o chão, amparado pelos braços fortes de seu assassino e a espada trespassada em seu corpo.

O rebelde repousou o corpo da anciã no chão de pedra fria, lentamente puxando a espada do ferimento para que o Oráculo pudesse deitar em sua morte. Uma golfada de sangue escapou dos lábios da velha assim como do ferimento agora exposto.

– Não temo a ira dos espíritos, mas sim a cobiça dos homens. Meus inimigos podem usar seu dom para destruir tudo aquilo pelo que lutei. Sinto muito.

Os olhos do Oráculo rolaram em suas órbitas e a cabeça deslizou para o lado. Ela deu seu último suspiro e morreu. Um calafrio correu o corpo do líder rebelde e ele pôde jurar ter ouvido a risada de uma mulher jovem em seu ouvido, mas não havia mais ninguém ali com ele.

Mukhtar Marid se ajoelhou ao lado do corpo e, com cuidado, virou a cabeça da velha para o lado, de forma que seus olhos sem vida fitassem o que restara de sua cidade sagrada, como era costume de seu povo à beira da extinção. Então se ergueu, espada em mãos, e caminhou na direção das escadas.

Rami olhava o corpo, os olhos arregalados e a boca aberta, incapaz de expressar seu medo pelo que seu líder acabara de fazer. Ele era um bom homem, mas um supersticioso que acreditava na existência dos Azanzi.

– Foi necessário – disse Mukhtar, dando um tapa amigável no ombro de seu soldado. – Vamos. Temos pouco tempo.

Rami seguiu-o apressado, certamente temendo que os espíritos se vingassem do primeiro que vissem pela frente. Correram pelas escadas esculpidas na rocha até alcançarem os outros no pé da torre esculpida pelo tempo. Lá encontrou mais imperiais mortos. Provavelmente uma patrulha que retornara ao templo. Sem demora, Mukhtar pegou as rédeas do seu cavalo e explicou aos seus homens seu destino.

– E quanto aos mortos? – perguntou Rami, olhando os corpos dos cinco homens que pereceram no ataque, colocados sobre os cavalos que uma vez cavalgaram. Não poderiam ser enterrados em terras livres.

Mukhtar olhou, solene, os corpos de seus homens. Eles mereciam o descanso.

– Eles entenderão – Mukhtar finalmente respondeu, montando em seu cavalo. – Levem seus corações e ponham fogo no resto.

O ritual foi feito às pressas, os corações preservados em sal dentro de bolsas de couro. Seus companheiros caídos não ficariam para trás, mesmo que seus corpos vazios fossem abandonados. Então os rebeldes partiram.

Quando os soldados do forte chegaram até o velho templo, não havia nada mais do que chamas e corpos carbonizados.

Capítulo 6

O palácio imperial guardava um tesouro sem preço.

Durante os séculos de expansão do Império, cada cidade conquistada, cada povo absorvido doava seu mais precioso tesouro ao deus-vivo.

Conhecimento.

O labirinto de corredores de tijolos de barro parcamente iluminado por lamparinas e velas contrastava com os ornamentos e estatuário dos andares acima do solo. A beleza oculta sob o palácio era outra, uma que não podia ser facilmente apreciada nos dias de hoje. Especialmente porque alguns poderiam considerá-la heresia.

Arquivadas em inúmeras prateleiras, divididas em câmaras e corredores, estavam os últimos indícios da existência de pelo menos uma centena de culturas absorvidas ou aniquiladas pelo Império de Diamante. Vasos de barro na forma de demônios dividiam espaço com coroas de prata incrustadas de esmeraldas. Tabuletas de argila com inscrições cuneiformes estavam lado a lado com pergaminhos feitos da pele de carneiros e grossos livros de folhas de algodão escritas em ouro.

Adisa cuidadosamente recolocou na prateleira um tubo de marfim adornado por desenhos que narravam a história de um deus morto. No interior estava a saga de um herói que alguns acreditavam ter sido o fundador da dinastia Melkat que uma vez dominou a costa leste de Myambe a partir de sua capital, Lugdasa. Os Melkat não existiam mais além dos seus descendentes, reconhecíveis apenas pela altura inferior e os olhos ligeiramente puxados. Nada daquela cultura selvagem sobrevivera ao contato com o Império de Diamante e a verdadeira divindade que era o Imperador.

Era papel da Ordem de Bronze analisar cada um daqueles documentos e arquivar o conhecimento do passado, uma tarefa que se tornava mais difícil a cada dia, na medida em que os últimos homens com a capacidade de compreender as línguas antigas iam morrendo e o conhecimento era perdido ou deturpado.

Adisa sorriu discretamente, olhando para os lados, para ter certeza de que ninguém percebia seu momento de exaltação pessoal. O dom dado a ele pelo sangue do Imperador o tornava superior aos demais escribas.

O trabalho de Adisa não envolvia os Melkat, cuja cultura em nada o interessava. Ficou curioso apenas para saber se era capaz de compreender a escrita daquele povo primitivo, que ao invés das letras fluidas pintadas no Império usava formas retilíneas sem expressão para sua escrita. Conseguiu, claro, e logo se arrependeu. Recolocou o pergaminho no tubo de marfim, abismado com as falácias escritas por um oficial governamental qualquer dessa dinastia esquecida. O homem dizia algo sobre o Imperador como se este fosse um conquistador bárbaro cujo único intento era capturar o conhecimento Melkat de trabalhar o ferro. Um absurdo, é claro. Todos sabiam que o Imperador de Diamante, em sua divina sabedoria, havia descoberto como trabalhar o ferro muito antes de qualquer povo de Myambe.

Por que ficou tão irritado, não tinha certeza. A dinastia Melkat acreditava que seus oráculos eram capazes de conversar com espíritos da natureza, que sussurravam no pé de seus ouvidos ou lhes falavam através de pedras e ossos. Não parecia que tais premonições os salvaram de perder Lugdasa da conquista do império.

Adisa soprou a grossa camada de poeira sobre seu material de trabalho e levou-o até uma das mesas de estudos. Nas duas semanas desde o Ritual de Purificação, estivera responsável por decifrar e catalogar documentos da antiga civilização Enok, que habitara a planície ocidental quando lá era uma grande floresta. Os Enok haviam sido conquistados pelo Imperador mais de um milênio atrás, quando o Imperador ainda possuía um nome mortal.

Ainda mais primitivos do que os Melkat, os Enok não tinham o conhecimento para fazerem papel de linho, muito menos livros, e a maioria de seus escritos estavam em pesadas tabuletas de argila, com raros casos de rolos feitos de papiro.

Povo e capital foram absorvidos pelo Imperador. Dizem os escritos sagrados que o Imperador se maravilhou com a beleza da Cidade Azul, como é chamada ainda hoje, e os incríveis mosaicos que adornavam suas muralhas. Tanto que ordenou que a cidade permanecesse intacta. O nome da cidade, agora esquecido, mudou para Dnege em homenagem a um dos zaim do Imperador, um amigo de tempos remotos. O deus-vivo foi menos generoso com a cultura

Enok. Especialmente em se tratando da religião local, que praticava o sacrifício de crianças em honra a demônios feitos de sombras. Seus líderes eram balawoos, sacerdotes que prendiam os espíritos dos inocentes e os usavam contra os inimigos. O Imperador os havia exterminado, um a um.

Adisa repousou sobre a mesa suas ferramentas de trabalho e colocou diante dele a primeira tabuleta de argila. Puxou para perto a grossa vela que servia de iluminação para seu trabalho. A fumaça aromática que clareava seus pensamentos fazia lacrimejar seus olhos. Era um ritual importante, pois um escriba chorava ao ler o que os descrentes escreviam sobre o deus-vivo.

Fora incumbido de buscar naqueles textos quaisquer sinais de heresia, em especial referentes à origem do Imperador. Todo homem educado nas leis sacras do deus-vivo sabia que o primeiro nome de uma pessoa era uma arma poderosa nas mãos de um inimigo de má índole. Foram os próprios Enok que ensinaram essa lição, corrompendo os corações dos guerreiros do imperador através de suas bruxarias. Não era à toa que toda criança recebia um primeiro nome, que seria substituído mais tarde por um falso para despistar os espíritos malignos. Muitos homens públicos e poderosos então abandonavam até mesmo seu segundo nome em troca de um título, de forma que os espíritos jamais fossem capazes de atingi-los diretamente.

Dizem os escritos que os balawoos de Enok tentaram usar o nome do Imperador contra ele. Por isso o nome do Imperador e sua origem deviam ser protegidos a qualquer custo. Se tais informações caíssem nas mãos de hereges, estes poderiam utilizá-lo para de alguma forma ferir o Imperador. Isso era inconcebível.

Havia encontrado poucas referências até então. Sempre que o fazia, desviava o olhar imediatamente, temeroso de que conhecer todo o nome real fizesse dele uma ameaça ao Imperador. Conhecia apenas os primeiros símbolos que formavam seu nome. Era o suficiente. Com um cinzel de bronze que dava à sua ordem seu nome, raspava da tabuleta o nome do Imperador de Diamante, para que jamais pudesse ser usado contra o deus-vivo.

Entre as tabuletas de argila que vinha estudando estavam, em grande parte, documentos sobre a manutenção do palácio do antigo rei de Enok, assim como cartas comerciais. Havia algumas cartas oficiais, trocadas com reinos de que Adisa não se lembrava de ter ouvido falar e poemas que pareciam fazer pouco sentido. O conceito de deuses era confuso na cultura Enok e misturava seus balawoos e os espíritos que escravizavam com entidades primordiais não muito diferentes daquelas cultuadas pela dinastia Melkat. Diferente de Melkat, em que o rei era escolhido pelos oráculos, em Enok o rei era filho dos deuses, escolhido ainda na barriga da mãe.

Adisa sorriu com certa superioridade. Como poderia o filho de um falso deus vencer um deus-vivo? O rei de Enok devia ter visto a verdade e caído de joelhos diante do Imperador. Era o mais sensato a se fazer. Ao invés disso, pelo que lembrava ter aprendido com seu tutor Iwegi, o rei de Enok ergueu um exército de mortos-vivos contra o Imperador de Diamante. Mas os mortos não eram páreo para o poder do deus-vivo.

Estava tão absorvido por seu trabalho que mal percebeu vozes sussurradas ecoando pelos infindáveis corredores da biblioteca. Ergueu a cabeça, desviando a atenção de seus textos. Não esperava que houvesse alguém no subsolo àquela hora. Preferia vir cedo exatamente para aproveitar o silêncio. A maioria dos escribas e estudantes aparecia apenas após os rituais matinais.

Temeu que fosse repreendido. Rotina era importante para o clero e Adisa quebrava a sua ao iniciar seus trabalhos antes do desjejum. Lambeu dois dedos e usou-os para apagar sua vela, soprando suavemente a fumaça para longe. Coçou com as costas das mãos os olhos, para tirar deles a camada de lágrimas que se formava. Esperou em silêncio.

– ... mais tempo fica assim, mais as terras morrem.

Adisa ouviu um trecho da conversa. As vozes não falavam na língua do Império, mas ele era capaz de compreendê-lo perfeitamente.

– E o que espera que façamos? – sussurrou urgente outra pessoa.
– Ele é a terra, esqueceu? Se ele está moribundo...

A primeira voz, dura, voltou.

– Eu sei, eu sei... Precisamos fazer algo.

– Estamos tentando despertá-lo há vinte anos! – respondeu a segunda voz, irritada.

– Então talvez seja o momento de tentar algo diferente.

Houve silêncio.

Adisa ficou preocupado com o que ouvia. Reconheceu a voz daquele que sussurrava. Era o sacerdote que o tinha recebido no Ritual de Purificação. A outra, não conhecia, mas era igualmente idosa e solene. A língua parecia ser Medor, um dialeto dos antigos reinos da costa nordeste do continente. Poucos em Myambe falavam essa língua morta havia quase dois milênios.

– Alguns creem que é hora de mudança.

O silêncio prolongou-se mais um pouco antes que o segundo homem voltasse a falar.

– E como esperam fazê-lo? Matando-o? Sabem que é impossível!

– Primogênitos foram enviados para os vários cantos do Império.

– Você está falando em blasfêmias!

– Estou falando da sobrevivência do Império!

Novo silêncio. Adisa achou melhor sair de lá antes que o descobrissem.

Pegou com cuidado suas ferramentas de bronze e as colocou no bolso frontal de suas vestes de algodão. Deslizou para fora do banco, soprando para longe a argila que raspara dos textos. Colocou as mãos sobre as tabuletas e hesitou. Não conseguiria mover o resto do material que ocupava toda a mesa sem fazer barulho. Resolveu deixar tudo onde estava.

Caminhou calmo na direção das prateleiras, segurando com as mãos o bolso com as ferramentas para que não fizessem barulho. Esticou o pescoço, buscando enxergar de onde vinham as vozes. Talvez pudesse fazer o caminho para fora da biblioteca por uma das várias saídas sem ser visto.

O sussurro do sacerdote que o iniciara na ordem voltou, triste.

– O conselho precisa se reunir.

– Já tomamos nossa decisão.

– Não! – insistiu o sacerdote. – Vocês não podem tomar decisão alguma sem o consentimento de todos!

– Considere isso um estudo de campo. Precisamos estar prevenidos para o pior.

Adisa esgueirou-se pelo corredor mais largo. Viu o vulto dos homens que conversavam ao longe, suas sombras projetadas nas paredes. Percebeu, curioso, que havia três sombras e não duas.

– E quanto ao garoto, Adisa?

Ao ouvir seu nome, Adisa virou-se de súbito. Esbarrou em uma das prateleiras, fazendo tremer os blocos de pedra e argila. Ficou imóvel, sem respirar.

As vozes também pararam.

O homem desconhecido sussurrou uma ordem. O terceiro homem respondeu em uma voz firme e direta.

Ao longe, duas das sombras desapareceram na outra direção,

enquanto a terceira seguia para investigar o barulho. Um vento inesperado veio do corredor, fazendo tremer os vasos e urnas nas prateleiras. A brisa tocou seu rosto, gelada. O homem que até então caminhava começou a correr. Passos pesados e rápidos ecoavam na direção de Adisa.

Sentindo o coração martelando em seu peito, Adisa correu na direção da escadaria mais próxima, esquivando-se entre corredores intermináveis de prateleiras. Desesperado, segurava as ferramentas tentando em vão fazê-las parar de fazer barulho enquanto corria. Não tinha certeza de onde aquelas escadas o levariam. O complexo que formava o palácio era um verdadeiro labirinto e não tivera tempo de se habituar a cada curva e corredor. Em alguns lugares parecia que se andava em círculos quando, na verdade, estava do lado oposto do complexo.

Ao chegar ao topo das escadas, Adisa virou para a direita, incerto se era ou não o caminho para sua cela. O corredor tinha o teto alto, em arco, e as paredes eram de tijolos pintados de branco. Assim como praticamente todas as outras paredes do palácio.

Os passos pesados pareciam se aproximar mais rápido. Ouviu-os ecoar pelas escadas, como se saltando vários degraus de uma vez.

Virou outra esquina. Nesse ponto o lado direito do corredor era formado por uma dezena de arcos. A luz do sol entrava por um trecho aberto do teto, onde estava um dos vários jardins internos do palácio. Adisa lembrava-se de ter passado algumas horas em um desses jardins, observando a incrível coleção de flores que só existiam dentro do palácio. Perto dali estavam os dormitórios onde ficava sua cela. Ou assim ele esperava.

Sem permitir-se deter por muito tempo, continuou a correr. Então uma porta no final do corredor se abriu e uma jovem usando uma túnica grossa e o lenço na cabeça típico de uma serviçal apareceu carregando um cesto de pães. Adisa sentiu um calafrio subir pela espinha. Se era uma serviçal era porque estava na ala errada! Tinha saído da ala destinada à sua ordem. Olhou as portas, percebendo os discos prateados marcando-as como território de outra ordem.

A jovem pareceu perceber o desespero de Adisa. Apontou com a cabeça na direção da porta e a segurou para que ele entrasse. Um vento gelado o pegou por trás, fazendo-o estremecer. Sem pensar, Adisa mergulhou para dentro da porta, quase derrubando a garota.

Aos tropeços, Adisa caiu no chão do que parecia ser parte de uma das cozinhas do palácio. Engatinhou para trás de uma bancada de pedra, longe da visão de qualquer um que entrasse pela mesma porta. Atrás dele a jovem fechou a porta e colocou um cesto sobre a bancada.

– Não sabia que sacerdotes praticavam exercícios a essa hora da manhã.

Adisa deitou as costas no chão, respirando pesado. Sentiu o suor das costas nuas tocar a pedra fria, lançando um calafrio pela espinha. A sensação na sua pele parecia uma bênção. Colocou uma mão sobre o peito, sentindo o coração pulsar com força. Estava tão compenetrado em respirar sem desmaiar que ignorou o tom de humor na voz da garota.

– Sou... apenas... um iniciado... – ele conseguiu dizer, esbaforido.

Ela sorriu e caminhou para trás da bancada, sentando-se no chão ao lado de Adisa. O aroma do pão quente que impregnava a serviçal misturava-se a um cheiro doce de flores.

O noviço reparou pela primeira vez na moça, virando-se para vê-la ao seu lado. Tinha parte da testa coberta por um lenço laranja, como era esperado de quem servia. Não tinha ornamento algum além de um simples colar de contas e um brinco artesanal, feito de madeira, que cobria boa parte da orelha. A pele tinha um tom mais claro do que era comum aos nativos da capital. Logo percebeu as cicatrizes no rosto da jovem, formando um desenho pontilhado em suas testa e queixo.

– Você é Surna.

O sorriso da garota se desfez. Ela tocou a testa com uma mão, puxando o lenço para cobrir as cicatrizes, e desviou o olhar, como se encabulada.

– Desculpe – disse Adisa, colocando uma mão no braço que ela ergueu. – Não quis ofender.

A serviçal baixou os olhos por alguns segundos, então concordou com a cabeça e virou-se para o noviço.

– Minha cidade foi conquistada quando eu era jovem. Recebi as marcas da minha terra natal e da minha família, mas nunca do meu nome. Não era madura o suficiente para tal.

Adisa ajeitou-se, sentando com as costas para a bancada como a jovem. A garganta estava seca do esforço, mas já conseguia falar e respirar ao mesmo tempo.

– Então você se converteu.

Era uma colocação óbvia. Jamais aceitariam um servo no palácio imperial que não houvesse se convertido para a crença do deus-vivo. Enquanto muitos resistiam, quando um povo era assimilado pela religião do Império, logo aprendia que era o certo e, em poucos anos, considerava-se parte de um grande e único povo formado por muitos rostos.

Já essa jovem... Por ter o rosto – e talvez o corpo – cortado pelo bárbaro ritual de passagem Surna, seria literalmente marcada para toda a vida. Talvez fosse tratada diferente para sempre por pessoas que, como Adisa, supusessem que ela era uma herege. Devia se sentir envergonhada por trazer as marcas de uma cultura primitiva mesmo tendo sido abraçada pelo Império.

Ela dissera que era jovem quando sua cidade foi conquistada. O vale de onde vieram os Surna fora conquistado na última anexação do Império vinte anos antes. Pelo que recordava sobre os rituais daquele povo, ela recebia suas cicatrizes aos três anos. Supunha, então, que a jovem tivesse cerca de vinte e três anos. Mas ela parecia muito mais jovem. Difícil achar que tivesse mais do que sua própria idade.

– Ake nen bomboleko.

Os olhos da garota arregalaram-se e ela virou-se de imediato para Adisa. A mesma mão que havia tocado a cicatriz no rosto foi ao colar parcialmente escondido pela sua blusa. Ela cobriu a peça como quem esconde um segredo.

– *Liberdade é o vento dos Vales*. Isso é um amuleto Surna. Um objeto sagrado.

A garota permaneceu em silêncio. Os olhos mudaram de surpresa para medo. Ela parecia incerta do que fazer. Adisa podia compreender. Ela provavelmente nunca imaginara que alguém seria capaz de ler as inscrições nas pedras do colar. Os Surna não usavam a palavra escrita com frequência, reservando-a apenas a rituais e relíquias. Usavam um alfabeto arcaico, derivado do Yenberê, absorvido pelo Império mais de um milênio atrás.

– Como? – ela perguntou, incerta se fazia diferença.

– É a minha bênção. Eu compreendo qualquer língua escrita ou falada.

Os dois se entreolharam em silêncio por alguns segundos. A posse daquele amuleto era o suficiente para levar a garota à fogueira. E Adisa era um iniciado. Era o clero que punia os hereges.

Alguém tentou abrir a porta, forçando-a violentamente. Quando não conseguiu, começou a esmurrar a porta.

Os dois olharam na direção da porta, continuando o silêncio até que a jovem virou-se de volta para Adisa. O olhar no rosto da moça parecia ter mudado. Subitamente não parecia mais uma serviçal tímida, mas alguém com muitos anos vividos.

– Parece que estamos presos um ao outro pelos nossos segredos.

Adisa não se mexeu. Era verdade. Se ele contasse sobre o amuleto herético, ela contaria que foi ele que ouviu a conversa na biblioteca. Fosse o que fosse o assunto discutido pelos altos sacerdotes, era algo sério e certamente privado, ou não estariam discutindo em uma língua morta. E por que persegui-lo? Não era para pessoa alguma ouvir o que estava sendo conversado naquele lugar, muito menos saber daquele encontro.

E, se soubessem que foi ele, considerariam que ele ouviu e compreendeu toda a conversa.

Com um movimento de cabeça concordou com a garota e levantou-se. Ela apontou na direção de uma porta do outro lado da extensa cozinha e virou-se para a porta. Pegou o cesto e gritou que já iria abrir.

Adisa não perdeu tempo. Correu o mais rápido que podia, sentindo doerem as pernas. Era como se começasse a pegar fogo na parte da frente das pernas, desacostumadas ao esforço.

Pulou por uma porta aberta e virou no corredor. Atravessou um portal com um disco de bronze com o símbolo do Império. Casa!

Adisa virou a esquina a tempo de ouvir os tambores tocarem a hora do ritual matinal. As portas das celas começaram a se abrir e os membros do clero inundaram o corredor, cabeças baixas em sinal de respeito, sem falar nada até após o desjejum.

Aproveitando a fila que se formava, Adisa deslizou para um espaço entre outros membros de sua ordem, curvando sua própria cabeça em respeito.

Viu um vulto enorme aparecer da mesma direção que vinha. Um homem muito alto, envolto em vestes largas, absolutamente negras, que cobriam praticamente todo o seu corpo. Uma máscara cobria seu rosto. Adisa sentiu um calafrio ao perceber que a máscara era feita de contas laranja e rosa, a personificação da mudança.

Um primogênito.

Poderia ser o mesmo que estivera em seu Ritual de Purificação? Os escritos ensinavam que um primogênito era mais que um homem; era uma entidade nascida no corpo do Imperador, capaz de montar o corpo de um escolhido perfeito. Adisa engoliu em seco, temeroso de que tivesse ouvido o que não devia, de que fosse expulso do clero por estar trabalhando antes da hora. Ele não poderia suportar voltar a ser mortal.

Com um suspiro, fechou os olhos e continuou a seguir o fluxo até o refeitório. Esqueceria tudo o que ouviu naquela manhã. Era mais seguro. E, que mal podia fazer? Afinal, não havia por que desconfiar de membros influentes do clero do deus-vivo.

Capítulo 7

Apesar da eficiência do seu assistente, passara-se quase uma hora antes que o corpo pudesse ser levado ao balawoo. Quando o espírito do assassino foi interrogado, muito de sua essência já havia se deteriorado. Apesar de que isso significava que aquela alma resistiria menos, sua personalidade praticamente obliterada pelo tempo desde sua morte, também significava que a comunicação com o espírito tornava-se mais difícil.

Após alguns minutos de insistência e ameaças de mantê-lo preso e incapaz de reencarnar, o espírito deu umas poucas informações úteis, que levaram Zaim Adoud e um destacamento de soldados até o esconderijo dos insurgentes.

Era além das fronteiras oficiais da cidade de Abechét, mas ainda dentro da província que levava o mesmo nome. A cidade jamais chegou a ter uma divisão formal maior do que o rio Kori ao norte e oeste, e um muro de pedra baixo das demais direções.

Com a chegada de imigrantes e colonos vindos de outras terras, algo relativamente comum nas últimas décadas que intercalaram guerras e seca, uma infestação virulenta parecia crescer em torno da cidade. Casas de pedra, tijolos de adobe e couro curtido formavam a maioria dessas habitações e comércios informais. O que uma vez era para ter sido temporário tornara-se permanente, e nem Adoud, nem seu pai antes dele tiveram apoio para tomar qualquer atitude a respeito. O efeito era uma cidade crescendo além da cidade, como um parasita que ameaçava não só destruir seu hospedeiro, mas tornar-se maior que este.

Do alto do largo muro que definia o limite sul da cidade, onde a vista permitia uma visão ampla das ruas estreitas e sem planejamento, em sua maioria nada mais do que terra batida irregular, Zaim observava os habitantes dessa não-cidade. Suas leis não chegavam até lá. Pior: sabia que o lugar era um antro de contrabando e latrocínio. Viviam lá ex-escravos de outras províncias do Império, refugiados de guerra, hereges fugidos das perseguições do clero e uma infinidade de famílias que perderam tudo quando suas fazendas ou rebanhos pereceram com a seca que vinha assolando Myambe.

Não havia padrão algum. Era caos total e completo. Ao invés de construções de adobe claro adornadas com janelas ovaladas e entalhes regulares, ao invés dos obeliscos de pedras encimados por lanças de ouro, havia qualquer outra coisa: construções quadradas sem cores, amontoados de pedras, covis parcialmente enterrados na terra. Em alguns lugares surgiam contas e conchas penduradas nas portas, em outros, carrancas de madeira representando uma crença ilegal qualquer. Parecia um pouco de tudo que existia em Myambe, só que malfeito e mal-acabado.

Era um desastre. Não era a toa que o lugar era onde se abrigavam os insurgentes.

– E nunca me deram o apoio para solucionar esse problema.

– Senhor?

Zaim olhou para seu assistente, logo atrás dele. Percebeu que havia falado em voz alta. Que seja! O garoto precisava aprender alguma coisa. E parecia confiável o suficiente para não falar com seus familiares. Se falasse, melhor. Passaria a mensagem de qualquer forma.

– Isso, – ele disse, estendendo uma mão para apontar a extensão não-oficial da cidade. – Os nobres ignoram os fatos. E o farão até que essa aberração alcance suas fazendas.

– E há necessidade de uma solução?

Zaim virou-se para encarar seu assistente. O jovem baixou o olhar. Era um idealista. Vejamos quanto tempo isso durará diante da realidade do mundo em que vivemos.

– Esse lugar jamais poderia ter se tornado permanente.

Caminharam em silêncio por alguns metros, quando o assistente falou, sua voz um tanto incerta.

– Hoje, sem eles, Abechét é incapaz de sobreviver.

Um sorriso involuntário surgiu nos lábios do general. Permaneceu adiante do assistente, para que ele não percebesse sua expressão.

– Explique.

Seguiram-se mais alguns metros de silêncio. Zaim não olhou para trás, mas tinha certeza de que seu assistente estava lutando para encontrar as palavras certas de forma a não pôr em risco sua posição ou a relação entre sua família e o Zaim.

– Abechét tornou-se dependente dos serviços que essas pessoas fazem. Manutenção, plantio, limpeza.

– Ao preço de segurança e controle.

– Sim. – A resposta dessa vez veio mais rápida e mais segura. – Mas então o problema é esse e não a existência desse lugar.

Zaim concordou com a cabeça e olhou para trás.

– Sábias palavras.

Puxou de seu cinto o machado com lâmina em forma de lua crescente.

– Pena que não haja tempo ou recursos para outra solução.

Zaim ergueu o machado acima de sua cabeça e fez movimentos sutis. O Sol se refletiu na lâmina, mandando a mensagem para seus homens.

Quatro pontos de luz piscaram nas ruas tortuosas da não-cidade, a um quilômetro dali. Imediatamente seus homens avançaram, convergindo na região multicolorida e aberta no centro.

O ataque não havia sido sem planejamento prévio. Durante o dia, muitos dos não-cidadãos estavam em Abechét trabalhando. O que seu assistente dissera era fato. E, apesar de suas suspeitas de que entre os insurgentes estavam trabalhadores legítimos, sabia pelo interrogatório do espírito que muitos trabalhavam no mercado ilegal com contrabando e material roubado, enquanto outros passavam seu dia planejando novos atentados ou fingindo ser a lei naquele lugar.

Zaim balançou a cabeça em desprezo. A não-cidade tinha uma lei própria, forjada pelo mais forte e pelo oportunista. Passou o machado para o assistente, sem olhar para trás.

De onde estava podia ouvir o fantasma de um tumulto. Seus soldados estavam invadindo o mercado e as casas próximas deste. Tinham alguns nomes de pessoas e lugares e ordens para capturar, mas não matar. O incentivo era para que os prisioneiros fossem capazes de falar. Apenas isso.

– Esse ataque não provocará mais revolta?

O garoto estava ficando abusado. Zaim considerou lembrar que ele era nada mais do que um mordomo de uniforme, mas se conteve. Mal ou bem, o cargo de assistente era um mérito para o escolhido e o papel era mais do que ajudar: era aprender.

– Alguns vão. Mas muitos verão o que acontece com aqueles que agem contra a cidade. Cada problema com sua solução.

Isso calou o assistente. Talvez estivesse tentando entender o que Zaim tinha em mente. Ou ele mesmo estivesse exercitando sua lógica, pensando em que decisão tomaria para solucionar esse problema em particular.

Deixe-o, pensou Zaim. Talvez algum dia se torne um oficial decente e um conselheiro para meu filho.

– Vamos. Quero estar preparado para interrogar os prisioneiros.

Zaim seguiu até as escadas que desciam no muro para o posto de defesa mais próximo.

– Mandem buscar as hienas. Elas sempre são eficientes em convencê-los a falar.

Atravessou o pequeno posto de defesa, cumprimentando o sargento de plantão. Quando chegou do lado de fora, onde sua biga o aguardava, percebeu uma pequena confusão nas ruas. Aquele posto ficava numa área relativamente calma, onde havia oficinas e poucas casas, de forma que a movimentação imediatamente atraiu estranhamento.

– O que está acontecendo aqui?

Um dos soldados que fazia parte de sua escolta virou-se para Zaim, cumprimentando-o rapidamente antes de responder.

– Uma caravana atravessando a cidade. Parece que estão tentando chegar ao portão leste.

A caravana era formada por diversos elefantes de tamanhos variados, excessivamente carregados de cestas e trouxas. Um dos responsáveis estava tendo problemas em convencer a elefante matriarca a seguir em frente. A rua tornava-se estreita naquele ponto e o animal provavelmente temia ficar preso.

– Parece vir de Sokos. O que esses imbecis estão fazendo atravessando a cidade? Por que não seguiram por fora?

O soldado balançou a cabeça, observando incrédulo a confusão.

– Nos dias de hoje, é mais seguro atravessar por dentro da cidade.

Zaim virou-se para encarar o soldado, que foi sincero em sua crítica. Até mesmo os membros mais baixos da ínfima força militar de Abechét sabiam da verdade. E a forma desrespeitosa com que falava era apenas um reflexo do sentimento da maioria dos cidadãos da província.

Impaciente, Zaim atravessou a rua na direção do homem que tentava controlar a elefante. O homem, usando longas vestes laranja, no estilo mais comum nas terras do oeste, onde o Império terminava nas montanhas, percebeu sua aproximação, mas preferiu tentar impedir o animal de causar alguma destruição nas casas mais próximas.

– Quem é o responsável por essa estupidez?

O homem voltou os olhos para Zaim, franzindo a testa. Olhou o elefante e, considerando seguro desviar o olhar, virou-se para Zaim novamente.

– Sou eu, meu senhor.

– Pode explicar por que está tornando a vida dos meus cidadãos um caos?

O olhar do homem foi do elefante para Zaim algumas vezes. Ele estava obviamente incerto do que responder.

– Foram ordens do senhor Ounami.

Zaim suspirou, irritado. Ounami, claro. Suas terras ficavam a leste de Abechét, alguns quilômetros a norte da não-cidade. Provavelmente dera ordens para que a caravana passasse por dentro da cidade para evitar o caminho mais longo, hoje já às margens da não-cidade.

– Esses animais e sua carga estão confiscados. – Virou-se na direção do posto militar. – Chamem o sargento! Quero isso tudo fora da minha cidade imediatamente!

Já estava caminhando na direção da biga quando ouviu o mestre da caravana lamentando-se atrás dele.

– Senhor! Não posso deixar de entregar minha carga essa tarde!

Sem olhar para trás, Zaim estalou a língua e respondeu:

– Informe Ounami de que ele pode vir buscar sua carga pessoalmente. – Subiu na biga e completou. – Após pagar as devidas multas e aguardar a liberação do relatório.

– Senhor! – continuou o homem, agarrando as laterais do carro. – São encomendas para o festival de Onokê!

Zaim sentiu ferver seu sangue. Colocou uma mão na cabeça do homem e o empurrou, fazendo-o desequilibrar-se e cair para trás no chão.

– O festival de Onokê? Você está brincando comigo?

Não era possível. Uma festa para celebrar a morte e renascimento de um deus que não o deus-vivo, em pleno território do Império de Diamante! O que esses nobres tinham na cabeça? Já era demais que cultuassem seus deuses heréticos nas sombras, que praticassem rituais criminosos aos olhos do clero. Agora faziam festas! E com um primogênito para chegar a qualquer momento!

Zaim saltou da biga e foi até o mestre da caravana, que permanecia no chão. Agarrou o homem pelas vestes e forçou-o a se levantar. Sabia que o homem era inocente daquela insanidade, mas estava furioso demais para não usá-lo como bode expiatório.

– Informe Ounami que, se eu vir sequer uma bandeirinha para Onokê em Abechét, eu irei pessoalmente atear fogo à sua bela fazenda e suas três esposas.

Com um empurrar, o general jogou o homem para longe. O homem tropeçou e perdeu uma sandália, mas manteve-se em pé. Olhou Zaim, incerto do que fazer.

– Vá! – gritou o general, jogando a mão para o alto para enxotar o sujeito, que imediatamente deu as costas e correu pelas ruas. Deixou para trás a sandália perdida. Ao menos seguia na direção certa.

No caminho de volta à biga, Zaim pensava na situação de Abechét. Era como se a cada instante tudo se tornasse pior. Observou o posto militar e obeliscos com as inscrições deixadas por seu avô décadas antes. Era um trabalho belíssimo que narrava os feitos dos homens que uma vez guarneceram aquele lado da muralha. Hoje, não passavam de soldados mal pagos e sem treinamento ou equipamento adequado. O próprio obelisco tivera melhores épocas. As pequenas rachaduras na estrutura pareciam mais visíveis quando examinada de perto. Assim como as rachaduras na sociedade de Abechét.

Logo um membro importante do clero estaria na cidade e seria impossível esconder essas rachaduras por muito tempo.

Zaim Adoud precisaria preparar-se bem para o visitante. Sua chegada poderia significar o fim de Abechét, ou um novo começo. Dependia apenas de sua capacidade de manipular os homens a sua volta.

Capítulo 8

Chienombo queria uma noite especial. E ele teria essa noite!

Vestiu sua melhor túnica, colocou seus mais caros colares e pulseiras e partiu para o porto. Mulher alguma poderia resistir a ele. E, se resistisse, ele faria com que ela gostasse. Apalpou quase sem perceber o cabo da faca escondida sob o tecido da túnica. A gola em V descia até pouco abaixo do peito para facilitar sacar a arma e para expor as cicatrizes que infligira a si mesmo, simulando perfeitamente os ferimentos provocados por um leão. Junto ao corte de cabelo, rente ao crânio, passava-se perfeitamente como um guerreiro da planície. Mulheres adoravam o tipo guerreiro selvagem e eram burras demais para perceber a diferença na fisionomia. Chienombo era da Costa Livre, assim como tantos outros. Isso era óbvio pela pele cor de amêndoa e os olhos arredondados. Mas mulheres não percebiam isso. Entendiam apenas o que ele tinha debaixo da túnica e as ordens que homens como ele tinham para dar.

Chienombo entrou em uma das ruas perto do porto e logo ouviu o som de música e risadas. Ficavam por lá os melhores bordéis de Porto Qadis. À noite, estava cheios de viajantes e nativos. Era, portanto, o tipo de lugar que ele repudiava.

Preferia privacidade. Além do mais, esses lugares eram comumente administrados por mulheres ou os homens tolos que as veneravam. Não aceitavam a forma certa de se tratar uma mulher. Influência de forasteiros, decerto. Alguém devia pô-los na fogueira.

Nas ruas encontraria a mulher perfeita. Bonita, solícita e vulnerável. Elas sabiam obedecer a suas ordens e sabiam o que mereciam. Apenas as que reagiam, as que gritavam, tinham de ser punidas. Uma pena que a maioria delas não sabia seu lugar. Eventualmente pediam por socorro, choravam. Chienombo não aguentava isso e precisava silenciá-las. Afinal, quem eram elas para atrair atenção para ele? Ele tinha uma vida respeitável como comerciante! E mulher alguma estragaria sua reputação.

Chienombo caminhou pela rua, examinando as mulheres que se ofereciam. Elas riam, chamavam-no, acenavam e faziam gestos. Viu mulheres de todos os tipos. As mulheres altas de cabelos volumosos e as diminutas pigmeias, com cabelos pintados de vermelho vivo e dentes afiados para seus estranhos padrões de beleza. Havia mulheres de pescoços longos adornados por ouro e bronze, vestidas apenas com saias coloridas, e até mesmo algumas Surna, o corpo nu enfeitado por cicatrizes em padrões lindos sobre a pele negra.

Então ele parou. Viu em uma viela algo diferente. Algo... branco.

Cabelos amarelos, reluzentes, escorriam como ouro derretido pelos ombros. Não eram descoloridos, como faziam as mulheres de Sokos, mas verdadeiramente dourados. A pele pálida como osso revelava-se onde não era coberta pelo vestido apertado que realçava um corpo estreito e mais longo que o normal. Braços quase róseos saltavam das mangas curtas do vestido, terminando em dedos longos e finos. Lembrava uma estátua de sal, delicada e muito valiosa.

Chienombo sentiu o coração disparar. Nunca havia antes estado com uma mulher como aquela. Tão... tão exótica. Havia algo de sobrenatural naquela mulher.

Lambeu os lábios e sorriu. Não teve dúvida alguma de que aquela noite teria a estrangeira.

Tocando a lâmina oculta sobre sua túnica mais uma vez, por segurança, caminhou até a mulher de sal, imaginando se ela teria o gosto do sal dos ricos. Ela o viu e abriu um sorriso. Os lábios eram vermelhos e finos, os dentes, perfeitos. Ela tinha olhos verdes como a selva! Como era possível? Ela se apoiou na parede de tijolos, erguendo uma perna para encostar na parede oposta, como se brincando com os dedos do pé. O pano do vestido deslizou, revelando pernas tão brancas quanto o resto do corpo. Chienombo queria explorar as partes não reveladas daquela escultura.

Assim que estava perto o suficiente, pegou-a firme pelo pulso.

– Hoje você é minha.

A mulher sorriu e deu um passo para trás. Ele percebeu que ela era pelo menos dez centímetros mais alta que ele. Ela disse algo que Chienombo reconheceu como a língua comercial, carregada de um forte sotaque que não reconhecia.

– Calma. Não vamos estragar o material. Temos que falar sobre valores primeiro.

Valores, pensou Chienombo, balançando a cabeça. Mulheres servem aos homens. Esse é seu valor, ele pensou. Puxou o braço da estrangeira para perto do seu próprio corpo, forçando-a a tocar as cicatrizes em seu peito.

– Gosta delas?

Ela olhou as marcas, parecendo pouco impressionada.

– Não é o meu estilo.

Chienombo deu um tapa no rosto da mulher. Ela tentou se esquivar, mas falhou. A marca de sua mão apareceu rubra no rosto pálido. Ele gostou. Imaginou pintar o corpo daquela mulher com golpes como aquele. Era como pintar uma tela. Aquela noite certamente seria muito divertida.

Ele puxou a faca e forçou a estrangeira a entrar na viela. Tocou a ponta da lâmina na pele frágil entre os pequenos seios da mulher, bem no centro do decote. Viu a pele romper e uma gotícula de sangue aparecer. Sorriu, divertido.

– Acho que você não entendeu – disse a mulher, desrespeitosa. – Eu disse que não é meu estilo.

O golpe veio mais rápido do que ele podia perceber. Ao mesmo tempo em que a mulher chegou o corpo para trás, sua cabeça desceu sobre o rosto de Chienombo. Seu nariz explodiu com o impacto do crânio da mulher, fazendo-o cambalear. Percebeu que a faca não estava mais na sua mão, mas sim na da mulher. Como, ele não sabia.

Tocou o nariz, confirmando que ele sangrava. Sorriu, lambendo o sangue que escorria perto dos lábios. Isso apenas tornaria as coisas mais interessantes. Se ela gostava de violência, teria violência.

Ouviu mais que sentiu a flecha passar diante do seu rosto e se cravar na parede entre ele e a mulher. Olhou para cima, assustado, para ver sobre o teto da casa ao lado um homem branco de cabelos negros e bigodes volumosos preparar uma segunda flecha em um estranho arco. Era um daqueles arcos estrangeiros que disparavam de lado e não precisavam da força do homem. Mas a arma não impressionou Chienombo tanto quanto o olhar passivo do homem. Era o olhar de um caçador.

– Corre – disse a mulher, com um sorriso cruel no rosto. – Anda. Corre, cachorrinho.

Chienombo não sabe o que o incentivou mais a seguir a ordem: o tom da voz da mulher, o arqueiro sobre o prédio ou o segundo homem, que vinha pela entrada da viela em sua direção, sacando do interior do seu manto cinzento um par de adagas. Mas ele correu.

Empurrou a mulher, que ria, divertida, e correu pela viela sem olhar para trás. Esperava ser atingido por uma flecha ou uma adaga nas costas a qualquer momento. Mas sabia que, se corresse o suficiente, chegaria às docas, e, de lá, certamente perderia os estrangeiros. Aquele era o território dele!

Atingiu um muro inesperado em seu caminho. Caiu para trás e bateu com as costas e a nuca no chão.

Que muro era aquele que não existia lá antes?

Cobriu a nuca, tonto e forçou-se a abrir os olhos. Viu um homem de meia-idade de pé diante dele. Pela aparência, era originário do vale.

– Ladrões – disse Chienombo, com voz trêmula. – Estrangeiros tentaram me roubar.

– Nada pessoal – disse o homem do vale, levantando uma espada de lâmina reta e estreita que parecia particularmente estrangeira. – Apenas negócios.

O pomo de metal da espada atingiu a cabeça de Chienombo. Para ele, aquela noite tinha acabado.

– Vamos ter que carregar esse também?

Anton virou a esquina suspirando, irritado. Guardou as adagas na cintura, ocultadas pelo manto escuro, e chegou ao lado do corpo desfalecido do alvo. Deu dois chutes na costela do homem, que grunhiu, mas não despertou.

– Não podemos levar só uma orelha ou coisa parecida?

– A recompensa por ele vivo é o dobro da dele morto.

O meldouriano olhou para o alto, murmurando. Estava fazendo as contas de quanto dinheiro tinham e se valia a pena fazer a entrega do alvo vivo. Era a sexta captura em poucas semanas. Era um bom começo e já estavam adquirindo uma boa reputação em Porto Qadis.

Inessa entrou na viela, seu corpo antes exposto pelo vestido aberto agora coberto pelo manto de Vinko, que seguia logo atrás. O caçador mantinha o olhar por sobre o ombro como se esperando ser atacado a qualquer momento, as mãos firmes na besta armada.

– Quero cada moeda por esse alvo – disse Inessa, limpando o sangue da presa em sua testa. – Não era em você que ele tinha as mãos.

Anton riu, olhando Inessa de cima a baixo, apesar do manto grosso.

– Aposto que você gostou de cada segundo.

Mais rápido que qualquer um dos homens presentes pudesse reagir, Inessa estalou os dedos, e Anton caiu de joelhos no chão cobrindo os ouvidos. Kasim e Vinko se entreolharam, mas nada fizeram. Inessa deu dois passos na direção de Anton e se ajoelhou do seu lado, sussurrando em seu ouvido:

– Nunca mais repita isso.

Anton cerrou os dentes, uma lágrima escapando dos olhos fechados. As palavras da feiticeira deviam soar como explosões aos ouvidos do meldouriano.

– Certo! – Ele gritou, então se arrependeu e repetiu sussurrando. – Certo! Amigos?

Inessa permaneceu imóvel por mais alguns segundos, encarando Anton bem de perto. Então o empurrou com força contra o muro e afastou-se. Vinko a observou cauteloso, mas ela parou ao seu lado, abraçando o corpo. Encostou a cabeça no ombro do caçador e suspirou, olhos tristes fixos no vazio.

Kasim pegou um dos braços do fugitivo e começou a erguê-lo. Anton bateu com a palma da mão em um dos ouvidos e levantou-se. Percebeu a bota suja de estrume e lama e limpou-a na roupa do alvo antes de ajudar a erguer o peso morto.

Voltaram para o Segunda Chance fingindo que o homem era um amigo que bebeu demais. Apesar de não ser uma atividade ilegal, as autoridades costumavam pressionar caçadores de recompensas para saber informações sobre contratantes e alvos e, não raro, tentavam coletar a recompensa eles mesmos. Não havia mais *marids* para o papel de justiça divina em Myambe. Não era à toa que muitos dependiam de mercenários para fazer sua justiça.

Chienombo foi jogado como uma trouxa de roupas velhas na pequena cela improvisada nos fundos da hospedaria até que fosse recolhido, com sorte ainda aquela noite, pelos homens que contrataram sua captura: familiares das mulheres que Chienombo matou em suas noites de farra.

Foram comemorar mais um fim bem-sucedido de contrato. Logo a mesa estava repleta de frutas e raízes, e Anton já havia esquecido o incidente na viela, trabalhando cuidadosamente em abrir as folhas de palmeira onde fora servido o peixe com nozes e banana-da-terra que havia se tornado seu prato preferido. Eventualmente até mesmo Inessa voltou a sorrir, tentando convencer o taciturno Vinko a provar um ensopado de amendoim, quiabo e frango. Apesar do ótimo cheiro que fazia o líder mercenário lembrar sua infância, Kasim observava sem tocar mais do que uma lasca de coco, que permaneceu com apenas uma mordida diante dele. Apesar do barulho de vozes alcoolizadas e canções desafinadas, Kasim podia ouvir o choro patético do prisioneiro. O homem sabia que estava condenado a um destino muito pior do que dera às suas vítimas.

Foi durante uma rodada de vinho de mel que Odongo chegou, colocando sobre a mesa uma bolsa que soava como cheia de moedas de metal.

– Meus clientes estão muito satisfeitos com o serviço.

– Isso significa que a refeição de hoje é por conta da casa?

Odongo olhou para Anton, erguendo os tocos de mãos na defensiva. Desviou o olhar para o chão, forçando o lábio inferior como se fingindo inocência.

– Sou apenas um empregado deste estabelecimento. O negócio de agenciamento é apenas um adicional para pagar pelos cuidados de que um pobre homem debilitado necessita.

O grupo riu. Anton espetou uma rodela de banana frita num dos ganchos do pulso de Odongo. O homem deu de ombros e comeu a fruta. Voltaram à sua refeição, dando pouca atenção a Odongo. A bolsa de dinheiro logo sumiu de cima da mesa. O valor seria dividido mais tarde, longe dos olhos dos outros presentes.

Kasim percebeu que Odongo não havia partido como de costume. Permanecia ao seu lado, de pé, sem falar nada.

– O que foi?

– Um possível cliente – disse Odongo, olhando para os lados como se suspeitando que alguém estivesse espionando. – Alguém que quer pagar bem para que uma pessoa seja encontrada.

Inessa colocou a cumbuca de comida sobre a mesa, olhando os outros como quem espera alguma complicação. Havia algo de errado dessa vez.

Sem falar, Kasim olhou para Odongo, esperando que ele continuasse.

Odongo olhou à sua volta novamente, então se abaixou perto da mesa e falou em voz baixa.

– O Império está atrás de um traidor.

Pronto, pensou Kasim. Era o momento que temia. Finalmente seu caminho cruzou com o do Império de Diamante. Cedo ou tarde havia de acontecer. Esperava, apenas, que não fosse tão cedo. Sentiu um calafrio correr seu corpo. Precisou falar logo, antes que sua apreensão fosse percebida pelos outros.

– Quem é o alvo?

– Um membro do clero. Ex-membro. Parece que assassinou alguns sacerdotes antes de fugir.

O calafrio se repetiu. A referência vaga a quem era o homem, um que matara sacerdotes e fugira impune, só podia significar uma coisa.

– É um primogênito?

Odongo se afastou ligeiramente da mesa, voltando a olhar à sua volta.

– Não saberia dizer. Chamam-no de Shu e foi visto atravessando o vale nesta direção dois dias atrás.

Uma folha de papel apareceu sobre a mesa, discreta. Não fora arrancada do gancho de contratos. Parecia ter sido amassada, escondida num bolso qualquer. Claro. Ainda existiam muitos veteranos das guerras contra o Império e, se alguém soubesse que Odongo estava ajudando o inimigo, o taverneiro não sobreviveria muitos dias.

Kasim colocou uma mão sobre a folha e a fez desaparecer. Odongo se levantou e partiu.

A pergunta inevitável veio logo depois.

– O que é um primogênito?

O líder mercenário abriu a mão, examinando o papel amassado. Havia o desenho de um homem de cerca de sessenta anos, pele bastante escura, nariz largo e olhos amendoados. A cabeça era quase toda raspada, a não ser pela nuca, onde tranças estavam amarradas em um tipo de rabo de cavalo enfeitado de pedras e joias. Parecia apenas mais um sacerdote do Imperador. Mas nunca havia visto o rosto de um primogênito. Ninguém havia.

– Um membro da Ordem do Diamante. Guerreiros-santos do Imperador. Dizem que são possuídos pelos espíritos dos primeiros companheiros do Imperador e, portanto, são imortais como seu deus-vivo.

Anton sorriu, debochado, e reclinou-se na cadeira. Voltou a buscar pedaços de carne entre as espinhas do seu peixe. Vinko e Inessa estavam mais interessados, até tensos.

– São feiticeiros?

Kasim deu de ombros, olhando para longe. Como aquilo que havia visto vinte anos antes poderia ser justificado, se não por magia? Tentava disfarçar o desconforto ao tocar no assunto, mas não achava que era possível.

– Talvez. Por algum motivo, talentos são incomuns em Myambe.

Inessa aproximou o corpo da mesa.

– Isso significa que estou com problemas?

– Não se eles não a descobrirem. E você é boa nisso.

Ela se afastou, abraçando o próprio corpo como se o protegesse de um vento gelado inexistente. Foi a vez de Vinko se aproximar.

– Já enfrentou algum?

Kasim baixou os olhos para seu prato. A mão brincava sem interesse com as lascas de coco diante dele. A mesa permaneceu em silêncio por alguns minutos. O sorriso no rosto de Anton desapareceu e foi substituído por preocupação. Ele largou a comida na mesa e se inclinou para a frente, cotovelos sobre a mesa. Kasim concluiu que a expressão no seu próprio rosto estava falando mais do que gostaria.

– Vi um ser perfurado por diversas armas e ainda assim levantar-se para matar uma pessoa.

Anton assobiou impressionado, então lambeu os dedos melados de comida.

– E quem ele queria tanto matar?

– Eu.

O silêncio desconfortável voltou à mesa. Kasim pegou seu copo de vinho e bebeu um gole. Estava quente como o clima dentro da taverna. Fez uma careta involuntária. Tinha bebido apenas para quebrar a tensão, mas não achava que tinha melhorado em nada.

– Por quê?

Colocou o copo sobre a mesa e olhou para Inessa. Tinha-se feito essa mesma pergunta várias vezes desde a Batalha do Vale. Talvez soubessem o que ele ia fazer. Talvez os sacerdotes tivessem visto o futuro e soubesse que Rais Kasim mataria o Imperador de Diamante.

Kasim estava cansado de tantos 'talvez'. Queria certezas.

Empurrou com as costas da mão a comida diante dele e colocou o papel com o desenho do alvo entre os copos, usando a palma da mão para alisar a folha amassada. Bateu com o dedo indicador sobre a figura do alvo.

– Esse homem sabe.

– Você o conhece?

Reclinando-se na cadeira, nada relaxado, Kasim balançou a cabeça na negativa.

– Parte da lenda de que são imortais é porque todos eles se vestem da mesma forma. Cobrem o rosto de forma que nunca se sabe quantos são. É o mesmo truque que usam com o Imperador.

Inessa ergueu uma sobrancelha.

– Pensei que o Imperador fosse realmente imortal.

O líder balançou a cabeça e sorriu sem humor.

– Ele não é um Eterno, se é isso que você está insinuando. – Ele segurou o copo com ambas as mãos, olhando a bebida dourada sem vê-la. Suspirou, irritado. – O Imperador está morto.

– Como você sabe?

– Eu simplesmente sei.

Kasim bebeu o último gole do vinho e bateu o copo na mesa. Pegou a folha com o alvo e enfiou-a em um dos bolsos no interior do manto fino. Levantou-se antes que o questionassem novamente.

– Vamos descansar. Amanhã começaremos as buscas por pistas.

Os outros o olharam em silêncio. Talvez questionassem os motivos de Kasim, mas nenhum deles se pronunciaria a respeito. Confiavam suas vidas ao líder. Um a um concordaram e ergueram-se.

– Eu realmente preciso trocar essa roupa. Não sei como essas mulheres aguentam esse tipo de roupas!

Anton riu, dando um tapinha nas costas de Inessa.

– Na próxima vez, você poderia ir nua.

Inessa respondeu com tapinhas de intensidade mais forte no rosto do companheiro.

– Da próxima vez você faz o papel de prostituta.

No alto das escadas, Kasim se despediu dos outros e entrou em seu quarto, soltando o manto. Percebeu o som das moedas quando a roupa atingiu o chão. Ninguém sequer questionou sobre a divisão do pagamento pela captura daquela noite. Significava que tinham percebido o quanto o líder estava abalado pela natureza do próximo trabalho.

Não gostava disso. Se o sentissem inseguro, logo estariam eles mesmos inseguros. E, assim, propensos a erros. Não havia espaço para erros naquela linha de trabalho.

Kasim removeu a cota de malha e largou-a no tapete que cobria o chão de adobe. Tirou o cinto com as armas e deixou-se cair na cama pouco confortável. Retirou as botas com os próprios pés.

O corpo estava cansado da correria daquele dia. Estava ficando velho.

E, apesar de que naquele momento uma aposentadoria não ser uma má ideia, não tinha qualquer intenção de que ela viesse forçada, fosse pelo gume de uma espada ou pelas feitiçarias de um primogênito.

Capítulo 9

A noite caía sobre Abechét.

Da sacada da cidadela, o edifício mais alto de toda a região, Zaim Adoud observava a cidade silenciosa. Três dias haviam se passado desde o ataque aos insurgentes, e os prisioneiros vinham fornecendo informações importantes, mesmo que a altos custos. Duas vezes tivera de usar os serviços do balawoo para obter suas respostas. Preferia manter o escravo escondido caso os agentes do Imperador chegassem à cidade.

O resultado, no entanto, era o melhor possível. Haviam localizado e destruído mais dois esconderijos, inclusive capturando planos não só para assassiná-lo, mas, também, para atacar o primogênito que estava prestes a chegar. Como eles sabiam sobre sua chegada era um mistério.

Aqueles que se diziam líderes foram presos e seriam executados em praça pública em alguns dias. Mas o Zaim tinha a certeza de que não passavam de fantoches. Alguém os estava manipulando.

Descobrir quem seria mais difícil do que imaginara. Os prisioneiros eram fiéis a esse líder, ou talvez realmente não soubessem sua identidade. Afirmavam que recebiam suas ordens por pássaros treinados. Enquanto havia evidências da presença de pássaros nos esconderijos, nenhum fora encontrado.

Zaim suspirou, apoiando-se no parapeito da sacada. Provou da aguardente de mandioca que trouxera da mesa do jantar, sentindo queimar a garganta. Abechét não era a única região com problemas. Rumores trazidos pelas caravanas falavam de instabilidade e insegurança na maioria das províncias do Império, em especial aquelas distantes da capital. Conflitos entre as cidades de Maar, a morte do Zaim de Almed nas mãos de um fanático, heresias em Lugdasa, sem falar da súbita perda de contato com Meldor. Ao sul, no Vale, a última conquista do Imperador, os cultos religiosos locais ainda permaneciam fortes e eram praticados à luz do dia. Em todos os cantos o clero era chamado de volta a Jimfara, abandonando para trás os templos. Era como se o Imperador houvesse decidido que apenas a capital importava, decidido a esquecer todo o resto.

Era esse tipo de decisão que deixava Zaim furioso. Era, também, o que o incentivava em suas convicções de que Abechét estaria mais segura se estivesse sob o controle de uma pessoa dedicada e de pulso firme.

– Espero que a expressão em seu rosto não seja devido à minha visita.

Zaim afastou-se do parapeito, virando-se surpreso na direção da voz. De pé na porta que levava para a sala de jantar estava um homem alto envolto em vestes negras. Não havia muitos detalhes além dos símbolos do Império e da Ordem do Diamante. Uma espada longa e curva pendia de seu cinto de tecido. O cabo era cravejado de joias e decorado com linhas de ouro.

O rosto era escondido por uma máscara de contas azuis e brancas. A personificação do guerreiro, do avanço e da política. Melhor do que se fosse o verde da justiça ou o traiçoeiro vermelho. O primogênito que viera a Abechét exigir os exércitos de seu pai usava a máscara vermelha e preta da dualidade. Seu pai pensou que significava o poder divino do exército imperial. Mas agora ele estava morto, assim como praticamente todos os soldados que enviara ao sul.

Atrás do primogênito do Imperador, dentro da sala de jantar, a primeira esposa de Zaim observava, preocupada. Apenas seu rosto e uma mão eram visíveis por trás da cortina pesada. Zaim fez um sinal discreto com a cabeça para que ela não se preocupasse. Temerosa, ela baixou os olhos e saiu da sua linha de visão.

– Esperava sua chegada para amanhã apenas – disse o Zaim, recompondo-se. Ergueu uma mão aberta diante do peito em cumprimento e baixou os olhos em respeito.

O guerreiro não respondeu o gesto. A máscara inclinou-se ligeiramente para o lado, como um predador estudando sua presa. As contas coloridas tilintaram umas nas outras, mas revelaram pouco do rosto oculto por trás delas.

– Prefiro observar o local de minhas operações sem as ilusões que muitos nobres preferem criar quando sabem de minha chegada.

O que significava que podia pegar possíveis inimigos de surpresa e descobrir seus segredos. Há quanto tempo já havia chegado? Suas roupas não pareciam sujas pela poeira da estrada. Poderia o primogênito já estar em Abechét havia muitos dias? Não teria como saber. O rosto por trás daquela máscara poderia ser de qualquer um andando pelas ruas da cidade.

– Sobre sua questão – falou Zaim, retornando à pergunta inicial do visitante. – Me preocupo com essas terras. Muitos problemas vêm surgindo nesses últimos meses.

O primogênito aproximou-se do parapeito, colocando ambas as mãos sobre ele. Zaim percebeu nas mãos nuas do homem cicatrizes que pareciam ter sido cortes profundos. Marcavam a pele negra em vários pontos. Davam a impressão de mãos uma vez mutiladas, mas miraculosamente recuperadas. Até onde ia sua imortalidade?

– Abechét é importante para o Império. Além de ser um importante entreposto de mercadorias vindas de longe, protege nossas fronteiras contra os selvagens.

A cabeça coberta do homem voltou-se para Zaim. O general podia ver através das frestas entre as contas da máscara um par de olhos negros fitando-o intensamente.

– Instabilidade não só é indesejável. É intolerável.

Zaim colocou o copo sobre o parapeito e caminhou pela sacada, observando a cidade enquanto considerava suas palavras. Havia um vento morno descendo o curso do rio Kori. Não era o suficiente para refrescar o calor do verão.

– Abechét pode ser importante, mas jamais recebeu o auxílio necessário.

– Assim como tantas outras regiões fronteiriças.

A resposta era seca e monótona, assim como cada uma das palavras proferidas pelo visitante até então. O general virou-se para o primogênito, que voltara a observar a cidade, o corpo inclinado para a frente. O que dizia soava como uma confirmação dos rumores. Propositalmente ou não, o visitante estava dando a deixa para que Zaim desse um novo passo de seu plano.

– Como o Imperador espera proteger suas terras se não permite que os homens a quem atribuiu sua defesa façam seu trabalho?

Afastando o corpo do parapeito e erguendo-se em todo seu tamanho impressionante, o guerreiro estendeu uma mão marcada para Zaim Adoud, tocando com um dedo acusador o peito do general.

– Seus antecessores fizeram o trabalho. Por que você é incapaz de fazê-lo?

Controlando a irritação, sabendo que não seria boa ideia explodir com um membro da Ordem do Diamante, Zaim respirou fundo, virou-se na direção da cidade e fechou os olhos para a brisa. Ela trazia a mistura exótica do cheiro da floresta com o sal do deserto de Kahlar.

– Abechét não tem recursos apropriados.

A resposta do primogênito levou alguns segundos para vir. Ele permaneceu imóvel estudando o general antes de falar.

– Há muitos nobres em Abechét.

Um sorriso sem humor surgiu espontaneamente no rosto de Zaim, que balançou a cabeça, apontando com uma mão na direção das fazendas além dos muros da cidade. Eram quase invisíveis à noite a não ser pelas luzes distantes das casas grandes. Mas, se o que diziam era verdade, primogênitos viam perfeitamente no escuro.

– Os nobres de Abechét não são de abrir mão de seus recursos.

O primogênito cruzou seus braços. O tecido das vestes revelou que cicatrizes também marcavam os antebraços musculosos do guerreiro. Zaim teve a impressão de que não eram apenas cortes de espadas e flechas. Que tipo de criatura esse ser já havia enfrentado?

– Se são nobres é porque o deus-vivo assim desejou. Imagino que sejam merecedores.

Ouvia um tom de humor na voz do homem misterioso?

– Idiotas, todos. Pensam que são reis dessas terras. Preferem ignorar a verdade.

A cascata de contas inclinou-se novamente para o lado. A brisa fazia com que a palha no alto da máscara dançasse como se viva.

– E que verdade é essa?

Zaim olhou o primogênito nos olhos. Não conseguia dizer o que se passava na cabeça do visitante, mas, mesmo assim, tinha uma certeza. Ele o estava testando.

– Que essas terras são o Imperador.

Os olhos do visitante pareceram estreitar-se. A máscara tremeu levemente, fazendo as contas soarem novamente. Pensou ver um largo sorriso de dentes brancos por trás delas.

– Você não os vê com bons olhos.

Zaim Adoud suspirou, balançando a cabeça. Buscou no parapeito o copo e levou-o até a boca, mas não bebeu. O cheiro forte da aguardente parecia clarear seus pensamentos.

– São incultos. Ganharam suas fortunas à custa de guerreiros como você e eu. São todos membros de povos inferiores.

– Não há outros povos no Império. Somos todos o povo do Imperador.

Novo teste. Zaim observou o outro, buscando pistas de onde queria chegar. Talvez realmente estivesse lá para investigar os nobres. Ou talvez fosse apenas a oportunidade de descobrir heresias. Seria esse o significado de encontrá-lo usando a máscara do guerreiro político? Tomou um gole cauteloso da bebida. Uma oportunidade a ser aproveitada.

– Eles mantêm seus cultos ancestrais. Vestem-se como seus povos conquistados. Alguns até mesmo rezam para seus falsos deuses!

– Ouvi rumores de que você usa os serviços de um balawoo. Um que diz ouvir os mortos.

Zaim foi pego de surpresa. Virou-se para o primogênito mais rápido do que deveria. Certamente deixou a surpresa nítida em seu rosto. Dessa vez tinha certeza que o visitante sorria por baixo da máscara.

Não importava como ele sabia. Também não havia razão para negar e causar-lhe problemas futuros. Estudou com falso interesse o copo de aguardente. Tinha sido um presente o atual Zaim de Maar, junto com as garrafas de aguardente. Um agradecimento por ter emprestado o balawoo para localizar o assassino de seu filho dois anos antes.

– Um escravo – disse finalmente, com voz calma. – Um recurso a utilizar quando necessário.

– Um herege – corrigiu o primogênito, erguendo um dedo acusatório. – E você sabe o que fazemos com hereges.

O general colocou novamente o copo sobre o parapeito da varanda.

– Você quer dizer que devo queimar todos os nobres dessas terras?

O sorriso novamente. O primogênito deu alguns passos para longe do parapeito, concordando com a cabeça, não com o que Zaim falou, mas com o significado do que disse. Ele não podia justificar a morte do balawoo sem também pôr a vida dos nobres em risco. Talvez o primogênito visse naqueles nobres uma utilidade que Zaim falhara em encontrar durante todos esses anos.

– É isso que sugere ser a solução?

Zaim Adoud suspirou, balançando a cabeça. Voltou sua atenção para a cidade abaixo e os campos além da muralha baixa. A noite parecia esconder os barracos desordenados, suas cores díspares aparecendo apenas em tons de cinza. Apesar dos ataques aos esconderijos insurgentes, sabia que a situação na não-cidade estava longe de ser resolvida.

– Longe da capital é difícil controlar a população. Fazê-los lembrarem-se de que existe um Imperador a quem servem. Por mais ingênua que seja, a crença local lentamente retorna às suas mentes.

– Você quer dizer que você é incapaz de controlá-los.

Zaim virou-se furioso.

– Não! – ele gritou, mais duro do que gostaria. Viu os olhos do primogênito faiscando de raiva. Baixou o olhar para o chão.

– Não – repetiu de forma mais branda. – A capital nos abandonou. Não temos membros do clero aqui. Não recebemos recursos para guarnecer a cidade. Para defender essas terras. Não é à toa que cada nobre se vê como um rei.

O primogênito do Imperador observou-o em silêncio, estudando mais o general do que suas palavras. Se quisesse poderia matá-lo naquele momento e ninguém faria nada a respeito. Apenas nomeariam outro como Zaim e continuariam como se fosse o mesmo homem. Em Myambe não era o homem que importava, mas sim seu título. Por fim, falou.

– Você tem ideia de por que estou aqui?

Zaim franziu a testa e voltou a encarar a máscara de contas. Tinha ficado tão envolvido em mostrar os problemas que enfrentava que jamais questionou a missão do guerreiro santo. Relembrou o significado das cores azul e branca da máscara. Percebendo sua confusão, o outro se explicou.

– A civilização que existiu aqui antes da chegada do Império não foi a primeira. Existiu uma outra, bem mais antiga, que enfrentou o Imperador em seus primeiros anos.

Concordando discretamente com a cabeça, Zaim tentou deixar sua expressão neutra. Ele não sabia do fato. A cidadela em que vivia e governava Abechét havia sido construída sobre as ruínas de um antigo forte Nemeloc, conquistado pelos seus ancestrais séculos antes durante uma das campanhas de conquista do Imperador. O primogênito continuou.

– Eram contemporâneos do povo do Imperador, da tribo original. E foram seus primeiros inimigos.

O clero do Imperador mantinha todo o conhecimento da história do Império em suas mãos. Poucos laicos sabiam dos fatos além do que era ensinado nos templos. Nem mesmo os primogênitos, montados pelos espíritos dos primeiros guerreiros do Imperador, lembravam detalhes. História misturava-se com mito e ninguém sabia ao certo qual era a realidade. Era assim que o clero preferia. Se cada fato da história do Império fosse tão fantástico quanto narravam, quem não acreditaria na divindade do deus-vivo?

– Os adivinhos acreditam que essa civilização caiu quando seus feiticeiros tentaram um ritual que tornaria o Imperador um mero mortal.

Zaim permitiu um sorriso em seu rosto, balançando a cabeça.

– Agora é você que fala heresias, primogênito.

Os olhos negros voltaram a cerrar-se, mas não havia sorriso nenhum sob a máscara.

– Pare com essa idiotice. Isso não é um jogo.

O primogênito do Imperador voltou-se novamente na direção da cidade. Mas, dessa vez, sua atenção não estava em Abechét, e sim além, na outra margem do rio Kori, onde a floresta cobria boa parte das terras ao norte.

– Algo poderoso pode estar escondido nessas ruínas. Algo que pode colocar o deus-vivo em perigo.

A floresta de Kwindago erguia-se como uma muralha natural nos limites do Império. Zaim se lembrava de ouvir as histórias contadas pelo seu avô, repassadas pelas gerações, de como aquela selva fechada provou-se uma barreira intransponível até mesmo para o deus-vivo e seus guerreiros. Havia décadas que nenhuma incursão adentrava Kwindago.

– Isso é possível?

Os olhos do primogênito viraram-se de súbito para o general. Zaim engoliu em seco. Talvez tenha colocado esperanças demais na sua pergunta. O visitante observou-o silencioso mais um pouco antes de continuar.

– Isso é irrelevante. – Afastou-se do parapeito e voltou o corpo para o general. – O que importa é que essas ruínas precisam ser encontradas. Antes que os inimigos do Império descubram o que elas escondem.

Imediatamente o general compreendeu o motivo daquela conversa. Não se tratava de compreender a instabilidade de Abechét, mas os riscos ao Império de Diamante.

– Você quer que enviemos uma força para Kwindago.

Não foi uma pergunta, mas sim uma afirmação. O primogênito apenas concordou com a cabeça, estudando a reação do Zaim de Abechét.

O general voltou-se para a cidade, suspirando fundo. Colocou uma mão sobre o parapeito. Ela tocou o copo que havia esquecido ali. Levou-o à boca e tomou um último gole enquanto analisava a situação.

Novas oportunidades pareceram surgir diante de Zaim Adoub.

Baixou o copo vazio, rolando-o entre os dedos.

– Precisaremos de homens para isso. E equipamento.

– Abechét possui uma guarnição.

Ele colocou o copo novamente sobre o parapeito e voltou-se para o guerreiro sem nome.

– Menos do que o necessário para policiar as ruas. Levá-los a Kwindago seria um massacre. E deixaria a cidade totalmente desprotegida.

O primogênito cruzou os braços, inclinando a cabeça para o lado ligeiramente.

– Teme ataque de algum inimigo invisível?

– Longe de Jimfara o Império tem inimigos. E eles atuam nas sombras, esperando oportunidades como essa. Isso sem falar do crime. Temos uma comunidade crescente de imigrantes e refugiados.

Os olhos do primogênito desviaram para a não-cidade. Ele conseguia perceber as cores que os olhos mundanos do Zaim não conseguiam? Certamente os primogênitos já sabiam da existência daquele parasita.

– E o que você sugere?

Oportunidades, pensou Zaim Adoud, controlando um sorriso.

– Recursos para construir um forte do outro lado do rio e equipamento para treinar tropas.

– Não há tempo para enviar esse tipo de material de Jimfara. Nem disponibilidade de recursos. Tenho ordens superiores de não envolver Jimfara ou outras terras nesta missão.

Estranho. Se o objetivo era tão importante, por que não utilizar toda a força do exército imperial para lidar com a situação? Por que o motivo de segredo? Temor de que alguém descobrisse a suposta fraqueza do Imperador?

– Abechét é pobre em madeira. Sem ela, não podemos fazer armas ou armaduras.

– Saqueiem a floresta – disse o primogênito, apontando com desdém na direção da vastidão verde.

Zaim concordou, esperando essa resposta.

– Ainda assim, precisaremos de recursos. Mão de obra especializada, alimentos e homens experientes para treinar os novos soldados.

– Sei que existem muitos mitos sobre os poderes de um primogênito do Imperador, Zaim. Mas criar matéria do nada não faz parte do meu repertório.

O general concordou com a cabeça, fingindo preocupação. Confiou o cavanhaque, o braço apoiado no outro, cruzado sobre o peito. Deu passos pela sacada, como se tentando encontrar uma solução que já tinha. Os olhos do primogênito acompanhavam cada passo. Então, Zaim parou no local na posição ideal.

– Então não poderei fazer nada sem pôr em risco as terras do Imperador.

O primogênito levou mais tempo do que Zaim esperava para encontrar a solução. Quando o general se virou, os olhos negros sob a máscara estavam olhando as fazendas além da cidade. Exatamente para onde Zaim queria que ele se virasse.

– Os nobres. Exija deles sua comida, dinheiro e pessoal. Creio que eles mantêm seus próprios artesãos e soldados, estou certo?

Zaim virou-se para o visitante abrindo olhos de surpresa forjada, tentando fazer com que seu sorriso parecesse ser por ter ouvido uma brilhante ideia.

– É verdade. Mas, não tenho autoridade para tal. Como você disse, o deus-vivo os fez guardiões daquelas terras.

– E eu, como membro da Ordem do Diamante, sou as mãos, os olhos e a voz do Imperador. Você terá seus recursos.

Zaim Adoud virou-se novamente, escondendo do visitante um sorriso largo e vitorioso. Conseguia os recursos que precisava para formar um novo exército em Abechét e ainda assim punia os nobres que há tantos anos o ignoraram. Tudo sem mover um dedo sequer.

– Uma coisa ainda me preocupa, Zaim.

O general voltou-se para o primogênito.

– Sim?

– De onde você conseguirá homens para suas tropas?

– Bem, – ele disse, voltando seus olhos para a não-cidade. – Acho que a resposta para essa pergunta é a solução de um outro problema.

Capítulo 10

Muito dos últimos dias havia sido voltado aos preparativos do Festival da Colheita, quando as primeiras levas de importantes alimentos como inhame, batata e mandioca eram abençoadas pelos sacerdotes do deus-vivo e oferecidas ao povo.

Adisa estava em um dos inúmeros palanques construídos nas aldeias do lado de fora das muralhas de Jimfara, de onde estariam distribuindo o alimento sagrado para os menos abastados, num simbolismo da bênção dada pelo Imperador a todos os seus seguidores.

Ele sabia que não havia mais fome no Império, assim como não havia mais pobreza. O Imperador era a terra, e a terra provia seus súditos com tudo que precisava. Era só ver os incontáveis jardins cultivados da capital, de onde se podiam colher frutas do pé e comer na hora. Mas o antigo festival era um costume importante na cultura do Império e o conselho acreditava que manter tradições era importante para o bem-estar do povo e sua sociedade.

Adisa colocou o cesto de vime sobre a mesa junto com os demais. A carroça que trazia a comida abençoada de dentro das muralhas partia após deixar sua última leva para aquele dia. Por trás dela Adisa viu um rosto que chegou a pensar que jamais veria novamente.

– Mestre! – disse Adisa, baixando o olhar em respeito ao seu antigo tutor. – Senti saudades de suas sábias palavras.

Iwegi sorriu largamente. Ele subiu o palanque com passos cautelosos e aproximou-se de Adisa, colocando uma mão na cabeça do jovem.

– Chame-me pelo nome. Somos irmãos agora, Adisa.

Adisa apertou a mão de Iwegi com as suas. Sentiu vontade de chorar, mas achou que isso o faria parecer uma criança.

– Faz muito tempo desde que nos vimos pela última vez.

Mesmo que tentasse não demonstrar com o tom de sua voz, Adisa sabia que deixara claro o temor que sentiu por ter ficado tanto tempo sem a companhia de seu antigo tutor. Durante seu treinamento jamais ficara mais de um dia sem seu mestre por perto. Iwegi havia-se tornado mais presente em sua vida do que seu pai ou mesmo sua mãe. Em uma casa onde viviam tantos, entre as demais esposas de seu pai e seus filhos, era difícil estar sozinho. No palácio, mesmo com dezenas ou centenas de outros sacerdotes, a questão era bem diferente. Cada um cuidava dos seus próprios afazeres e raramente tinham tempo para conversa. No fundo, eram todos estranhos.

– Quando seu pai pediu que eu fosse seu mestre, deixei o palácio para pode acompanhar todos os seus passos. Agora estou guiando outro.

Adisa sentiu um aperto irracional no coração. Piscou os olhos para tentar evitar as lágrimas.

– Ah... Então... você tem um novo aprendiz?

Iwegi riu. Ele passou um dedo grosso pelo olho úmido de Adisa e deu tapinhas amigáveis no rosto do garoto.

– Você não consegue esconder seu desapontamento. Não sinta ciúmes. Seus dias de aprendiz acabaram. Chegará o dia em que será você o mestre.

Adisa achava isso pouco provável. Seu dever como escriba do palácio levava-o a ficar no subterrâneo, analisando textos e escrevendo relatórios. Não tinha contato com outros escribas, muito menos com o mundo exterior. Ninguém o conhecia fora do palácio e via poucas chances disso mudar ao longo dos anos. Não com o importante dom que tinha. A não ser que algum antigo parente se lembrasse dele e o honrasse com o convite de tornar-se mestre de um futuro aprendiz. Se o conselho clerical assim permitisse, claro.

Adisa tentou não deixar claros seus pensamentos. Forçou um sorriso e concordou com a cabeça. Sabia que ainda existia muito pela frente e aceitava o que lhe fora dado pelo deus-vivo. Era um dom especial e muito importante para o Império. Podia fazer em poucos dias o trabalho que levaria meses para um escriba experiente treinado em um conhecimento muito específico. Sabia o quão valioso era.

Iwegi olhou à sua volta, examinando os preparativos do festival. Sorriu, satisfeito.

– Poucas semanas no clero e já foi escolhido para participar do festival. Estou orgulhoso.

– Fui informado apenas ontem, após a refeição da noite. É uma honra.

– Certamente é. Só pude participar na oferenda após sete anos de iniciado. Isso significa que você atraiu a atenção do conselho.

Um sorriso largo e espontâneo cresceu no rosto de Adisa. Era verdade, mas estivera nervoso demais para perceber o óbvio. Talvez não estivesse destinado ao anonimato. Uma lembrança de seu ritual de iniciação veio à mente.

– Diga-me, Iwegi – disse Adisa, achando difícil não chamá-lo de mestre. – Quem era o homem que participou da minha Purificação?

Iwegi desviou o olhar por algum tempo, olhando à sua volta. Parecia estar medindo suas palavras antes de falar. Deu um sorriso que não parecia natural.

– Um sábio. Membro do conselho.

Adisa abriu a boca para falar algo, mas seu espanto era grande demais. Não conseguia pensar no que dizer. Um membro do conselho clerical? Por que um dos mais venerados membros do clero, aqueles com quem o deus-vivo trocava confidências e ideias, teria interesse no ritual de iniciação de um garoto qualquer?

– Ele disse que viu você no futuro – explicou Iwegi, a expressão no seu rosto séria. – Um papel importante para a continuidade saudável do Império.

Um papel importante, questionou-se Adisa. Algo relacionado ao seu dom, decerto. Talvez dentre aqueles empoeirados documentos estivesse algo que pudesse pôr em risco o deus-vivo! Não, impossível. Nada ou ninguém podia ir contra uma entidade como o Imperador, homem eterno, sábio e poderoso.

Abriu a boca para questionar Iwegi sobre o que ele queria dizer, mas o mestre desviou o olhar para longe.

– Vamos. Os aldeões estão chegando. Logo os sinos tocarão.

O festival teve início com os cânticos usuais. Em vários pontos da cidade, dentro e fora dos muros, os tambores tocaram indicando o início das comemorações. Dentro das mansões, festas em celebração ao dia mais importante do Império tiveram início. Fora de suas muralhas, em diversos palanques distribuídos em meio às casas dos trabalhadores e serviçais, membros do clero distribuíam comida abençoada enquanto entoavam canções como "A vinda do deus-vivo" e "Ele é a Terra".

Adisa dividia seu palanque com seu antigo mestre, um membro da ordem dos contadores chamado Imama, cujas tranças brancas iam até o meio das costas, e Bomono, um membro da ordem dos escribas que devia ser poucos anos mais velho que ele. Alguns guardas da ordem de ferro permaneciam em torno do palanque. Seu papel era apenas garantir que os aldeões mais afoitos se controlassem.

Ao primeiro som dos tambores, aquelas pessoas correram para os palanques, empurrando-se para chegar aos sacerdotes. Inicialmente Adisa ofereceu a comida, abençoando-a com os dizeres que aprendera antes da iniciação, mas logo percebeu que os aldeões não pretendiam esperar. Arrancavam a comida de sua mão antes mesmo que tivesse tempo de falar as primeiras palavras.

Nunca tinha estado do lado de fora dos muros de Jimfara, mas ouvira muito a respeito de seu mestre, seus pais e amigos destes. Seu pai era um comerciante de sucesso e tinha negócios em vários pontos dentro e fora da capital.

Apesar de existir comida em abundância em Jimfara, os jardins públicos e privados da capital fornecendo frutos e folhas para qualquer um que as desejasse, os aldeões pareciam quase desesperados para chegar aos palanques e encher suas cestas com os vegetais e raízes que estavam sendo distribuídos pelo clero. Fervor religioso, Adisa imaginava, contente. Eram todos devotos do deus-vivo e sabiam que um pouco de sua graça estava naqueles alimentos. Ele percebeu, curioso, que alguns dos aldeões se vestiam com trapos. Uma mulher trazia ao colo uma criança nua e suja. Segundo seu pai os aldeões fantasiavam-se para representar os povos que o Imperador acolheu em suas Terras. No final do dia, após receberem a comida, banhavam-se em um rio ou lago do Império e vestiam roupas novas e joias, para representar seu renascimento ao lado do deus-vivo. Adisa se perguntou, emocionado, se teria a oportunidade de presenciar esse belo ritual.

Imama caiu de joelhos ao seu lado, soltando um suspiro. Adisa voltou-se para ele, sorrindo. Apesar de sua idade avançada, Imama gostava de trabalhar e excedera-se em sua vontade de participar daquele festival sagrado.

Um grito chamou a atenção de Adisa para o rosto da mulher que recebia os vegetais de Imama. Ela se afastava horrorizada. Outros faziam o mesmo.

Foi apenas colocando a mão no ombro de Imama que Adisa compreendeu o porquê.

Uma grande mancha vermelha crescia no tecido branco nas costas das vestes do clérigo. O corpo rolou para o lado e Adisa percebeu as mãos trêmulas segurando uma flecha que perfurava seu peito. Os olhos de Imama rolaram nas órbitas e ele tornou-se um com o deus-vivo.

O caos explodiu em torno do palanque. Os aldeões corriam para longe. Adisa viu a mulher com a criança tropeçar e cair e desaparecer sob os pés dos desesperados. Mas não eram apenas gritos de desespero que entoavam em torno do palanque. Vindo em direção oposta à multidão estava um grupo de homens, pedras em uma correnteza humana. Cantavam músicas em uma língua que Adisa não conhecia, mas compreendia: a bênção de uma estrela da manhã que descia sobre os hereges como lâminas de justiça divina.

Bomono caiu sobre Adisa. Uma flecha perfurara seu pescoço e, outra, seu ombro esquerdo. Seus olhos encontraram os de Adisa. Estava assustado. Uma mão esticou-se para pedir ajuda enquanto sangue borbulhava para fora da boca e da ferida na garganta.

Adisa foi tomado pelo pânico.

Voltou sua atenção aos homens que vinham em sua direção. Aqueles que ainda não o tinham feito despiam as roupas esfarrapadas de aldeões e cobriam rosto e cabeça. Adisa sentiu o coração disparar. Ninguém no Império cobria a cabeça, pois impedia a luz do Imperador de tocá-los. Mas ele se lembrava de um povo em particular que o fazia em honra a sua divindade no céu. Os hereges do vale sacavam espadas e lanças. Tinham morte em seus olhos.

Iwegi pegou o braço do jovem, puxando-o com força.

– Vamos, Adisa! Precisamos sair daqui!

Ele obedeceu, levantando-se aos tropeços, desvencilhando-se do corpo de Bomono. Saltaram do palanque e correram na direção oposta aos atacantes. Membros da ordem de ferro avançavam para dar-lhes cobertura.

– Por que fazem isso? – perguntou Adisa, incrédulo. Qual o sentido em alguém atacar membros do clero, em especial durante o Festival da Colheita? Heresia e insanidade!

Se Iwegi sabia, não respondeu. Apenas continuou a correr, puxando Adisa pela manga das vestes.

Do lado de fora das muralhas de Jimfara as casas eram feitas de adobe, mas nenhuma era adornada ou coberta de cal. Também não formavam ruas largas e pavimentadas afora aquela que levava diretamente aos portões da cidade. Entraram em uma das ruas estreitas, correndo na direção da muralha que podia ser vista de longe.

Talvez pudessem virar para a avenida principal alguns metros adiante. Pelo caminho, mais membros da guarda avançavam. Outros clérigos corriam, alguns feridos, na mesma direção. Logo se perderam entre o labirinto de casas.

Adisa olhou por sobre as casas e sentiu um alívio. Lá estava

Edinkira, visível de todos os pontos daquela região, crescendo imponente sobre o palácio como a árvore sagrada que representava. O Sol fazia brilhar os milhares de pedras preciosas que davam à torre a aparência da Árvore do Sempre de onde nascera o Imperador de Diamante.

Um guarda aproximou-se, espada na mão, apontando para uma rua. Gritava para que seguissem naquela direção quando uma lança passou entre ele e Adisa. Sangue espirrou sobre o iniciado quando as laterais da ponta da arma cortaram o rosto do guarda. O homem gritou de dor, levantando uma mão para cobrir o olho arruinado. Foi seu último ato antes de ser derrubado a golpes de espada por mais homens armados que pareciam surgir de lugar algum.

Isso não podia ser real! Alguém estava brincando com seus sentidos, decerto. Ou talvez fosse um teste. Uma provação imposta pelo deus-vivo para testar sua fé. Adisa olhou à sua volta, aterrorizado. O que deveria fazer?

Iwegi empurrou Adisa na direção da rua.

– Corra, garoto!

Mas, ao invés disso, ele tropeçou e caiu. Tudo parecia um sonho, como se estivesse se movendo devagar. Virou-se para o antigo mestre. Iwegi erguia seus braços na direção dos hereges que massacravam indiscriminadamente guardas e membros do clero.

As armas dos hereges atingiram uma barreira invisível. As vítimas, feridas e assustadas, tão incrédulas quanto seus agressores, tentaram levantar-se e fugir. Por graça divina, Iwegi usara seu dom para dar-lhes tempo em troca de sua própria vida.

O velho clérigo cambaleou, exausto pelo esforço de proteger tantos com seu dom. Estava de joelhos quando um dos homens, de turbante e barba espessa, caminhou em sua direção. Adisa se espantou com a determinação nos olhos do desconhecido.

Com uma mão, o homem desceu a lança sobre Iwegi, trespassando seu ombro esquerdo e o chão atrás dele. O corpo frágil do mestre ficou preso. Sem deter-se por um momento sequer, enterrou com a outra mão a lâmina da espada na cabeça calva do velho mestre, matando-o instantaneamente.

Então, seus olhos se voltaram para o jovem iniciado caído a poucos metros dele.

Adisa não se lembrava do que pensou, nem ao menos de como se levantou. Quando deu por si, estava correndo na direção da cidade.

Os sons de luta e morte pareceram desaparecer dos seus ouvidos. Ouvia apenas seu coração batendo forte.

Virou numa esquina atrás de uma casa de teto ovalado e deparou-se com uma parede.

Parou, apoiando-se em cestas e lixo empilhados. Olhou a sua volta, assustado. De onde estava não conseguia vir Edinkira. Olhou para trás, o coração ameaçando explodir no peito. Podia ver ao longe pessoas correndo e homens lutando pelas suas vidas. Então seus olhos cruzaram com os do homem com a espada e a lança.

O assassino de seu mestre avançou em sua direção com passos determinados. Em seu caminho, derrubou sem esforço mais dois guardas. Era ágil e terrível.

Não havia tempo para pensar. Adisa simplesmente começou a virar cestas, tentando usá-las como uma escada improvisada. Talvez pudesse alcançar o teto de uma das casas e fugir dali.

No que pareceu uma eternidade, chegou alto o suficiente. Seus dedos podiam tocar a beirada da casa mais baixa, mas não tinha força para erguer o corpo. Podia ver o cume de esmeraldas de Edinkira! Foi quando a torre desapareceu por trás de um vulto.

A imagem de um primogênito do Imperador, mãos fechadas em sua cintura, trouxe-lhe esperança. Estava lá como uma estátua poderosa, apenas os olhos negros visíveis pelas frestas entre as contas laranja e rosas.

– Ajude-me, irmão! – gritou Adisa, desesperado.

O homem esticou uma das mãos para Adisa. O clérigo esticou a sua própria, mas, se o primogênito não se abaixasse, seria impossível alcançá-la.

Então, as vestes do primogênito começaram a balançar com um vento que parecia não existir minutos antes. O vento ganhou força e formou um pequeno tornado de poeira. Atingiu Adisa com violência, cegando-o com detritos e folhas. Ele tentou segurar-se à beirada da casa, mas seus dedos escaparam. O vento sobrenatural arremessou-o para o chão, fazendo-o afundar nas cestas de vime do beco sem saída.

Atordoado, olhou para cima. O primogênito apenas o observou. Então deu as costas e partiu.

Ouviu passos seguros na terra que cobria a rua. Virou-se para ver seu algoz, espada e lança nas mãos.

Não havia crueldade em seus olhos, tampouco ódio. O homem

parecia sem expressão, como se estivesse prestes a fazer um trabalho qualquer, como um carpinteiro construindo cadeiras ou um açougueiro cortando um porco. Adisa engoliu em seco com as imagens que vieram a sua mente.

Sem uma palavra, o homem aproximou-se do clérigo, erguendo sua espada. Adisa fechou os olhos. Lembrou-se dos anos de treinamento e dedicação para tornar-se um membro do clero do deus-vivo e tudo o que decidiu de bom grado abandonar para tornar-se digno do título de sacerdote. Lembrou seu ritual de purificação e os dias que se seguiram.

E agora seria morto por um homem que nem ao menos parecia ligar para estar tirando uma vida humana. Claro. Quantas mais ele já havia tirado apenas naquela manhã?

Algo zumbiu no ar e os lábios de seu algoz abriram-se pela primeira vez. Um gemido contido escapou.

Adisa abriu os olhos para ver o homem curvado, a lança caída, a mão na coxa, onde uma flecha havia se enterrado. Novo zumbido, e outra flecha fincou-se na a parede atrás dele.

O homem olhou na direção de que vieram as flechas. Fora do campo de visão de Adisa, os guardas da cidade disparavam contra o herege, exposto quando cruzou a última rua antes do beco sem saída.

Os olhos de Adisa e seu algoz cruzaram-se novamente, então o homem recuou, mancando, escapando por pouco de mais duas flechas Ele desapareceu em outra esquina, fora do alcance dos olhos do clérigo.

Adisa permaneceu lá, deixado entre os cestos, exausto. Quando se deu conta do que havia acabado de acontecer, começou a chorar como uma criança. Estava soluçando, encolhido no chão, quando os guardas imperiais o encontraram no beco.

Capítulo 11

Kasim jogou o mercador contra a pilha de lixo e dejetos humanos que cobria a viela. O som de caixas de madeira descartadas partindo-se ecoou pelo espaço apertado. Não olhou para trás. Som algum poderia ser ouvido sobre o barulho infernal de dezenas de mercadores gritando seus produtos em um desafio de quem fazia a melhor oferta. E, mesmo que alguém ouvisse o que estava fazendo, Inessa e Vinko guardavam a entrada da viela contra qualquer curioso.

Caminhou com passos calmos, mas pesados, na direção do homem que tentava levantar-se, ainda tonto pelos socos que levou antes de ser arrastado para fora do mercado.

– Talvez o cheiro do lar o faça lembrar-se de alguma coisa.

O homem passou uma mão imunda no nariz, a dor e o nojo claros em seu rosto quando tocou o ferimento aberto, o sangue misturando-se com a imundície.

– Você vai se arrepender por isso!

Um chute no estômago fez o homem curvar-se de dor. Ele vomitou no chão. Kasim teve tempo apenas de afastar sua bota para evitar que respigasse nele.

– Resposta errada.

Kasim deu ao mercador algum tempo. Caminhou calmamente pela viela, mãos na cintura, olhar no céu. Parecia que ia chover.

Atrás dele Anton estava sentado em uma pilha de caixas. Brincava de equilibrar uma de suas adagas na ponta de um dedo.

– Certo... certo – conseguiu falar o homem em meio à tosse e falta de ar. – Eu conheço Shu.

– Nós já sabemos disso.

Kasim parou alguns metros do mercador e virou-se, inclinando a cabeça para tentar ver o rosto da vítima, parcialmente escondido pelo chão sujo.

– O que queremos saber é onde ele está.

Foram mais alguns segundos de respirar pesado antes do mercador resolver que seria mais prático abrir a boca.

– Ele não está em Qadis.

Kasim olhou para Anton que, entendendo o recado, saltou das caixas e caminhou até o mercador. Pisou com o calcanhar nos dedos do homem até fazê-lo gritar de dor. Lá fora, dois vendedores com forte sotaque duelavam com uma voz quase cantada os benefícios de se comprar os mais variados pós e ervas de uma barraca ao invés da outra.

– Um Azanzi me leve se estiver mentindo! – gritou o homem. – Ele está acampado no bosque, perto da Quarta Catarata! Há uma caverna lá, ao sul da primeira curva!

Um rio seguia pela cadeia de montanhas que dividia a Costa Livre do resto de Myambe, num vale que se abria para o mar mais ao sul. O rio Maleth era a principal via de comunicação entre as cidades-estado da Costa Livre, de forma que, onde uma das cinco cataratas tornava a passagem de barco impossível, cresciam vilas especializadas em compra e venda de mercadorias. Vilas invariavelmente presas por força de armas ou do dinheiro à cidade-estado mais próxima.

A Quarta Catarata ficava dentro da área de influência de Porto Qadis, a poucas horas de viagem de lá, além de um bosque.

O líder mercenário se aproximou e abaixou-se para ficar perto do rosto do mercador. O homem não moveu o rosto, mas os olhos exploraram nervosos as suas poucas opções.

– Estranho. Por que ele não viria até aqui e pegaria o primeiro navio para longe?

– Ele não quer fugir. Ele quer encontrar o movimento de resistência!

Isso pegou Kasim de surpresa. Não sabia que existia um movimento de resistência. Pelo que tinha conseguido captar até o momento, as cidades-estado da Costa Livre estavam contentes com sua aparente segurança e não tinham intenção alguma de atacar o Império.

– Onde?

– Eu não sei! Ele me pagou para conseguir homens para protegê-lo e localizar um contato em Qadis!

Kasim olhou para Anton, que parecia satisfeito em esmagar os dedos do mercador. Acenou para que o outro se afastasse. Anton franziu a testa, não por suspeita, mas como uma criança que recebia ordens de parar de brincar. Obedeceu, afastando-se e voltando a equilibrar a adaga no dedo.

– Quem é seu contato?

O mercador desviou o olhar. Preferia encarar a sujeira no chão, a milímetros do seu rosto, do que olhar Kasim nos olhos e mentir que não sabia.

O mercenário deslizou sua espada para fora da bainha. Ela não tinha a aparência vil das espadas de Myambe, mais parecidas com machados de lâmina longa do que as adagas enormes de outras terras, mas era igualmente ameaçadora. Kasim deslizou um dedo perto do fio da lâmina, onde passava um sulco feito para facilitar o sangue da vítima escorrer. Isso atraiu a atenção do mercador.

– O nome.

– Bashshar – respondeu o mercador, subitamente bastante solícito. – Costuma estar todas as noites em uma taverna chamada Estrela da Manhã.

Kasim controlou um sorriso ao ouvir o nome do lugar e concordou com a cabeça. O nome do lugar parecia um presságio. A mão tocou abaixo do pescoço, subitamente sentindo falta de alguma coisa em que não pensava havia quase duas décadas.

– Quantos homens ele tem?

O mercador olhou-o confuso.

– Shu. Quantos homens ele tem?

– Seis. Seis homens armados.

– Bons?

– Ex-soldados. Todos veteranos.

Os olhos do mercador pareceram examinar Kasim. Os olhos se arregalaram discretamente. Como você, dizia a expressão de compreensão no rosto do homem.

Como se um primogênito não fosse problema o suficiente, teriam de lidar com seis soldados experientes e alertas. Certamente Shu sabia que o Império estava à sua caça. Gostaria de saber mais sobre os misteriosos guerreiros-santos do Imperador. O pouco que sabia misturava-se com lendas e rumores, e era assustador o suficiente. Preparado e lutando pela sua vida, o homem seria extremamente perigoso.

Precisaria agir rápido antes que Shu soubesse que alguém descobrira seu esconderijo.

Kasim levantou-se, embainhando a espada. Caminhou na direção da saída da viela, para o mercado.

Ao passar por Anton, deu um toque no ombro do outro.

– Cuide dele.

Anton abriu um sorriso largo. Rodopiou a adaga pelo cabo entre os dedos de uma mão e virou-se, seguindo na direção do mercador.

– Ah, e Anton. Faça parecer um assalto.

Kasim mergulhou na rua do mercado antes de ouvir o choramingar do mercador e seu grito de morte. Percebeu os olhares de reprovação de Vinko e Inessa, mas ignorou-os. Se não silenciassem o mercador, Shu seria alertado sobre eles antes do fim do dia.

E, além disso, o contato no movimento de resistência poderia ser alertado. Se fosse, Kasim jamais voltaria a saber onde encontrá-lo.

Anton saiu da viela pouco depois, guardando a adaga sob o manto. Havia pingos de sangue em seu rosto. Inessa apontou, sem palavras, e o outro limpou com as costas da mão.

– E agora, Rais? Qual é o plano?

Kasim observou o mercado a sua volta. Ninguém parecia ter percebido ou dado atenção ao que transcorrera na viela.

– Precisamos de algumas coisas. Mapas, lanternas. Talvez umas cordas.

Anton sorriu, debochado.

– Vamos acampar?

– Quase. Estamos saindo em uma caçada.

Os olhos de Kasim detiveram-se em uma barraca de joias e enfeites. Um homem gordo vestido com seda púrpura adornada por desenhos balançava mãos cobertas de anéis, chamando compradores para apreciar suas bijuterias. Os pequenos olhos negros do homem viram o interesse de Kasim e as bochechas tom de terra afastaram-se para mostrar um sorriso que misturava o branco do marfim com o dourado do ouro. O homem começou a listar, em um sotaque cantado de Sokos, brincos, colares, anéis, tiaras e braceletes, feitos de marfim, jade, prata, ouro e eléctro. Mas os olhos de Kasim estavam em um amuleto pendurado em um gancho entre muitos outros.

Kasim voltou sua atenção ao grupo.

– Vinko, você é o especialista. Lidere o caminho.

O caçador tomou a liderança e começou a se embrenhar pelo mercado, buscando os vendedores certos. Kasim permaneceu para trás, lançando um último olhar ao amuleto na forma da estrela de cinco pontas antes de seguir os demais. Logo seria noite. Tinham pouco tempo para se prepararem.

A luz da Lua e das estrelas penetrava por entre as folhas das árvores. Em um ponto distante da estrada mais próxima, onde muitos nativos acreditavam ser o lar de vários Azanzi particularmente malévolos, o Bosque das Safiras fazia jus ao seu nome. O luar parecia brincar com as folhas azuladas, molhadas de orvalho, lançando um brilho que dava às árvores a aparência de serem feitas de pedras preciosas. Além de bonito, o efeito eliminava a necessidade de lanternas ou tochas numa noite de céu limpo como aquela. Mas a iluminação não mantinha longe o frio que descia com a noite, de forma que uma fogueira ardia dentro da caverna visível de onde Kasim e seus companheiros observavam.

– São espertos – observou Anton, cutucando embaixo das unhas com a ponta de uma adaga. – Não podemos chegar até o alvo sem sermos vistos.

A caverna era parte de uma colina rochosa que crescia no meio do bosque que abraçava as montanhas. De sua posição mais elevada, qualquer um guardando a entrada da caverna poderia ver ou ouvir alguém se aproximando.

Kasim afastou-se da árvore onde se apoiava, olhando na direção de Inessa e Vinko, escondidos em outro ponto do bosque.

– Por sorte não precisaremos que eles nos vejam.

Fez um movimento com a mão para alertar que era hora. Inessa inspirou lentamente, fechando os olhos, segurou o ar por alguns segundos, então o soltou devagar. Abriu os olhos, olhando fixo na direção dos dois guardas do lado de fora da caverna. Apesar da dor que sentiu ao usar o encantamento, deixou apenas uma leve contorção do rosto demonstrar o fato. Vinko a olhou, preocupado, mas nada disse. Ergueu a besta, apoiando-a numa árvore, e acenou com a cabeça para Kasim, que começou a descer a pequena colina. Precisariam cruzar um pequeno vale entre sua posição e a caverna. Anton seguiu-o alguns passos atrás, mantendo uma de suas adagas na mão.

Aquele ponto do bosque era mais fechado do que o resto, o chão coberto de folhas mortas e arbustos, de forma que faziam barulho demais na noite onde o único som era o de insetos e corujas e o distante som da Quarta Catarata. Nessas condições, qualquer som a metros de distância atrairia a atenção das duas sentinelas.

Sem cuidado, Kasim e Anton avançaram, esmagando as folhas secas com os pés. Deram a volta mais longa, na direção da montanha, então retornaram para seguir na lateral da colina. O importante era se manterem longe dos olhos das sentinelas, a noite e os mantos escuros ajudando a ocultá-los.

Detiveram-se ao chegar ao final do vale, onde a colina subia, a vegetação rasteira substituída por um terreno mais rochoso. Alguns metros dali estava uma das sentinelas, ignorante de sua chegada barulhenta. Olhava curioso para a floresta, mexendo no ouvido. Pegou o machado particularmente grande que estava antes em seu colo e levantou-se. Era um brutamontes que provavelmente nem precisava da arma para matar um homem.

O guarda chamou o outro e pareceu espantado por não conseguir ouvir a própria voz.

A seta atingiu sua garganta silenciosamente. O corpo do homem pulou ligeiramente, como se acordado de um sono profundo por um susto. A ponta do projétil rasgou a carne perto da nuca e atingiu a parede de pedra. As pernas do homem estremeceram e o machado caiu nas folhas do chão.

O movimento, mas não o som, atraiu a atenção da segunda sentinela, que estava de pé a alguns metros dali.

O homem, mais esguio, mas não menos imponente, aproximou-se do cadáver, sacando da bainha uma espada cuja lâmina se alargava na medida em que se afastava do cabo. Ele falou algo e, também, surpreendeu-se ao descobrir que não conseguia ouvir suas próprias palavras.

Ele colocou uma mão na garganta, tentando ouvir-se novamente, sem sucesso. Olhou a sua volta, sem ver nada suspeito. Então correu na direção da caverna.

Caiu com uma seta cravada nas costas.

Kasim e Anton avançaram a passos largos. Vendo que o homem ainda estava vivo, tentando arrastar-se na direção do seu protegido, Kasim acenou para que Anton lidasse com ele. Com um sorriso, o assassino sentou-se sobre as costas da sentinela e cortou-lhe a garganta. Sangue escorreu livre para empapar as folhas à sua volta.

Kasim sacou sua espada. Parcialmente curvado, avançou para dentro da caverna, certo de que Anton estaria logo atrás dele.

A luz da fogueira refletia nas paredes úmidas da caverna, iluminando bem o caminho pelo estreito túnel que fazia uma curva logo à frente. Não era uma caverna tão pequena como esperava, abrindo-se ao fim do túnel para uma câmara larga com cerca de oito metros de diâmetro. No centro estava a fogueira que vira pelo lado de fora, mas havia apenas um soldado dormindo em um saco de dormir e outros dois conversando enquanto bebiam café. Um quarto saco de dormir estava lá, mas vazio. O túnel continuava após a curva, seguindo para onde uma nova fonte de luz emanava.

Diferentes dos dois guardas do lado de fora, aqueles três não haviam sido afetados pelo feitiço de Inessa e foram capazes de ouvir perfeitamente bem quando o líder mercenário entrou pela caverna.

Kasim fez um sinal com a cabeça, anos de experiência juntos fazendo Anton entender de imediato. O meldouriano trocou a adaga de mão e sacou a espada de lâmina curta com a outra, um sorriso no rosto.

Um dos guardas, uma barba comprida amarrada por couro para formar um bastão retangular sob o queixo, levantou-se agilmente, largando a caneca de café pela espada ao alcance de sua mão. A adaga de Anton atingiu-o no ombro, fazendo-o contorcer-se de dor e falhar em pegar a arma.

O outro homem, de cabeça raspada a não ser por uma trança fina do lado direito da cabeça, rolou pelo chão para alcançar a mesma arma. Kasim preferiu ignorá-lo e não perder a oportunidade de eliminar um inimigo incapacitado. Antes que o terceiro soldado deitado pudesse despertar plenamente e tornar-se uma ameaça, Kasim fincou a ponta da espada no peito do homem. O sangue expandiu-se em torno da lâmina, manchando o tecido do saco de dormir. Com um olhar de surpresa, o homem acordou, olhando-o fixo antes de dar seu último suspiro. Kasim percebeu um tanto surpreso que o rosto do homem que havia assassinado lhe era familiar. Havia lutado ao lado dele anteriormente?

O homem de barba afastou-se, arrancando a adaga do ombro e voltando-a contra os invasores. Cerrava os dentes devido à dor, mas não estava propenso a desistir. O homem de trança tomou a frente, levantando-se com a espada do companheiro na mão. Gritaram um alerta para o último homem, provavelmente em algum lugar túnel adentro.

Inessa e Vinko surgiram logo atrás de Anton. Vinko havia prendido a besta às costas e sacado sua espada, o espaço apertado da caverna um risco em potencial para atingir um aliado. Kasim percebeu, preocupado, o suor que escorria do rosto de Inessa, que estava mais pálido que o normal. Mesmo assim, ela tinha sua própria espada na mão, uma arma de lâmina fina e curta que mais lembrava uma agulha avantajada.

Anton e Vinko cruzaram para o lado esquerdo da caverna,

circundando a fogueira para chegar até o homem com a espada. Inessa veio pelo lado direito, aproximando-se do guarda ferido.

Kasim olhou na direção do túnel que ia mais fundo para a caverna. O sexto guarda, assim como Shu, só podia estar naquela direção, onde via a outra fonte de luz. Cheiro forte de café vinha de lá.

O guarda ferido afastou-se, os olhos percorrendo o chão em busca da arma de um dos seus companheiros, mas quando a encontrou, próximo à fogueira, Kasim e Inessa já estavam perto demais. Abaixar-se o exporia ao ataque de um dos dois.

Do outro lado da fogueira, Vinko e Anton já trocavam golpes com o homem de trança, buscando uma abertura. Seu oponente parecia não só mais preparado que o companheiro de barba, como também habilidoso. Aparando um golpe de Vinko com a espada, forçou o caçador a um passo em falso perto demais de Anton. Aproveitou o erro do caçador, mais acostumado a combater de longe, para explorar uma abertura na defesa de Anton. Com um golpe rápido, deslizou sua lâmina levemente na perna exposta do mercenário de Meldouir, cortando o couro da calça e tirando sangue. Anton recuou, cerrando os dentes, forçando um sorriso.

O homem ferido chamou pelo último homem e arremessou a adaga contra Inessa. Inessa teve pouca dificuldade em esquivar-se da arma, que bateu na rocha da parede e rodopiou para longe. Desarmado, o homem deu as costas e correu na direção da caverna. Inessa foi mais rápida, estendendo uma mão na direção do homem, que, ao invés de passar pelo túnel, correu de encontro à parede. Batendo violentamente o ombro, perdeu o equilíbrio e caiu no chão, cobrindo os olhos em pânico ao descobrir que não conseguia enxergar.

Kasim avançou rápido, terminando o serviço, dando uma estocada profunda com a espada entre as omoplatas do guarda. O homem rolou fazendo uma careta. Olhos esbranquiçados pelo feitiço de Inessa olharam em pânico para o teto da caverna. Então, ele morreu.

Inessa respirou fundo. Apesar de consumida pelos feitiços, deu um sorriso fraco indicando que estava bem. Eliminar o último homem seria fácil. Inessa aproximou-se por trás do homem de trança, prendendo-o entre a rocha, a fogueira e os dois outros mercenários. Kasim deixou os outros cuidarem da situação e seguiu para mais fundo na caverna.

Deu de encontro com o último guarda numa curva do túnel. O homem de cabelos grisalhos encaracolados vinha correndo com um machado com lâmina em forma de lua crescente na mão e por pouco não se empalou na ponta da espada do líder mercenário. Conseguiu girar o corpo a tempo da lâmina apenas provocar um corte em sua roupa e abdome. Despreparado, estava sem sua armadura.

O veterano afastou-se, cobrindo o ferimento com uma mão enquanto a outra desferia um golpe lateral que decapitaria Kasim se este não jogasse o corpo para trás. A lâmina resvalou na rocha em ambos os lados do túnel estreito. O espaço apertado colocava o veterano com o machado em desvantagem. Kasim e seu oponente perceberam o fato ao mesmo tempo. Kasim foi obrigado a dar passos para trás, enquanto o veterano ajustava o peso do machado para atacar novamente, examinando a altura do teto.

O novo ataque viria mais preparado. Segurando o machado com ambas as mãos, o veterano usou todo o alcance proporcionado pelos seus braços longos e a haste do machado para tentar atingir Kasim enquanto o mantinha fora de alcance. Kasim flexionou os joelhos para absorver o impacto e ergueu a espada, oferecendo o corpo mais largo para aparar o ataque. A lâmina em lua atingiu a espada longa e deslizou pelo metal, atingindo a rocha da parede do túnel com um tilintar alto.

No mesmo movimento, Kasim jogou o corpo para a frente, girando a espada sobre a cabeça em um arco reto, para evitar as paredes do túnel, e descendo-a sobre o ombro do adversário. O corte não foi fundo, mas adicionou à dor e à perda de sangue do primeiro.

O veterano recuou, dentes cerrados de dor. Seus passos foram incertos, quase desequilibrados. Mas ele ainda era um perigo. Mantinha o machado entre ele e Kasim, firme e pronto. Kasim percebeu algo brilhar no peito do homem. Era um amuleto na forma de uma estrela de cinco pontas.

– Por que você está fazendo isso? – perguntou o veterano, legitimamente curioso. – Esse homem pode ser o que precisávamos contra o Império!

Kasim observou, silencioso. Então deu de ombros.

– Porque estão me pagando por isso.

Foi a resposta mais sincera que pôde oferecer.

A expressão de tristeza no rosto do veterano só foi substituída pela surpresa ao ouvir o grito de morte do último guarda na entrada da caverna. Enquanto desviava sua atenção para o som além de Kasim e o significado daquela morte, expôs-se ao ataque do inimigo.

Kasim jogou o corpo para frente em um golpe por baixo da guarda do homem, onde o primeiro corte já empapava a roupa com sangue. A ponta da sua espada penetrou entre as costelas do veterano, atingindo os órgãos vitais.

O homem deu um golpe fraco no ar, mas Kasim estava perto demais. Apenas o cabo do machado atingiu o ombro do mercenário, e, mesmo assim, sem força para sequer provocar uma contusão. Então seus joelhos falharam-lhe e ele caiu no chão. A respiração tornou-se forçada, chiando. Sangue escuro escorreu pela boca.

– Kasim...

Seus olhos acusatórios rolaram para cima e o homem caiu de rosto no chão frio de pedra.

Como ele sabia seu nome? Tinha lutado ao seu lado também? Quem eram aqueles homens? Kasim tentou buscar na sua memória aqueles rostos. Lembrou-se novamente do homem no saco de dormir e lembrou-se de vários rostos dos homens com quem lutara contra o Império. Foram tantos. E quantos deles haviam sobrevivido?

Balançando a cabeça para não perder o foco, Kasim avançou pelo corredor, espada pronta diante do corpo. Shu certamente estava pronto para ele depois de tanto barulho.

O túnel terminou em uma última câmara. A fogueira no centro não era grande e aquecia uma pequena panela de onde vinha o cheiro forte do café. A fumaça subia por um buraco no alto da caverna, por onde entrava uma brisa fresca. Sentado, de costas para a entrada, estava um homem negro usando vestes negras. Sua cabeça estava toda raspada a não ser pelos cabelos em um desenho curto na forma de um losango em sua nuca. Esse cabelo ralo estava pintado de branco, lembrando um diamante.

O primogênito soprou a fumaça que escapava da sua caneca de café e tomou um gole.

– Rais Kasim – ele disse, sem olhar para trás. – Você demorou mais tempo do que eu esperava.

Capítulo 12

Passaram-se três semanas antes que Zaim Adoud considerasse seguro avançar contra os selvagens de Kwindago. Afora algumas expedições para cortar lenha e reconhecer o terreno traiçoeiro da selva, além de localizar assentamentos hostis, o nascente exército de Abechét havia apenas construído e treinado.

A lenha saqueada servia tanto para alimentar os fornos que construíam armas e tijolos como também para firmar uma paliçada onde o novo forte começava a ser construído, na outra margem do rio. Uma ponte improvisada havia sido erguida, usando troncos fincados no fundo do rio, mas a maioria da movimentação de pessoas e material de construção ainda era feita por balsas. Pelo menos até que as pedras para a fundação da ponte chegassem da pedreira no lado oeste da cidade.

Zaim ordenara que construíssem o forte como uma primeira extensão de Abechét na outra margem do rio Kori. Uma manobra ousada para seus antepassados, e que surtiu o efeito esperado. Duas vezes, nos últimos dias, selvagens atacaram o lugar com lanças e flechas. Alguns poucos trabalhadores foram feridos, mas, em ambos os casos, os selvagens foram obrigados a recuar. Não sabiam quantos foram mortos ou feridos, pois os selvagens costumavam usar a cobertura da selva para esconder seu número e, de longe, com os rostos pintados, todos eles se pareciam. Curiosamente semelhante à tática dos primogênitos, que usavam suas máscaras como os primitivos usavam a vegetação e as pinturas faciais.

Havia ainda muito que se fazer para que o Zaim pudesse considerar ter um exército de verdade. Como esperava, centenas de não-cidadãos alistaram-se quando foi anunciada a chamada às armas. Oferecia não só salário, comida e lar, mas o direito à cidadania. Em meio à pobreza e desespero que assolava a não-cidade, aquilo era uma bênção vinda da terra.

Zaim Adoud havia enviado engenheiros para analisar como estender o sistema de aquedutos e esgoto até aquela área, assim como analisar a construção de uma muralha que englobaria o lugar. O plano que foi desacreditado por muitos provou dar frutos quando as primeiras armações de madeira foram construídas em meio às residências irregulares para iniciar as obras. Muitas dessas residências tiveram de ser desapropriadas e demolidas, mas fazia parte do plano. Se aquele povo queria viver em Abechét, Zaim cuidaria para que o fizessem sem destruir a cidade dos seus ancestrais.

Como esperado, as obras na não-cidade atraíram mais gente, aceitando trabalhar nas obras de construção do forte e nos dormitórios e campos de treinamento fora da cidade. O bairro dos artesãos cresceu, recebendo um contrato do governo da cidade. Os artesãos contrataram auxiliares em massa para curtir couro para armaduras e trabalhar nas forjas do ferro.

A pedreira na descida do rio Kori, além da curva que fazia para o sul, havia sido reativada após quase uma década parada. Muitos dos artesãos da cidade haviam sido contratados para trabalhar por lá, fosse formando blocos para a ponte e a muralha ou nos novos fornos fazendo tijolos. A caravana de elefantes que Zaim havia abordado dias antes estava sendo usada para levar esse material até as construções.

Foram construídos refeitórios para os trabalhadores nas quatro extremidades da cidade. As mulheres e os idosos que não serviam como soldados ou operários eram contratados como padeiros, cozinheiros, fazendeiros, pescadores e serventes, de forma a manter os demais bem alimentados e cuidados.

O dinheiro vinha dos nobres. Apesar de nada contentes em ter seus bens confiscados pelo governo, nenhum deles se atrevia a reclamar quando era um primogênito ditando as ordens. Iam, mais tarde, até a cidadela reclamar com o Zaim.

– Como governador – eles diziam –, é sua obrigação garantir a segurança de nossos bens.

– E é o que estou fazendo – ele respondia.

Cada nobre tinha sido obrigado a fornecer a maior parte da comida produzida em suas fazendas, assim como boa parte de seu gado. Parte das terras cultiváveis havia sido emprestada à cidade para que pudessem produzir alimento para os trabalhadores e soldados. Todos os homens que formavam suas guardas pessoais haviam sido convocados para servir na guarnição ou nos campos de treinamento.

– Nós providenciaremos sua defesa – explicou Zaim aos nobres estarrecidos.

E ele o faria. Afinal, eram as fazendas que supriam o crescente exército com alimento, roupas e equipamento. Eram, portanto, valiosos recursos a ser protegidos.

Enquanto controlar os ânimos dos fornecedores vinha sendo fácil, administrar esses recursos não o era. Zaim vira-se obrigado a fazer com que as obras na não-cidade recebessem poucos recursos, reduzindo a velocidade das obras, de forma que pudesse focar o dinheiro e a mão-de-obra no forte e no treinamento dos soldados. Enquanto os habitantes daquele lugar acreditassem no benefício de trabalhar por Abechét, as obras continuariam. Mas, se precisasse cortar algum recurso para garantir a incursão a Kwindago, as obras na não-cidade seriam as primeiras a sofrer cortes.

Em poucos dias a guarnição de Abechét havia crescido de dois mil homens para cinco mil. Zaim tivera de dar ordem para que construíssem dormitórios temporários nos campos de treinamento oeste e sul para suportar tantos homens. E, enquanto sabia que entre estes havia oportunistas, criminosos e espiões, tinha certeza de que, em pouco tempo, os que não fossem colocados na linha seriam eliminados um a um, se não pelo treinamento, pelos próprios companheiros.

Treiná-los no uso de armas era mais fácil do que parecia. Muitos dos alistados vindos da não-cidade eram de tribos que viviam em regiões rurais. Ataques de animais e saqueadores eram comuns, de forma que muitos já tinham conhecimento no uso de lanças e bastões como armas. Zaim aproveitou o fato para focar o treinamento daqueles homens no uso de maças de guerra e machados, mais fáceis de manusear do que espadas. Dessa forma teriam alternativas às lanças arremessáveis e de combate a que estavam acostumados. Disciplina era um problema maior. A lenda de que só havia um povo no Império de Diamante era apenas isso. Uma lenda. Entre as grandes cidades, especialmente longe da capital, ainda existiam tribos nômades e vilas isoladas onde suas próprias crenças eram mais comuns do que a crença no deus-vivo. Enquanto a maioria desses povos havia de alguma forma adaptado sua cultura à assimilação do Império, raízes profundas permaneciam. Zaim dera ordens para que seus sargentos separassem inicialmente alguns grupos étnicos com histórico de conflitos nas primeiras semanas de treinamento.

Pelo menos três recrutas já haviam sido mortos durante discussões banais sobre a descendência de uma tribo ou outra. A ancestralidade era importante em Myambe, mas mais ainda entre as tribos do norte.

Zaim gostaria de ter tempo para treinar aqueles homens no uso do arco, mas não havia muitos homens com esse conhecimento em Abechét e pouco era o tempo para conseguir que aprendessem de forma eficiente. Talvez no futuro. Por ora, teriam de depender do uso de lanças e bastões de arremesso. Com sorte, no espaço confinado da selva, isso não seria um problema tão grande. Talvez com o tempo houvesse como contratar mercenários para treinar as novas tropas. Isso se sobrassem dinheiro e recrutas após a incursão.

As novas tropas eram testadas em ataques a Kwindago. Após localizarem alguns dos assentamentos, enviaram soldados veteranos com experiência em selvas guiando tropas novatas para saquear esses locais. As vitórias serviam para adquirirem experiência, perderem o medo do confronto e ainda elevarem seus espíritos. Adquiriam confiança de que eram capazes como uma unidade.

Enquanto os mortos e feridos eram frequentes nessas primeiras missões, o mesmo servia para eliminar os fracos e covardes. Os que sobreviviam adquiriam experiência e aprendiam a trabalhar em equipe. Logo aqueles homens seriam soldados de verdade.

Infelizmente, o tempo para aprender havia acabado.

– Não podemos esperar mais.

Zaim suspirou, cruzando os braços diante do peito. O primogênito observava impassível homens operando um guindaste tosco de madeira e cordas, erguendo tijolos para o alto do forte em construção. Os homens haviam trabalhado rápido para preparar as fundações do lugar e já tinham avançado bastante nas paredes da estrutura.

– Ainda há muito que ser feito – alegou Zaim. – Precisamos estabelecer esse forte ao norte do rio para termos uma rota de suprimentos pronta.

– Não, você não precisa – disse o primogênito sem dar explicações.

E ele estava certo. Zaim queria apenas ganhar tempo para usar mais do poder adquirido com a vinda do guerreiro santo, para extrair tudo que pudesse dos nobres, para tornar Abechét o lugar que merecia ser. Mas aquilo poderia levar meses ou até anos.

Então, dois dias depois, Zaim Adoud estava montado em sua zebra, na margem norte do rio Kori, diante de um exército de três mil homens armados com lanças e machados de ferro e escudos de couro. Homens experientes avançaram na frente, embrenhando-se na mata em busca de selvagens que tentassem impedir seu avanço. Enquanto o inimigo não era organizado – tratando-se na verdade de centenas de famílias que compartilhavam uma mesma cultura –, eram extremamente territorialistas e, em seu habitat natural, muito capazes de tornar a vida de qualquer invasor um caos.

O primogênito do imperador aproximou-se sua montaria de Zaim. A zebra, de porte elegante, era impossivelmente forte e alta. Não usava sela ou arreio. As listras negras pareciam hipnotizar quem olhava e os olhos ardiam como brasas ferventes. Parecia tão sinistro quanto seu cavaleiro. Assim como o primogênito, nada que pudesse diferenciar o animal de outro era imediatamente visível. Tinha a impressão de que as listras mudavam sutilmente a cada vez que olhava. Zaim se questionava se se tratava de feitiçaria.

A zebra parou ao lado da montaria de Zaim, fazendo sua própria montaria relinchar e dar um passo para o lado, como se o animal quisesse se distanciar do outro.

– Isso está levando tempo demais – reclamou o primogênito, olhando na direção das tropas que se embrenhavam na mata.

– Seria mais rápido se você seguisse na frente. Decerto tem poderes suficientes para lidar com esses selvagens por conta própria.

– Talvez – disse o primogênito, ignorando o sarcasmo na voz de Zaim. – Mas prefiro não correr o risco. Posso ser membro da Ordem do Diamante, mas este corpo é apenas humano.

Zaim observou o outro em silêncio, examinando a imponência do guerreiro e sua montaria. Havia aprendido o suficiente sobre os primogênitos para saber que a máscara azul e branca era mais do que a de um simples guerreiro. Aquele era um líder, um empreendedor. Era um símbolo de força e realeza, lembrando ao povo de Abechét, inclusive Zaim Adoud, que não só ele era superior como representava o imperador naquele lugar.

Viu os olhares furtivos dos seus homens, que temiam e desconfiavam do primogênito. Não era preciso ter dons mágicos para sentir diferente o ar em torno do estrangeiro e seu animal. O general forçara-se a aceitar a sensação de formigamento da pele e opressão no coração como algo comum enquanto tivesse aquele homem dando ordens em Abechét.

A pequena cavalaria formada pelos melhores entre os soldados da guarnição passou por eles. Aquele grupo estava temporariamente sob o comando dos seis soldados montados trazidos da capital pelo primogênito do imperador. Enquanto inicialmente houve uma desconfiança naquele grupo, logo visitantes e nativos aprenderam a confiar uns nos outros. Agora, já era possível perceber sinais de uma unidade em formação.

Zaim e o primogênito mantiveram-se diante do grupo, mas em meio ao primeiro batalhão de infantaria. Os homens à sua frente carregavam lanças de arremesso e de combate corporal e grandes escudos oblongos feitos de couro para protegê-los. Haviam sido escolhidos entre os melhores da guarnição e os mais confiáveis entre os recrutas para formar uma espécie de guarda especial. Enquanto os casos de tentativa de assassinato diminuíram drasticamente desde a captura dos insurgentes – apenas uma vez tentaram envenená-lo, e ele estava incerto se o alvo era ele ou o guerreiro santo –, não era boa ideia baixar a guarda. Sabia que muitos em Abechét desconfiavam do primogênito e o tratariam mais como demônio do que anjo enviado pelos deus-vivo.

Gritos ecoaram pela mata, seguidos de comandos dados por um sargento. Algum selvagem havia atacado um soldado qualquer com flechas. O episódio se repetiria algumas vezes, sempre ferindo ou abatendo um soldado raso. Eram recrutas em sua maioria, andando em fileiras enquanto avançavam. Os selvagens não tinham tecnologia de metalurgia, de forma que suas flechas consistiam de gravetos afiados. O que reduzia a mortalidade e os ferimentos graves não fazia o mesmo pela constante queda da moral da tropa.

Quando contou um total de cinco ataques, Zaim ergueu uma mão para chamar a atenção de seu assistente, que vinha em sua própria zebra poucos metros atrás. O jovem acelerou o passo do seu animal até estar ao lado do seu comandante.

– Senhor?

– Passe a ordem para que a Terceira Companhia se separe da coluna e procure as tribos mais próximas. Têm ordens de pôr fogo nos primeiros cinco assentamentos que encontrarem.

O assistente fez um sinal com a cabeça e separou-se do grupo, avançando pela orla da marcha na direção do oficial posto no comando do batalhão a sua frente. Foi o primogênito que o questionou.

– Isso não atrairá a fúria dos selvagens?

– Não – explicou Zaim, voltando-se para o estrangeiro. – Os selvagens não conhecem o conceito de nação e matam-se uns aos outros com frequência. Um ataque a algumas aldeias fará os membros das demais recuarem para proteger suas próprias tribos. Não precisamos temer auxílio de outras tribos nem vingança dos mortos.

O primogênito moveu ligeiramente a cabeça, concordando com o general. Mesmo assim, continuou a questionar.

– Sua Terceira Companhia é a mais inexperiente, correto?

– E a mais desorganizada – completou Zaim. – Isso também servirá para mostrar que aqueles que não respeitarem seu dever correrão mais riscos.

O estrangeiro concordou novamente, sem falar qualquer coisa.

Avançaram por mais duas horas e, como esperado, os ataques-relâmpago cessaram.

O grupo parou após um dia inteiro de marcha com poucos descansos quando chegou a seu primeiro destino: o alto de uma colina que escapava da cobertura da selva. As ruínas de um antigo forte marcavam o lugar. Trepadeiras e árvores haviam crescido em meio às ruínas, deslocando rochas pesadas e derrubando colunas e estátuas de homens com cabeça alongada e dentes afiados. Ainda assim o lugar servia como um bom local para um acampamento.

Zaim passou ordens para construírem uma paliçada em torno da colina e prepararem o terreno para montar acampamento. Selvagem algum seria capaz de atacá-los eficientemente com flechas ou lanças naquela posição. Ao menos não sem se expor.

E, enquanto isso, as tropas de Zaim eliminariam os focos mais perigosos da região antes de avançarem para seu alvo principal.

Do alto de uma das muralhas intactas do forte em ruínas, Zaim observou o que pareciam ser garras saltando do centro da selva para o céu. Daquela distância podia ver melhor o que de Abechét era impossível.

Tratava-se de grandes edifícios. Templos ou palácios, talvez. Plantas cresciam em sua base, mas mesmo elas eram incapazes de chegar até o topo. Em torno daqueles edifícios a selva se tornava mais aberta e construções menores podiam ser vistas. Grandes lagos com formas regulares demais para serem formações naturais cercavam os edifícios.

E em algum lugar lá dentro estava o segredo que poderia derrubar o deus-vivo.

Zaim suspirou, considerando o poder que aquelas ruínas guardavam. Perdido há milênios em uma floresta, cercado de selvagens.

Que tipo de poder estivera por tanto tempo bem ao alcance de suas mãos aguardando ser redescoberto?

– Discordo de sua intenção.

O general se virou para ver o primogênito de pé ao seu lado. Assustou-se com as palavras do estrangeiro e, mais uma vez desde sua chegada, temeu que o guerreiro sagrado fosse capaz de ler sua mente.

– Pensei ter deixado clara a urgência dessa missão.

Zaim voltou-se novamente para as ruínas, aliviado por entender ao que o primogênito se referia. Fechou os olhos momentaneamente, deixando o coração que havia disparado reduzir o ritmo.

– Eu conheço essa selva mais do que você, primogênito. E, mesmo assim, o que sei é muito pouco. Seria suicídio avançar diretamente até as ruínas.

– Estamos perdendo tempo montando acampamento aqui. Há luz suficiente para avançarmos mais.

– Mas não para chegarmos a um ponto defensível. Acredite. Esse é o melhor ponto que encontraremos a quilômetros daqui.

O primogênito virou-se para olhar à sua volta. Parecia estar murmurando algo inaudível sob a máscara. Enquanto ele aceitasse as decisões de Zaim, não era um problema.

Algumas horas mais tarde, passos apressados subiram os degraus desproporcionalmente grandes das ruínas para alcançar o local na muralha aonde Zaim vinha estudando o cenário, fazendo anotações em seus mapas. Levantou o olhar para ver seu assistente, o uniforme amassado e suado e as mãos sujas. O garoto saudou seu comandante e parou diante dele em posição de sentido, apesar de estar respirando pesado.

Zaim estudou-o por alguns segundos. Tinha dado ordens para que o assistente ficasse de olho na construção do acampamento, servindo de ligação entre os líderes das companhias e as unidades que estavam na selva. Pelo jeito decidira auxiliar na construção da paliçada.

– Diga.

– Senhor, a Terceira Companhia acaba de retornar. Sofreram muitas baixas, mas eliminaram cinco assentamentos. Dizem que foram atacados por monstros de algum tipo.

Monstros. Zaim se lembrava de ouvir histórias que seu avô contava sobre incursões na selva. Falava-se que os selvagens montavam lagartos gigantes e lutavam lado a lado com monstros de força descomunal. Monstros capazes de portar armas como seres humanos. Devaneios de um velho senil que acreditava demais em lendas. E certamente não seria o relatório de desajustados que o faria acreditar na história.

Sentindo sua reação, seu assistente continuou o relatório.

– O sargento informa que localizaram mais três focos próximos daqui.

O governador olhou para o lado de dentro do forte e a muralha de madeira que estava sendo construída em torno da colina. Não havia percebido a chegada dos soldados. Estava ocupado demais em identificar riscos naturais no caminho até as ruínas.

– Onde?

O assistente puxou do cinto duas folhas de papel e entregou-as a Zaim.

– O segundo mapa foi compilado pelos batedores do segundo batalhão que chegaram há pouco.

Zaim observou os dois mapas toscos e as marcações feitas neles. Havia um total de seis assentamentos na região, a maioria com menos de cinquenta habitantes. Mas havia dois grandes, marcados de forma diferente, como se fossem importantes. O equivalente selvagem de cidades, provavelmente. E ambos estavam entre ele e seu objetivo.

Colocou ambos no pesado bloco de pedra que usava como mesa, pondo pedras pequenas sobre cada um para impedir que o vento que começava a uivar os levasse embora. Transcreveu as anotações para seu próprio mapa.

Zaim afastou o corpo do mapa e analisou-o. Acreditava que, apesar da desorganização dos selvagens, eles logo entenderiam o objetivo daquela invasão. O governador suspirou, irritado. Gostaria de ter com ele o balawoo, para investigar com os mortos se as ruínas eram ou não importantes para os selvagens. Se fossem, talvez eles resistissem mais bravamente contra o acesso do Império a elas.

– Senhor?

Zaim olhou para o lado brevemente, apenas agora percebera que não havia dispensado o assistente.

– Sim, sim. Pode ir. Descanse um pouco. Faça sua refeição.

– Na verdade, senhor... Se me permite...

O general voltou-se totalmente para trás, só agora olhando o rosto do assistente. O jovem estava estudando o mapa. Desviou os olhos, encabulado por ter sido pego fazendo o que não fora ordenado.

– Vá em frente – disse Zaim, indicando o mapa com a cabeça.

O garoto voltou a olhar para Zaim e deu dois passos à frente, para perto do mapa. Engoliu em seco, tomou coragem e falou.

– O senhor marcou a formação no caminho para nosso objetivo como alvo primário.

– Sim – disse o governador, percebendo o uso da palavra 'formação' ao invés de tribo ou aldeia.

– Pelo que os batedores informaram, o lugar parece ser bem defendido. Não como um grupo familiar. Há paliçadas e o que poderiam ser torres de observação. Algo como um forte rústico.

Zaim ergueu uma sobrancelha e voltou a olhar para o mapa feito pelos batedores. Havia nele replicado em vários pontos o símbolo militar que indicava uma torre de observação, mas Zaim havia desconsiderado aquilo como apenas um ou mais selvagens escondidos no topo das árvores.

– Também – continuou o assistente, – as habitações usuais não foram vistas, mas sim homens com pinturas de guerra diferentes. Eram rostos brancos como crânios.

Os selvagens usavam pinturas feitas com frutos e flores para indicar a razão de estarem armados. A maioria daqueles que atacava tropas dentro da selva pintavam o rosto de vermelho vivo, enquanto os que atacavam fora da selva pintavam o rosto de verde. Zaim não se lembrava de ouvir falar de pinturas faciais brancas entre os selvagens, mas também jamais estivera tão fundo no Kwindago.

– Algo mais que você falhou em reportar anteriormente?

O assistente gaguejou, e então conseguiu formar as palavras que pretendia, apontando para o mapa.

– Essas elevações que o senhor marcou como colinas naturais. Creio que foram construídas pelo homem.

Zaim olhou novamente o mapa. Seguindo os batedores havia uma elevação entre eles e as ruínas. E um dos supostos fortes estava no topo desta. Antes da subida, pelo menos nas áreas avistadas pelos batedores, havia declives íngremes como rios secos.

– Você quer que eu acredite que esses selvagens têm a capacidade de construir uma cidadela?

– N-não exatamente. – Ele fechou os olhos e engoliu saliva novamente. – Mas a impressão que tive foi que esse local é menos uma cidade e mais um posto de defesa.

O governador voltou a olhar para o mapa, analisando a forma em que a cidade tinha sido descrita pelos batedores no mapa. Então olhou na direção onde o tal lugar deveria estar, no tapete de selva que não parecia variar por quilômetros em todas as direções.

Seriam os selvagens capazes de construir uma cidadela? E para quê? Proteger as ruínas?

Subitamente Zaim Adoud sentiu que o primogênito do imperador não estava contando tudo que sabia sobre aquele lugar.

Virou-se para o assistente e cumprimentou-o rapidamente pela sua atenção, dispensando-o.

Precisaria preparar-se para esse obstáculo inesperado. Talvez realmente precisasse enfrentar mais do que meros bandos desorganizados.

Puxou de entre seus papéis o último relatório sobre o que tinha disponível. Madeira e cordas e uns poucos engenheiros. Alvos não-convencionais requisitavam medidas não-convencionais. Passaria a ordem para seus homens assim que descansassem.

Enquanto isso, manteria seu visitante à vista. A última coisa que precisava era que seu recém-adquirido exército fosse usado como recursos consumíveis para que o primogênito chegasse até seu objetivo.

Capítulo 13

Adisa acordara novamente com o mesmo pesadelo.

Saltara da cama, o corpo coberto de suor apesar do frio que fazia no seu quarto. Não era calor, mas sim medo. Pânico, talvez.

Como em todas as outras vezes, ficou parado olhando o escuro, certo de que podia ver ali delineado um homem com uma espada e uma lança da mão. Adisa tremia só de lembrar.

Nos minutos seguintes, vinham as lembranças daqueles que foram mortos à sua volta, de seu antigo mestre, Iwegi, sendo cortado em pedaços, abatido como um animal. Então, a visão do primogênito do Imperador, que estendia a mão para ajudá-lo no exato momento em que aquele vento sobrenatural arremessou Adisa na direção do inimigo. Por que o primogênito não tinha feito mais para ajudá-lo? No sonho, tinha impressão de ouvir uma risada sombria. E ela não vinha do herege sanguinário, mas sim do homem que servia fielmente ao Imperador.

Após a terceira noite seguida, Adisa preferiu levantar-se o mais rápido possível da cama e buscar outra coisa para fazer. Talvez assim não se lembrasse do pesadelo. Cogitou estudar mais cedo, mas repensou de imediato, preferindo evitar ouvir mais do que deveria novamente. Chega de confusões.

Acabou por passear pelo palácio, buscando algo para ocupar sua mente. Descobriu recantos até então desconhecidos, como jardins cobertos por um teto de vidro, repletos de plantas e aves exóticas. Passou horas observando cada animal. Na primeira manhã ficou agachado no chão por uma hora observando um estranho besouro de carapaça vermelha metálica lutar pela vida contra uma horda de formigas muitas vezes menor que ele. O grande besouro sobreviveu tempo o suficiente para decolar e voar até uma árvore de folhas largas, apenas para ser capturado por um pássaro de peito vermelho e devorado ainda vivo. Adisa passou mais três manhãs naquele jardim, mas logo percebeu que o ambiente fechado e o som dos insetos e pássaros tornavam o lugar opressivo. Já lhe bastava o confinamento da biblioteca, que parecia menos confortável desde aquela fatídica manhã.

Voltou aos seus passeios, que acabaram por levá-lo ao mais inesperado dos lugares. Enquanto divagava sobre a conversa que ouvira dos sacerdotes na biblioteca, abriu um portão de ferro sem pensar e passou por ele, fechando-o logo atrás. Parou apenas alguns passos depois, quando percebeu a claridade e o calor do sol sobre sua cabeça raspada.

Estava em um pátio gigantesco aberto ao céu. Estruturas menores, como pequenas cabanas ornamentadas, haviam sido erguidas em vários pontos, adornadas por estátuas de ouro e bronze. O pátio era circundado por uma sacada aberta no andar superior que permitia que se observasse o lugar por cima, pois a maioria das pessoas tinha medo de descer e encontrar pessoalmente os habitantes daquele pátio.

Adisa não tivera a sorte de escolher, pois, ao perceber onde estava, já estava cercado de chitas.

Um dos chitas caminhou na direção de Adisa com passos calmos. Era impressionante que um animal que parecesse tão calmo pudesse realmente ser o ser mais rápido do mundo. Adisa vira apenas uma vez um dos animais correr, quando um deles perseguira um ladrão, achava ele, nas ruas de Jimfara, anos atrás. Não recordava detalhes, pois era pequeno, mas se lembrava do medo de ter visto a criatura e do quão impressionado ficara ao vê-lo correr entre as pessoas e as tendas do mercado e saltar sobre o homem desesperado.

Fora seu tutor, Iwegi, que explicara que o animal pertencia ao Imperador, e era através de seus olhos e ouvidos que o deus-vivo sabia o que acontecia em seu reino. O homem que o chita capturou devia ser um criminoso de algum tipo, disse seu tutor. Um herege, talvez, que ousara maltratar os olhos do Imperador.

Adisa viu o animal chegar perto. Listras negras pareciam escorrer dos seus olhos. Estaria o Imperador triste com o que acontecera no festival? Era tristeza porque hereges feriam não só sua honra, mas ceifavam as vidas dos fiéis?

Incerto de como agir, Adisa permaneceu parado por vários minutos. Alguns dos animais se aproximaram mais, cheirando suas roupas e suas mãos. Um deles chegou a tocar seus dedos com a língua. Mas, então, pareceram perder o interesse e se afastaram. Adisa recuou lentamente e saiu. Permaneceu do outro lado da grade observando os chitas no pátio e percebeu que não sentira medo. Como poderia se aqueles eram os olhos do deus-vivo?

Dois dias após o encontro com os chitas, Adisa se ofereceu para ajudar a alimentar os animais. Se servisse aos chitas, estaria servindo ao deus-vivo e, assim, talvez o Imperador o abençoasse com sonhos mais agradáveis.

O chita chegou perto de Adisa e lambeu a carne em sua mão. Cuidadoso, Adisa ofereceu a carne para o animal, que a pegou com cuidado e deitou-se no chão aos pés do jovem sacerdote.

Calmamente, Adisa abaixou-se, colocando uma mão sobre a pelagem das costas do animal, acariciando-a. Seu pai vendia peles de animais selvagens – nunca de chitas, claro –, e elas eram comuns durante toda sua infância. Mas tocar um animal desses vivo era uma sensação incrível. Adisa sorriu. Tratar bem um chita era tratar bem o Imperador, dizia seu tutor.

Adisa suspirou, a imagem de Iwegi caindo morto retornando. E aquele herege que o atormentava em seus sonhos. Salvara-o da morte, oferecendo sua própria vida em troca da do ex-aluno. Adisa quase tornou o sacrifício do seu mestre fútil, escapando por pouco da morte nas mãos do mesmo algoz. Estivera o deus-vivo o observando naquele momento?

Ainda estava se recuperando do que acontecera durante o festival. Cinco dias haviam se passado, mas as imagens do que presenciara ficariam gravadas em sua memória por muito mais tempo. Jamais vira um homem morrer tão violentamente. Jamais esperava ver pessoas conhecidas mortas tão brutalmente.

– É uma pena que sejam obrigados a viver aqui dentro.

Adisa virou-se para trás, assustado. O chita que acariciava soltou um rosnado baixo e ergueu a cabeça, deixando de lado a carne que comia.

Atrás do clérigo estava uma jovem com roupas de serviçal, segurando uma cesta com panos sujos e uma pá, usadas para limpar o pátio. Adisa demorou alguns segundos para perceber que era a jovem que o ajudara a fugir do primogênito dias atrás.

– Não fale besteira. Eles são tratados como reis aqui.

Ela deu um sorriso e balançou a cabeça. Estendeu um braço, apontando com a mão para as paredes que cercavam o pátio.

– Vivem como prisioneiros, isso sim. Chitas pertencem às savanas e não a palácios.

O clérigo balançou a cabeça, voltando a acariciar a cabeça do chita.

– O que você sabe sobre chitas? É apenas uma serviçal.

– Sei que já não existem muitos mais fora desse palácio. Não desde que o Império tomou toda a região.

Adisa sentiu o sangue ferver. A mulher estava beirando a heresia. Novamente.

– Se fosse você tomaria cuidado com o que diz. O deus-vivo vê e ouve tudo através deles.

Ela fez um som de desprezo com a boca, balançando a cabeça.

– O Imperador não vê nada. Está mais morto que vivo.

Adisa levantou-se rápido, punhos cerrados.

– Cuidado com o que diz, mulher!

O chita rosnou novamente.

– Você o está deixando irritado.

– É para você que ele rosna. É o Imperador furioso com sua blasfêmia!

A serviçal rolou os olhos.

– Não seja idiota. É um animal selvagem e só. Agora se acalme antes que ele resolva que um de nós dois é uma ameaça.

Cauteloso, Adisa voltou sua atenção ao animal ao seu lado. O chita parecia tenso, observando-os, rosnando baixo. Longe dali, outros chitas estavam atentos à cena, curiosos com o que estava acontecendo.

– Ouvi falar do que aconteceu com você.

Adisa virou-se para encarar a serviçal novamente. Não sabia se era impressão ou não, mas parecia perceber um sorriso discreto no canto dos lábios da jovem.

– Hereges como você – ele acabou dizendo, como se com um gosto ruim na boca.

O sorriso alargou-se e ela balançou a cabeça com desdém.

– Você sabe que não é verdade. Você viu como é fora das muralhas.

– Eu vi saqueadores cruéis atacando senhores idosos e matando-os pela comida que distribuíam.

– Você só vê o que quer.

Adisa ergueu uma sobrancelha, a cabeça se inclinando para o lado. A expressão no rosto da outra parecia ter mudado de superioridade para uma de tristeza. Seu olhar foi para longe, como se lembrando de algo doloroso. Isso atiçou a curiosidade do sacerdote.

– Do que você está falando?

Ela continuou a olhar para longe, como se pudesse ver além das paredes do pátio e do palácio, sem responder. Então suspirou, ombros ligeiramente caídos, e voltou-se para Adisa.

– Não viu o desespero do povo? Não parou para pensar no porquê?

Era isso? Adisa permitiu-se rir da ingenuidade da serviçal.

– É um festival sagrado. Estavam excitados pelo fervor religioso.

Os olhos da jovem voltaram a prender-se aos de Adisa. Pareciam acender em fúria.

– Estavam famintos, isso sim!

Adisa balançou a cabeça. Era sua vez de ensinar a lição.

– Não diga besteiras. Há comida em abundância para todos no Império.

Ela estendeu o braço livre da cesta, sinalizando com a mão aberta o palácio e, indiretamente, toda a cidade.

– Há comida para os privilegiados dentro dos muros de Jimfara!

O que antes era irritação começava a tornar-se pena. A garota realmente não sabia do que falava. Provavelmente fora trazida capturada ainda jovem, no período das conquistas do Império, e não sabia de nada além dos muros de Jimfara. Talvez apenas as mentiras que seus pais hereges contavam. Adisa tinha ouvido de Iwegi, que o deus-vivo cuide de sua alma, que alguns povos hereges inventavam histórias sobre o Imperador, como rituais macabros que envolviam comer o coração e o sangue de prisioneiros para manter sua imortalidade. Qualquer coisa que a serviçal falasse era apenas mais uma história forjada.

– Por que tenta plantar essas mentiras? Sabe que para saber a verdade basta atravessar essas muralhas.

– Então por que não o faz?

Adisa abriu a boca para responder, mas se deteve, incerto. Por que não o fazia? A verdade era desagradável à memória do jovem sacerdote. Ele nunca estivera fora de Jimfara em seus dezesseis anos de vida. Não antes do festival, quando...

A verdade era que estava morrendo de medo. E se fosse atacado novamente?

– Tenho acesso a todo o conhecimento do Império – finalmente disse, ainda incerto.

A serviçal ajustou a cesta para apoiá-la na cintura. A outra mão, fechada, pousou-se no outro lado.

– Em que consiste o seu trabalho?

A pergunta pegou Adisa de surpresa. Ele a estudou, tentando compreender os motivos por trás daquela pergunta. Por fim, respondeu, queixo erguido de orgulho.

– Catalogar referências ao Imperador e corrigi-las, para evitar as heresias proferidas pelos seus inimigos.

– Então você está forjando a história.

O sangue ferveu novamente. Deu um passo na direção da mulher.

– Estou fazendo justiça divina!

Ela devolveu com o mesmo fervor.

– Está criando mentiras!

– Adisa?

O sangue do sacerdote gelou. A voz vinha da varanda sobre o pátio. Olhou para cima. Contra o Sol, via o vulto de um senhor curvado. Era um dos sacerdotes intermediários do palácio, de nome Oyena. Teria ele ouvido a discussão?

– Lembre-se do primogênito – sussurrou a serviçal, de costas para a varanda.

Adisa olhou-a nos olhos, vendo mais do que uma jovem estúpida escondida em uma aparência humilde. Ela tinha o segredo de sua identidade nas mãos. Ou não? Adisa subitamente lembrou-se do primogênito no dia do festival. Então olhou novamente para cima.

– Oyena – ele disse, curvando a cabeça em sinal de respeito. – Em que posso ajudá-lo?

– Você foi agraciado hoje, meu jovem. O conselho escolheu-o para servir ao deus-vivo durante as próximas semanas.

O coração de Adisa disparou. Olhou furtivo para a serviçal, que apenas sorriu um segredo só seu, cumprimentou com a cabeça e afastou-se para seus afazeres.

Esqueça a serviçal, pensou Adisa com certa irritação. *Você vai estar ao lado do Imperador!* Certamente ele havia visto seu trabalho cuidando dos chitas e pretendia recompensá-lo por isso. Teria ele ouvido como Adisa defendeu sua honra e seus ensinamentos da herege?

Adisa olhou na direção dos chitas. Aquele que estava antes ao seu lado havia partido, levando a carne com ele. Apenas um dos animais estava perto. Diferente dos demais, sua pelagem era mais grossa, especialmente nas costas, onde se arrepiava. A coloração era mais escura. Ao invés de manchas negras, boa parte das costas e da cauda eram negras. Um chita imperial.

Adisa sentiu um calafrio percorrer o corpo. O animal o observava, silencioso, sentado abaixo de uma estátua dourada do próprio deus-vivo. Era sua impressão ou o animal parecia olhá-lo com desapontamento? Trocaram olhares por alguns segundos.

Então o animal se levantou e foi embora para a sombra de uma árvore. Adisa suou frio novamente. E concluiu que, agora, os pesadelos das noites anteriores ganhariam um novo elemento.

CAPÍTULO 14

Era uma noite de celebração.

Encontrar Shu havia rendido uma pequena fortuna ao grupo de mercenários. O suficiente para que se mantivesse por semanas de luxo sem problemas. Mesmo assim tinham aceitado alguns trabalhos mais simples, quase como um passatempo.

Nos últimos dias o tempo havia mudado drasticamente. O vento que vinha do oceano era forte e gelado. Podiam ouvi-lo uivando do lado de fora, fazendo bater janelas. O mercado ambulante havia sido desmontado mais cedo, a maioria das barracas incapazes de se manter de pé e a clientela assustada pelo céu que ficava cada vez mais escuro. Os navios que não conseguiram deixar o porto a tempo ficariam presos, a não ser que suas tripulações quisessem arriscar perder tudo para a tempestade.

Após mais uma captura, Kasim tinha decidido por descansar antes da tormenta que certamente se aproximava. Enquanto Kasim jamais contara aos companheiros o que passava em sua mente, vinham convivendo juntos havia tanto tempo que sabiam bem perceber quando seu líder estava preocupado com algo. E a tensão que parecia apenas crescer na medida em que os dias passavam era indício suficiente de que logo saberiam do que se tratava.

Relaxar no Segunda Chance era uma forma de se desligarem dos trabalhos, mas sem baixar a guarda. Na manhã anterior haviam exigido em alto e bom som de Odongo apenas o melhor, sabendo que o outro teria de correr atrás de comida e bebida de qualidade, além de um bom cozinheiro, longe de lá. O Segunda Chance podia ter de tudo, menos comida e bebida de qualidade.

Aquela celebração era mais do que apenas uma celebração. Enquanto se entretinham com cuscuz servido em folhas de bananeira, javali ao molho de gengibre, tapiocas cobertas de manteiga de cabra derretida e salada de frutas vermelhas da floresta tropical ao norte da costa, os três mercenários se entreolharam curiosos, enquanto seu líder bebia seu vinho de palmeira, observando o nada.

– Então, Rais. Quando será o próximo trabalho?

Inessa e Vinko olharam para Anton, que tinha resistido muito tempo antes de puxar o assunto. Ele mal havia tocado as enormes coxas de pássaro-elefante que havia exigido de Odongo.

Kasim colocou a taça sobre a mesa e ajeitou-se na cadeira. Olhou-os por algum tempo, medindo suas palavras. Conhecia bem seus companheiros de armas e tinha certeza de que confiariam em sua decisão, mas, ao mesmo tempo, não entendiam das nuances da vida em Myambe para compreender o significado. O encontro com Shu parecia tê-los deixado curiosos sobre quem realmente era Rais Kasim, ou pelo menos quem ele foi antes de deixar sua terra natal para trás.

– O próximo trabalho vai nos encontrar e não o oposto.

– E você sabe qual é. Por que não compartilha conosco? Perdeu a confiança?

Kasim suspirou longamente. Sabia que isso aconteceria.

Antes que pudesse responder, Inessa colocou uma mão sobre o ombro de Anton para acalmá-lo. Os olhos em Kasim, falou.

– Olha, Rais... Respeitamos suas decisões. Mas estamos em terreno desconhecido aqui. Não sabemos o que esperar.

– Você é nosso guia – completou Vinko, braços cruzados, corpo retraído no encosto da cadeira.

O líder concordou com a cabeça, o dedo indicador de uma mão cutucando o tampo da mesa.

– E é por isso que peço que confiem em mim.

Anton inclinou o corpo para frente, abrindo a boca com um sorriso debochado, pronto a dizer algo, quando parou. Kasim percebeu o olhar dos três companheiros erguerem-se para um ponto atrás dele. Sentiu alguém se aproximando.

– Então vocês são os forasteiros que capturaram o primogênito.

Kasim usou os pés para arrastar a cadeira em que estava sentado para trás, de forma a ter uma visão do dono daquela voz. Também era uma posição em que poderia se defender se preciso e rapidamente sacar a faca oculta do lado esquerdo do seu corpo.

Era um homem de meia idade usando roupas largas. Por baixo das vestes, Kasim notara um corselete de couro enrijecido. O pouco que podia ver indicava que era uma peça velha, no modelo usado por soldados do Vale anos antes. Não havia armas visíveis, mas duvidava que um homem usando armadura militar estivesse despreparado. Um sorriso falso cresceu nos lábios rachados do homem, fazendo a barba encaracolada e grisalha revelar dentes podres ou faltando. Pelo tom da pele, o formato largo do nariz e olhos arredondados, Kasim sabia que o homem era nascido no Vale. Um conterrâneo, por assim dizer.

Os caçadores de recompensas se entreolharam sem falar uma palavra. Kasim voltou os olhos na direção de Odongo, que fazia um ótimo trabalho em manter-se longe do olhar do líder mercenário. Kasim concordou mais consigo do que com o visitante. Bom saber que suas suspeitas, de que Odongo faria o serviço de espalhar sobre os feitos dos mercenários, tinham fundamento.

O visitante entendeu o sinal como uma confirmação. Puxou uma cadeira de outra mesa e se sentou entre Kasim e Inessa, dando as costas para a mulher. Colocou um cotovelo propositalmente perto demais de um prato de madeira cheio de tapioca, apoiando o queixo em uma mão fechada, e curvou o corpo para perto de Kasim.

– Me diga. Por que fez isso? Trabalhar para o Império?

Apesar da idade, o homem apresentava um físico atlético. Pelo corte de cabelo curto, rente ao crânio, incomum na moda das Costas Livres ou do Vale, supunha-se que fosse militar. Após alguns segundos estudando o homem, Kasim respondeu.

– Ouro, claro. Não temos ligação emocional com quem nos contrata ou com quem devemos capturar.

– Bom, bom... E alguma ligação com esse lugar?

Kasim olhou seus companheiros, que pareciam não estar impressionados com o visitante. Inessa olhava as costas do sujeito com quem pretende esfaqueá-lo. Ao menos sabia que, se o sujeito fosse causar problemas, não duraria muito tempo.

– A Costa Livre? – respondeu Kasim. – Não.

Inessa não aguentou a situação. Irritada, comentou:

– Viemos de outras terras. Não temos ligação alguma com qualquer lugar em Myambe.

Os olhos do sujeito desviaram-se apenas momentaneamente na direção do som da voz. Ele sorriu, debochado.

– Você permite que suas escravas falem por você?

Anton riu e Vinko virou a cabeça na outra direção, sério. Kasim apenas apertou os lábios e deu de ombros, como quem pede desculpas.

Inessa levantou parte do corpo, até ter seus lábios próximos do ouvido do sujeito. Então sussurrou algo.

Ele gritou de dor, caindo da cadeira. Cobriu os ouvidos com as mãos, desesperado.

Alguns dos clientes do Segunda Chance viraram-se para ver o que estava acontecendo. A maioria voltou aos seus próprios assuntos logo ao constatar que não havia perigo para eles. Os poucos que continuaram a olhar faziam-no apenas porque tinham uma curiosidade mórbida.

Após alguns segundos, o homem parou de gritar, mas permaneceu no chão, quase em posição fetal, cobrindo os ouvidos. Os olhos estavam cerrados e lágrimas escorriam deles.

Inessa tinha voltado a sentar e estava concentrada em beber seu vinho.

– Isso deve ajudá-lo a não ter mais de ouvir escravas falando.

Até mesmo Vinko permitiu-se um de seus raros sorrisos.

Assim que concluiu que o homem havia sofrido o suficiente com a dor de ter sua audição amplificada e com a humilhação de ter sido derrubado pelo sussurro de uma mulher, Kasim estendeu uma mão e pegou-o pelo pulso, puxando-o para cima. O homem ergueu-se, assustado, limpando as lágrimas com as costas da mão. Olhava para Inessa, incerto se devia ou não sentar-se novamente.

Kasim apontou na direção da cadeira. Após estudar Inessa por alguns instantes mais, o sujeito puxou a cadeira para longe dela, mais afastado da mesa, e sentou-se. Garantiu que não ficaria mais de costas para a mulher.

– O que você quer? – perguntou o líder mercenário, direto.

O sujeito permaneceu em silêncio por algum tempo, talvez temendo falar algo que fizesse doer ainda mais seus ouvidos. Então arriscou falar.

– Eu... eu fui enviado para contratá-lo... contratá-los. Para um serviço longe daqui.

Kasim aproximou o corpo do homem. Naquele ponto já não achava necessário colocar uma mão sobre a faca. O sujeito já estava intimidado o suficiente.

– Quem o enviou?

Silêncio novamente. O sujeito olhou para os lados antes de aproximar-se de novo.

– Nem todos concordam com o expansionismo do Império.

– Você é Bashshar.

O homem afastou-se, arregalando os olhos. Kasim permitiu-se um sorriso que poderia significar qualquer coisa aos olhos de um paranoico.

– Como você sabe?

– É o meu trabalho saber. Por que vocês me contratariam se acabei de frustrar um de seus planos?

– Muitos temiam Shu. Poucos além do Dabir acreditavam que ele havia traído o Imperador.

A menção do título dos homens santos da antiga religião atraiu a atenção de Kasim. Então o movimento rebelde era liderado por um sacerdote? Pensou que haviam todos sido mortos pelos primogênitos do Imperador vinte anos antes. Lembrou-se do colar que viu no mercado.

– Quem é o alvo?

O rebelde balançou a cabeça e deu de ombros.

– Não sei. Só sei que o trabalho os levará para longe daqui.

Inessa entrou na conversa.

– Quão longe?

Bashshar virou-se para Inessa, assustado. Talvez estivesse traumatizado com a voz da mulher – ou qualquer mulher – por um bom tempo.

– Eu... não tenho certeza.

Kasim quase sentiu pena do sujeito. Ao menos ele parecia sincero em tudo o que dizia. Não era do tipo manipulador, mas sim um soldado com ordens de seu comandante.

– Jimfara – respondeu o próprio Kasim.

Seus três companheiros voltaram seus olhos para o líder. Não conheciam muito sobre Myambe. Muito menos além de Porto Qadis.

– A capital do Império. Cerca de quinze dias de viagem daqui, se pegarmos as estradas e rios certos.

Os olhares se voltaram para Bashshar, que já estava suando frio. Os olhos do rebelde indo de um mercenário para outro, como se incerto se havia ele mesmo caído em uma armadilha.

– Não posso confirmar... mas creio que é parte do objetivo.

Anton colocou e cruzou os pés sobre a mesa. Sacou uma adaga e começou a limpar as unhas com a ponta da lâmina.

– E quando saberemos os fatos?

A adaga não pareceu ter qualquer efeito no já temeroso rebelde.

– O Dabir dará as instruções pessoalmente. Em breve.

Os outros voltaram a olhar para Kasim. Decerto não sabiam o que o nome significava. Kasim concordou com a cabeça.

– Não falamos sobre quanto ainda.

Bashshar concordou com a cabeça. O olhar do homem pareceu mudar ligeiramente. Ele encarou Kasim, contraindo os lábios.

Parecia irritado pelo assunto de pagar por algo que obviamente acreditava ser um dever sagrado.

– Sim, também não tenho essa informação. Mas posso dizer que é um valor alto.

Inessa colocou uma mão sobre o ombro de Bashshar. O homem quase saltou da cadeira.

– Por acaso há alguma coisa que você sabia?

O homem olhou a mão de Inessa. Era extremamente pálida em contraste com a pele escura do mensageiro rebelde. Isso devia apenas aumentar o desespero do homem, que devia ver Inessa como um demônio.

– Sei que tudo depende do sucesso dessa missão.

Kasim examinou o olhar dos companheiros. Pareciam estar dispostos a saber mais. Então se voltou para o mensageiro e concordou com a cabeça.

– Encontre-nos do portão leste da cidade ao amanhecer. Conversaremos com o Dabir.

O homem sorriu, aliviado, e levantou-se, agradecendo com um gesto. Fez discretamente o sinal da estrela sobre o peito, observando a reação de Kasim. Então partiu apressado.

Assim que Bashshar havia saído pela porta do Segunda Chance, os três mercenários se viraram para seu líder. Rais Kasim sorriu. Do lado de fora veio o súbito som da chuva caindo violenta.

A tormenta havia chegado.

Capítulo 15

Mukhtar Marid levantou-se cauteloso em conjunto com os homens que haviam sobrevivido à incursão ao Império de Diamante. Dos trinta guerreiros, sete haviam tombado em combate e três outros morreram posteriormente de ferimentos ou infecções. Seu próprio ferimento na coxa, onde a flecha havia penetrado, fora motivo de preocupação. Agora era apenas uma memória distante que teimava em lembrá-lo de sua falta de atenção sempre que fazia algum esforço.

A jornada de volta havia sido tranquila, mas dificultada pelos mantimentos reduzidos, perdidos na fuga de Jimfara. Mukhtar preferira manter-se fora das rotas comerciais principais, seguindo pelas planícies áridas onde tanto vilas quanto caça eram raras. A viagem que poderia ter levado oito dias demorara quase o dobro. Na medida em que se afastavam da capital do Império, mais viam a terra e o povo tornarem-se pobres, fracos e moribundos. O calor se tornava mais presente e seco, como se aos poucos se afastassem das sombras de um oásis.

O contraste entre a opulência dos jardins de Jimfara e os campos secos e o gado magro das vilas dos territórios conquistados era incrível. Entristecia-se de pensar que seu próprio lar estaria naquelas condições se não fosse pelo trabalho de homens como o Dabir.

Com um último cumprimento ao amanhecer, Mukhtar fez o sinal da estrela da manhã sobre o peito e retornou ao seu cavalo. Os outros fizeram o mesmo, em silêncio. Estavam cansados, mas felizes por finalmente retornar ao Vale. Logo estariam em Mahrus, ao lado de seus irmãos na causa da liberdade.

Bateu a pá na bota para tirar de ambas a terra vermelha, depois prendeu a ferramenta junto ao resto do seu equipamento no dorso do cavalo de carga. Inconscientemente colocou uma mão sobre as bandagens que ainda cobriam sua perna por baixo das calças largas. Então, em um movimento fluido, montou o cavalo e deu o comando para seguirem em frente.

O sol estava alto no céu quando chegaram ao que restava das ruas de Mahrus.

Comparada ao que foi um dia, a última cidade a resistir aos ataques do Império de Diamante era hoje apenas um fantasma. Poucos haviam ficado para trás ou voltado após aquele dia vinte anos antes. Mukhtar sorria ao se lembrar de ver o Imperador cair, trespassado por uma lança. Tinha sido o início do fim.

Mas quanto tempo mais levaria até que o Vale, e, porque não, toda Myambe, estivesse livre do jugo do deus-vivo e seu clero de feiticeiros parasitas?

Diferente da maioria das terras sob o controle do Império, o Vale estava praticamente fora do controle dos Zaim. Não parecia ser apenas pelos bem-sucedidos ataques noturnos promovidos pelos *marid*, que eliminaram a guarnição de cada um dos postos avançados espalhados pela região. Talvez considerassem profano o local onde o Imperador havia sido abatido. Até hoje ninguém estabelecera tropas na região. Enquanto existia um governador militar designado para aquele lugar, ele e suas tropas preferiam manter-se na entrada do Vale, enviando patrulhas no máximo até a antiga capital, Khalidah. Os soldados da guarnição consideravam esse trabalho uma espécie de punição. Preferia ignorar qualquer incidente que levasse o Zaim do Vale a promover uma longa investida na região. Isso permitia que o Dabir e seus seguidores agissem com certa liberdade na reconstrução da Terra Santa.

Após atravessarem os esqueletos de residências e lojas, Mukhtar e seus homens chegaram aos jardins no centro da cidade. O que restara do palácio da extinta família real fora transformado no foco da resistência ao Império e a luta para manter livre a população do Vale. Onde antes havia flores exóticas e arbustos ornamentais agora existiam plantações comunitárias, de onde o alimento era produzido e distribuído para todos os fiéis que se recusavam a aceitar o deus do Império de Diamante.

Um grupo de jovens correu para saudá-los, ajudando-os com os cavalos. Mukhtar desmontou, cumprimentando o garoto que segurava as rédeas da sua montaria. O garoto tinha as marcas faciais de um Surna. Os tribais que uma vez rivalizaram com o Povo da Estrela hoje haviam abraçado a religião verdadeira.

Dispensou seus homens e seguiu o caminho de pedras entre as plantações na direção do edifício principal. Pouco do luxo que tinha na época em que o Vale era um reino independente ainda existia. As pedras e metais preciosos que uma vez adornaram suas paredes e pilares haviam sido arrancados muito tempo atrás, durante a guerra ou no período em que a cidade estivera praticamente abandonada. Antes do Dabir estruturar um processo de recolonização, saqueadores rondavam as cidades abandonadas do Vale em busca de riquezas deixadas para trás. Mercenários de companhias destroçadas e sobreviventes desesperados haviam transformado o Vale numa terra de ninguém. Foi apenas graças ao esforço do Dabir em reunir os últimos *marid* como Mukhtar que resistir tornou-se possível.

Como em toda vez que um dos *marid* retornava de uma missão, o Dabir aguardava na entrada do antigo palácio. Um sorriso largo tornava as marcas da idade avançada visíveis na pele morena onde a barba cheia e o capuz vermelho não a escondiam. Vestia os trajes cerimoniais que parecia nunca tirar. Vestes longas, brancas, com listras vermelhas projetadas em todas as direções a partir do capuz da mesma cor. O medalhão na forma da estrela da manhã pendia pesado em seu pescoço. Acreditava-se ser o último remanescente após a guerra promovida pelo Império. O próprio Dabir era o último sacerdote da crença do Povo da Estrela e, por isso, sua vida era extremamente importante.

O Dabir estendeu os braços, fazendo com que o tecido do manto se abrisse como uma bandeira. Dessa forma, dava a impressão de que as linhas vermelhas das vestes originavam-se no amuleto da Estrela da Manhã em seu pescoço como raios de luz sagrada.

Os dois homens abraçaram-se como pai e filho e assim permaneceram por alguns instantes antes do homem santo afastar o guerreiro.

– Seus homens?

– Dei-lhes permissão de encontrar suas famílias. Estão orgulhosos, ainda que cansados da missão.

Mukhtar percebeu os olhos cinzentos do sacerdote estudaram os seus. Mesmo com o sorriso, o olhar do Dabir era sempre cansado e triste como o de um homem que já vira horrores demais nesse mundo.

– Não vi corpos.

Mukhtar concordou com a cabeça, olhos voltados para o chão. Imaginava que teria de dar explicações.

– Perdemos alguns, mas não tínhamos como trazê-los de volta.

O homem suspirou. Colocou uma mão sobre o ombro do guerreiro.

– Você sabe que eles precisam ser enterrados no Vale.

– Seus corações foram. Fiz questão de fazê-lo pessoalmente pouco depois do amanhecer.

O Dabir concordou com a cabeça, pensativo. Em sua crença, era o coração que guardava os pensamentos e sentimentos do homem e, se sua alma fosse enterrada apropriadamente, o irmão morto teria garantia de tornar-se um com a Estrela da Manhã.

– E quanto aos corpos?

Um raro sorriso, cruel, surgiu nos lábios de Mukhtar. Lembrou com orgulho sua decisão.

– Foram enterrados nas terras do Imperador, próximo à capital.

Ao contrário do que Mukhtar esperava, o Dabir balançou a cabeça, a expressão no seu rosto refletindo o constante olhar de tristeza.

– Você sabe que os imperiais considerarão isso heresia.

– Claro que sim. Essa foi minha intenção.

No Império acreditava-se que as terras do Imperador eram seu corpo. Por isso queimavam seus mortos e espalhavam as cinzas em terras férteis para produzir alimento para os crentes. Mukhtar não podia imaginar algo mais estúpido. Isso privava as almas das recompensas na pós-vida. Enterrar os corpos de seus homens, mesmo sem suas almas, era uma afronta ao Império, pois, aos olhos dos seus seguidores, violava e envenenava a terra.

– E, quando o descobrirem, terão de purificar todo o lugar.

Mukhtar ergueu os olhos para os do seu líder. Entendeu onde ele queria chegar.

– Não havia vilas próximas.

O Dabir balançou a cabeça novamente e suspirou. Deu as costas e começou a andar na direção do palácio. Mukhtar subitamente tornou-se consciente dos olhares dos trabalhadores nos jardins. De alguma forma pareciam olhá-lo de forma acusatória.

– Eles encontrarão vítimas para o sacrifício, com a desculpa de que seu sangue é necessário para filtrar o do Imperador.

O renegado observou o homem caminhar pelo jardim, então o seguiu, alguns passos trás.

– Quantos?

– Quem sabe? – respondeu o Dabir, sem olhar para trás. – Uma família? Uma aldeia inteira? Podem até mesmo dizer que o fato contaminou a comida das próximas colheitas e destruir tudo. O povo passará fome.

– Fora das muralhas de Jimfara.

Cruzaram o portal de entrada do palácio e seguiram na direção do salão de onde o Dabir comandava a cidade. Dois aprendizes estavam arrumando documentos sobre a mesa. Ao perceberem a aproximação do homem santo e o *marid*, afastaram-se a passos rápidos e saíram da sala sem sequer levantar os olhos do chão.

– Claro – ele disse ao chegar a sua mesa. Voltou-se para o *marid*. – A verdade jamais cruzou aqueles muros.

Mukhtar sentia que existia mais nas palavras do homem santo do que parecia deixar. Passara boa parte de sua vida ao lado de Dabires enquanto treinava para tornar-se um *marid*. Era seu dever liderar os leigos na defesa de sua fé e de sua cultura. Mesmo assim, Mukhtar ainda se encontrava incerto das palavras do Dabir, como se ainda fosse uma criança aprendendo os mistérios da Estrela da Manhã e do seu povo.

– Enquanto você esteve fora, recebi duas informações valiosas de Jimfara.

Mukhtar olhou o Dabir, curioso. Imaginava que algum tipo de feitiçaria havia sido usado para essa troca de mensagens tão rápida. Mas não reclamaria do fato. Sabia que feiticeiros tinham seu valor. Especialmente se ajudassem a derrubar o Império.

Ignorando a expressão no rosto de Mukhtar, o homem santo continuou.

– Há um sacerdote que pode ser útil. Precisamos dele vivo.

Mukhtar observou o outro, uma sobrancelha ligeiramente erguida. Achava pouco provável que um sacerdote do Imperador fosse útil para qualquer coisa senão como alvo para se treinar arremesso de lança. Mesmo assim, o Dabir devia saber o que estava falando.

– Essa não é minha especialidade – confessou Mukhtar com certo orgulho. Tinha sido treinado para matar os inimigos da sua fé e não capturá-los vivos.

– Sei bem disso. – O Dabir se sentou atrás de sua mesa, buscando algo entre as pilhas de papéis. – Por isso procurei outro que deve servir a esse propósito.

Os dois trocaram olhares silenciosos. *Como assim outro?*, pensou Mukhtar. De quem ele poderia estar falando? Quem poderia ser mais capacitado do que ele para qualquer missão contra o Império? Talvez um dos outros *marid*?

– É um mercenário. Um caçador de recompensas, para ser mais exato.

Mukhtar sentiu o sangue ferver ao ponto de sua cabeça imediatamente começar a latejar.

– Isso é um absurdo.

O Dabir colocou os papéis sobre a mesa, encarando, sério, o *marid*. Mukhtar percebeu que havia destratado o mais alto símbolo de sua fé.

– Não brinco com meu dever sagrado – respondeu, seco, o homem santo.

Tentando controlar sua raiva, o guerreiro começou a caminhar pelo salão. Tentou regular sua respiração para acalmar-se. O Dabir apenas o acompanhou com os olhos.

Mukhtar chegou até a varanda, sentindo um vento gelado vindo através das passagens entre as montanhas atrás de Mahrus, onde o céu estava negro com uma tempestade distante. O terreno descia atrás do palácio, de forma que a varanda estava cerca de dez metros acima do chão. Abaixo, um grupo de voluntários aprendia a arte da guerra pelas mãos de alguns soldados. Outro *marid*, longe demais para ser reconhecível, observava cada aluno e cada instrutor. Mukhtar voltou-se para o homem santo.

– Um descrente? Mas esta é uma missão para alguém fiel à nossa fé, à nossa causa.

– Alguém como você?

O sorriso discreto no rosto do velho arriscou quebrar a represa que segurava a fúria do guerreiro.

– Eu sou um Guardião da Estrela há quase três décadas!

O tom foi mais agressivo do que pretendia. Percebeu-se batendo no próprio peito para enfatizar sua irritação.

O Dabir não pareceu surpreso.

– Sim, e por isso é guiado por suas emoções e preconceitos.

– Não posso aceitar isso – reclamou Mukhtar, virando-se para a varanda, balançando a cabeça violentamente. – É blasfêmia!

– Está escrito. Você sabe. O oráculo o falou.

Mukhtar virou-se subitamente para o homem santo, assustado. Como ele sabia?

– Não leia minha mente, professor. Ou esquecerei quem você é.

O Dabir apenas sorriu.

– Confie em minhas palavras.

Anos de luta e agora confiariam em um forasteiro? Podia a Estrela da Manhã ser tão cruel em seus planos? E podia o oráculo estar certo do que dizia?

Voltou a olhar para fora do palácio. A varanda dava uma visão clara da rota que uma vez servira para que os sobreviventes escapassem. A parte baixa da cidade estava hoje quase vazia a não ser pela cidadela e quartel construídos poucos anos antes. Não era mais a Mahrus que ele conhecera quando jovem. Era apenas uma sombra cruel que teimava em lembrá-lo de sua falha em defender o Vale.

Mukhtar fechou os olhos e baixou a cabeça, as mãos tensas segurando firme o metal frio do parapeito da varanda. Após mais alguns momentos, voltou a olhar para o homem santo.

– Se eu não serei enviado, por que me conta o plano?

– Você será o líder dessa missão – disse o Dabir, levantando-se e caminhando até a varanda. – Mas os serviços de outros serão necessários.

– Meus homens são tudo de que preciso.

O Dabir negou com um movimento da cabeça.

– Seus homens estão feridos e cansados. E estão todos eles ligados aos seus sentimentos. Precisamos de alguém de fora.

E como eles encarariam aquilo? Mukhtar imaginava que seus homens se sentiriam traídos, trocados por pessoas que faziam seu trabalho não pela fé, mas pelo ouro.

– Você disse que eram duas informações. Qual é a outra?

O Dabir retirou das pilhas de papéis uma única folha. Seus olhos dançaram sobre as letras por alguns momentos, então a colocou sobre a mesa e assinou-o com uma pena.

– O sacerdote que deve ser capturado é apenas uma ferramenta para um objetivo maior. O verdadeiro tesouro. A arma definitiva contra o Imperador.

Isso atraiu o interesse do guerreiro, que se aproximou da mesa.

– Que tipo de arma?

– A mais poderosa de todas – disse o homem santo, sorrindo enigmaticamente. – Conhecimento.

Capítulo 16

O ataque começou nos primeiros minutos da manhã, quando o Sol começava a surgir além do tapete verde esmeralda de Kwindago, fazendo a floresta brilhar como se tomada por chamas sobrenaturais.

Parte das forças de Abechét cercou a colina construída pelos selvagens enquanto o segundo batalhão, mais experiente e mais descansado, avançava na direção das ruínas. A intenção era mais impedir que os selvagens descessem da cidadela improvisada do que destrui-la, já que tentar conquistar aquele ponto fortificado certamente custaria ao Zaim a maior parte de suas tropas. O lugar nem ao menos parecia bem construído, com a maioria das defesas concentrada do lado errado. Os guerreiros da floresta arremessavam lanças e flechas esporádicas, mais por irritação do que como parte de um plano. Estavam apenas tentando provocar um ataque. Enquanto alguns homens eram feridos pelos ataques vindos de cima, Zaim dera ordens para que não houvesse retaliação.

– Quanto tempo pretende esperar?

Zaim olhou para o lado. Nem havia percebido a chegada do primogênito. Sua montaria era silenciosa apesar do tamanho exagerado.

– O suficiente para que o segundo batalhão alerte de sua chegada às ruínas.

– E depois disso?

– Os selvagens atacarão – disse Zaim, movendo a cabeça para indicar as ruínas. – Não desejam que qualquer um chegue às ruínas.

Zaim sentiu os olhos do estrangeiro pousarem sobre ele, apesar de ele mesmo estar olhando em outra direção. Um calafrio involuntário subiu por sua espinha.

– E como você sabe disso?

– Você quer dizer, como eu sei disso apesar de você esconder os fatos de mim?

Os dois trocaram olhares, mas o primogênito nada disse. Ele se recusaria a explicar detalhes sobre aquela missão, mesmo que isso pudesse em risco as tropas de Abechét. Zaim tinha pouca experiência com os primogênitos do Imperador. Afora encontros na corte ao longo de seu treinamento no campo político e militar, tinha conhecido dois deles durante o governo de seu pai e um terceiro quando era pequeno, no governo de seu avô. Ou talvez fossem o mesmo homem, ocultos pelas vestes. Lembrava bem o acesso de fúria que o pai tivera após aquele forasteiro deixar sua presença na cidadela vinte e quatro anos antes. O Zaim Adoud anterior era um homem bastante temperamental, mas sabia ocultar o fato nos momentos oportunos. Aquele primogênito havia chegado dias antes, observado sem dizer a que vinha e, então, levara consigo dois mil homens da guarnição de Abechét. Uma missão em nome do Imperador, ele tinha dito. Nenhum dos homens havia voltado. Nenhum dos dois Zaims, atual e anterior, jamais soubera o destino daqueles homens. Sabiam apenas que haviam sido levados para nordeste, na direção do Deserto de Sal.

Ao que sabia, esse podia ser o mesmo forasteiro, oculto sob máscara de contas. Talvez ele ou todos os membros da Ordem de Diamante vissem homens comuns como apenas um recurso descartável. A lenda de que eram todos um único homem imortal não era mais que uma lenda.

Zaim voltou a olhar na direção da cidadela selvagem e finalmente explicou-se.

– Da mesma forma que eu e meus ancestrais chegamos onde chegamos. Observando, ouvindo e agindo de acordo. Não são meros selvagens, não é?

O primogênito manteve os olhos no Zaim por um bom tempo. As contas coloridas da máscara reluziam com a luz que penetrava entre as copas das árvores.

– Não – finalmente respondeu, acompanhando o olhar do general-governador. – São descendentes do povo que confrontou o Imperador milênios atrás. Chamam-nos de Zareb. Os Protetores.

– Protetores de quê?

– Dos segredos dos Nambomo. Muitos mais do que qualquer um pode imaginar.

O nome não era de todo desconhecido para Zaim. Tinha ouvido o nome antes, mas jamais relacionado a qualquer coisa em particular. Lendas, talvez, de quando era pequeno. Histórias contadas por sua mãe e seu avô. Algo sobre cidades perdidas e poderosos feiticeiros. Zaim nunca levara a sério aquelas histórias. Sua atenção voltou-se novamente para as ruínas.

– Segredos podem ser armas poderosas.

O primogênito suspirou profundamente. Zaim achava que era a primeira vez que percebia qualquer tipo de hesitação no forasteiro. Ele observava sem interesse as tropas se posicionarem em torno da colina feita pelos Zareb.

– Nesse caso, os riscos são maiores do que os benefícios.

– Para quem?

Os dois voltaram a trocar olhares. Quanto aquele homem era capaz de ler em cada um daqueles pequenos confrontos? Podia o primogênito do Imperador ler seus pensamentos? Ver seu futuro? A mais poderosa arma desses temidos guerreiros não era sua magia, mas sim o segredo de sua identidade. Era impossível distinguir um primogênito de outro, os rostos obscurecidos pelos fios de contas e magia. Ao menos não antes que usassem seus poderes característicos.

– Muito acontece em Jimfara. O conselho não é mais tão uníssono em sua forma de pensar.

Uma rachadura na superfície perfeita do diamante. Uma crise no topo da hierarquia poderia ser uma fraqueza a se explorar. Valeria a pena descobrir o quão profunda era essa rachadura.

– E o Imperador não diz nada a respeito?

O olhar do guerreiro desviou-se, como se ele tivesse um súbito interesse na floresta. Observou um grupo de aves coloridas levantar voo, acompanhando seus movimentos. Zaim percebeu que o estrangeiro estava incerto sobre como e o que responder.

– O Imperador está... ausente. Em profunda meditação.

– Há quanto tempo?

O primogênito voltou a encarar Zaim.

– Vinte anos.

O coração do general acelerou. Sentiu-o subir na garganta.

Vinte anos. A época em que o Imperador levou as tropas de Abechét para lutar em sua guerra contra os povos do Vale. A época em que o Império de Diamante cessou sua conquista do Myambe após o que se dizia à boca pequena ser a última batalha de uma era. Desde então, territórios como Abechét, distantes da capital, lentamente eram abandonados à própria sorte. O clero retraía-se na capital. Subitamente tudo fazia sentido.

– O que eu conto não deve deixar seus lábios. Alguns segredos poderiam partir o Império.

– E que segredo é esse que os Zareb guardam que poderia ser ainda mais danoso ao Império?

Uma trombeta tocou ao longe, ecoando pela floresta.

– É o sinal – disse o primogênito, ignorando a pergunta do Zaim.
– Mas ainda não vejo os selvagens descerem a colina.

E realmente não o faziam. Havia agitação visível e audível por trás da paliçada no alto da colina de terra, mas nada além das usuais flechas e lanças saía de lá. Poderia Zaim estar errado sobre seu plano?

Não fazia sentido, a não ser que os selvagens não estivessem preocupados com a defesa das ruínas. Olhou novamente para a colina e as paliçadas.

Zaim ergueu uma mão. Seu assistente chegou logo, correndo. Estava usando uma armadura de couro curtido, elmo de metal sobre a cabeça, e tinha um machado preso ao cinto. Estava pronto para participar de uma batalha.

– Onde pensa que vai com esse equipamento?

O assistente franziu a testa. Abriu a boca para dizer algo, mas não conseguiu responder.

– Seu papel é como meu auxiliar e não como soldado. Não gastei anos do meu tempo para que você fosse morto ao acaso numa batalha qualquer.

Houve confusão no rosto do jovem que tentou falar novamente, sem sucesso. Zaim continuou.

– Você deve julgar em que batalhas sua participação é importante. Nem seus homens nem seu ego precisam de você em cada conflito que enfrentar, por menor que seja. Um general morto é útil apenas para seus inimigos.

O garoto removeu o elmo da cabeça, concordando sem palavras. Os olhos foram para o chão e os ombros caíram. Ao menos o garoto via os fatos. Ele mesmo não tinha sido tão sensato quando fora assistente de seu pai.

– Junte o primeiro batalhão. Vamos avançar na direção das ruínas imediatamente.

A cabeça do seu assistente ergueu-se de imediato, olhos arregalados.

– Senhor? Mas e a cidadela?

– Dê o sinal para nosso acampamento. Ponham as máquinas para funcionar. A Terceira Companhia seguirá na retaguarda.

Sem esperar que o assistente confirmasse entender a ordem, Zaim puxou as rédeas de sua montaria e, com os calcanhares, ordenou que avançasse. As trombetas tocavam por todo o campo de batalha, repassando as ordens para avançar. Enquanto seguia sozinho para as ruínas, suas tropas deixavam o cerco para formar uma coluna única que seguiria para o norte.

O primogênito avançou para emparelhar sua zebra com a de Zaim.

– E quanto à cidadela? Não espera que eles aproveitem para atacá-los por trás?

O general balançou a cabeça.

– Eu estava enganado.

Zaim Adoud apontou no lado norte da fortificação, onde a colina estava na direção das ruínas. O que antes parecia ser um erro de engenharia militar revelou-se o mais correto.

– Eles não estão tentando impedir que alguém chegue até as ruínas. Querem impedir que qualquer um saia de lá.

O primogênito observou o que Zaim dizia. O lado norte da cidadela-colina estava repleto de estacas e três camadas de paliçadas. Era também desse lado que estava a maioria das torres de observação construídas no topo das árvores.

– Mesmo assim, há um risco grande demais em deixar essa fortificação hostil de pé.

Um estalo ecoou pela floresta, seguido de um segundo e um terceiro. Um assobio fez os pássaros da floresta alçarem voo, assustados. Então a primeira rocha atingiu a colina de terra, lançando terra e rochas para todos os lados. Uma segunda rocha atingiu de raspão, arrancando boa parte da lateral da colina, antes de resvalar em meio à selva, possivelmente ferindo ou matando alguns homens. A terceira atingiu em cheio a cidadela, fazendo-a explodir em pedaços.

– A cidadela não é um problema. E a Terceira Companhia poderá lidar com sobreviventes.

Seguiram por vários minutos mata adentro. Durante o caminho passaram por vários fetiches deixados pelos Zareb. Eram crânios de animais selvagens, penas e peles. Símbolos haviam sido pintados nos fetiches e nos troncos das árvores, sempre voltados para o norte, como algum tipo de tinta natural espessa. Zaim considerou dar ordem para derrubarem tudo, mas percebeu a tensão de seus homens. Supersticiosos, provavelmente achariam que espíritos os amaldiçoariam se destruíssem aquelas aberrações.

Estavam passando por uma árvore cheia de pequenos bonecos feitos de galhos amarrados quando ouviram gritos ecoando pela selva. Uma revoada de pássaros anunciava um conflito. Os homens à volta de Zaim entreolharam-se apreensivos. Urros altos acompanharam os gritos de morte dos homens do segundo batalhão.

Zaim deu ordem para que prosseguissem acelerado, alertas a qualquer sinal de emboscada. Cada homem obedeceu, mesmo que com a moral estremecida. Podia ouvir os cochichos entre suas tropas. "Azanzi", diziam alguns. Ignorantes, eram tão inconstantes em suas crenças que não pareciam sequer concordar se eram os espíritos dos mortos, demônios de outro mundo ou entidades imortais da natureza. Rumores eram como uma praga em um exército. Uma mentira ou um mal-entendido poderiam causar o enfraquecimento do corpo combativo mais eficiente que qualquer número de homens bem treinados.

Sem esperar que essa doença se alastrasse por entre seus homens, o general avançou, seguido de perto por seu assistente e o primogênito. As tropas se afastavam, não poucos parecendo apreensivos ou mesmo com medo. Ouviu mais de uma prece murmurada, a maioria para deuses que não o Imperador de Diamante.

Logo as árvores e os fetiches tornaram-se mais escassos, e a selva abriu-se para a clareira que puderam observar das ruínas do forte. Seus homens haviam parado na orla da selva, como se temerosos de dar o passo que faltava. Sua montaria parou, relinchando. Sentia o cheiro de morte e talvez de algo mais. Recusava-se a avançar.

Irritado, Zaim saltou da zebra, puxando da sela seu machado curvo, que prendeu ao seu próprio cinto. Seu assistente e o primogênito se aproximaram e também desmontaram. Avançaram calmamente.

O complexo todo certamente era enorme. Diversos edifícios altos com domos estreitos formavam o coração da estrutura, cercados por lagos artificiais e estruturas menores. Muralhas em grande parte derrubadas pelo tempo e a vegetação agressiva ramificavam-se do complexo central para perder-se dentro da selva, talvez se ligando a outros complexos do mesmo tamanho, ocultos pela vegetação. Estátuas de homens e mulheres com feições exageradas, colunas e obeliscos, e ocasionais edifícios de pequeno porte estavam espalhados por toda a parte. Os blocos de pedras que lhes davam forma estavam manchados pelas constantes chuvas. Plantas cresciam por entre as fendas nas rochas, ameaçando esmagar as estruturas com seu abraço. Muitas já haviam desmoronado, tornando-se pouco mais do que montes de pedras cujo significado se perdera no tempo.

Zaim viu não muito longe, na grama alta logo diante de um dos lagos artificiais, formas estiradas no chão. Algumas lanças estavam fincadas no solo, outras em riste, suas pontas metálicas reluzindo ao sol. Sabendo o que ia encontrar, o general avançou e não se surpreendeu. Eram os corpos dos homens da Quarta Companhia, o comando do segundo batalhão. Ou pelo menos o que restara deles.

Em meio a armas, escudos e armaduras partidas estavam braços e pernas, algumas cabeças e, aqui e lá, corpos inteiros, mas partidos, revirados em ângulos impossíveis. Onde Zaim encontrava cabeças, os olhares eram de pânico.

– O que aconteceu aqui?

– Uma emboscada – tentou o assistente.

– Sim, mas de quê? Não vejo corpos de selvagens nem sinal de suas armas. – Zaim apontou para um dos corpos. – A maioria parece ter sido golpeada com maças e pedras.

– Deve haver sobreviventes – disse o assistente, visivelmente assustado. Estava pálido e olhava à sua volta com olhar errático.

– Onde estão as outras companhias? Onde está o comandante dessa unidade?

O primogênito aproximou-se, olhando os corpos. Sua mão foi ao cabo da espada adornada e a cabeça ergueu-se, alerta.

– Temos companhia.

Um urro inumado atraiu a atenção de Zaim para o que restava de uma coluna caída à sua esquerda, e seu sangue gelou ao ver a aparição curvada sobre ela.

O monstro de pelagem negra olhava-os com pequenos olhos castanhos em uma cabeça descomunal. Braços e pernas tão largos quanto seu tronco tocavam as rochas à sua frente, terminados os quatro em mãos largas parecendo capazes de esmagar um crânio humano. Havia manchas de sangue nas mãos e rosto da criatura.

Zaim não sabia o que era, mas sabia como lidar com o problema. Começou a erguer uma mão para ordenar que abatessem a fera com lanças quando um novo urro, esse vindo da direita, o fez virar naquela direção. Outro ser do mesmo tipo estava lá, de pé sobre uma estátua em ruínas. Uma terceira criatura escalou as rochas logo atrás e ficou de pé em apenas duas patas.

Um a um, outros monstros quase humanos começaram a surgir das ruínas e árvores. Alguns traziam em suas mãos os escudos e armas partidas dos homens da Quarta Companhia. Arremessavam seus troféus contra Zaim e suas tropas, debochados. Soltavam urros que mais pareciam risadas provocadoras.

– O que são essas coisas? Demônios?

Zaim olhou na direção do seu assistente, como se esperasse dele uma resposta. Mas o olhar de medo do jovem respondeu a pergunta. Zaim lembrou-se do relatório da Terceira Companhia sobre monstros gigantes. Homens-macaco, tinha ouvido falarem no acampamento. Talvez seu avô não estivesse tão senil na época em que contava suas histórias de batalha.

Ao seu lado, o primogênito do Imperador fez um som que parecia uma risada baixa.

– Acho que você não poderá depender das catapultas dessa vez.

Não esperava humor de um primogênito. Mas parecia servir-lhe bem numa situação como aquela.

Zaim sabia bem que plano algum sobrevivia ao contato com o inimigo. Mas acreditava que qualquer plano podia dar certo com os preparativos adequados, vide a ordem de construir as três catapultas quando seu assistente indicou a real função da cidadela selvagem. Mas aquela era uma situação totalmente diferente. Não sabia o que esperar de homens-macacos cuja existência nem ao menos conhecia.

Uma das criaturas separou-se do grupo, alguns metros adiante. Parecia ainda maior que os demais, usando os punhos fechados para ajudá-lo a andar de quatro. Não caminhava como um leão ou chita, mas sim como um homem curvado sobre o próprio corpo.

Na medida em que se movia, a pelagem negra brilhava. Caminhou calmamente, todo seu peso e força visíveis com cada passo, circulando Zaim, o assistente e o primogênito. O general olhou para trás rápido e discreto. Temia que os monstros tentassem cortar seu acesso a suas tropas, mas não achava sensato qualquer movimento brusco.

Enquanto a criatura se movia, seus pequenos olhos castanhos permaneciam nos três invasores, estudando-os. Soltava bufadas de ar, irritado, pelas grandes narinas sobre a boca larga. Fazia sons com a boca, expunha dentes longos e afiados de maneira ameaçadora.

Então deu as costas para o grupo, caminhando de volta para seu bando. Revelou na luz do sol que penetrava na clareira uma pelagem que parecia feita de prata cobrindo todas as suas costas.

Quando chegou ao alcance do seu bando, Costas Prateadas virou-se novamente. Colocou todo o peso do seu corpo nas pernas e ficou de pé. O monstro pareceu crescer ainda mais, tornado-se ainda mais alto que o mais alto dos homens no exército de Abechét. Bateu repetidamente com punhos poderosos no peito produzindo um som como o de tambores e começou a urrar num canto gutural.

As outras feras do bando começaram a gritar e, então, avançaram na direção de Zaim e seus homens.

Zaim deu um passo para trás ao mesmo tempo que deslizava do cinto seu machado. Arremessou-o com toda a força contra a horda monstruosa. O machado rodopiou no ar até se fincar fundo entre o pescoço e o ombro de um dos monstros, que tombou e foi logo atropelado pelos demais.

Sem perder tempo, Zaim puxou da mão de um dos soldados mortos uma lança e a ergueu diante do corpo. Ao seu lado, seu assistente já havia sacado a espada. Apesar da pose firme, ao lado do seu general, Zaim podia ver em seu rosto jovem o medo de quem via a morte se aproximar.

Lanças voaram por cima do trio na direção das feras quando o comandante do primeiro batalhão dava ordem de avançar. Apenas o primogênito parecia calmo diante das feras. Havia sacado sua espada ornamentada, a lâmina curva segura diante de si. Mas não havia recuado um passo sequer. De fato, Zaim tinha a impressão de que o homem havia avançado.

As feras os alcançaram como uma tempestade. Zaim sentiu a força de um dos monstros, cujo peito foi perfurado pela lança. A arma foi arrancada das mãos do general pela força do impacto, e a fera caiu sobre ele, derrubando-o com tamanho peso. O monstro parou alguns centímetros sobre ele, preso lá pela lança. A ponta oposta da arma havia se fincado no chão ao lado de Zaim, evitando que o monstro o esmagasse. A criatura urrava de dor e angústia, dentes afiados mordendo o ar, saliva e sangue escorrendo livres. Uma mão negra e pesada atingiu o peito de Zaim. Apesar da vida que se esvaía lentamente do corpo da fera, o golpe ainda era poderoso, lançando um choque que ignorou a armadura que protegia o peito do general.

A dor foi tão forte que Zaim sentiu tudo escurecer por um segundo e temeu que perdesse a consciência.

De súbito, mais sangue espirrou sobre o Zaim e os olhos da fera rolaram para cima. O corpo caiu para o lado e o assistente estendeu uma mão para ajudar seu general. A espada em sua mão, assim como seu uniforme e rosto, estavam manchados do sangue da fera.

Zaim aceitou a ajuda do jovem, sem entender como podia estar vivo. Acreditava que sua própria sobrevivência ao impacto da horda feroz fora sorte ou destino.

O garoto parecia perceber o que se passava pela sua cabeça, pois apontou com o queixo na direção do confronto. A Primeira Companhia de Zaim havia avançado ordenadamente, segurando os monstros com eficiência e coragem que Zaim jamais havia visto. Os homens da Segunda começavam a formar um perímetro defensivo em torno do general, tentando manter longe os monstros. Mas talvez o ânimo para enfrentar as feras não fosse o temor de ver seu Zaim caído diante de demônios da floresta, mas sim pelo campeão que dava veracidade às lendas que toda criança dentro e fora do Império ouvia desde pequeno.

De onde estava, o Zaim não era capaz de ver mais do que uma movimentação caótica além das suas tropas. Recuou, dando sinal para que seu assistente o seguisse. Alcançou seus animais e montou.

Do ponto de vista mais alto, podia ver por sobre as cabeças dos soldados e monstros.

Em meio aos homens-macaco, aquele primogênito do Imperador brandia sua espada, rodopiando-a sobre a cabeça, descendo-a para decepar braços, pernas e cabeças. As feras o atacavam, mas cada golpe parecia incapaz de acertar o guerreiro sagrado. Punhos ferozes atingiam o ar, como se uma parede invisível protegesse o primogênito. Furiosos, os monstros lançavam-se com tudo, batendo com mãos e pés como se fossem martelos de pedra. Vez ou outra o primogênito cambaleava pelo impacto, mas logo recuperava o equilíbrio e desferia um golpe contra a fera que o ofendera. Aos seus pés estava talvez uma dúzia dos monstros, mortos ou moribundos.

Os movimentos do primogênito eram fluidos e rápidos. Se Zaim não tivesse conhecido homens como os ermitãos de Ndale, cujo objetivo era tornarem-se fisicamente perfeitos, acreditaria que o primogênito do Imperador era um espírito. Um demônio enviado para enfrentar aqueles que o impediam de chegar ao seu objetivo.

Observou os olhares de seus homens, que avançavam temerosos

contra aqueles monstros que preferiam ignorar o primogênito. Olhavam para o guerreiro sagrado como quem via um fantasma. Alguns pareciam incitados a lutar e vencer. Outros pareciam incertos de quem era o inimigo. Mas todos lutavam. Era, decerto, a primeira vez que viam manifestados diante de seus olhos os poderes do deus-vivo.

Pedras foram arremessadas contra o primogênito. Elas ricochetearam na parede invisível, mas, atingida sucessivas vezes, fez o primogênito cair de joelhos. Por sobre as ruínas tombadas, três dos monstros pegavam grandes rochas e blocos soltos para continuar a atacar o guerreiro.

Zaim olhou à sua volta, encontrando logo um sargento da Terceira Companhia, que avançava para dar apoio à Segunda. Apontou na direção dos arremessadores e deu o sinal para dispararem. Lanças voaram por cima do campo de batalha. As feras sobre as ruínas tombaram, cada uma atingida por pelo menos três armas.

Deu o sinal para que a Segunda Companhia avançasse e a Primeira recuasse ordenadamente. As feras estavam tombando, uma a uma, mas havia muitos feridos e mortos entre as suas tropas. Aqueles monstros eram poderosos, capazes de lidar com muitos homens armados de uma só vez. Vira um deles saltar sobre um sargento da Primeira Companhia, um homem grande e tremendamente forte, e partir suas costelas com socos e chutes. A fera saltava sobre o sargento, gritando, como uma criança irritada. A violência dos golpes e o olhar de morte do sargento provavam que não havia nada de infantil naquele ataque.

O confronto durou mais alguns minutos antes que as tropas da Segunda Companhia cercassem o monstro de costas prateadas. Encurralado contra as rochas, ele tentou atacar, depois escapar, mas foi atingido por lanças arremessadas contra ele. Um dos monstros tentou puxá-lo pelo braço para cima das rochas, mas esse também tombou.

Com a queda de Costas Prateadas, o ataque foi perdendo sua força. Os monstros remanescentes fugiram, olhando incertos na direção do líder que gemia aos pés da morte.

Zaim aproximou-se montado em sua zebra, passando por entre suas tropas. Sua montaria chiou, arregalando os olhos, mas o general forçou-a a avançar. Parou ao lado do corpo da fera. As lanças haviam sido arrancadas do seu corpo e os ferimentos abertos vazavam sangue, que se misturavam à pelagem negra e cinzenta.

Costas Prateadas olhou na direção de Zaim com pequenos olhos castanhos. Parecia triste, fazendo bico com os lábios grossos. Zaim teve dificuldade de não pensar em outra referência infantil. Era como uma criança posta de castigo por ter feito algo de errado.

O monstro abriu a boca, revelando dentes longos e afiados manchados do seu próprio sangue. Seus braços, antes poderosos, balançavam débeis diante dele.

Zaim esticou uma mão na direção de um soldado que lhe ofereceu sua lança.

Com um golpe único e certeiro, o general atingiu Costas Prateadas na cabeça, cessando sua dor.

Os últimos demônios da floresta partiram, levando consigo alguns dos seus feridos. Não voltariam a atormentar aquela expedição, que era, agora, dona das ruínas de Kwindago.

Capítulo 17

Adisa segurou involuntariamente o ar. Todo o seu preparo de anos para tornar-se um sacerdote do deus-vivo não era o suficiente para impedir o coração de disparar e o suor de escorrer frio por todo o corpo. Um calafrio percorreu sua espinha quando seus olhos encontraram o Imperador de Diamante pela primeira vez.

Ele estava sentado no chão, sobre um tapete ricamente ornamentado, mas que já parecia puído pelo tempo de uso. Suas pernas estavam cruzadas diante dele e as mãos descansavam sobre as coxas, como que apoiando o corpo. O tronco e o pescoço permaneciam eretos, os olhos fechados. Havia uma estranha paz na expressão do seu rosto, como se estivesse meditando. Instintivamente Adisa temeu fazer qualquer barulho que pudesse chamar a atenção daquele que era o Império.

Para a surpresa de Adisa, o deus-vivo parecia jovem, não mais que vinte anos de idade. A pele era perfeita, sem marcas de doenças ou da adolescência maculando a cor de ébano. Não havia sido marcada pelo sol como muitos outros, deixando-o livre de rugas e da aparência de couro curtido comum em muitos guerreiros.

Daquela forma, o deus-vivo parecia apenas um jovem nobre descansando tranquilo.

Adisa soltou o ar lentamente. Achava que o coração não seria capaz de reduzir a velocidade das batidas, então permaneceu parado na entrada da câmara subterrânea, observando-a.

Em torno do deus-vivo havia velas coloridas acessas. A maioria estava em seu fim. Percebeu, temeroso, que muitas das velas haviam derretido de forma irregular, mesmo não havendo vento na câmara. Um claro sinal de que alguém tentava atingir o Imperador. Incenso trazido de províncias imperiais distantes perfumava o ar. Tigelas com restos de comida e líquidos estavam além das velas, diante do Imperador.

Curioso, Adisa aproximou-se. Colocou a bacia de banho no chão e a esponja e toalha sobre uma mesa próxima. Ajoelhou-se diante do deus-vivo, baixando a cabeça em respeito. Estendeu uma mão, temerosa, na direção do Imperador. A mão se deteve antes de cruzar o círculo de velas, como se temendo acidentalmente quebrar a concentração do Imperador ou qualquer feitiço que o mantinha protegido.

Racionalidade mudou a ideia de Adisa. Se ele precisava dar banho no Imperador, então deveria ser capaz de cruzar o círculo de velas.

A mão se estendeu e tocou o pé nu do deus-vivo. Quase imediatamente se retraiu. O Imperador parecia ferver em febre! Estaria ele doente?

Adisa levantou o corpo, alerta. Será que o Conselho sabia sobre isso? Algo precisaria ser feito!

– Acalme-se. Ele está assim há anos.

Assustado pela voz profunda, Adisa levantou-se, virando para encarar um sacerdote idoso. Para sua surpresa, era o adivinho que participara do seu Ritual de Purificação. O homem envolto num manto de algodão cru sem adornos observava o Imperador, as mãos seguras diante do corpo, como se massageando os dedos calejados e de pele grossa.

Adisa cumprimentou o outro com toda a reverência devida a um membro do conselho clerical, especialmente um com tanta experiência aparente pelo número de longas tranças.

O sacerdote sorriu, colocando uma mão sobre a cabeça de Adisa, dando-lhe permissão de falar.

– Por que ele está assim?

– Está se curando – disse o sacerdote mais velho, caminhando pela sala. Abaixou-se para pegar as tigelas com restos de comida. Só então Adisa percebeu que o que havia nas tigelas não parecia ter sido comido, nem mesmo ter mofado, mas havia sim se tornado poeira, como se todo o líquido houvesse sido drenado por mágica. Olhou na direção do Imperador, somente agora parando para pensar como o deus-vivo comia considerando seu estado atual.

– Da febre? – perguntou Adisa, tentando fugir dos questionamentos em sua mente.

O sacerdote mais velho riu. Colocou as tigelas sobre uma bancada na parede oposta e buscou nela algumas velas coloridas.

– Não. A febre é apenas uma consequência.

– Do que, então?

O sacerdote abaixou-se diante do Imperador. Passou os dedos sobre a vela derretida, lendo os auspícios marcados na forma como derretera. Suspirou, balançando a cabeça como se já esperasse uma má notícia. Com a mão livre, começou a raspar as unhas grossas no chão para arrancar a cera das velas que já haviam se apagado.

– Da heresia e da blasfêmia. Muitos hereges ainda habitam Myambe e não poucos deles arriscariam suas vidas para matar o deus-vivo.

Adisa observou o mais velho trabalhar. Era curioso que um homem tão alto na hierarquia estivesse fazendo um trabalho tão mundano. Não, ele se corrigiu. Jamais é mundano servir ao Imperador em pessoa! Diante Dele, até o mais nobre e mais poderoso sacerdote é apenas um servo.

– É impossível matar um deus.

– É o que muitos creem. – O homem mais velho ergueu o olhar para fixá-lo no rosto de Adisa. – Mas você assumiria esse risco?

Diante da pergunta, Adisa viu-se incerto. Era um membro do Conselho questionando as verdades de sua fé!

– O Imperador de Diamante existe desde o início dos tempos.

Diante da resposta do jovem, o homem sorriu, mas seus olhos estavam tristes.

– Assim dizem as escrituras. Mas ser imune à passagem do tempo não torna seu corpo imune aos ferimentos.

Adisa permaneceu em silêncio, observando o ancião acender as velas nas que permaneciam acessas. O sacerdote murmurava algo, então pingava lentamente a cera para fixar a nova vela no chão, lentamente recompondo o círculo de proteção.

– Não compreendo – finalmente se atreveu a dizer Adisa.

– Vá em frente com seu trabalho. Remova as vestes do Imperador.

Adisa olhou incerto para o outro, então concordou com a cabeça e seguiu em frente. Puxou a bacia com água para mais perto, mergulhou a esponja nela e deu um passo por sobre o círculo de velas. Com cuidado, deslizou as vestes que cobriam o corpo do Imperador, descendo de seus ombros para o chão. Por baixo destas, o deus-vivo usava apenas uma tanga de couro que fazia Adisa lembrar-se de relatos sobre os selvagens do norte.

A surpresa, no entanto, não foi com o que o Imperador vestia, mas com a terrível marca visível em seu peito. Era uma cicatriz enorme, que parecia formar uma boca fechada pouco acima do coração. Lá a pele era mais clara, com tom avermelhado. Parecia um ferimento profundo que teria matado qualquer um. Assustado, Adisa examinou o corpo do Imperador por mais marcas. Encontrou outra semelhante nas costas do deus-vivo, entre as omoplatas.

– O que é isso?

– Prova da fragilidade do nosso Imperador. E o motivo pelo qual ele está neste estado há vinte anos.

Adisa afastou-se, olhando chocado para o Imperador. Ele permanecia imóvel a não ser pela respiração lenta. Lembrou-se das palavras da serviçal herege. *Mais morto do que vivo.*

– Não há precedentes disso na história do Império.

– Claro que não. Porque pessoas como você têm o papel de eliminar dos registros esse tipo de incidente. A fragilidade do deus-vivo não pode ser conhecida, ou o próprio Império de Diamante estaria em risco.

Adisa sentiu tremer o corpo. Os joelhos pareciam perder a capacidade de mantê-lo de pé. A cabeça ficou leve. Como assim? Um deus não é frágil. Um deus não morre! Não aquele deus. O único que tomara forma e carne e liderara seu povo para a vitória. Adisa se lembrou dos ensinamentos que aprendera durante toda sua vida. Lembrou-se do trabalho que vinha fazendo, buscando referências ao Imperador em documentos dos povos conquistados. E da ordem de reescrever o que podia eliminando qualquer sinal de heresia. Heresia como dizer o nome do Imperador. Heresia como indicar que existia nele uma fraqueza.

Subitamente questionou o que acontecia com esses documentos após terminar seu trabalho. De fato, tinha uma vez resolvido voltar atrás em uma certa pedra de argila do período Enok em busca de uma referência cruzada e descobriu que ela não estava mais na biblioteca. Na época pensou apenas que outro escriba a estivesse examinando, por mais impróprio que isso soasse à rígida estrutura de trabalho da ordem. Agora...

– Eu... não compreendo...

– Entenda dessa forma. Antes do Imperador, Myambe era dividida em dezenas, se não centenas, de tribos e reinos isolados. Cada um possuía sua própria língua, seus próprios deuses, suas próprias leis e verdades. Poucos tinham tudo e muitos tinham nada. Guerras eram frequentes e pelos motivos mais banais. O deus-vivo trouxe a união.

Adisa absorveu o que o sacerdote dizia. Pensativo, buscou a esponja e começou a banhar o Imperador, preferindo manter seus olhos longe daquele que era o cerne de suas verdades.

– Tudo o que o Império de Diamante é hoje foi graças a esse homem diante de você. O Imperador vive há dois milênios e é apenas graças a ele que Myambe é hoje o que é. Se o povo deixasse de vê-lo como deus-vivo, o que restaria de suas verdades? E, sem suas verdades, o que restaria do Império?

Caos, era o que restaria, pensou Adisa. O Império era o Império porque aquele que o forjara era o único deus que andava entre os homens de Myambe. Era o mesmo homem que, desde os primórdios da civilização no continente, havia guiado seus seguidores para a vitória. Era sua língua, sua cultura e suas leis que regiam o mundo conhecido. O Império era o Imperador.

– Por que ainda hoje há hereges lutando contra o deus-vivo?

– O homem não se desapega facilmente de suas crenças. Mesmo diante do óbvio, de provas dos fatos, ele prefere fazer-se de cego de forma a manter suas convicções. Eles lutam porque se recusam a aceitar a verdade. Mas, com o tempo, eles também compreenderão e, como muitos outros povos antes deles, tornar-se-ão parte do Império de Diamante.

O sacerdote aproximou-se, colocando uma mão sobre o ombro de Adisa.

– É por isso que o papel dos escribas é tão importante. É porque são vocês que garantem a segurança do Império. É você, Adisa, que tem a estabilidade de toda Myambe em suas mãos.

Até aquele momento Adisa não tinha percebido a importância de seu trabalho e o valor do seu dom. Sabia, sim, que era importante para o Império. De outra forma não seria aceito como iniciado, nem mesmo teria sido agraciado com tantos benefícios desde sua ordenação. Mas não tinha sido capaz de ver as consequências daquilo que fazia. Sim, ele criava a história.

– Mas você deve ficar atento.

As palavras do ancião atraíram a atenção de Adisa novamente para os fatos.

– Há aqueles que pensam diferente sobre o papel do Imperador, especialmente neste estado.

– Pensei que você tivesse dito que os hereges eventualmente deixariam de existir.

A tristeza voltou aos olhos do sacerdote, que forçou um sorriso sem humor e balançou a cabeça na negativa.

– Não falo de hereges, mas de homens que creem em suas

próprias verdades. Pessoas com o poder de decidir. Pessoas próximas ao Imperador.

Adisa sentiu seu sangue gelar. Lembrou-se da conversa que ouviu na biblioteca semanas antes.

– Membros do Conselho?

– Entenda, não são más pessoas. Apenas temem que o atual estado do Imperador persista por tempo demais, assim pondo em risco tudo aquilo que o deus-vivo lutou para construir.

– Mas isso é heresia!

– Não. É desespero. Por isso peço que fique atento aos seus estudos. Reporte diretamente a mim qualquer descoberta que possa indicar um evento semelhante no passado. Um caso em que o Imperador tenha estado fora de si por anos, um caso em que tenha sido gravemente ferido. Isso pode ajudar-nos a convencer os demais membros do Conselho que existe outro caminho.

O ancião pegou as tigelas que deixara sobre a bancada e começou a caminhar na direção da saída da câmara. Deteve-se na porta, parando para olhar Adisa.

– O futuro reserva um papel muito importante para você, jovem. Lembre-se disso.

Então, ele saiu, deixando Adisa com seus pensamentos e um deus catatônico.

Observou o homem sentado nu diante dele. Era incrível saber que tinha aos seus cuidados o homem que criara seu mundo.

Não. Não um homem. Um deus-vivo.

Com um sorriso de satisfação em saber seu papel essencial para a continuidade do Império de Diamante, Adisa molhou novamente a esponja e voltou a dar banho no Imperador.

Capítulo 18

Zaim Adoud apoiou o pé sobre a raiz da árvore que abraçava a muralha da ruína, olhando curioso na direção da floresta.

– Há quanto tempo eles estão ali?

– Chegaram durante a noite.

A vários metros de distância das ruínas recém-conquistadas, cerca de vinte homens-macacos haviam se agrupado. Estavam bem além do perímetro estabelecido pelas tropas de Zaim e a paliçada que começava a ser construída. Vez ou outra um dos monstros se aproximava mais, batendo no peito, soltando urros altos e jogando galhos e pedras contra a paliçada e os soldados, mas sempre recuava após algumas lanças serem arremessadas em sua direção.

Fora essas rápidas incursões, a maioria do grupo permanecia à sombra das árvores, apenas deitados na vegetação alta.

– O que eles estão fazendo?

O assistente olhou para Zaim e de volta para o grupo de homens--macacos. Gaguejando, respondeu.

– A-acho que estão... relaxando.

E era a melhor palavra que Zaim poderia encontrar para descrever aquele comportamento. Alguns dos monstros estavam deitados na grama, outros encostados em árvores. Via alguns comendo frutas, abrindo-as com as mãos grandes ou dentes afiados. Outros pareciam estar coçando as costas de seus companheiros, como se os penteando. Havia inclusive alguns pequenos, filhotes, talvez, imitando os monstros maiores ou apenas agarrados ao colo do que pareciam ser fêmeas nuas. Daquela distância o general não podia ter certeza, mas tinha a impressão de ver um deles amamentando.

– Já descobriu o que são essas coisas?

– Os nativos os chamam de kibubu.

– E o que são? Demônios?

O assistente balançou a cabeça na negativa.

– Dizem que são protetores da floresta. Azanzi, eu acho.

Zaim fez um som de desdém com a boca e afastou-se da mureta. Mais superstições. Deu as costas e começou a descer a escada arruinada pelo crescimento da selva.

– Mantenha sentinelas de olho neles. Se fizerem alguma coisa, matem-nos.

Desde a luta contra os homens-macacos, ou kibubu se fosse levar em consideração o linguajar primitivo dos nativos, grande parte das tropas havia se deslocado do acampamento na colina para as ruínas, onde estabeleciam um perímetro defensivo contra novos ataques. O restante do segundo batalhão havia se reagrupado após tomar o controle de outros pontos em torno do complexo de templos, onde alguns selvagens e o que seus oficiais descreviam como lagartos gigantes haviam tentado impedir seu avanço. Nenhum dos monstros de escamas foi capturado para provar o fato, mas um número suficiente de homens da quinta e sexta companhia havia perecido para indicar a violência do confronto.

Desde a tomada do complexo em si, nenhum outro ataque ocorreu, fosse de homens ou monstros, mas alguns selvagens haviam se aproximado das ruínas com oferendas e pedidos de paz. Zaim ordenara que aceitassem as oferendas, mas que as enterrassem, caso fosse um truque. Os selvagens eram convidados a ficar, os oficiais com ordens de extrair dos convidados tudo o que pudessem de informações sobre as ruínas e outros perigos que existiam na região. Se não por amizade, por tortura.

Zaim sentiu uma estranha sensação percorrer seu corpo e sabia o que significava. Olhou em volta, buscando encontrar o primogênito do Imperador próximo dali. Certo, encontrou-o de costas para ele, próximo ao corpo de uma árvore particularmente contorcida que crescia no meio do pátio, abrindo com força as paredes do que uma vez foi algum tipo de torre, hoje reduzida a um amontoado de blocos partidos.

O forasteiro usava um dos grandes blocos como mesa para alguns utensílios como pena e tinta e um objeto quadrado coberto por um tecido leve. Tinha as mãos por baixo do tecido, manipulando algo. Zaim pensou ouvir um som característico.

– Esperava algo menos mundano vindo de um membro da Ordem de Diamante.

O primogênito afastou-se da gaiola revelada com um pombo em suas mãos. Ignorando Zaim, confirmou que o pequeno rolo de papel estava seguramente preso ao cilindro metálico na pata do animal antes de deixá-lo voar. O pombo afastou-se rapidamente, escapando da cobertura de árvores da floresta e ganhando o céu. Seguia na direção que havia memorizado como seu lar, provavelmente a capital.

– Não precisamos de soluções místicas para tudo – finalmente respondeu o primogênito, fechando a gaiola agora vazia. – Lembre-se: não sou um deus. Apenas o filho de um.

Zaim observou silencioso o primogênito enquanto este juntava suas coisas em uma bolsa discreta. Voltou a cobrir a gaiola, como se fosse necessário. O general não tinha visto o forasteiro carregar nada além de sua espada, então imaginava que ordenaria um dos poucos homens que trouxera junto com os exércitos de Abechét para guardar seus pertences e cuidar dos pombos. Zaim estava curioso – e particularmente irritado – por não ter sequer ideia de que o primogênito trouxera pombos mensageiros consigo na expedição. Talvez fosse bom colocar seu assistente para investigá-lo melhor.

– Imagino que esteja questionando o que faremos agora – disse o primogênito, finalmente voltando sua atenção para Zaim.

O general concordou com a cabeça, aproximando-se alguns passos.

– Em breve a fortificação desse lugar estará completa, mas você sabe que não temos forças suficientes para manter o complexo por muito tempo. Não sem uma linha de suprimentos segura e mais homens treinados.

– Você quer dizer que não há como fazer isso sem deixar sua cidade desprotegida.

Havia um tom de humor na voz do primogênito? O homem estava provocando o general.

– Não há sentido em proteger este lugar se a cidade mais próxima for tomada por inimigos. Este lugar não duraria muito sem Abechét.

– De fato. Mas vejo pouco que possa ser feito. Não posso acelerar o tempo para que seus homens em treinamento tornem-se soldados eficientes em dias.

– Mas pode fornecer o dinheiro para a contratação de mercenários.

O primogênito do imperador observou Zaim em silêncio, como sempre fazia quando tentava estudar as propostas do general. Zaim continuava a ter a impressão de que o forasteiro lia sua mente quando o fazia, vasculhando em seu coração suas reais intenções.

– Creio que você já tenha algo específico em mente.

– Claro – respondeu Zaim. – Um batalhão de infantaria de Sokos está retornando de um contrato com Iobadan e passará por Abechét em alguns dias. Outras unidades podem chegar à cidade em um mês ou dois.

– Essas ruínas não podem ser confiadas a mercenários.

Zaim negou com a cabeça.

– Apenas homens do Império, os melhores, ficarão nessa guarnição. Os mercenários cuidarão das linhas de suprimentos, nos dois fortes entre Abechét e aqui.

– O que implica em mais melhorias em ambos os fortes, imagino.

– É sempre bom estar preparado.

– Mas para quê, Zaim Adoud?

Um sorriso furtivo quase escapou ao controle do general. Décadas lidando com nobres o fizeram aprender a lidar com verdades ocultas.

– Os inimigos do deus-vivo, claro. Nós sabemos o quão frágil está o Império neste momento. E você deixou clara a importância deste lugar para a segurança de tudo.

O olhar estudado novamente. Então o forasteiro concordou com a cabeça e começou a caminhar na direção das tendas de comando, montadas no centro do pátio entre fileiras de lagos cobertos por um tapete flutuante verde. Não voltou a dirigir a palavra ao Zaim.

Deixado sozinho, o general voltou sua atenção para as ruínas à sua volta, em particular para o que parecia ter sido um grande templo no centro de todo o complexo. Árvores haviam crescido em torno do templo, empurrando toneladas de rochas, forçando passagem por frestas e tornando-se parte das ruínas. A floresta parecia abraçar os restos daquela civilização antiga, como se lentamente esmagando e absorvendo qualquer vestígio da presença humana naquele lugar. Curiosamente, dava a impressão de que, sem aquelas árvores invasivas, as construções de pedra desmoronariam imediatamente.

Mas não era a arquitetura do lugar nem tampouco o crescimento descontrolado da selva que atraíam a atenção de Zaim, mas sim os segredos ocultos naquele templo. Tinha conseguido muito do primogênito do Imperador em nome da conquista e guarnição daquele lugar. Fosse o que fosse que havia lá dentro, era algo que o Conselho Clerical realmente temia.

Zaim olhou à sua volta, percebendo que não havia ninguém prestando atenção. Então começou a caminhar na direção do templo. Não havia tido antes oportunidade ou interesse de estudar os detalhes da construção e só agora percebia os entalhes complexos feitos nas paredes, representando cenas do cotidiano de séculos atrás. Percebeu grandes olhos de rocha observando-o, onde ruínas e raízes davam espaço a estátuas de demônios de olhos puxados e orelhas pontiagudas com rostos alongados e cabeças ovaladas. Parecia alertar de que aquele não era um lugar a ser invadido.

Passou pelo portal de entrada do templo, deslizando uma mão pela parede na medida em que avançava. Fachos de luz penetravam no interior da estrutura por diversas fendas no teto, permitindo ao Zaim encontrar seu caminho sem o risco de cair ou bater a cabeça na escuridão.

Sua mão encontrou o final do corredor antes que ele pudesse perceber. O templo abriu-se em um grande salão, as paredes perdendo-se da escuridão. Ali, poucas fontes de luz penetravam na estrutura.

Ficou em silêncio, tentando ouvir o som de perigo. Serpentes ou outros animais selvagens poderiam estar escondidos ali dentro. Certamente não queria correr o risco de encontrar outro monstro como os homens-macacos em terreno desconhecido, imerso no escuro.

Não ouviu nada além do vento. Então olhou à sua volta, deixando os olhos se acostumarem à baixa luminosidade.

Viu, então, sob um buraco no teto, um entalhe particularmente bem preservado na parede. Aproximou-se, cauteloso, usando a parede mais próxima como apoio. Apesar do buraco no teto, o entalhe estava muito bem preservado. Não havia rachaduras e, ainda por cima, poucas manchas de infiltração. Zaim olhou para cima, através do buraco, e percebeu que uma das árvores que cresceram em torno do templo estendia seu tronco por cima da fenda. Luz penetrava apenas graças ao ângulo do buraco no teto, mas a chuva que poderia arruinar o entalhe era em boa parte desviada.

Voltou sua atenção ao entalhe, curioso de o que o chamara a atenção nele. Era uma espécie de floresta. Uma árvore destacava-se das demais. Maior e mais detalhada, ela tinha três ou quatro vezes o tamanho das outras e estava cercada de pessoas estranhas. Zaim aproximou-se do entalhe, passando uma mão sobre as figuras para remover a terra e trepadeiras. Aquelas pessoas eram diferentes, inumanas. Possuíam olhos puxados como os habitantes das terras de Sokos e rostos compridos. Zaim reparou em suas orelhas pontiagudas e percebeu que os lóbulos de todas eram colados nos lados das cabeças.

– Esse lugar é proibido para todos. Mesmo você.

Zaim virou-se, alerta, uma mão instintivamente indo à bainha da adaga em seu cinto.

Daquela posição via apenas um vulto, mas não precisava de luz para reconhecer quem o repreendia.

– Eu preciso saber o que estou protegendo para fazê-lo eficientemente.

O primogênito do Imperador deu alguns passos em sua direção. Por um instante, Zaim sentiu que o forasteiro sacaria sua espada e o mataria ali mesmo. Mas o primogênito apenas parou diante dele, baixando o olhar para encarar o Zaim.

– Você sabe tudo que precisa saber.

– Como posso saber se não há perigo para os meus homens vindo do interior dessas ruínas?

O primogênito inclinou a cabeça para o lado.

– E para averiguar o risco, você, o general, entrou nas ruínas sozinho e sem equipamento.

Os dois se entreolharam em silêncio em mais um duelo de verdades.

Então o Zaim desviou o olhar, suspirando derrotado.

– Não posso aceitar não saber o que devo manter seguro.

– Não há nada vivo dessas ruínas.

Por algum motivo isso apenas serviu para deixar Zaim Adoud mais inseguro sobre a missão. Mas, antes que pudesse falar qualquer coisa, o primogênito do Imperador deu as costas e começou a caminhar de volta para o exterior do templo.

– O que importa é sua missão. A segurança do Imperador depende de que ninguém jamais entre nesse lugar. Ninguém.

Zaim Adoud olhou à sua volta novamente, parando por alguns segundos e fitando a escuridão além daquela câmara. Tinha a sensação de que havia mais ali do que parecia.

'Nada vivo', dissera o primogênito. A escuridão parecia observá-lo com o mesmo interesse. Um calafrio percorreu a espinha do general que, então, deu as costas à escuridão e seguiu o forasteiro para fora do templo.

Capítulo 19

A viagem até Mahrus levou todo um dia e parte do seguinte. A travessia pelas montanhas, a proteção natural que garantia a existência das cidades-estado da Costa Livre, era custosa até mesmo para pessoas treinadas como o quarteto de mercenários. A viagem fora viável apenas pela experiência do guia contratado por Bashshar na pequena cidade de Dorra, construída no sopé da cordilheira.

Na medida em que avançavam pela estrada de terra, que lentamente se tornava nada mais do que uma trilha cavada na pedra, Kasim lembrava quando fizera esse caminho pela última vez, na direção inversa.

Após a batalha contra os exércitos do Imperador de Diamante, o que restara de um exército e governo no Vale tentou reagrupar-se em Mahrus, ajudando a reestruturar aquelas cidades que permaneceram livres. Apesar da moral adquirida pela aparente morte do Imperador, muitos acreditavam que a vitória era impossível. Todos criam que, logo, algum general tomaria as rédeas do poder e terminaria o que o Imperador começara. O governo e os Dabires trabalhavam duro para provar que o recomeço era possível. Dias se passaram sem que tropas do Império fossem vistas perto da cidade.

Então, duas semanas depois da batalha, o primeiro Dabir foi morto no centro de Mahrus por um primogênito.

Kasim não havia ficado para ver, mas os rumores viajaram até Porto Qadis, de onde embarcou para longe de lá. Um a um os Dabires foram caçados e assassinados e, da noite para o dia, o caos retornou ao Vale. Aqueles que uma vez acreditaram que havia esperança partiram desesperados. Mercenários convencidos a ficar após a vitória abandonaram seus postos.

– O que devemos esperar, Rais?

Kasim olhou por sobre o ombro para Inessa. Vinko seguia mais atrás, observando o terreno selvagem, talvez em busca dos perigos que via por toda a parte, mas sempre com um olho devoto para a jovem que uma vez salvara sua vida.

– O que existe hoje no Vale não é nada próximo do que deixei vinte anos atrás. O homem que nos contratará é talvez o último sacerdote de uma religião que uma vez uniu as cidades de toda a região.

– Desespero, então.

Kasim diminuiu o passo para deixar Inessa chegar ao seu lado. Preferia falar sobre o assunto longe dos ouvidos de Bashshar, que conversava com o guia mais adiante. Respirou fundo, olhando à sua volta. De onde estavam podiam ver a Costa Livre para trás, dissolvendo-se no oceano, assim como o extenso Vale adiante, cercado por montanhas uma vez ditas impenetráveis.

– Possivelmente. Essas pessoas permaneceram aqui lutando por todo esse tempo. Esse tipo de determinação não se encontra em qualquer lugar.

– Mas você acredita que vale a pena.

O mercenário virou-se de súbito.

– A causa?

– Não – disse Inessa, sorrindo. – A recompensa pelo trabalho.

Kasim desviou o olhar novamente. Daquele ponto da trilha, alto da montanha, podia ver o fantasma que Mahrus havia se tornado. Era deprimente.

– Não aceitaria vir até aqui se não acreditasse.

Inessa concordou com a cabeça e diminuiu o passo, deixando Vinko alcançá-la. Ela estava satisfeita com a resposta, mas talvez não compreendesse o que se passava pela cabeça de Kasim. Entendimento dependia de mais do que saber o passado de Kasim. Dependia de compreender suas decisões e o impacto do que fizera.

Quando chegaram às ruas de Mahrus, encontraram olhares de suspeita. Por sorte havia se lembrado de dizer a Inessa que cobrisse sua cabeça, para evitar maiores problemas. Já atrairiam atenção demais sendo três brancos e um negro desconhecido, todos armados. Imagine se percebessem o que Inessa era realmente.

Muitas das casas haviam sido abandonadas, entregues ao tempo e aos vândalos. Apenas as construções mais próximas do centro eram habitadas e mantidas. Praças haviam sido transformadas em plantações e pastos. Trabalhadores, adultos e crianças, os observavam com mistura de medo e desconfiança.

Bashshar os guiou até o antigo palácio. Kasim se lembrava de vê-lo antes da invasão do Vale, o caminho até ele adornado de flores ornamentais, formando desenhos de seres míticos e símbolos religiosos. Não havia mais flores e o único símbolo que encontrava era o de resistência ao Império de Diamante. Os jardins ornamentais haviam sido transformados em campo arável para alimentar os refugiados. Kasim ficou impressionado ao ver como cada pessoa parecia estar trabalhando para garantir a sobrevivência daquele lugar.

O interior do palácio não era menos surpreendente. Da opulência do passado restavam apenas os grandes salões. A maioria dos móveis e enfeites havia sido arrancada muitos anos atrás, levada por saqueadores e fugitivos. Ouviam os ecos dos seus passos enquanto atravessavam os lugares onde uma vez houvera festas da corte e intrigas políticas. O chão ainda tinha os mosaicos de antigamente, mesmo que algumas pedras houvessem sido arrancadas, fosse como enfeites ou peças para uma nova construção. Nas paredes, alcovas vazias eram prova de que uma vez o lugar foi decorado por dezenas de estátuas.

Um homem de idade usando os trajes típicos dos Dabires da Estrela da Manhã levantou-se de uma modesta mesa cheia de papéis e pergaminhos. Com passos lentos, mas seguros, caminhou na direção do grupo de mercenários. Os olhos de Kasim foram atraídos pelo amuleto pendendo diante de seu peito.

– Sejam bem-vindos a Mahrus, amigos.

Enquanto o Dabir se aproximava, Kasim percebeu uma segunda pessoa no recinto. Permanecia num ponto privilegiado do salão, fora da luz do dia que entrava pelas janelas e a varanda atrás da mesa. Parcialmente escondido nas sombras, o outro homem observava. O líder mercenário achou melhor ficar atento.

– Fomos informados de que estaria precisando dos nossos serviços.

O homem nas sombras deu um passo adiante, uma mão repousada no cabo de sua espada.

– Demonstre respeito ao Dabir – disse ele em tom de ameaça.

Kasim olhou por sobre o ombro do sacerdote, forçando a vista para tentar ver o rosto do homem. A voz não lhe era estranha.

– Há muito a Estrela da Manhã me abandonou.

Ouviu o que parecia ser o som de deboche vindo do homem nas sombras.

– Ela o abandonou ou foi você que o fez?

O líder mercenário deu um passo à frente. Parou ao sentir a mão do Dabir em seu peito. Não o forçava. Era gentil. Detinha-o apenas pela sua presença.

– O que está acontecendo? – perguntou Inessa por trás de Kasim.

Virou-se na direção dos companheiros, notando que tanto Anton quanto Vinko tinham as mãos em suas armas. Inessa estava alerta, mas parecia preocupada. Kasim percebeu que estivera falando em sua língua nativa, da qual seus companheiros conheciam pouco.

– Está tudo bem – ele finalmente disse, acenando com a mão para que se acalmassem.

Seus companheiros relaxaram, mas permaneciam desconfiados.

– Fomos chamados aqui por algum propósito – disse Kasim, virando-se para o Dabir. – E duvido que tenha sido para honrá-lo ou combater seu *marid.*

O homem nas sombras moveu-se desconfortável, mas não disse mais nada.

Deixando a mão que tocava Kasim deslizar para o lado, o Dabir deu as costas e começou a caminhar de volta à sua mesa enquanto falava.

– Ouvimos de seus feitos em Porto Qadis. Capturar um dos primogênitos do Imperador diz muito de suas habilidades.

– Ele estava fraco. Talvez o Imperador tenha retirado seus poderes.

O Dabir chegou até sua mesa e virou-se, sorrindo. Parecia ter percebido o tom de deboche nas palavras do mercenário.

– Você não acredita que o Imperador é um deus.

– Por que não deveria? Ele me parece mais real do que sua estrela.

O *marid* nas sombras murmurou algo e voltou a colocar a mão sobre a espada, mas o Dabir ergueu uma mão para detê-lo. Obediente, o *marid* baixou a guarda, permanecendo imóvel.

– A tangibilidade do Imperador não o torna mais divino, mas sim mais mortal.

– Já se foi o tempo em que rezava para uma luz no céu que não fez nada por mim. Vamos aos negócios.

– Claro – disse o Dabir, concordando com a cabeça.

Ele se sentou atrás de sua mesa e começou a buscar algo entre as pilhas de papéis e pergaminhos. Por fim puxou um rolo particularmente antigo. Com o braço, empurrou o que havia sobre a mesa para abrir espaço e, então, desenrolou o papiro sobre ela, revelando um mapa. Colocou nas quatro pontas pesos de papel para evitar que a leve brisa que entrava pela varanda fizesse voar o mapa.

Kasim aproximou-se e seus três companheiros fizeram o mesmo.

O mapa representava um continente extenso que crescia da Costa Livre e o Vale ao sul para nordeste, atravessando desertos de sal e areia até alcançar as desoladas terras do extremo norte gelado. Myambe estava dividida em territórios demarcados por nomes escritos à mão. Central em todo o mapa estava o território definido como o Império de Diamante. Curiosamente nem o Vale nem Sokos, ao norte da Costa Livre, além da cadeia de montanhas, estavam representados como parte do Império. O mapa devia ter ao menos quatro décadas.

– Veio à nossa atenção a existência de um importante tesouro perdido. É de suma importância que esse tesouro seja encontrado.

Atrás de Kasim, Anton murmurou algo.

– Ele disse 'tesouro'. Essa palavra eu entendo em qualquer língua!

Ignorando o mercenário, o Dabir continuou. Apontou com um dedo trêmulo um ponto do mapa, vários quilômetros ao norte do Vale, numa região demarcada por florestas, além das fronteiras do Império.

– Uma antiga civilização deixou aqui segredos que precisam ser revelados.

Kasim examinou a distância. Teriam de atravessar parte do território imperial, mas poderiam chegar até o local após algumas semanas de viagem por estradas ou rios navegáveis. Não parecia desafio algum para um grupo pequeno de mercenários, o que significava que havia algo a mais no plano.

– Mas esse segredo é inútil sem o código para revelá-lo.

O dedo do ancião deslizou pelo mapa e parou sobre uma cidade mais ou menos no coração do Império. Kasim sentiu seu coração disparar ao ler o nome escrito sob o desenho da cidade.

Jimfara.

– Você espera que roubemos algo da capital do Império?

Os olhos do Dabir prenderam-se aos de Kasim. Ele manteve o silêncio por alguns segundos.

– Vocês terão ajuda.

Kasim apontou com o queixo na direção do *marid* nas sombras.

– O zangado ali?

O Dabir afastou o corpo da mesa, balançando a cabeça.

– Mukhtar é um homem de grande talento e será o responsável pela operação. Mas haverá outros para ajudá-los a penetrar no palácio.

Piscando os olhos, surpreso, Kasim afastou-se da mesa. Ergueu uma mão na defensiva.

– O palácio? Você é louco? Espera que consigamos roubar um livro do palácio imperial?

– Não exatamente um livro.

Kasim sentiu um calafrio correr sua espinha. Tinha ideia de para onde isso estava indo.

– O que então?

– Um homem.

O coração acelerou.

– Que homem?

– Um sacerdote chamado Adisa. Um tradutor.

Kasim riu sem humor, afastando-se da mesa. Balançou a cabeça, incrédulo.

– Você só pode estar brincado.

– O destino de toda Myambe está nesta missão.

Invadir o palácio e sequestrar um sacerdote do Imperador! Era loucura! Primeiro exigiram que lutasse contra um exército infindável vinte anos antes, agora queriam mais uma vez que fizesse o impossível. Mesmo que fosse capaz de entrar em Jimfara sem atrair atenção e encontrar o tal tradutor, como conseguiriam sair de lá sem serem capturados?

Percebeu o olhar preocupado dos seus homens e a ansiedade nos olhos do Dabir.

– Rais...

Inessa aproximou-se, colocando uma mão sobre seu ombro.

Kasim forçou um sorriso. Virou-se para o Dabir.

– Preciso discutir com meus homens a respeito.

O Dabir concordou com a cabeça.

– Mas devo explicar outra coisa. Revelar esse segredo é apenas o primeiro passo.

– Explique-se.

– O segredo guardado na floresta nos trará conhecimento.

– É um mapa do tesouro então e não o tesouro em si.

O Dabir sorriu e abriu os braços, como quem concede a derrota. Kasim murmurou uma reclamação. Lógico que a missão era mais longa do que parecia no início.

– Após obter o conhecimento – continuou o Dabir –, ajudarão Mukhtar a aplicá-lo.

Mercenário e *marid* entreolharam-se em silêncio. Kasim voltou-se para o Dabir, concordando com a cabeça.

– Sinto cheiro de armadilha.

– Nós dois sabemos que esse é o seu destino.

Kasim encarou o homem santo em silêncio. Ficou incerto sobre o que ele queria dizer, ou o quanto o homem sabia. Quando pequeno, Kasim temia o poder dos homens santos do Vale. Alguns diziam que podiam ler sua mente. Quando era mais velho, Kasim deixou de acreditar em muita coisa, inclusive na divindade dos homens. Mesmo assim, o olhar do Dabir o deixava inseguro. De alguma forma, talvez, ele estivesse certo.

– Isso custará bem caro – finalmente disse.

– Estávamos esperando isso – respondeu o Dabir, o mesmo sorriso no rosto. – Serão muito bem recompensados.

Kasim olho novamente para o *marid*. Não sabia se podia confiar nele. Homens como aquele eram fiéis apenas aos preceitos de sua religião e à defesa do Vale. Vira-os sacrificar centenas de homens pelo que considerava um bem maior.

– Precisamos conversar – disse Kasim, afastando-se do Dabir e passando por seus homens.

Seguiram-no para o outro lado do amplo salão. Havia preocupação em seus rostos.

– Pela sua cara – disse Anton –, a missão envolve muitas mortes, as nossas inclusive.

Chegaram à outra extremidade do salão, onde Kasim acreditava que não poderiam ser ouvidos, mesmo que Dabir e o *marid* soubessem falar a língua comum do distante continente de Akanisha.

– Envolve grandes riscos.

– O que significa uma gorda recompensa – apontou Anton.

– Se permanecermos vivos para aproveitá-la – completou Inessa.

Os mercenários entreolharam-se.

– Quais as chances, Rais? – colocou Vinko, mais direto.

Kasim inspirou profundamente, soltando o ar lentamente antes de começar a explicar o que o Dabir queria que fosse feito. Seus três companheiros ouviram atentos ao plano, mas o pouco que sabiam sobre Myambe não era o suficiente para fazê-los imediatamente temerosos do plano.

– O que exatamente você teme, Rais?

O líder mercenário observou seus companheiros um a um. Então suspirou novamente, fechando os olhos e balançando a cabeça.

– Fantasmas do passado, eu creio.

– Os primogênitos do Imperador?

Ele concordou com a cabeça, olhando na direção do Dabir e, em especial, o amuleto pendurado em seu pescoço.

– Além de outras coisas, sim.

– Acho que já provamos que podemos lidar com eles.

Kasim observou Inessa, que sorria para ele. Engoliu em seco ao lembrar-se do encontro com o primogênito Shu na caverna. Apesar de suas incertezas, no fundo ele tinha poucas escolhas.

– Muito bem.

Com passos firmes, deixou a companhia de seus homens e seguiu na direção do Dabir. O ancião ergueu seus olhos de cartas e documentos que examinava, olhando esperançoso para o mercenário.

– Certo, aceitamos – disse Kasim. – Mas o pagamento será em ouro. Nada de terras ou títulos. Nada de promessas vazias. Queremos algo que possamos carregar conosco. Metade agora, metade na volta.

Um largo sorriso surgiu na barba espessa do Dabir. Seus olhos brilharam.

– E você o terá!

Capítulo 20

Em dois dias, os preparativos para a viagem haviam sido feitos. Cavalos e mantimentos foram disponibilizados para a longa jornada. Mukhtar observava os trabalhadores e cinco de seus homens prepararem os cavalos. Rami estava silencioso desde que Mukhtar revelara a participação dos mercenários naquela missão. Sempre fiel, não externara sua frustração com aquela decisão, como fizeram os outros. Apenas olhara Mukhtar com o que o *marid* podia ler como desapontamento.

Mukhtar percebeu Rami olhando-o novamente, testa franzida, a mesma dúvida no semblante, enquanto ajeitava a sela do cavalo. A alguns metros dali, sob os olhares críticos dos soldados do *marid*, os quatro mercenários hereges carregavam seus próprios cavalos, discutindo algo entre si. Afora seu líder, um nativo, pareciam ignorantes do sentimento dos seguidores da Estrela da Manhã.

– Não confio neles.

O Dabir sorriu ao seu lado.

– Não seria Mukhtar Marid se fosse diferente. É um dos motivos pelo qual o escolhi para essa missão.

Mukhtar olhou de lado para o sacerdote.

– Então você também não confia nele.

– Um homem que não confia em si não merece confiança.

Antes que o *marid* pudesse questionar o que o Dabir queria dizer, o ancião começou a caminhar na direção dos cavaleiros. – Vamos. Vocês terão muita estrada pela frente.

Logo um mau sinal. Os cavalos se assustaram com a estranha mulher branca. O animal que a levaria relinchou, afastando-se enquanto ela erguia mãos finas e alongadas para ele. Os olhos negros do animal alargaram-se mostrando óbvio temor. Ela apenas sorriu e sussurrou algo. Logo o cavalo aceitou seu destino e permitiu à mulher aproximar-se. Mukhtar olhou para o lado, percebendo que seus homens cochichavam, encarando a bruxa. Haziz, devoto acima de tudo, fez o sinal da estrela sobre o coração. Mukhtar os tinha ouvido falar de Azanzi. Sabiam o que ele fizera ao Oráculo de Lugdasa. Talvez cressem que a bruxa era um sinal de que os espíritos vinham vingá-la.

Montaram todos, certos de que os cavalos extras, que levavam boa parte dos mantimentos e armas, estavam preparados para a viagem assim como seus próprios animais. O Dabir fez uma prece diante do grupo, pedindo a bênção da Estrela da Manhã, que reluzia visível no céu como um bom presságio. Como esperado, os mercenários não demonstraram respeito algum. Um deles conversava alto, rindo. O líder, Kasim, apenas olhava na direção da estrada, como se entediado ou aborrecido pelas palavras do Dabir.

Partiram com a chegada dos primeiros raios de Sol, quando as montanhas que isolavam o Vale do resto de Myambe pareciam arder em chamas. Novo presságio. Seu caminho os levaria à destruição do Império de Diamante. Mukhtar comentou o fato com seus homens, que sorriram e ofereceram preces à Estrela.

Sua viagem levou-os pelo vale, por terras conquistadas, mas abandonadas. Passaram pelas ruínas de vilas e cidades cujos nomes logo se perderiam no tempo. Viu o olhar triste dos primos Rahin e Tamir, cuja vila havia sido arrasada vinte anos antes. Onde uma vez havia pastos de ovelhas e cabanas de barro e palha, nada restava. A terra parecia seca, moribunda. Eram poucos os animais de caça, assim como as árvores frutíferas. Qualquer sinal de vida humana havia sido apagado.

No dia seguinte, avistaram as muralhas da capital caída, Khalidah.

Observou os mercenários. Não era capaz de ler a expressão no rosto de Rais Kasim. Por vezes parecia que o líder mercenário lembrava-se do passado. Suspirava, desviava o olhar. Talvez as memórias fossem fortes demais agora que via tudo pessoalmente. Bem diferente do homem que chamavam Anton. Aquele ser desprezível que brincava com facas não parecia capaz de emoção outra senão desprezo. Ria debochado constantemente. Mukhtar não entendia suas palavras, mas preferia assim. Suspeitava que mataria o verme pessoalmente se compreendesse as blasfêmias que proferia.

O que mais surpreendera o *marid* era quando podia ver na expressão do rosto da estranha encapuzada a tristeza de quem vê os estragos de uma guerra. Comentava em sua própria língua, com palavras sussurradas de respeito, com o homem que sempre a acompanhava. Diferente da companheira, aquele que carregava o arco de formato estranho permanecia em silêncio, a mesma tristeza nos olhos.

Na primeira noite em que acamparam a meio caminho da saída do Vale, Mukhtar aproximou-se do líder Rais Kasim quando este trabalhava suas armas, usando uma pedra para afiar as lâminas. As armas dos mercenários eram todas de aço, um luxo para poucos em Myambe. Seriam fruto de seu sucesso em outras terras ou o lucro do butim ao assassinarem os legítimos donos daquelas armas?

– Sua companheira. Ela é uma feiticeira.

O mercenário olhou de onde estar sentado, perto da fogueira, para Mukhtar e, então, na direção da estranha mulher encapuzada. Seus olhos permaneceram nela por algum tempo antes de se voltarem novamente para Mukhtar.

– Não adianta esconder as orelhas – disse Muhktar, apontando para as suas próprias. – Todos nós podemos sentir.

O mercenário suspirou, voltando sua atenção para sua tarefa.

– De onde ela vem isso não é sinal de heresia.

Mukhtar fez um som de desdém com a boca e abaixou-se para sentar ao lado do mercenário. Em Myambe, se você nascesse com o lóbulo da orelha colado ao lado da cabeça, significava que tinha sido tocado pelo outro mundo. O Oráculo de Lugdasa era um. Os sacerdotes do Imperador também.

– Difícil de acreditar.

Kasim virou-se para observar o *marid*.

– Os sacerdotes da Estrela da Manhã são feiticeiros.

– Cuidado com as palavras, herege – disse Mukhtar, sentindo o sangue começar a ferver – Ou serão as suas últimas.

– Não há motivo para irritação – disse o mercenário, voltando a prestar atenção ao fio de sua espada. – Feiticeiro não é um palavrão aonde vivi os últimos anos. Em algumas terras é símbolo de status e poder.

Mukhtar observou o mercenário, curioso sobre ele estar falando a verdade. Sabia que o homem havia estado em muitos lugares durante seus anos de exílio autoinfligido. Mesmo assim, achava difícil crer que uma aberração como um feiticeiro pudesse ser venerado em outras terras. A não ser que as garras do Imperador alcançassem mais longe do que imaginava.

– Aqui é sinal de corrupção. Filhos do Imperador de Diamante.

O mercenário examinou a lâmina curva de sua espada contra a luz da fogueira, concordando com a cabeça, fosse para o que o *marid* dissera ou pelo trabalho bem feito em sua espada.

– Eu sei, – ele finalmente disse, embainhando a arma. Começou a afiar a adaga. – Mas peço que veja Inessa de forma diferente. Ela não conhece essas terras e já passou por muito devido à sua natureza.

– Pensei que tivesse dito que feiticeiros eram reverenciados fora de Myambe.

– Medo do desconhecido existe em qualquer lugar onde exista o homem.

Mukhtar sentiu que o mercenário o estava provocando, mas preferiu controlar seu temperamento por mais um tempo. Prometera ao Dabir.

– Desconhecer o inimigo é o primeiro sinal de derrota.

– Então você prefere atacá-lo antes que o desconhecido se mostre um perigo.

Era uma afirmação e não uma pergunta. Mukhtar desviou o olhar novamente para a estrangeira, que se preparava para dormir. O rebelde tinha a impressão de que as chamas da fogueira dançavam de forma diferente quando ela se movia. Antes que pudesse dizer algo, o líder mercenário voltou a falar.

– O que diferencia um Dabir de um sacerdote do Imperador? Ou de Inessa?

Mukhtar estalou a língua em desdém. Era uma pergunta estúpida.

– O Dabir é escolhido pela Estrela para nos guiar.

– E quem disse isso a você?

A pergunta pegou Mukhtar de surpresa. Franziu a testa, um tanto irritado.

– Os Dabires, é claro. Eles cuidam da nossa educação.

Kasim embainhou a adaga e a colocou ao seu lado. Puxou uma faca menor, enfiada na bota, e examinou sua lâmina.

– Da mesma forma que os sacerdotes cuidam da educação dos cidadãos do Império.

– Suas palavras são cheias de heresia.

– Por quê? Porque falo de um deus? E por que o seu está certo e não o dos imperiais? Ou qualquer outro deus?

Mukhtar abriu a boca para falar, mas percebeu que a única resposta que vinha à sua cabeça era fraca para aquele debate. Porque a Estrela da Manhã era verdadeira. Porque os Dabires assim ensinaram.

– Nas terras pelas quais viajei – continuou o mercenário –, conheci muitos deuses, muitas religiões. No fundo são todas as mesmas, mas com palavras e rituais diferentes.

Curiosamente, não era raiva que o *marid* sentia. Era pena. Kasim era uma pessoa sem crenças. Sem esperanças.

– Por que você não acredita em deuses?

O mercenário riu sem humor. Pegou novamente a pedra e começou a afiar a faca.

– Porque não há deus algum.

– Você o diz porque pensa que matou um.

A afirmação pegou Rais Kasim de surpresa. Parou as mãos com a pedra tocando a lâmina. Então olhou assustado para Mukhtar.

– Você estava lá. Na batalha.

Mukhtar concordou com a cabeça, sem olhar na direção do mercenário.

– Era um dos oficiais encarregados.

O mercenário concordou com a cabeça.

– Sabia que sua voz era familiar. Eu o ouvi dar ordens.

Mukhtar sorriu sem humor.

– Você tinha nos dado a vitória naquele dia, Rais.

O olhar no rosto do mercenário indicou o que Mukhtar esperava. Ele se lembrava agora de quem ele era. E sabia que Mukhtar o vira derrubar o Imperador.

Sem esperar que o mercenário falasse mais alguma coisa, Mukhtar levantou-se e foi tratar de seus cavalos.

Os dois homens não voltaram a se falar mais do que o necessário naquela noite ou nos três dias que se seguiram. Foi apenas quando avistaram o primeiro dos monastérios da estrada, já chegando perto da entrada do Vale, que voltaram a se falar.

Kasim emparelhou seu cavalo com o de Mukhtar, apontando com o queixo na direção do domo central do mosteiro, visível muito longe graças ao terreno plano do Vale.

– Podemos passar a noite no monastério.

– De forma alguma – respondeu Mukhtar, balançando a cabeça veementemente. – Não é seguro.

– Desde quando? Nem mesmo o Imperador ousaria atacar um mosteiro.

– São outros tempos. O clero do Imperador tomou os mosteiros e substituiu os monges hospitaleiros por seus próprios discípulos.

Kasim olhou-o novamente e Mukhtar percebeu um sinal de incredulidade no rosto do mercenário. E era impossível não compreender. Durante séculos os monges hospitaleiros mantiveram mosteiros ao longo das principais estradas de Myambe. Servindo como mistura de hospital, biblioteca e estalagem, esses mosteiros eram o que garantia a segurança das rotas comerciais que ligavam todo o continente. Eram tão importantes que rei algum ousava interromper seu trabalho, permitindo aos monges hospitaleiros manter sua filosofia de vida enquanto serviam a todos. O próprio Imperador de Diamante decretara que os mosteiros deveriam ser mantidos protegidos, apesar de serem considerados hereges. *Hereges iluminados*, ele ouvira uma vez um sacerdote falar a respeito dos monges.

– Outros tempos, – repetiu Mukhtar, desviando o cavalo na direção das colinas à direita, onde um bosque de árvores espaçadas serviria de proteção para a noite.

O grupo seguiu seu líder. Apesar de estarem longe, no Vale, onde as distâncias enganavam e havia pouco para bloquear a visão, uma sentinela podia perceber uma nuvem de poeira a quilômetros de distância. Também não confiava no tipo de truques que os sacerdotes do Imperador poderiam ter à sua disposição no mosteiro. Se o que se falava era verdade, alguns podiam até mesmo ver através dos olhos de animais, como os pássaros que viam a distância.

– Além do mais – ele continuou minutos depois –, estamos nos aproximando de Cantara.

O líder mercenário olhou na direção do horizonte, onde se podiam ver as cadeias de montanhas que demarcavam o final do Vale, encontrando-se na estreita passagem onde Cantara tinha sido construída séculos atrás.

– A cidadela? Ela foi reativada?

Mukhtar concordou com a cabeça.

– Pelo Zaim Yuza, o suposto senhor do Vale.

O mercenário parece ter percebido o desprezo no tom da voz de Mukhtar, pois se permitiu um pequeno sorriso. Então ficou sério, olhou para seus homens, que acompanhavam de perto, curiosos, mas ignorantes do que era falado na língua de Myambe.

– Acha que teremos problemas?

– Pouco provável – respondeu Mukhtar. – Mas, se existe algum lugar onde podemos encontrar patrulhas imperiais no Vale, é nas proximidades de Cantara.

– E como sairemos do Vale sem ser vistos? Cantara tem uma boa visão da área.

– Seguiremos durante a noite por uma trilha nas montanhas. Meus homens e eu a usamos com frequência.

Após mais dois dias de viagem, o grupo chegou às montanhas

que faziam da planície um vale cercado. As mesmas montanhas que por milênios ajudaram a proteger as cidades independentes do Vale serviam agora para tornar a saída dos *marid* da Estrela da Manhã um perigo em particular.

A trilha que os levaria sobre as montanhas adicionaria dois dias de viagem entre desvios e o trecho relativamente perigoso das montanhas. Era, no entanto, simples o suficiente para que pudessem usar seus cavalos, mesmo que em certos pontos tivessem de desmontar e guiá-los pelas rédeas.

Enquanto a viagem em si seguia sem incidentes além de um escorregão da feiticeira e um breve, mas tenso encontro com um leopardo durante a noite, a aproximação de seu objetivo apenas deixava Mukhtar e os demais membros da expedição apreensivos.

Toda a noite em que acampavam, ocorria uma clara divisão, onde os homens de Mukhtar arrumavam seus sacos de dormir em um lado do acampamento enquanto os mercenários o faziam no outro. E, como na primeira noite, Mukhtar e Kasim faziam a ligação entre os dois grupos, encontrando-se perto da fogueira enquanto o mercenário afiava suas armas.

– Dentro de alguns dias chegaremos a Ibongô, um ponto de encontro de rotas comerciais. Lá nos separamos.

O líder mercenário parou de afiar sua espada e voltou sua atenção para Mukhtar.

– Pensei que nos levaria até Jimfara.

– É perigoso demais. Nossos rostos são conhecidos na capital. Um contato em Jimfara os levará até seu alvo.

O mercenário não pareceu gostar da ideia. Mukhtar percebeu algo nos olhos de Kasim.

– E quanto a vocês?

Mukhtar afastou-se, percebendo que o olhar fixo do mercenário o deixava um tanto receoso. Havia algo de errado naquele homem e não era apenas sua falta de fé.

– Encontraremos uma caravana seguindo para o norte. Esses mercadores costumam aceitar homens armados que possam servir de escolta. As terras tornam-se perigosas na medida em que você se afasta da capital.

Kasim olhou na direção do fogo e além, para a planície e o caminho ao norte. De onde estavam parecia que a terra não tinha fim. Sequer uma montanha ou colina era visível no horizonte.

– E onde nos encontraremos novamente?

– Nosso destino após Jimfara é Abechét, mas o esperaremos por alguns dias nas ruínas de Zahra. Conhece o lugar?

Kasim concordou com a cabeça. Os olhos permaneciam fixos no fogo, mas a expressão no rosto havia mudado ligeiramente. Talvez o mercenário soubesse o significado daquela cidade para aqueles que lutavam contra o Império.

– E se minha missão der errado?

Mukhtar o encarou por alguns instantes, em silêncio. Ele mesmo havia questionado o plano.

– O Dabir acredita que vocês são capazes de cumprir seu objetivo, então acreditarei nele.

O mercenário desviou sua atenção das chamas para Mukhtar.

– Bom para você ter um homem sábio guiando seus passos.

O tom do mercenário, apesar da expressão séria, dizia que Kasim estava sendo sarcástico. Mukhtar sentiu o sangue ferver. Respirou fundo e soltou o ar devagar. Levantou-se de onde estava.

– Apenas cumpra o que foi pago para fazer.

Então deu as costas ao mercenário e foi encontrar-se com seus homens. Sentiu o olhar dos quatro mercenários em suas costas todo o tempo, até o momento de dormir. Sonhos de uma batalha e caos atormentaram seu sono. E, em algum lugar de seus pesadelos, o Oráculo de Lugdasa apareceu em seus sonhos, rindo com sua boca desdentada.

Mukhtar acordou suando frio na noite fresca da savana. Olhou à sua volta para perceber a feiticeira branca de pé, encostada em uma árvore, sentinela da noite. Seus estranhos olhos pareciam capturar o brilho da chama da fogueira e a atenção de Mukhtar.

Ele murmurou uma prece, olhando para as estrelas no céu. Buscou a Estrela da Manhã, incerto se, em seu torpor, podia identificá-la. Aceitou o que pensava ser o astro divino, então se virou para o lado e fechou os olhos novamente. Tinha pouco tempo para preocupar-se com o futuro. O presente lhe parecia muito mais perigoso.

Capítulo 21

Ibongô era uma vila sazonal à beira do planalto que dividia o sul e sudoeste de Myambe do resto do continente. Havia surgido em torno de um palácio isolado, de forma que as paredes brancas decoradas no centro de Ibongô contrastavam radicalmente com as dezenas de tendas de tecido tingido e casas de barro seco que cresciam à sua volta. Poucos viviam permanentemente por lá.

Kasim olhou a sua volta, examinando o que se passava por praça central da quase cidade. Era uma extensão do jardim do palácio que hoje servia de lar para uma família de mercadores que administrava a cidade. Barracas haviam sido armadas por toda parte, um exército de cavalos, camelos e mulas amarrados não muito distantes dali. Mercadores aproveitavam o ponto de encontro para trocar mercadorias e informações, mercenários buscavam contratos como escolta ou saqueadores e viajantes procuravam passagem em caravanas, para evitar os perigos de uma longa viagem em poucos números.

– Isso é o mais longe que irei.

O líder rebelde aproximou-se de Kasim. Tinha o rosto coberto por um véu como muitos dos viajantes naquele lugar. Usava vestes largas e coloridas, comuns nas terras do Imperador. Para quem sabia o que se escondia por baixo, era uma escolha irônica de disfarce. Poeira laranja cobria toda a roupa, assim como a dos outros membros do grupo. O terreno daquele planalto era árido, apesar do oásis no qual Ibongô fora construído tornar o clima muito mais agradável do que aquele enfrentado os últimos dias de viagem.

– Acha que teremos problemas daqui para a frente?

– Apenas se forem estúpidos – disse Mukhtar, sem se virar para Kasim. – Consigam passagem com uma caravana seguindo para a capital. É simples.

O líder rebelde seguiu para encontrar seus homens, que, como sempre, cochichavam baixo, olhando os mercenários com desprezo.

Kasim concordou sem prestar muita atenção. Estava observando a atividade à sua volta. Quanto mais se afastava de Porto Qadis, mais encontrava de sua vida passada. Viu um mercador nômade negociando com um grupo de mercenários de Sokos por uma escolta e lembrou que ele mesmo já estivera numa situação daquelas. Quando comandava seu próprio pelotão de mercenários, prestara serviços inúmeras vezes aos viajantes de Myambe.

Ao menos até que o Imperador voltasse seus olhos para o Vale.

– Esse lugar parece um paraíso!

Kasim olhou na direção de Inessa, que admirava boquiaberta o jardim público de Ibongô. Ela estava perto de uma das árvores do lugar, sob a cobertura de sua sombra, examinando com dedos cuidadosos uma das frutas vermelhas que pendiam dos galhos.

– Pode comer.

Inessa olhou-o, erguendo uma sobrancelha de dúvida. Kasim forçou um sorriso e confirmou com um balançar da cabeça. Ela olhou a sua volta, como se temendo que alguém a repreendesse pelo que ia fazer, então se voltou para a fruta e removeu-a do galho. Examinou com cuidado, antes de mordê-la.

– Então é tudo de graça? – perguntou Anton, pegando sua própria fruta e sacando uma de suas facas para cortar uma lasca.

– De certa forma – explicou Kasim. – Os jardins e tudo neles são de uso público, cuidados pelos próprios cidadãos.

– Até mesmo em uma cidade tão pequena?

O mercenário confirmou com a cabeça. Percebeu que sentia falta desse traço comunitário de Myambe que era tão raro em outros continentes.

– Faz parte da cultura e da religião local.

– O que vocês estão fazendo?

Os mercenários viraram-se na direção de Mukhtar, que se aproximava a passos largos. Ele havia se afastado do grupo enquanto Kasim não prestava atenção.

– Seu continente é fantástico – exclamou Inessa, realmente fascinada. Estendeu a fruta em sua mão para Mukhtar. – Aqui, prove um pedaço.

Sem deter seus passos, Mukhtar deu um tapa na mão de Inessa, arremessando a fruta para longe. Inessa deu um passo para trás, cobrindo a mão atingida com a outra. Vinko aproximou-se, a mão entrando no manto, onde ele guardava sua espada.

Kasim ergueu uma mão para que se acalmasse.

– Qual é o problema?

– O Imperador é a terra – disse Mukhtar na língua comum para ser entendido pelos mercenários. O sotaque pesado tornava a compreensão difícil. Gesticulava irritado na direção do jardim e as plantas. – E o fruto dessa terra é o Imperador.

Anton se deteve enquanto mordia a lasca da fruta, até então ignorante do conflito.

– Como assim é o Imperador? É um pedaço dele?

– Sim!

Anton cuspiu o pedaço de fruta em sua boca.

– De certa forma – corrigiu Kasim, voltando-se para Anton e os demais. – Em Myambe, acredita-se que o líder de uma tribo torna-se parte da terra que comanda. Ele é a terra e a terra é ele.

– Me parece mais uma questão filosófica do que fato – criticou Inessa, ódio nos olhos voltados para Mukhtar.

Kasim percebeu que os homens de Mukhtar se aproximavam olhando desconfiados. O revolucionário balançou a cabeça exageradamente.

– Nós não comemos nada profanado pelo Imperador.

Vinko colocou-se ao lado e atrás de Mukhtar.

– Pelo menos isso explica o porquê de trazermos tantos mantimentos.

– Isso é estúpido! – reclamou Anton. – Só nos traz dificuldades.

Inessa sentou-se em um banco de pedra abaixo da árvore. Olhava para o gramado, como se pensando em algo.

– As terras entre o Vale e a capital – ela finalmente disse. – Vocês viram como estavam.

Kasim concordou com a cabeça, percebendo o que ela queria dizer.

– Morrendo.

Inessa ergueu os olhos para Mukhtar.

– Mas então por que aqui tudo é tão perfeito?

Mukhtar abriu a boca para responder, mas pareceu incerto de como explicar nas palavras da estrangeira. Então falou em sua própria língua. Quando terminou, Kasim suspirou e traduziu.

– Ele diz que o Imperador concentra aqui suas forças em detrimento do resto do Império. Milhares morrem de fome para que uns poucos vivam bem.

Anton cruzou os braços, um sorriso debochado no rosto.

– Então esse Imperador não tem tantos poderes assim. Ou seria capaz de manter todo o Império saudável.

Ignorando seu comentário, Inessa voltou seus olhos para Mukhtar e, depois, Kasim. Parecia estar lentamente compreendendo um mistério esquecido.

– Ele é um deus, não é?

O líder mercenário fechou os olhos, torcendo os lábios. Balançou a cabeça na negativa. Não estava negando. Apenas não acreditava que Inessa estivesse crendo naquilo.

– Você já viu algum deus de verdade em todos esses anos de viagens?

– Nunca – ela respondeu. – Mas também nunca vi a maioria das coisas que encontramos desde que chegamos a Myambe e nem por isso elas não existem.

Kasim suspirou, desviando o olhar. Percebeu tarde demais que seus olhos haviam se voltado na direção de Jimfara, visível como um vulto apagado no horizonte na planície abaixo de Ibongô.

– Eu vi o deus-vivo e ele não parecia nada divino.

Houve silêncio. O próprio Mukhtar permaneceu imóvel, observando Kasim. Quando o mercenário voltou a olhar para ele, percebeu algo nos olhos do revolucionário. Parecia que a raiva havia se transformado em outra coisa. Era, talvez, pena. Ou um estranho sentimento de perda. Isso incomodava Kasim.

Os obeliscos gêmeos sentinelas no portão oeste de Jimfara pareciam ferver como piras na medida em que o sol que se punha atrás da caravana tocava o mármore branco. Nesse ponto da tarde, os últimos raios de sol tocavam as pontas de ouro maciço que de longe atraíam os olhos dos viajantes como faróis em um mar deserto.

Fora mais um dia de viagem acompanhando uma caravana de mercadores de especiarias provenientes de Ndale até chegar ali. O mercador havia tido algum problema com os mercenários que os escoltavam. Aparentemente o líder havia os abandonado em algum ponto da estrada após receber um contrato mais rentável ao norte. O mercador estava feliz em pagar por meia dúzia de mercenários, com Kasim e seus companheiros juntando-se a uns outros, poucos, que aceitaram o contrato. Nem sequer questionou o que três brancos faziam tão longe da Costa Livre.

Enquanto a viagem havia sido tranquila e sem eventos, o clima estava atacando forte. Os mercenários, vindos de terras onde o clima era mais brando, não estavam acostumados ao ar quente e seco de Myambe. O próprio Kasim estranhava o calor. Era, sim, o período de secas naquela região, mas não deveria ser tão terrível naquela parte do continente. Percebera na viagem entre Ibongô e a capital alguns rios transformados em filetes sem expressão e a terra seca e poeirenta da estrada.

Segundo o mercador líder da caravana, o clima estava ficando cada vez pior nos últimos anos. Tinha visto muitas vilas definharem e desapareceram nas estradas de Myambe. Pouco restava longe dos oásis e da costa. Era como se o deserto ao norte estivesse invadindo com seus exércitos de areia e ventos fortes, tão avassaladores quanto uma vez foram os homens do Império de Diamante.

Dentro das muralhas, no entanto, era diferente. Se Ibongô parecera um paraíso para Inessa, nem podia imaginar o que pensava agora de Jimfara. Para Kasim, não parecia nada diferente das histórias e lendas que se contavam em todos os cantos de Myambe e além.

A caravana parou em um das gigantescas praças abertas onde negociaram com um sacerdote local pelo espaço para seus animais e suas barracas para a feira do dia seguinte. Kasim aproveitou o momento para recolher o pagamento e desaparecer na cidade. Havia cogitado acompanhar a caravana em sua viagem para o norte, mas a visão de um sacerdote do Império, mesmo um burocrata menor, era o suficiente para fazê-lo pensar duas vezes em ficar mais do que o necessário na capital. Desapareceria sem dar notícias ao mercador, que precisaria lidar com a escolta reduzida que mantinha.

Descontentes com o calor, mas aceitando a decisão do líder, os mercenários forasteiros cobriram-se com vestes longas de algodão cru, tingido de azul, púrpura e amarelo. Pouco mais do que seus olhos era visível, mesmo estes cobertos por um fino véu negro. Aos olhos dos habitantes de Jimfara, ainda pareceriam forasteiros, viajantes vindos do Deserto de Sal, mas certamente menos suspeitos do que três brancos armados dentro do coração negro do mundo.

Com as moedas ganhas pelo serviço de escolta, compraram alguma comida. Em Jimfara quase todos os pratos eram baseados em frutas ou raízes e Anton aproveitou para expandir ainda mais seu horizonte com uma mistura variada de manteiga de amendoim frito em rodelas e batata doce com arroz jollof. Comer através do véu era incômodo, mas Kasim insistia que ocultassem sua pele. Comeram escondidos em uma praça arborizada perto do mercado.

Kasim encontrou um tipo em particular de pequenas frutas que não via fazia tempo. Comprou um punhado do vendedor de pele parda que vinha de Sokos. O homem sorriu com dentes de ouro, como se soubesse o que Kasim tinha em mente. Guardou-as longe do alcance de Anton, deixando claro que não eram para ele.

Na medida em que caminhavam pelas ruas da capital, Kasim tinha a nítida impressão de ter entrado em outro mundo diferente daquele fora dos portões. Jardins floridos cheios de frutas, abertos ao público, mantinham um cheiro doce pelas ruas. Crianças brincavam e jovens casais sentavam-se debaixo de árvores ou em bancos de pedra, lendo ou conversando. As pessoas pareciam felizes e saudáveis. Até o ar era mais fresco ali. Em torno dos jardins, casas enormes de paredes brancas, não poucas com adornos em metais e pedras preciosas, abrigavam confortavelmente uma família inteira, muitas vezes chegando a trinta ou quarenta indivíduos, desde o patriarca e suas esposas até netos e muitas vezes sobrinhos. As entradas de cada uma eram fechadas apenas por cortinas de tecido adornado ou pedras coloridas, como se não existisse o medo de estranhos invadirem seu lar. Mas talvez o mais surpreendente fosse como as ruas eram limpas e perfeitas. As pedras que formavam o chão eram perfeitamente encaixadas e, se em algum momento alguma delas se soltava, uma equipe de manutenção imediatamente corrigia o problema. Kasim imaginava que existia algum tipo de sistema de esgoto abaixo das ruas, que eliminava soluções inapropriadas como as valas laterais, que tornavam o ar nas grandes cidades de Akanisha e Isaamar tão fedorentas. Postes altos de bronze seguravam chamas que já estavam sendo acesas por iniciados do clero trabalhando em pequenas equipes. A claridade das chamas se refletia nas paredes brancas e no ouro dos edifícios. Não parecia haver um lugar sequer onde perigos poderiam se esconder nas sombras.

Apesar da noite que se aproximava, muitas pessoas andavam pelas ruas. Não havia uma pessoa com aparência de pobre. Ninguém vivendo do favor dos outros, havendo sempre uma tarefa que precisava de alguém para ser cumprida. Até mesmo aqueles que eram servos pareciam bem tratados.

Jimfara era uma metrópole cosmopolita como muitas que Kasim vira em outras terras, mas nunca em Myambe. Talvez por ser o único lugar onde indivíduos de origens diversas consideravam-se parte de um todo muito maior. A regra em Myambe era a subjugação dos povos dominados. Os que não eram mortos ou mutilados eram escravizados.

Mas não no Império de Diamante. Nele, os povos conquistados eram integrados ao povo do deus-vivo.

Kasim sorriu sem humor, balançando a cabeça. Crescera muito nos anos desde que deixara o continente. E aprendeu que nem tudo era extremo como fora levado a crer por seus líderes e os Dabires.

O céu estava limpo aquela noite e instintivamente Kasim olhou na direção em que, todos os dias, surgia a Estrela da Manhã. A primeira estrela a aparecer no céu. De onde estava, o local certo estava logo acima de um dos inúmeros obeliscos imperiais. Os olhos desceram da ponta dourada da pedra para os símbolos gravados na superfície do monumento. Narravam uma das inúmeras vitórias do Imperador de Diamante contra os reinos hereges de Myambe. Algo sobre um reino de descrentes que viviam na selva que tentara subjugar os espíritos para usá-los contra o Imperador. A história parecia dizer algo sobre a selva ter consumido o reino.

Uma mão delicada segurou seu pulso. Sentiu a urgência do toque antes de ouvir Inessa sussurra pelo seu nome.

Kasim virou-se para ver para onde seus companheiros olhavam. Estavam tensos, as mãos próximas de onde suas armas estavam ocultas sob os mantos e vestes. O coração do líder mercenário disparou, pois era um chita.

Era um animal diferente dos que já havia visto, pois tinha a pelagem escura, com as pintas discretas, mas uma corcunda mais proeminente, de onde saíam pelos grossos e eriçados. Caminhava tranquilo pelas ruas da capital como se fosse dona do lugar. Era um animal raro conhecido como chita imperador.

O chita parou a alguns metros de distância, observando o grupo. Kasim engoliu em seco ao perceber que os olhos do animal pareciam fixos nos seus próprios. Eram olhos tristes de quem lembrava uma ofensa do passado.

Então o animal se virou e voltou a caminhar para longe, entrando numa rua adjacente e seguindo em frente, sem se importar com os cidadãos que o reverenciavam ou lhe ofereciam comida e passagem.

Kasim olhou na direção do palácio e respirou fundo.

Estava na hora de começar a operação.

Capítulo 22

Adisa caminhou descalço pelo mármore frio do terraço do palácio até o parapeito. Sentia a necessidade de um lugar aberto, diferente do confinamento da biblioteca subterrânea ou da câmara onde o deus-vivo permanecia inconsciente. Não que qualquer das duas tarefas fosse ofensiva, mas vinha sentindo algo indescritível desde que encontrara o Imperador pela primeira vez. Seriam dúvidas sobre tudo que aprendera com seu mestre? Não que ele estivesse mentindo. O Imperador era, sim, um deus-vivo. Mas talvez não fosse tão onipotente quanto fora levado a acreditar.

Seguindo as ordens do sacerdote membro do conselho, Adisa havia voltado ao seu trabalho, dessa vez ainda mais focado em localizar qualquer indício de uma fraqueza do Imperador de Diamante. Inicialmente duvidou que encontraria qualquer coisa, mas os primeiros sinais logo se apresentaram. Buscou nos trabalhos de outros escribas, assim como em documentos de outras origens, as ligações que pareciam faltar, e logo confirmou seus temores.

Havia períodos dos dois milênios da história do deus-vivo em que não havia documento algum. De fato, encontrara pergaminhos e tabuletas de barro datados de um milênio e quinhentos anos antes em que o Imperador era mencionado como uma lenda e não como um governante. Relatos oficiais feitos por membros da Ordem de Bronze falavam de um período de retiro espiritual no caso mais recente, mas o tratavam como se fosse a primeira vez em sua história. Havia, no entanto, uma batalha particularmente violenta narrada por um historiador Maari que contava da destruição de todo um batalhão imperial no deserto de sal. Um trecho da narrativa havia sido eliminado, talvez por escribas imperiais, mas tal incidente acontecia logo antes do suposto retiro do deus-vivo.

Lembrou-se das palavras do conselheiro. A história precisava ser moldada para o bem de todos.

Começou a ventar forte e Adisa instintivamente abraçou o próprio corpo. Era um frio gelado, incomum naquela época. Olhou para o céu, vendo as nuvens cobrindo a luz da Lua. As ruas lá embaixo foram entregues à escuridão mais cedo e os iniciados da Ordem de Mármore, os mantenedores da cidade, corriam para acender lamparinas antes que a escuridão tomasse as ruas. O coração do Império jamais poderia ser entregue à escuridão.

Adisa ouviu um som atrás dele e se virou a tempo de ver um primogênito no alto de uma das torres do palácio. Não qualquer torre, mas Edinkira. O que fazia ele no alto da mais sagrada das torres?

O guerreiro santo estava de braços cruzados sobre o peito e seus olhos pareciam observá-lo. Engoliu em seco instintivamente. Desde o incidente na biblioteca ficara com certo temor irracional sempre que via um dos membros da Ordem do Diamante. Seria ele o mesmo que o perseguira por ouvir a conversa dos conselheiros? E quanto àquele que falhara em ajudá-lo durante o ataque fora das muralhas da cidade? Seriam, todos, o mesmo homem? Até para ele a verdade sobre esses distintos filhos do Imperador era desconhecida.

O primogênito virou-se, desaparecendo da vista do sacerdote.

– Espero não estar perturbando seus pensamentos.

Adisa virou-se assustado na direção da voz. A serviçal Surna estava bem atrás dele. A herege que falava blasfêmias sobre o deus-vivo. Irritado, o sacerdote deu alguns passos para longe, mantendo-se perto do parapeito. Não tinha a ouvido chegar e sentia o coração disparado. O vento começava a uivar tão forte que ocultara seus passos ou o som da porta.

– Você viu o Imperador, não viu?

Adisa a olhou sem responder. Não faria diferença. Ela já sabia a resposta. Não era o que ela realmente queria saber.

– Você estava certa – ele disse, olhando sobre o ombro. Então complementou. – Em parte.

Ela sorriu, balançando a cabeça.

– Em parte? E em qual eu estaria errada?

– Ele não está morrendo. Pelo contrário. Está se recuperando.

A cabeça da herege pendeu para o lado e aquele sorriso cínico apenas se realçou.

– E quem disse isso?

– Um membro do conselho.

Ela riu alto. Um trovão ecoou próximo.

– Os mesmos que lhe deram ordens de apagar quaisquer vestígios de uma fraqueza do Imperador?

Adisa fechou os punhos. Sentiu as primeiras gotas de chuva, ainda finas e esparsas, em seu rosto.

– Pelo bem do deus-vivo.

– Ou o deles. Acho que vocês, sacerdotes, estão bastante confortáveis governando o Império por conta própria.

Ele ergueu um dedo acusador.

– É o nosso papel proteger os súditos do deus-vivo.

A serviçal balançou a cabeça, caminhando na direção de Adisa. Parou ao seu lado e colocou as mãos sobre o parapeito. O vento fazia seu longo vestido bege chacoalhar no vento como uma bandeira. Ela ignorava o frio, os braços e o colo do seio expostos ao tempo. Ergueu o rosto, fechando os olhos. As gotículas de chuva começavam a cair em seus cabelos, acumulando-se em gotas no emaranhado preso por um trapo.

– Aposto que vocês mesmos o mantêm desacordado. Se ele despertar, vocês perdem o poder que adquiriram.

Adisa a agarrou pelo braço, apertando firme.

– Mais estupidez da boca de uma ignorante.

– Uma ignorante que sabia mais sobre seu deus do que você, que é um de seus sacerdotes.

A resposta o pegou de surpresa. Relaxou a mão, deixando-a deslizar lentamente. Seus olhos se voltaram para o chão e as gotas que começavam a transformar o mármore em um espelho distorcido.

– O conhecimento vem a seu tempo.

– A não ser que pessoas como você tenham apagado esse conhecimento. Então o que vem são mentiras forjadas.

Adisa suspirou, dando as costas à serviçal. Caminhou observando os desenhos do mármore e seus pés tocando a fina camada de água que começava a se formar. A chuva forjava um rio de águas brancas e negras, postas em movimento pelas gotas que caíam cada vez em maior quantidade.

– Por que você me atormenta?

– Acredite se quiser, mas quero ajudá-lo.

Adisa riu sem humor. Chegou à outra ponta do terraço, onde o parapeito formava uma curva até a parede do palácio.

– De que forma uma serviçal poderia ajudar um sacerdote do deus-vivo?

– Dando-lhe as respostas que procura.

Adisa enrijeceu as costas instintivamente.

– Como assim?

– Eu sei onde você pode obter suas respostas.

Os dois permaneceram imóveis, em silêncio, encarando um ao outro. Foi a mulher que falou primeiro.

– Lá fora – ela disse, deixando um sorriso espontâneo surgir nos lábios. – Se você tiver coragem.

– Por que teria medo? – Adisa perguntou, fingindo segurança. Imediatamente vieram à sua mente as memórias do ataque no festival e os mortos se amontoando à sua volta. Um calafrio violento percorreu seu corpo, fazendo a serviçal rir alto.

Adisa olhou na direção da cidade e das muralhas distantes. A chuva que caía era apenas um arauto da tempestade que se aproximava. O som dos trovões tornava-se mais próximo e alto, adicionando ao uivo ensurdecedor do vento. Como era possível? O céu estava tão limpo de nuvens pouco antes! Não havia sequer uma brisa!

A porta se abriu atrás da serviçal e um homem surgiu da escuridão do seu interior. Era um homem alto e forte, usando um manto sobre um tipo de armadura de couro e metal. Trazia no cinto uma espada e uma adaga.

A primeira impressão de Adisa era que se tratava de um soldado da guarda imperial, mas logo percebeu que o homem não usava o uniforme nem o brasão da Ordem de Ferro. O sangue do sacerdote gelou.

– Vamos simplificar as coisas. Venha pacificamente.

Adisa olhou para a serviçal e, então, para os lados. Reconheceu o sotaque do estranho. Era um homem do Vale. Embora não pudesse ver qualquer sinal de que cultuava os deuses pagãos, sabia que se tratava de um herege.

Correu pelo balcão na direção da outra porta mais próxima. Talvez se fosse rápido o suficiente pudesse pedir ajuda aos guardas ou a outros membros do clero. Quem sabe aquele primogênito que vira mais cedo não estava por perto e podia ajudá-lo?

Ninguém tentou detê-lo e o estranho não o matou de imediato. Contando isso como vantagem, jogou o corpo para a frente, esticando uma mão para alcançar a saída.

A porta diante dele se abriu e dela surgiu uma estranha criatura. Seu corpo era alongado e estreito como o de uma cobra, mas ao invés de cauda havia pernas humanas, assim como braços. O rosto era caricato, magro. Tinha olhos oblíquos de um verde brilhante e nariz tão fino que parecia impossível ser capaz de respirar. A boca era pequena, vermelha. Todo o rosto parecia estreito demais, triangular, e terminava no que só podia ser ouro derretido, escorrendo pelos ombros. Mas o que era mais apavorante naquela criatura era a cor de sua pele. Era branca como a Lua. Branca como a morte.

Um demônio!, pensou Adisa de imediato. Abriu a boca para gritar algo, instintivamente clamando pelo Imperador de Diamante para protegê-lo. E tudo escureceu. Em pânico, Adisa percebeu que estava cego. Cambaleou para trás, escorregando no mármore molhado. Tentou agarrar-se às paredes, em vão. Caiu sentado, a dor do impacto percorrendo sua espinha até a nuca.

– Segurem ele – veio a voz do primeiro estranho em uma língua que Adisa compreendia, mas não reconhecia. – Eles o querem vivo.

Houve uma risada baixa, malévola, e uma nova voz de homem na mesma língua estrangeira falou.

– Será um prazer.

Adisa sentiu alguém segurar seus pulsos com força. Tentou soltar-se, mas outro o segurou por trás, firme. Amarraram suas mãos atrás das costas.

– Socorro! – ele gritou, desesperado. Mas o uivo do vento continuava tão alto que duvidava que alguém fosse capaz de ouvi-lo. Não muito longe trovejava, aumentando o barulho. Adisa sentia lágrimas escorrerem pelo rosto.

Uma mão forçou sua boca a se abrir e enfiou algo de gosto amargo para dentro. Adisa tentou cuspir, mas as mãos tampavam sua boca e seu nariz. Involuntariamente engoliu o que lhe tinham dado.

Imediatamente sentiu a língua dormente e, logo, a cabeça começou a ficar leve como que tomado por uma exaustão súbita.

Assim que as mãos soltaram seu rosto, Adisa voltou a gritar, mas não conseguia entender suas próprias palavras, se é que conseguia dizer qualquer coisa com nexo.

O estranho suspirou atrás dele e Adisa ouviu o som da espada deslizando de sua bainha. Ia morrer.

O golpe atingiu sua nuca antes que pudesse rogar uma última vez pela ajuda do Imperador.

Começou a chover forte sobre a capital do Império de Diamante.

Capítulo 23

Correram às pressas pelos corredores escuros do palácio, pelo caminho indicado pela espiã do Dabir. Seus passos ecoavam pelos vastos corredores e seriam um alerta de que algo estava errado se não fosse pela violenta chuva que martelava as paredes e teto do edifício.

Chegaram ao pátio externo. Kasim colocou a cabeça para fora do portal, olhando à sua volta em busca de guardas. Na escuridão da tempestade era impossível ver muito, mas preferiu manter a espada embainhada para não correr o risco de refletir alguma luz e atrair a atenção para eles. Cobriu o corpo com o manto que usara para entrar despercebido no palácio. De longe, naquelas condições, seria difícil perceber que não eram sacerdotes do palácio.

– Preparem-se para correr.

Anton suspirou, deixando o corpo inconsciente enrolado em trapos cair no chão. Inessa reprovou com o olhar. Ela segurava as pernas do prisioneiro enquanto Kasim checava a saída.

Kasim olhou para os trapos no chão e depois para Anton, sério. O outro percebeu a mensagem, baixou a cabeça e voltou a erguer o corpo com as mãos e sobre o ombro. Apesar do prisioneiro ser pequeno, apenas um garoto, o peso visivelmente incomodava Anton. Kasim sentiu certo prazer cruel em ver o outro sofrer um pouco.

Fez um sinal com a cabeça e saiu para a chuva forte. A chuva era violenta, gotas grossas e pesadas atingindo seu corpo como pedras. Doía mesmo através do tecido grosso do manto e na cabeça descoberta.

Desceu os poucos degraus para o pátio e fez sinal para que o seguissem. Anton desceu, apoiando-se na parede, e quase escorregou. Kasim agarrou as pernas do prisioneiro para ajudar Anton. Sem perder tempo, Inessa passou pelos dois, seguindo na direção do jardim, das árvores e da pequena capela por onde entraram no palácio.

Avançaram o mais rápido que podiam até as árvores e o portal. Inessa parou logo na entrada, assustada.

– O que estão fazendo aqui? – perguntou uma voz na língua nativa.

Surpresa, Inessa tentou falar algo. Quando Kasim chegou perto o suficiente para dizer qualquer coisa, era tarde. A expressão de horror no rosto do guarda, olhos fixos em Inessa, diziam que ele sabia muito bem que não eram sacerdotes imperiais.

O guarda deu dois passos para trás, uma mão segurando a bainha da espada enquanto a outra sacava a arma. Seus lábios moveram-se para dizer algo, mas ele parecia incapaz de fazê-lo.

Das sombras veio uma mão, que cobriu os lábios trêmulos do guarda, e outra, que deslizou a lâmina fundo na garganta do homem. Sangue jorrou do corte e os olhos se arregalaram ainda mais. O corpo deslizou para o chão, mole, e lá permaneceu, sofrendo espasmos cada vez mais esporádicos, o sangue rapidamente manchando o chão de mármore branco.

Anton entrou na capela, colocando o prisioneiro inconsciente no chão. Olhou para o corpo e Vinko, que limpava sua faca nas roupas do guarda. Fez uma expressão de quem achava aquilo um trabalho amador. Vinko não pareceu ligar para a opinião do outro.

– Pensei que o tivesse deixado aqui para garantir nossa segurança.

Vinko suspirou com certa culpa no olhar, ressentido pela afirmação de Kasim.

– Ele veio abrigar-se da chuva. Preferi esperar para ver se partiria antes de precisar matá-lo.

Anton sorriu, balançando a cabeça. Chutou o corpo, mais por diversão do que para confirmar que o guarda estava mesmo morto.

– Se tivesse feito seu trabalho direito, não correríamos esse risco.

Vinko ignorou Anton, aproximando-se de Inessa, olhando-a como se procurando sinais de ferimentos. Não vendo nenhum, voltou-se para Kasim.

– Encontraram resistência?

– Muito pouca – respondeu Kasim, puxando os trapos que embrulhavam o prisioneiro na direção dos fundos da capela, onde ficava o túnel secreto. – Foi sorte que essa tempestade tenha surgido tão subitamente. A escuridão e o vento forte ocultaram nossos movimentos.

– Sorte ou intervenção divina?

Kasim não gostou do sorriso no rosto de Inessa. As coisas pareciam fáceis demais desde que chegaram até Jimfara, de sua entrada na cidade sem atrair a atenção de ninguém até o contato com a espiã da rebelião e o acesso pelo túnel secreto sob os muros do palácio. A tempestade súbita não só havia tornado entrar e sair do palácio fácil, mas, também, cobria qualquer barulho que tanto a vítima quanto os soldados poderiam fazer para alertar a guarnição. Intervenção divina ou não, o trabalho dos mercenários estava sendo mais fácil do que Kasim esperava.

Vinko puxou com ambas as mãos o anel de metal enferrujado preso à laje que escondia a entrada do túnel. Inessa pegou as lamparinas que haviam trazido e começou a acendê-las.

– Duvido que qualquer um tenha nos visto ou ouvido, – continuou Kasim. – E imagino que a chuva apagará qualquer rastro de nossa passagem pelo palácio e Jimfara.

Uma bênção da Estrela da Manhã, ele pensou quase sem querer. Parou, incerto, questionando de onde tirara tal ideia absurda. Balançou a cabeça e desceu para o túnel. Pegou uma das lamparinas e a colocou aos seus pés. Então, com a ajuda de Vinko, puxou o sacerdote capturado para dentro do buraco.

O túnel era apertado e baixo, de forma que só podiam avançar curvados, arrastando o prisioneiro por cordas, pelo chão. Tinha sido cavado na rocha e apenas em alguns pontos havia suportes de pedra ou madeira. Parecia ter décadas, talvez séculos. E a impressão de que poderia desmoronar a qualquer momento apenas adicionava à sensação de que não podiam respirar direito. A espiã do Dabir não parecia saber a origem da passagem. Apenas que ela existia e era um segredo conhecido por poucos no palácio.

Chegaram à saída alguns minutos depois, saindo na casa abandonada onde haviam encontrado a serviçal Surna. Tiraram as roupas de sacerdotes, ensopadas, e puseram roupas de viajantes, com tecidos largos para cobrir armaduras e armas. Inessa cobriu cabelos e rosto com um véu, como uma visitante do norte.

Desenrolaram o prisioneiro e prenderam suas mãos e pernas com cordas finas. Amordaçaram-no e o arrastaram ainda desacordado para o lado de fora. Ele foi jogado sem cerimônia na parte de trás da carroça que os aguardava cheia de caixotes e cestas. Amarraram à frente do carro dois dos cavalos. Inessa e Vinko montaram na carroça e puseram os animais a andar, enquanto Kasim e Anton pegaram seus próprios animais e dispararam para o portão norte da cidade, separados. Para quem visse, pareceriam apenas mensageiros partindo no meio da noite para uma das fazendas ou vilas próximas.

Já a carroça não seria outra coisa senão um casal de mercadores partindo numa noite chuvosa.

A chuva foi-se tornando mais fraca e, até atravessarem as muralhas e alcançarem as primeiras casas de barro onde viviam os aldeões mais pobres, não passava de um incômodo. Para os aldeões, era uma bênção. Muitos estavam do lado de fora colhendo a água com grandes jarras e urnas de barro. Outros juntavam a água da chuva com as mãos e bebiam avidamente. Alguns apenas se banhavam na chuva refrescante, braços abertos, um raro sorriso em rostos marcados. Pareciam não ver uma chuva como aquela havia anos.

Kasim olhou incerto para Inessa, considerando o que ela havia dito. A chegada da tempestade, totalmente inesperada, fora exatamente no momento certo. E, tão súbita quanto chegou, partiu. Intervenção divina?

Reencontraram-se na estrada para o norte e seguiram juntos.

Seria um longo caminho antes que pudessem se reunir aos rebeldes.

Capítulo 24

A dor de cabeça o fez despertar lentamente. E a primeira coisa que percebeu foi o cheiro de frutas e legumes fazendo seu estômago roncar. Tinha um gosto amargo na boca. Os olhos rolaram nas órbitas enquanto piscava lentamente. Sentia como se estivessem secos. Tentou levar a mão ao rosto, quando sentiu a dor nos pulsos, presos às costas.

Ficou alerta, respiração pesada. Lembrou-se do que tinha acontecido.

A herege, o soldado, o demônio.

Estava deitado de lado em uma superfície de madeira, cercado de cestos de vime, caixas e jarros de barro. Deviam ser a origem do cheiro de comida. Uma lona cobria parte do seu corpo e dos objetos à sua volta. Estava em movimento. Pelo chacoalhar e o som de cascos de cavalos, devia ser algum tipo de carroça movendo-se lentamente.

Discreto, para não fazer barulho até descobrir onde estava, tentou mover do caminho algumas das cestas. Conseguiu o suficiente para ver por entre duas delas e pela fresta entre as madeiras da carroça. Engoliu em seco.

Uma nuvem de poeira seca levantava-se no ar, como se atravessassem uma região árida, morta. Não via mais do que arbustos rasteiros e plantas magras e retorcidas. A estrada parecia estar passando por uma vila. As casas eram pequenas, muito diferentes das casas familiares de Jimfara. Não podia caber mais do que um casal e filhos naqueles lugares! E eram simples e rústicas. Pareciam grandes ovos de barro parcialmente enterrados no chão. As paredes nuas e rachadas lembravam adobe seco. E talvez fossem. A entrada das casas era aberta, sem sequer um tecido ou contas para dar privacidade à família.

Adisa viu um grupo de pessoas. Duas crianças sentadas no chão, nuas e sujas. Uma delas comia alguma coisa com a mão. Tinha braços e pernas finas e uma barriga protuberante que não parecia saudável. Moscas grandes e negras pousavam na criança, que parecia ignorá-las. Uma mulher, talvez a mãe, estava ao lado, pilando algum tipo de comida em um grande pote de barro rachado. Como as crianças, ela estava suja da terra da estrada. Faltavam-lhe dentes na boca e esperança nos olhos.

A visão não foi única. Na medida em que a carroça avançava lentamente, Adisa tinha a oportunidade de ver mais e mais famílias como aquela, que olhavam letárgicas para a carroça.

Quanta miséria, pensou ele, entristecido, ao mesmo tempo que tentava imaginar por quanto tempo estivera inconsciente. Semanas, decerto! Pois esse lugar devia ser além das fronteiras do Império de Diamante. Ah, como esse povo miserável precisava da bênção do deus-vivo! Talvez se vissem como era a vida dentro das fronteiras do Império, como comida brotava do chão sem precisar de muitos cuidados adicionais, talvez assim aceitassem tornar-se parte do Império sem resistência. Pobres coitados que viviam nas mentiras passadas por seus pais e avós.

– Pare um pouco.

Ouviu uma voz de mulher vinda da frente da carroça. Apesar de, claro, compreender as palavras, ainda não reconhecia a língua. De fato, parecia algo totalmente novo. Totalmente fora do usual. Era como se fosse algo vindo de outro mundo.

– Não podemos perder tempo – respondeu outro. Um homem, mas não era o soldado ou aquele com a voz malévola.

Ousou mover-se para espiar por entre as caixas, na direção da voz, já temendo o que iria ver.

Coberta por um manto e capuz, o demônio pálido que o cegara falava com outro, um homem de pele mais clara do que a de qualquer homem que Adisa já vira antes. Tinha bigodes negros e grossos e cabelos lisos. Não era tão estranho quanto a mulher-demônio, mas longe de ser sequer parecido a qualquer pessoa que já conhecera em Jimfara.

A mulher não respondeu. Apenas encarou o homem, que deu ordem para que os cavalos parassem. Ela estava usando seus poderes profanos para controlá-lo, é claro. Era uma feiticeira poderosa, capaz de quem sabe mais o quê.

Ela se virou para o interior da carroça e Adisa instintivamente retraiu-se. Os olhos cor de esmeralda da demônio encontraram os seus e prisioneiro e captora permaneceram imóveis, olhos nos olhos, por alguns segundos. Adisa tinha certeza de que ela estava tentando ler sua mente.

Então ela sorriu. Desviou o olhar e pegou uma das cestas.

– Toma. Entrega para eles.

– O quê? – questionou o outro.

A demônio apontou na direção dos miseráveis.

– Eles. Entregue a comida para eles. Vamos!

E, uma a uma, a mulher-demônio retirou as cestas e jarros de barro e passou para o homem branco. Curioso e um tanto confuso, Adisa olhou novamente por entre as frestas da madeira e viu a dupla oferecer a comida às famílias às margens da estrada.

Lentamente saíram de sua letargia, primeiro as crianças, menos desconfiadas, e, depois, os adultos. Aproximaram-se, primeiro temerosos com a aparência dos estranhos, depois afoitos ao perceber o que ofereciam. Em minutos a carroça estava cercada de uma pequena multidão de desesperados, que pegavam a comida com as mãos, abraçando o que podiam antes de recuar para suas casas e, depois, voltar para pegar mais.

Houve movimento na carroça e Adisa percebeu que eles estavam subindo. Alguém pisou na lona. Mãos puxaram a cobertura, revelando o sacerdote prisioneiro.

Olhos abatidos, mas afoitos encararam Adisa, arregalando-se ao perceberem as vestes do sacerdote. Alguns recuaram de imediato, como se tivessem visto um mal ainda maior do que a mulher-demônio. Mas outros ignoraram. A curiosidade durou apenas o tempo de perceberem que havia mais comida na carroça. Subiram, passando ao lado de Adisa, pisando onde podiam para chegar até a comida, que rapidamente foi descarregada.

– Eu fui sequestrado! Sou um sacerdote do deus-vivo! Me ajudem!

Mas suas preces conseguiram apenas olhares furtivos, desinteressados. Um ou outro pareceu pensar duas vezes, mas Adisa tinha a impressão que a dúvida não era sobre ajudar ou não, mas sim em fazer algo cruel com ele. Talvez estivesse mesmo numa região afastada do Império, onde acreditavam no deus-vivo e em seus sacerdotes como o mal encarnado. Ah, pobres criaturas que não sabiam a verdade!

Ouviu o galope de cavalos.

– O que está acontecendo aqui?

Adisa reconheceu a voz do soldado do Vale. Ele falava na mesma língua dos estrangeiros. Sentiu um frio na espinha e decidiu permanecer quieto, deitado no fundo da carroça.

– Essas pessoas estavam famintas. Demos a eles a comida que estava na carroça.

– Por quê?

Houve silêncio. Então a mulher-demônio voltou a falar. Soava irritada.

– Esperava que eu os deixasse morrer?

– Sua ajuda é temporária. Logo estarão famintos novamente. Além do mais, isso atrairá a atenção de quem não deve.

– Inessa está certa – disse o homem enfeitiçado. Será que o soldado do Vale sabia que a demônio o tinha hipnotizado? – Já vimos o suficiente dos efeitos da guerra para não fazermos nada.

Alguém riu. A mesma risada cruel que ouvira antes de desmaiar. O frio na espinha repetiu-se, mais intenso.

– Eles levaram toda a comida.

Novo silêncio. A demônio chamada Inessa respondeu na defensiva. – Você disse que havia uma estalagem aqui por perto. Podemos comprar mantimentos lá.

O soldado bufou irritado.

– Um monastério. Mas não devíamos chegar perto dele.

– Um monastério? – perguntou o homem da risada. – Não parecia bem o tipo de lugar em que eu queria comemorar uma vitória, mas devem servir comida e banho quente.

– Não é um lugar seguro. Mukhtar me alertou do risco de espiões.

– Não é como se tivéssemos escolha agora que a princesa dos famintos deu toda a nossa comida.

Inessa murmurou algo que Adisa não compreendeu, mas imaginou ser uma reclamação. Houve mais uma pausa antes do soldado voltar a falar.

– O prisioneiro?

Nova pausa. Então a mulher-demônio falou:

– Ainda inconsciente. Parece que aquelas frutas eram potentes.

O soldado murmurou algo. Soava preocupado.

– Certo... Ele logo deve despertar. Vamos.

Os dois forasteiros voltaram a subir na carroça. Adisa logo fechou os olhos e fez o melhor que podia para fingir estar dormindo. Não sabia o porquê da demônio mentir para o soldado, mas achou melhor que todos achassem que ela dizia a verdade. E iria, então, esperar até sua próxima parada. Certamente seria em um dos inúmeros monastérios que ligavam o Império. E, então, talvez lá conseguisse a ajuda que precisava para retornar a Jimfara.

Capítulo 25

Em todos os anos em que Rais Kasim viajou o mundo, jamais encontrou um monastério como aqueles que permeavam as estradas de Myambe. Em outras terras, onde tal tipo de construção existia, geralmente eram locais isolados onde os homens santos da região preferiam evitar o contato com o mundo exterior. Em uma ocasião, inclusive, escapara de uma batalha particularmente penosa em que seu contratante mentira sobre o tamanho das forças inimigas, apenas para parar, mortalmente ferido, nas portas de um monastério cujos clérigos recusavam-se a oferecer-lhe abrigo. Kasim tinha sobrevivido apenas porque um caçador de uma vila próxima o encontrou e cuidou de seus ferimentos. Dias mais tarde o mesmo monastério foi atacado pelos inimigos que quase mataram Kasim. O lugar foi queimado até o chão.

Esse tipo de história era impossível em Myambe. Os monastérios de Chenzira existiam em todas as principais rotas comerciais do continente e prestavam importantes serviços a qualquer um que precisasse. Serviam de posto de troca e estalagem além de hospital e mesmo biblioteca. Reis e camponeses buscavam os monastérios em momentos de apuros, laicos e crentes, pois, mesmo que não acreditassem na proteção da padroeira dos viajantes, sabiam que nos monastérios podiam conseguir o que precisavam.

Esse status de território neutro deu aos clérigos que seguiam o Caminho da Viajante importante papel na manutenção da estrutura política, cultural e econômica do continente. Indiretamente, garantia que fosse possível manter rotas comerciais livres ligando praticamente toda Myambe, o que permitia não só que o sal em pedra das planícies desérticas de Kahlar chegasse aos portos da Costa Livre e o café de Ndale à mesa dos nobres de Jimfara, mas também que informações atravessassem as fronteiras das nações, e que a língua comum de Myambe fosse conhecida em todas as terras.

Ou pelo menos assim era na época em que Kasim deixou o continente.

Externamente lembrava apenas mais um templo qualquer, sendo o edifício central construído de mármore em tons claros, com estátuas dos viajantes protegidos por Chenzira rodeando toda a estrutura. Dois edifícios menores, construídos em pedras menos ornamentadas, o hospital e a estalagem, flanqueavam a estrutura principal. Tudo comum para um monastério de Chenzira. Foi apenas quando Kasim entrou que percebeu as mudanças desde sua partida.

O lugar parecia vazio. Mesmo que aquele fosse um período com menos caravanas devido à época das secas, Kasim jamais vira um monastério com tão poucos visitantes. Geralmente encontrava diversas caravanas passando a noite no lugar, aproveitando para saber notícias de outras terras e, principalmente, da estrada adiante.

Agora, pouco mais do que dez visitantes estavam no lugar, a maioria membros da mesma caravana. Dois outros pareciam viajantes solitários.

Assim que Kasim e Anton entraram na estalagem, os olhares se ergueram para eles. Hoje não havia conversa amigável ou o ocasional monge cantor naquele lugar. Lembrava mais o Segunda Chance, com olhares suspeitos de indivíduos suspeitos.

– Me lembra minha casa – comentou Anton, sorrindo sem humor.

Kasim indicou com a cabeça para que Anton o seguisse e caminhou na direção do balcão, onde um senhor magro e sorridente se aproximou.

– Em que posso ajudá-los?

E a primeira coisa que o mercenário percebeu é que o homem não tinha no rosto as cicatrizes pontilhadas de Chenzira, que o identificavam como membro da ordem ou seu status dentro dela. Seu rosto era liso, a não ser pelas marcas da idade. Mais: tinha a cabeça raspada, um chumaço de tranças crescendo da nuca. Exatamente como um sacerdote do Imperador.

Kasim ficou imediatamente tenso. Anton deve ter percebido, pois deslizou uma mão para dentro do manto, onde guardava suas facas.

– Estamos procurando mantimentos – disse Kasim na língua nativa. – Nos perdemos de nossa caravana durante a noite.

O sacerdote inclinou o corpo para trás, para ver através de uma pequena janela de vidro ao lado da porta. De onde estava Kasim não conseguia vê-la, mas imaginava que não seria possível ver a carroça, que Vinko parara na lateral da estalagem.

– Uma caravana esteve aqui duas noites atrás – disse o sacerdote, voltando sua atenção para Kasim. – Partiram para Abechét ontem pela manhã.

O líder mercenário concordou com a cabeça. Devia ser a caravana em que seguia Mukhtar e seus rebeldes. As caravanas viajavam mais lentamente que os cavalos, pois paravam por toda a parte para fazer seus negócios. Kasim havia passado por outra caravana dias antes, rumando para o sul. Eles confirmaram ter encontrado uma caravana seguindo para o norte, escoltada por homens do Vale.

– Eles tinham guardas – comentou o sacerdote, olhando com suspeita não só para Kasim, mas também para Anton. Examinava a aparência dos dois mercenários, assim como as vestimentas. – E vocês não se pareciam nada com eles. Eram nativos.

Anton olhou para Kasim. O líder tinha aproveitado os dias desde que chegaram a Myambe para ensinar algumas palavras aos seus homens e Anton provavelmente reconheceu parte do que foi falado. A mão do outro continuava dentro do manto.

– Não somos saqueadores, se é o que você pensa – explicou Kasim, insistindo. – Nos perdemos da caravana.

– Claro, claro. Você já disse isso. Mas não disseram o que desejam.

– Comida e água – respondeu Kasim.

– Comida e água – repetiu o sacerdote, lentamente. Ele balançava a cabeça de cima para baixo enquanto falava. Olhou para Anton, depois novamente para Kasim. – Para quantos?

Kasim ficou mais tenso. Tentou esconder, mas imaginou que, apesar da aparência relaxada que tentava passar, o sacerdote tinha experiência o suficiente para saber que havia algo a mais. Ele estava tentando descobrir mais sobre os mercenários.

– Quatro – ele respondeu. – Para uma viagem de quatro dias.

O sacerdote o observou em silêncio por alguns segundos, pensando, antes de voltar a falar.

– A cidade mais próxima é Nashwa. Fica a dois dias daqui – ele disse. – E sua caravana fará uma parada lá para negociar. Quatro dias de mantimentos parece muito para quatro pessoas.

– Gosto de ser cauteloso – respondeu Kasim, seco.

– Compreendo – disse o sacerdote, novamente balançando a cabeça lentamente. – Pois bem! Mandarei alguns ajudantes carregar seus animais.

– Nós mesmos faremos o carregamento, se não se importa.

O olhar suspeito voltou.

– Por quê?

– Estou escoltando viajantes de outras terras. E eles suspeitam dos nativos que não conhecem. Pagam bem para que tenham o mínimo de contato possível conosco.

O sacerdote olhou Anton longamente, examinando-o de cima a baixo. Então concordou com a cabeça, abriu novamente seu largo sorriso e bateu as mãos enquanto gritava o nome de seus serviçais.

Dois jovens vestidos de forma simples apareceram. Tinham as cabeças raspadas e, também, não tinham as marcas típicas de um seguidor do Caminho da Viajante. O sacerdote deu-lhe ordens de juntar os fardos com pão, nozes e frutas secas, além de água.

Enquanto esperavam, Kasim deu ordem para que trouxessem vinho de palmeira para Anton e ele. O companheiro questionou por que não alongavam a parada para poder tomar banho. Afinal, estavam cobertos de poeira fina e o clima seco da região apenas tornava as coisas piores. Kasim recusou com um grunhido. Não queria passar mais tempo do que o necessário naquele lugar.

Com o copo na mão, sorvendo lentamente a bebida, apoiou-se no balcão e observou os visitantes.

Na mesa mais próxima o grupo que parecia pertencer à mesma caravana ouvia um homem de idade vestido como um habitante do norte, contando histórias sobre suas viagens. Narrava uma fábula sobre uma feiticeira que controlava o tempo e que mantinha sob seu comando as terras de diversos povos em Narkeasha, além da fronteira oeste do Império. A feiticeira cobrava pesadas taxas para garantir o bom tempo, de forma que as aldeias tivessem uma colheita favorável. Se falhassem em pagar, a feiticeira promovia uma seca. Talvez o Império devesse contratar a tal feiticeira, comentou um dos guardas, para a diversão dos demais.

Um dos viajantes solitários observava discretamente de sua mesa. Era um homem de expressão dura, usando as vestes largas de um nômade do deserto. Além de boa proteção contra o calor e o frio alternados da savana e do deserto próximo, aquelas roupas permitiam esconder uma armadura e armas. Obviamente um mercenário e, pela aparência, um maari. Talvez estivesse viajando em busca de trabalho. Talvez estivesse acompanhando a caravana como proteção, ou como olheiro para um bando de saqueadores.

O último visitante permanecia em uma mesa separada, comendo devagar. Parecia desligado do que acontecia à sua volta. Usava roupas simples de viagem, mas Kasim percebeu a aparência rígida de um homem de armas. Era, ou fora, um soldado. Kasim olhou para o chão, abaixo da mesa, e viu uma bolsa pequena do tipo que se leva sobre cavalos. Lembrou do animal que vira do lado de fora, veloz e de raça. O Império preferia usar zebras, mais resistentes e fortes. Fora do Vale cavalos eram usados apenas quando velocidade era essencial. O homem certamente era um mensageiro do Império viajando disfarçado. Que tipo de mensagem levava consigo?

Kasim gostava dos monastérios de antigamente e realmente sentia falta do ambiente onde sabia estar seguro. Dessa vez tudo o que sentia era tensão. O mesmo tipo de tensão de quando entrava em terreno desconhecido.

Kasim olhou na direção da porta, impaciente. Tinham de sair de lá o quanto antes. De preferência antes do prisioneiro acordar e aprontar alguma.

Deitado no fundo da carroça, Adisa ouviu uma conversa sobre um relacionamento de pessoas que não conhecia, lugares que não sabia existir e guerras que jamais ouvira falar. Inicialmente tentou prestar atenção, mas logo percebeu que apenas se confundia com os nomes e fatos estranhos. Certas coisas não faziam sentido algum e Adisa concluiu que os forasteiros certamente eram de outro mundo. Um tão diferente do seu que compreendê-lo seria impossível.

A conversa ganhou um tom mais pessoal, as vozes tornaram-se quase um sussurro e, então, desapareceram. Adisa ouviu o som de movimento fora da carroça e, logo, concluiu que a mulher-demônio e seu servo estavam fazendo sexo.

Sentiu um calafrio correr pela espinha. Aquele monstro possuíra o forasteiro ao ponto de fazer dele seu brinquedo. Mas ao menos o fato acontecia em momento propício.

O mais discreto que podia, Adisa deslizou o corpo como uma cobra até chegar à traseira da carroça. Quando o fez, rolou para ter os pés do lado de fora e deixou-se cair devagar. Os pés atingiram o chão de pedra e terra com um som que o sacerdote interpretou como alto demais. Parou, segurando a respiração. E percebeu que, entretidos demais, seus captores não haviam ouvido.

Olhou a sua volta. Estava ao lado de uma estrutura baixa adjacente a outra maior e mais alta. Havia pequenas janelas no prédio, mas estavam todas cobertas por vidro grosso e desfocado, de forma que era impossível olhar para o interior.

Sentiu a barriga roncar. Pelo menos seus captores vinham dando água a ele, deixando-a escorrer pela sua boca, durante todo o período da viagem. Mas estava enfraquecido pela falta de comida. Desajeitado, os pés presos juntos, deu pequenos saltos na direção da esquina do prédio. Tentou apoiar o ombro na lateral de pedra, usando colunas como apoio. Não olhou para trás, com medo de seus captores terem o ouvido. Simplesmente seguiu em frente.

Fez a curva com um pequeno sorriso de triunfo. Era a frente da estalagem do monastério. Duas estátuas representando os viajantes flanqueavam a entrada do edifício. Iria direto para lá. Mesmo que os outros hereges que o capturaram estivessem lá dentro, estaria sob a proteção dos homens santos daquele lugar. E o que quatro forasteiros poderiam fazer contra tantos? Ainda mais em uma das casas do deus-vivo?

A porta se abriu e dois garotos carregando enormes fardos de comida saíram. Usavam vestes simples e tinham a cabeça raspada. Adisa sentiu o coração saltar de alegria e um sorriso alargou-se no rosto. Eram jovens iniciados a serviço do deus-vivo!

– Ajudem-me! Fui capturado por bandidos!

Os garotos pararam de súbito, deixando cair os fardos. Olhos arregalados, entreolharam-se, incertos.

Então, por trás deles, saíram dois homens. O primeiro era o herege do Vale. O segundo era um homem baixo de pele e cabelos claros que só podia ser o homem da risada cruel.

Seus olhares se cruzaram.

Ninguém se moveu.

Então os garotos tentaram correr para dentro do prédio.

– Detenha-os! – ordenou o soldado herege, enquanto esticava um braço pesado para agarrar um dos garotos pelo colarinho das vestes.

O forasteiro pegou a manga das vestes do segundo garoto. Mas com um movimento rápido e desesperado o garoto desvencilhou-se do ataque e correu para dentro do prédio. Adisa pôde ouvi-lo gritando alarmado dentro da estalagem.

O soldado do Vale olhou duramente para Adisa. Então suspirou, fechou os olhos e balançou a cabeça.

Empurrou o garoto que havia capturado para o outro. Sacou sua espada e andou a passos largos e rápidos na direção de Adisa. Por um instante, o sacerdote pensou que iria morrer. O soldado o pegou pelo pescoço e ergueu-o do chão. O ar faltou a Adisa, que tentou segurar o pulso do homem com as mãos atadas, com pouco sucesso.

O soldado não disse nada. Apenas arrastou Adisa para trás, para a lateral do prédio, e gritou.

– Inessa! Vinko! Armas!

Então se virou para Adisa. Ele parecia furioso, mas havia algo a mais na expressão do seu rosto. Parecia ressentimento. Mas... pelo quê?

Nada disse. Apenas jogou Adisa no chão. Virou-se novamente para a porta e marchou para a lá, espada na mão.

– Matem todos eles – ele disse.

E, então, o homem da risada cruel sacou uma faca e cortou a garganta do garoto. Sangue escuro jorrou forte, empapando suas vestes simples. O garoto fez um som de engasgo borbulhante. Deslizou para o chão e caiu de lado. Seus olhos arregalados de terror fixaram-se nos de Adisa. Então, ele parou de se mexer e os olhos perderam o brilho da vida. Sangue encharcava a terra seca.

Adisa estava tão aterrorizado por ter presenciado a morte do garoto que mal percebeu quando a mulher-demônio e seu servo passaram por ele, ambos armados. Viu seus olhares para o garoto morto e ouviu seu suspiro. A mulher-demônio o olhou e parecia triste. Mas isso não a impedir de fazer o que fora ordenado.

Os quatro forasteiros entraram na estalagem e, letárgico no chão de terra, incapaz de mover-se, Adisa ouviu os gritos de morte enquanto seus captores matavam um por um os habitantes e visitantes do monastério.

Eles retornaram sabe-se lá quanto tempo depois. Adisa sentia a garganta e os olhos secos. Percebeu que estivera todo o tempo encarando o garoto morto. O soldado herege se agachou ao seu lado. Adisa sentiu o cheiro do sangue que marcava a espada do herege, assim como respingara em vários pontos de sua armadura, braços e rosto.

Em seu torpor, Adisa conseguiu fazer uma pergunta.

– Por quê?

O homem suspirou novamente, balançando a cabeça.

– Não podíamos deixar que qualquer um soubesse que estávamos aqui com você. Você não deveria ter sido visto.

Ele balançou a cabeça novamente e se levantou. Com sua mão forte, pegou Adisa pelo braço e forçou-o a fazer o mesmo. Então empurrou o sacerdote na direção da carroça.

– A vida dessas pessoas está em suas mãos. É culpa sua.

Adisa engoliu em seco. Era verdade. Se não tivesse tentado

escapar. Se não tivesse chamado a atenção dos garotos, ninguém precisaria ter morrido.

Sentiu o cheiro de fumaça e ouviu o som de madeira estalando. Lágrimas escorreram pelo rosto do sacerdote que não era muito mais velho do que aquele que vira morrer diante de seus olhos.

E, enquanto a carroça e os cavalos começavam a se movimentar, afastando-se lentamente do monastério em chamas, Adisa não pôde parar de pensar por que o deus-vivo não havia feito nada para interferir na morte de seus fiéis. E em que planos tinha reservado para ele.

CAPÍTULO 26

Exatamente como previsto pelo sacerdote morto, chegaram ao ponto de encontro dois dias mais tarde, quando o Sol começava a se pôr. Saíram da estrada pouco antes da pequena cidade de Nashwa, circundando pelo sul a orla seca do oásis minguante que mantinha a região viva. Kasim nunca estivera por lá e não sabia se aquilo era normal no período de secas. Se era algum indício, um trapiche se estendia de um grupo de casas até o nada, suas colunas de pedra erguendo-se da areia seca ainda metros distante da água cristalina. Os esqueletos de dois barcos de pesca flanqueavam a estrutura. Casas de barro e pedra, mais recentes, avançavam ainda mais que o trapiche, na direção do lago. Um grupo de pequenos barcos, bem menores que aqueles que jaziam ali perto, estavam na margem do lago, onde os habitantes pescavam.

Seguiram até o vulto no horizonte do outro lado do oásis moribundo e entraram numa cidade igualmente morta. Zahra, a cidade amaldiçoada.

Das muralhas de Zahra restavam apenas trechos espaçados. A cobertura que diziam ser de pedras brancas como as nuvens não existiam mais. O que não havia sido roubado certamente fora destruído pelo clima ao longo dos séculos.

Kasim e os outros atravessaram uma fenda na muralha para o que talvez tenha sido uma das principais avenidas da cidade. Poucos dos prédios de dois, três, quatro andares ainda estavam de pé. O que não havia se tornado escombros disformes não era mais do que esqueletos. Mais de um não era mais do que a frente de uma casa, em pé por pouco tempo antes de se juntar aos demais escombros.

Afora o som do vento, havia apenas o silêncio.

– Onde estão eles?

Kasim olhou por cima do ombro na direção da carroça, onde Inessa olhava à sua volta, nervosa.

– Nos observando – respondeu, apontando com um sutil

movimento da cabeça na direção de um dos escombros à sua direita. Instantes antes tinha visto um vulto lá. – Vamos seguir até o palácio.

Se dos prédios restava pouco, do palácio não restava nada. Não havia sequer um pedaço de muro de pé. As estátuas de mármore e os mosaicos decorativos que apareciam nas lendas sobre Zahra não existiam mais. Uma única torre estreita permanecia de pé, desafiando a lógica.

Um homem todo coberto por vestes de um azul pálido surgiu por detrás dos escombros.

– Tiveram alguma dificuldade?

Kasim parou o cavalo e deslizou até o chão. Viu os outros fazerem o mesmo.

– Um pequeno incidente num monastério a dois dias daqui.

O homem murmurou uma maldição. Soltou com raiva o véu que cobria seu rosto, revelando o rosto do *marid* Mukhtar.

– Eu os alertei quanto a isso!

– Não se preocupe. Eles não vão informar ninguém.

Mukhtar permaneceu em silêncio, examinando Kasim. Então desviou sua atenção para os que vinham por trás do líder mercenário.

– Então esse é o sacerdote.

O mercenário concordou com a cabeça, dando um passo para o lado e virando-se. Tinha os olhos atentos ao ambiente a sua volta. Contou quatro dos cinco homens de Mukhtar escondidos nos escombros.

– Sua espiã nos levou até ele. Fez um bom trabalho.

Mukhtar fez um jogar de mão irritado, dispensando comentários. Não parecia considerar bem a mulher que trabalhava no palácio imperial. Passou direto por Kasim na direção do sacerdote. Pegou-o pelo queixo com mão firme e ergueu seu rosto.

– Isso é apenas uma criança.

– É a criança que seu Dabir desejava.

O revolucionário inclinou a cabeça para o lado, observando com desdém o prisioneiro. Então murmurou algo e soltou o garoto, virando-se para Kasim.

– Se o Dabir vê utilidade para ele, então seguiremos suas palavras.

Kasim deu de ombros, suspirando um pouco irritado. A brisa que circulava pelas ruas arruinadas não era o suficiente para amenizar o calor daquela região. Acostumado, Kasim não ligava para a sensação da armadura de couro reforçado colando no corpo, mas começava a desejar mergulhar no que restava do oásis fora da cidade.

– Encontramos isso – finalmente disse, apresentando a Mukhtar uma bolsa de couro. – Talvez te seja útil.

O revolucionário olhou desconfiado para a bolsa e depois para Kasim.

– O que é isso?

– Encontramos um mensageiro disfarçado no monastério. Foi enviado de Jimfara para Abechét.

Mukhtar retirou da bolsa um rolo de papiro. Descartou a bolsa e leu o conteúdo da mensagem com olhos agitados. Depois virou a folha ao contrário e novamente para a frente.

– Não há nomes. Quem enviou? Quem receberia?

Kasim deu de ombros.

– Tudo que sabemos é que alguém na capital prometeu enviar tropas para Abechét. Mercenários. Para lidar com 'a situação'.

– Esse símbolo? – perguntou o rebelde, apontando para o desenho no final da mensagem.

O líder mercenário deu de ombros. Não sabia o significado daquele símbolo, nem o que representava. Supunha apenas que era uma pista de quem estava envolvido.

Mukhtar olhou na direção dos seus homens escondidos e gritou pelos seus nomes. Os cinco homens saltaram de seus esconderijos diversos e caminharam para eles. Cada um deles estava armado, esperando problemas. Kasim concordou para si ao perceber de onde saíra o quinto rebelde, o homem magro e alto que chamavam Raffik. O homem o havia enganado bem, o que o mercenário considerava um feito. Guardaram suas armas enquanto se aproximavam dos mercenários.

– Armemos acampamento. Planejaremos pela manhã.

– Qual é a história desse lugar, Rais?

Durante a noite, tinham acendido uma fogueira ao lado dos escombros do palácio. O pátio que parecia ter sido uma praça era o único lugar parcialmente livre de escombros e lascas afora as ruas. Kasim preferia isso a um local aberto, onde bandidos e sabe-se lá o que mais poderia emboscá-los durante a noite. As risadas macabras de um grupo de hienas, ecoando na noite, reafirmaram sua precaução.

– A mesma de todas – ele disse, afiando sua espada. – O Imperador.

Inessa abraçava o corpo por baixo do cobertor que a protegia do frio que contrastava drasticamente com o calor do dia. Apoiava o corpo em Vinko, que terminava de comer seu jantar de pão e nozes.

– Mas esse lugar parece ter sido devastado.

Kasim embainhou a espada e levantou-se, olhando a sua volta. Tinha ouvido a história de Zahra desde pequeno e novamente em versões mais detalhadas em seus primeiros anos como soldado.

– Em parte. Os sacerdotes do Império consideram esse lugar amaldiçoado, porque um amigo do Imperador foi o general que defendeu Zahra.

Com a boca ainda cheia de comida, Vinko comentou:

– Então foi pessoal.

– Algo assim – disse Kasim, dando de ombros. – Não se sabe exatamente o que aconteceu, mas parece que esse antigo amigo do Imperador, que lutava ao seu lado havia décadas, incitou e liderou uma revolta nessa cidade. Causaram sérios danos ao Império que, naquela época, estava concentrando seus esforços na conquista de Sokos.

– Isso é mentira.

Os mercenários viraram-se na direção da voz do sacerdote. Kasim franziu a testa. Ouvia palavras na língua do Império, mas Kasim parecia capaz de compreender perfeitamente o significado delas. Olhou para os outros e percebeu que todos também pareciam confusos por entender o garoto.

– Kaseko nunca foi um traidor – disse Adisa, parecendo furioso. – Ele foi capturado pelos rebeldes desta cidade.

Do alto de uma pedra de onde observava a cidade, Mukhtar virou-se, olhando com desdém para o jovem sacerdote. Dois de seus homens estavam de sentinela. Os outros estavam perto dali, observando curiosos.

– Essa é a mentira que o fazem aprender para virar sacerdote?

O jovem sacerdote ergueu o queixo em desafio.

– E que mentiras seus Dabires contam? – Ele se levantou do lugar onde havia sentado encostado em uma coluna caída. – Não deveria eu, que cuido dos arquivos do Império de Diamante, saber a verdade?

Kasim viu o que parecia ser um sinal de sorriso no rosto de Mukhtar. Um sorriso cruel de quem está preparando uma armadilha.

– Conte, então, a sua verdade – desafiou o revolucionário.

– Pois bem, – respondeu o jovem, caminhando descalço pelo

acampamento. – Foi confiado a Kaseko o comando dos exércitos dessa cidade e o coração do Império – disse ele, abrindo os braços para indicar o lugar –, enquanto o deus-vivo guiava suas tropas contra os selvagens das montanhas de Sokos.

Ele parou diante de uma pedra partida e colocou a mão sobre ela. Kasim percebeu que havia nela gravada uma cena. Muito desgastada, pouco se podia ver além de um guerreiro alto e magro segurando uma lança e um escudo estreito. Pessoas menores e também armadas com lanças estavam aos seus pés, gritando e erguendo seus braços em saudação.

– Então, em uma noite amaldiçoada, conspiradores hereges atacaram a cidadela. Kaseko lutou bravamente, matando diversos rebeldes com as mãos nuas, mas acabou sendo capturado.

Anton fez um som de desdém com a boca. Parecia mais concentrado em caçar escorpiões com suas facas do que na história.

– Isso soa como uma lenda qualquer.

– Mas não é – disse o sacerdote, erguendo um dedo como se para pontuar sua narrativa. – O deus-vivo sonhou com o ocorrido e retornou com parte de suas tropas. Ele sitiou essa cidade, ordenando que os conspiradores se entregassem à justiça divina.

Inessa ajeitou-se, colocando-se sentada, desconfortável. Puxou mais para perto o cobertor.

– Pelo que restou dessa cidade, imagino que não tenham obedecido.

– Não o fizeram. E, pior: sacrificaram Kaseko e grande parte da população para seus deuses profanos. – Ele voltou a olhar o entalhe dos homens de lança. Suspirou. – Derramaram sangue inocente para trazer a este mundo demônios.

Anton apontou para o sacerdote com a faca que usava, um escorpião ainda vivo fincado na ponta.

– E então seu Imperador salvou o dia.

Um sorriso espontâneo cresceu no rosto do garoto. Seus olhos pareciam brilhar.

– Como poderia ser diferente?

Mukhtar riu sem humor, balançando a cabeça. Kasim encostou-se numa parede de pedra e cruzou os braços.

– Não é a história que ouvi.

O sorriso do sacerdote tornou-se triste. O sorriso de alguém que percebe e aceita o erro dos ignorantes.

– Claro que não.

Kasim ignorou a expressão do garoto. Suspirou e explicou.

– Ouvi que os demônios eram seus e que o Imperador os trouxe para punir seu amiguinho por trai-lo.

O sacerdote balançou a cabeça veementemente.

– Mentiras.

– Claro. E o que mesmo você faz no palácio?

– Eu cuido da história do Império – respondeu Adisa, orgulhoso.

Kasim inclinou a cabeça para o lado, sério.

– Cuida ou molda?

Silêncio. Kasim percebeu no rosto do garoto que ele estava lutando consigo mesmo. Então forçou uma expressão dura que não enganava ninguém.

– Faço o que for preciso para o bem do Império e toda Myambe.

Mukhtar deu uma nova risada, cruel, deu as costas e foi caminhar no perímetro do acampamento. Passou por perto de seus homens e repetiu a história para eles. Todos riram. Alguns gritaram sobre a estupidez cega do garoto.

Kasim observou o jovem suspirar, derrotado. Não porque o que defendia estava errado, mas porque aqueles que considerava hereges eram incapazes de ver sua verdade.

O mercenário olhou para o céu. Não podia ver a Estrela da Manhã. A mão foi para o alto do peito, onde anos antes pendia sua estrela. A mão se afastou de imediato ao tornar-se consciente de que algum dos revolucionários podia vê-lo. Resolveu ir deitar. Talvez o sono clareasse seus pensamentos.

Capítulo 27

Malditos traidores. Vermes desgraçados que se aproveitaram da oportunidade.

Do alto do forte construído na margem norte do rio Kori, Zaim Adoud observava as colunas de fumaça que se erguiam em diversos pontos de sua cidade. Retornara das ruínas no coração da selva incrédulo com a notícia levada até ele por um mensageiro: Abechét havia caído nas mãos de um exército de mercenários pagos pelos nobres da cidade. Sua família, ele fora informado por um mensageiro, havia escapado para um dos campos de treinamento ao sul da cidade. Um sargento da antiga milícia havia liderado um punhado de homens e resgatado todos quando o ataque começou. Ao que tudo indicava, algumas centenas de soldados, na maioria recrutas inexperientes, haviam conseguido recuar para fora da cidade.

– Quanto tempo até que os homens estejam preparados?

Atrás dele, seu assistente aguardava silencioso. Não havia dito nada além do exigido desde que a notícia chegara até o acampamento. Claro. Seu pai estaria entre os nobres revoltosos.

– A Terceira Companhia pode atravessar a ponte ao seu comando, Zaim.

O governador-general apoiou as mãos sobre a beirada do muro, observando a outra margem do rio.

Seus inimigos haviam montado uma barricada tosca com madeira e pedras retiradas de algum prédio civil próximo. Havia homens armados do outro lado, aguardando. Eram mercenários da costa leste, de Maar, uma das primeiras províncias do Império. Eram renomados pelos seus arqueiros e a natureza independente do seu povo. Era um reino de reinos quando o Imperador o conquistou séculos atrás e não era menos que isso hoje. Sempre ouviu falar de rebeliões constantes e guerras entre as cidades daquele lugar. Perfeito para formar mercenários experientes.

– Mantenha a Terceira a postos, mas não avance. – Olhou para o leste, aonde o rio vinha de terras rochosas, lentamente elevando-se para o planalto de Kahlar.

– E a Primeira?

– Devem estar chegando ao vau em breve, senhor.

Zaim tinha certeza de que a ponte sobre o Kori estaria fortificada antes mesmo de descobrir quem eram seus inimigos. Por isso havia deixado para trás o segundo batalhão, sob o comando do primogênito do Imperador, e ordenara a partida imediata de um primeiro batalhão reorganizado, reforçado com alguns dos sobreviventes do segundo. A Primeira Companhia, formada em grande parte por soldados experiente, seguiria para o leste, por dentro da orla da floresta, até um ponto onde o Kori corria raso, alguns quilômetros rio acima. O ponto era pouco visitado porque ficava próximo da curva do rio, onde ele virava para o norte, entre a floresta e o início do deserto de sal de Kahlar e onde as lendas locais falavam de demônios vindos do norte.

Preferiu atrasar sua viagem de volta ao Kori para dar a ilusão de surpresa ao inimigo e dar tempo da Primeira Companhia avançar. Seis dias após capturar as ruínas, Zaim Adoud deixou os mistérios de sua conquista para trás e retornou para o Kori para recuperar a cidade que lhe pertencia por direito.

Uma pena que a catapulta da colina não tinha alcance tão longo, ou arrebentaria aquela barricada a pedradas, mesmo que isso pusesse em risco sua ponte. O ataque teria mais efeito psicológico do que real. Os nobres, inexperientes como militares, entrariam em pânico e ordenariam uma retirada para que os mercenários os protegessem, provavelmente deixando a cidade desprotegida.

– Dê ordem para que a Terceira faça uma investida rápida. Quero testar a experiência do inimigo.

O assistente concordou em silêncio. Correu para outra seção do muro e ergueu uma bandeira, sinalizando a ordem ao comandante da companhia. Em segundos, os homens abaixo de Zaim começaram a se movimentar ordenadamente. Chegaram à ponte formando cinco fileiras de doze homens, protegidos por escudos, lanças esticadas por entre as frestas.

Zaim permitiu-se um sorriso de triunfo. A Terceira Companhia havia sido seriamente atingida pelas incursões na selva, mas logo seus homens haviam aprendido a se comportar como soldados. A maioria dos que morreram eram inúteis de qualquer forma. Outros, os covardes que sobreviveram, haviam tentado fugir e certamente foram mortos por animais selvagens ou os próprios nativos da selva. O que restara era quase digno de chamar-se uma companhia militar. Talvez fosse o momento de deixar de usá-los como boi de piranha. Após esse último caso, é claro.

Os homens avançaram em conjunto, seu sargento liderando-os por exemplo, em uma das primeiras fileiras. Zaim estivera uma vez naquela posição, anos antes. Hoje sabia que era valioso demais para tal risco. Naquela ponte teriam pouco espaço de manobra. Seriam alvos fáceis para as flechas dos mercenários maari.

As primeiras flechas voaram por sobre a barricada. Algumas se fincaram na madeira da ponte, outras caíram no rio. Algumas poucas atingiram escudos de couro curtido. Na medida em que a companhia avançava, os arqueiros inimigos intensificavam suas tentativas. Mais flechas voavam, e mais delas atingiram escudos. Algumas passavam por entre escudos. Daquela distância, Zaim não podia ver se atingiam alguém. Se o faziam, não era o suficiente para desorganizar as fileiras.

Ouviu um grito de comando, e então um grupo de homens, dois em cada fileira, em pontos diferentes, ergueram-se por sobre os escudos e arremessaram lanças contra a barricada. Enquanto poucas conseguiram passar por cima da barricada, dois mercenários caíram trespassados pelas armas da companhia. O ataque pegou os arqueiros de surpresa. Tentaram reorganizar-se, procurando cobertura apropriada.

Aproveitando o momento de confusão, o sargento deu o comando novamente, e mais homens ergueram-se sobre os escudos para arremessar suas lanças. Mais mercenários caíram e, então, a Terceira Companhia avançou rapidamente, gritando e batendo suas lanças nos escudos. Alguns homens mais audaciosos baixavam a guarda para arremessar suas lanças.

Mas os mercenários tinham alguém experiente no comando. Logo a ordem se restabelecera e, enquanto os homens mais desprotegidos buscavam a cobertura da barricada, outros, mais distantes, avançaram para disparar suas flechas. Zaim viu alguns de seus homens cair. Ouviu o grito de dor surgir sobre os gritos de guerra. Um homem caiu no rio e desapareceu na correnteza.

A Terceira Companhia chegou perto da barricada e lançou mais armas contra o inimigo. Um homem tentou saltar por cima das rochas e madeiras. Fincou sua lança em um mercenário pouco antes de ser abatido por duas flechas certeiras. Seu corpo foi arrastado do topo da barricada pelos seus companheiros, para a proteção dos escudos.

De seu ponto de vista no topo do forte, Zaim viu homens avançarem da cidade, saindo da muralha baixa na direção da ponte. Podia contar cerca de trezentos homens, talvez mais. A maioria parecia armada com armas pequenas. Espadas e machados, talvez algumas maças de guerra, comuns em Maar.

Zaim ergueu a mão e seu assistente compreendeu a ordem imediatamente. Pegou em seu cinto o chifre e tocou o sinal de retirada.

De forma mais ordenada do que esperava, a Terceira Companhia iniciou sua retirada. Recuaram de costas, escudos erguidos contra a saraivada de flechas que voltava a se intensificar. Algumas lanças voaram, mas pouco eficientes. Mais dois homens caíram no rio. Zaim viu um deles agitar os braços em desespero, antes de desaparecer sob a água. Um corpo ficou para trás, sobre a ponte. As duas flechas em seu peito indicavam que era o homem da barricada, finalmente morto.

Assim que seus homens estavam fora do alcance das flechas, Zaim deu as costas e seguiu na direção da escada que descia para o interior do forte.

– Arranje uma boa refeição para esses homens. Descubra se os mortos tinham religião. Permitir que seus companheiros os velem pode ser bom para a moral.

O assistente concordou com a cabeça e permaneceu para trás. Zaim percebeu algo no olhar do garoto. Não sabia ao certo se era raiva ou culpa. Ou talvez uma mistura dos dois. Bom. O garoto precisaria aprender a lidar com tais sentimentos fora do campo de batalha. Era sempre mais fácil quando se tinha uma arma na mão e um inimigo como alvo. Logo o calor da batalha o fazia esquecer. Já do lado de fora, apenas dando as ordens, os fatos eram mais difíceis de se absorver.

Passou por alguns soldados da pequena guarnição, que o cumprimentaram. Seguiu direto para o aposento que tomara como seu, antes planejado como sala de jantar para oficiais e sala de reunião. Não sabia quanto tempo permaneceria no forte. Esperava que pouco. Mas precisava de um lugar onde pudesse planejar em silêncio. O oficial no comando do forte, anteriormente no comando de uma das milícias da cidade, oferecera seu aposentos pessoais, mas o Zaim preferira estar perto de seus mapas e com uma boa vista da outra margem do Kori. Além disso, preferia não mudar demais a rotina que começava a se instaurar para a guarnição em sua curta vida. Os homens veriam aquilo com bons olhos.

Seguiu até o centro do quarto onde uma grande mesa de madeira maciça construída recentemente das árvores saqueadas da floresta guardava seus planos de guerra. Um mapa da região estava preso por pequenas peças de vidro colorido esculpidas no formato de guerreiros. Fazia parte de um tipo de jogo de estratégia que o comandante da guarnição prometera um dia ensinar ao Zaim. Por ora as peças serviam bem como peso de papel e marcador de suas tropas.

Duas peças vermelhas na forma de guerreiros com escudos e lanças haviam sido colocadas ao norte do Kori, onde estava o forte. Pegou da caixa de madeira que formava o tabuleiro do jogo outras duas peças, cada uma representando um homem com espada e escudo feito de vidro negro. Colocou-as na outra margem do rio, acompanhando a peça do arqueiro de mesma cor que já tinha posicionado lá anteriormente.

Olhou o mapa, observando as outras peças. Outro homem vermelho de lança estava ao leste, seguindo o rio. Zaim deslizou a peça mais perto de onde o rio fazia a curva. Pouco abaixo, entre a curva do rio e Abechét, tinha colocado duas peças, de um homem e uma mulher de vidro negro. Pareciam representar reis de algum tipo. Perfeito para representar seus verdadeiros inimigos.

Em no máximo dois dias sua Primeira Companhia atravessaria o Kori além da curva e avançaria contra as fazendas dos nobres pelo leste. Mesmo que os nobres responsáveis por aquela traição não estivessem esperando em suas fazendas, longe do conflito, a captura de suas terras e famílias os obrigaria a ordenar um contra-ataque. Lutando em dois fronts, seriam incapazes de resistir por muito tempo.

Os olhos do Zaim voltaram para o ponto do mapa que representava a floresta de Kwindago. A peça de uma pequena torre vermelha marcava o forte capturado e as catapultas. Mais ao norte, três homens de lanças protegiam a peça de um homem a cavalo. A peça do primogênito era negra como a dos inimigos que tomaram Abechét.

Zaim sorriu sem humor, somente agora percebendo o fato. Pegou a peça para trocá-la por uma igual, mas de cor vermelha. Então parou.

Trouxe mais para perto dos olhos a peça, examinando-a. O homem que montava o cavalo não parecia com nada que vira em Myambe. Parecia envolto em metal dos pés à cabeça, uma espada de lâmina reta erguida sobre a cabeça e um escudo triangular invertido na outra mão.

O comandante havia dito que conseguira o jogo de um viajante itinerante, que trouxera a peça de além-mar.

A peça não pertencia àquelas terras, assim como o homem que representava.

Zaim colocou a peça do primogênito novamente sobre o mapa, cercado pelos seus soldados vermelhos. Teria de lidar com o fato, eventualmente. Quem sabe não conseguia usar os homens-macacos de alguma forma? Aquelas criaturas eram formidáveis. Chegou a olhar na caixa do jogo atrás de peças que pudesse usar para representá-las, mas desistiu sem muito pesar. Duvidava que pudessem ser úteis ou sequer controláveis. O mesmo pensava dos nativos selvagens.

Lembrou-se do forte de terra que destruíra. Pegou uma torre negra na caixa e a observou. Rolou-a em seus dedos, pensativo. Tinha subestimado os selvagens. Ao menos até certo ponto. Talvez fossem remanescentes da tal civilização derrotada pelo Imperador. Talvez ainda guardassem algo do conhecimento perdido. Tinha de descobrir mais. Explorar esses possíveis recursos.

Mas não agora. Recolocou a torre negra na caixa. Primeiro precisava lidar com os nobres que se achavam reis. Depois com o primogênito que se dizia imortal. Só então, senhor inconteste de Abechét, Zaim Adoud, quarto de seu nome, exploraria suas novas possibilidades, inclusive os segredos de Kwindago.

Capítulo 28

– O que diabos está acontecendo?

Mercenários, rebeldes e o sacerdote prisioneiro observavam Abechét e o rio Kori, escondidos no alto de uma das colinas rochosas que começavam a se tornar comuns naquele ponto de Myambe.

Era noite, mas o céu estava limpo de nuvens como a maioria dos dias desde que Kasim voltara ao continente. A luz da lua iluminava a cidade ao noroeste, assim como o estranho amontoado de casas artesanais coloridas que mais pareciam formar uma vila temporária daquele lado da muralha. Chamas e colunas de fumaça erguiam-se de vários pontos da cidade, lançando sombras sobre a cidadela, no centro da cidade, elevada entre os prédios baixos. Dois acampamentos haviam sido montados na orla da cidade. Mesmo distante, era possível identificá-los como acampamentos militares. Provavelmente mercenários.

Do outro lado do rio Kori havia outro foco de movimentação e luz. Um forte dividia a civilização da selva de Kwindago, que crescia como uma muralha negra na escuridão da noite.

– Seja o que for, está no caminho entre nós e nosso objetivo.

Kasim olhou para o líder rebelde e, então, na direção da floresta. Tinham de levar o garoto sacerdote para algum lugar dentro daquela selva. Essa provavelmente seria a parte mais difícil da missão. Não pelo conflito que parecia existir na cidade de Abechét, mas pela selva em si. Vinko era um experiente caçador, mas jamais estivera em uma selva de Myambe. O próprio Kasim conhecia lendas suficientes sobre Kwindago para pensar duas vezes antes de entrar no lugar.

– Há algum outro ponto onde possamos atravessar o Kori?

Mukhtar balançou a cabeça, olhando alerta à sua volta. Não disse coisa alguma.

– Então precisaremos entrar na cidade e descobrir o que está acontecendo.

Atrás dele, Kasim ouviu o resmungar dos demais rebeldes. Não pareciam nada satisfeitos em ter de entrar em uma das cidades do Império. Rami era o único que apenas olhava para a cidade, sem reclamar. E foi ele quem respondeu diretamente ao líder.

– Mukhtar... Isso não parece sensato.

– Estamos longe da capital – respondeu o *marid*, olhando por cima do ombro. – Duvido que tenhamos de nos preocupar com sermos reconhecidos.

O comentário pareceu surtir efeito. Ou ao menos calou os homens, que deslizaram mais para baixo na colina, fora do alcance de visão de qualquer sentinela em Abechét. Afora Rami, os outros foram juntar-se a Inessa e Anton, que mantinham guarda sobre o jovem sacerdote, enquanto o experiente caçador Vinko estava ao seu lado, observando a situação. Apesar de que Inessa poderia usar seu talento para tornar sua própria visão mais aguçada naquela noite, Kasim estava evitando deixar os dois juntos novamente. Não tinha dito nada a respeito quando os dois deixaram o garoto escapar no monastério, mas seu olhar de repreensão fora o suficiente para alertar o taciturno Vinko e a energética Inessa. Kasim precisou de pouco: por conta própria, os dois andavam calados, sem trocar palavras um com o outro. Pareciam até mesmo mais afastados do que o usual. O peso do que tiveram de fazer no monastério não estava apenas sobre os ombros de Adisa.

– Avise Inessa que ela me acompanhará até a cidade. – Kasim percebeu o brilho nos olhos de Vinko. O brilho desapareceu logo que o líder mercenário continuou. – Você e Anton ficarão aqui com Mukhtar e o sacerdote.

Kasim observou Vinko esgueirar-se de volta até Inessa. Percebeu o olhar da feiticeira quando Vinko chegou ao seu lado. Ela apenas concordou com a cabeça com a ordem, sua atenção em Kasim. Mas o líder não esperou. Virou-se de costas e tocou o braço do líder renegado, que olhou primeiro a mão, como se aquela fosse uma pequena ofensa. Kasim ignorou a repreensão e falou mesmo assim.

– Se puder, mande seus homens checar o perímetro. Se bem me recordo do que ouvi, alguns nobres mantêm fazendas nessa área.

– Não sigo suas ordens. Você é o mercenário aqui.

Kasim deu de ombros.

– Não é uma ordem. É uma sugestão. Espero que você tenha experiência suficiente para saber usar a informação que dei de forma adequada.

Não esperou o homem responder, até porque imaginava que não obteria resposta alguma. Deslizou de costas colina abaixo até estar fora do campo de visão de qualquer um na cidade, então se levantou e foi até seu cavalo. Checava a sela quando percebeu alguém se aproximar. Não precisou virar-se para saber que era Inessa.

– Lições aprendidas – ele disse, montando em seu animal. – Temos uma missão a cumprir.

Olhou finalmente na direção de Inessa, que o olhava com culpa nos grandes olhos incomuns. Kasim aprendera a sentir as emoções de Inessa, que pareciam emanar de seu corpo. Provavelmente um efeito secundário de seu talento de moldar os sentidos. Quando estava sentindo algo forte, Inessa parecia mais próxima do seu lado inumano. Nada óbvio. Quem não a conhecia sentia apenas um estranhamento ao ver o rosto pálido e estreito da mulher. Precisava ter se acostumado a ela para perceber que a pele parecia ganhar um tom quase sobrenatural, com um brilho fantasmagórico sutil, as pupilas dos olhos crescendo até quase fazer sumir as íris verdes.

Sem palavras, a feiticeira montou o outro cavalo. Seguiram cautelosos por cerca de uma hora até perceber que não havia patrulhas naquele lado da cidade. O caminho que seguiam não era a estrada principal que terminava em Abechét, mas sim campo aberto, de forma que levava diretamente para as cabanas irregulares fora dos muros da cidade e não a um dos seus portões. Esperava que qualquer exército de invasores manteria patrulhas rondando lugar. Mesmo que fossem apenas saqueadores, Kasim esperava encontrar alguns procurando presas fáceis na orla da cidade. A não ser que os invasores soubessem que não havia perigo algum vindo do sul. Kasim se lembrou da carta do mensageiro.

Estavam a poucos metros das primeiras casas quando Kasim falou alguma coisa.

– Vou precisar da minha audição bem aguçada e, se possível, também seus olhos.

Apesar de não se virar para Inessa, que cavalgava ao seu lado, Kasim percebeu o olhar de incerteza da feiticeira.

– Confie em mim – ele disse, os olhos ainda nas casas adiante.

Inessa suspirou, baixou a cabeça e fechou os olhos. Esticou uma mão delicada para tocar a cabeça de Kasim.

E todos os sons daquela cidade inundaram a mente do mercenário.

Apesar de já ter passado por esse truque antes, Kasim sentiu tontura com o impacto de sua audição ter sido intensificada. Baixou a cabeça, fixando os olhos em um ponto na sela do cavalo, para tentar fazer parar de rodar o mundo à sua volta. Respirou fundo e ergueu a cabeça.

Ao seu lado, Inessa tocava com os dedos as pálpebras fechadas dos seus olhos. Ela suspirou, voltando a cobrir a cabeça com o capuz do manto. O rosto fingia calma, mas Kasim sabia que ela odiava perder muitos de seus sentidos de uma única vez. Certamente estava surda e sem olfato, além de ligeiramente cansada. Uma troca necessária. Ao menos sua visão estaria praticamente perfeita por algum tempo.

Entraram pela trilha irregular de terra batida que formava uma das ruas daquela estranha vila. Mais de perto, Kasim pode perceber que nenhuma das casas era feita de forma permanente. Eram feitas com madeira podre, blocos de argila rachados, palha e cordas. Sequer uma parecia capaz de suportar uma chuva forte como as que assolavam a Costa Livre durante o verão. Olhou para o céu estrelado, completamente desprovido de nuvens, lambendo o lábio ressecado. Não que isso fosse um problema naquelas terras.

Não havia muitas pessoas nas ruas irregulares de terra. Era como se o lugar fosse uma cidade fantasma. O pouco movimento que via era no interior de alguma das casas, de pessoas que temiam vir para fora. Mais de uma vez viu crianças de doze ou treze anos observando-os de longe. Cada uma delas armada. Cada uma com expressões que Kasim vira apenas em homens que defendiam seus lares contra invasores.

Kasim concentrou sua audição em cada detalhe. Cada sussurro que podia captar de dentro das casas, das vielas. Havia muito ressentimento. Muitos acusavam Zaim Adoud, o governador militar de Abechét, que partira com todo o exército em algum tipo de expedição. Tesouros perdidos, acreditavam alguns, esperançosos da riqueza que isso poderia significar. E quanto ao primogênito do Imperador? Kasim sentiu o coração bater mais forte quando ouviu sussurros sobre o homem mascarado enviado pelo deus-vivo. O homem que, segundo a maioria, era mau presságio e o responsável pela expedição à selva. Ele estava procurando algo. Algo importante.

A dupla logo chegou a uma área mais ampla onde uma vez existira um mercado. A maioria das barracas estava agora no chão, destruídas por violência. Poucos ousavam permanecer naquele lugar e, nesses, o temor era óbvio em seus olhos. Eram mulheres e velhos, em sua maioria. Buscavam comida em troca de qualquer tipo de serviço. Outros perguntavam por pessoas que haviam desaparecido. Filhos, maridos, irmãos.

O que via e ouvia não era tão diferente do que conhecera em

seus anos como mercenário em Myambe e em outros continentes. Quando vinham as guerras, qualquer homem ou jovem capaz de portar armas era transformado em soldado. Os que permaneciam para trás acabavam vítimas quando o inimigo chegava.

O mercenário engoliu em seco. A imagem o lembrou da infância. Se é que podia ser chamada infância. Assim como muitas crianças das tribos e cidades de Myambe, Kasim fora sequestrado por soldados inimigos quando era pequeno. Seria criado junto a centenas de outros para servir a um rei cujo nome ninguém mais lembrava. Sobreviveu apenas por ter sido resgatado poucos meses após sua captura por um *marid* da Estrela da Manhã, um homem como Mukhtar. O rei que tentara moldar sua mente e torná-lo um seguidor fiel, assim como os homens que o seguiam, foi morto e seu reino em formação eventualmente absorvido pelo Império de Diamante.

Uma mão tocou o braço de Kasim. Inessa tinha sua atenção para a direita. Acompanhou seus olhos para um beco escuro do outro lado do mercado. Não podia ver coisa alguma, mas a companheira certamente podia. A luz fraca da noite deixara de ser um problema para ela.

Inessa fez com a mão o sinal que indicava 'mercenários'. Tinham aprendido a língua de sinais durante suas viagens, útil tanto quando precisavam ser discretos quando em situações como essa, em que Inessa era incapaz de falar ou ouvir.

Kasim concordou com a cabeça, discreto, e guiou o cavalo na direção de uma rua paralela àquela apontada por Inessa. Algumas pessoas se aproximaram, pedindo comida, dinheiro ou informação, mas a maioria afastou-se ao ver o rosto pálido de Inessa. Não poucos murmuraram preces a deuses diversos antes de fugir. Uma pedra voou em sua direção, errando a cabeça de Inessa por pouco. Surda, ela nem mesmo percebeu o silvo no ar. O mercenário olhou por sobre o ombro, a mão direita soltando apenas o suficiente da espada para mostrar a lâmina. Mas as mulheres que o olhavam não pareciam temer a ameaça. Cuspiam no chão e faziam sinais para desconjurar demônios.

Seguiram até uma alcova onde antes foi algum tipo de loja aberta, desmontaram e prenderam seus cavalos. Kasim olhou à sua volta, mão novamente na arma. Temia que tentassem roubar seus cavalos, mas tinha poucas alternativas.

Deu passos lentos na direção do beco. Já era capaz de ouvir as vozes que vinham de lá.

Eram dois homens com sotaque das terras a nordeste dali. O som era curioso, pois lembrava a língua da terra de Inessa e Vinko, semanas de viagem mar adentro. Eram certamente de Maar, um dos antigos reinos que sofreram perseguições religiosas do Imperador. Sua família real, assim como muitos de seus habitantes mais ricos, havia migrado de Myambe séculos atrás para outros continentes distantes para evitar serem pegos pela inquisição liderada pelo Imperador de Diamante. Acidentalmente, o Imperador havia criado toda uma nova cultura forçada ao exílio em outras terras.

– Eu digo que devíamos partir – sussurrava um dos homens – Não há nada decente para se saquear aqui.

– Ordens do capitão – respondeu o outro. – Se ele acredita que reforços realmente virão, é porque virão.

– Quanto tempo você acha que conseguiremos segurar a ponte? Eles vão descobrir um jeito de atravessar o rio.

– Não enquanto estivermos atentos.

– Bah! – resmungou o primeiro, incrédulo. – Não quero perder a vida por migalhas. Não larguei a vida boa de guarda de caravana por nada. Quero prata e ouro!

O segundo riu.

– Então é melhor juntar-se aos outros e saquear os mortos. Dizem que o Zaim que comandava o lugar sugou tudo o que podia da cidade para formar um exército e invadir a floresta.

– Por que alguém invadiria uma selva?

– E eu vou saber? Pelo menos isso explica por que estamos aqui. Os nobres estão furiosos com o Zaim.

Os dois homens pararam de falar por alguns segundos. Kasim percebeu então outro som. Um fungar, um choro baixo. Soava como uma menina.

– Você primeiro – disse um dos homens. – Odeio virgens.

Kasim olhou por sobre o ombro para Inessa, que olhava intensamente para o beco. Ela não podia ouvir coisa alguma, mas a expressão no seu rosto dizia que ela sabia muito bem sobre a garota e o que os maari pretendiam com ela.

Olhou a sua volta novamente. Focalizou sua audição aguçada em busca do sinal de mais soldados, mas não pôde encontrar nenhum. Ouviu um grito baixo da menina, seguido do som surdo de um soco. Ela chorou novamente, mas o som logo se tornou abafado.

Kasim voltou a olhar para Inessa, tendo ouvido o som discreto da espada da feiticeira deslizar de sua bainha. Suspirou. Então sacou sua própria arma e entrou no beco.

O primeiro homem estava usando armadura de couro curtido, trazendo o brasão de sua companhia mercenária no peito. Estava tentando acender um cigarro de palha com uma lamparina a óleo quando viu Kasim avançar em sua direção.

Deixou cair o cigarro, tentando alertar o companheiro e sacar sua própria espada, mas Kasim foi mais rápido. Sua espada cortou o rosto do homem na altura dos olhos. O homem cambaleou para trás, sangue espirrando do corte profundo enquanto caia de costas. Com a audição amplificada, o som parecia com uma cachoeira jorrando. A lamparina atingiu o chão e ressoou como um sino aos ouvidos de Kasim. Forçando-se a não fechar os olhos, levou uma mão ao ouvido, encolhendo a cabeça para os ombros.

Alguns metros adiante o outro homem também de armadura estava com as calças arriadas. De onde estava, Kasim podia ver as pernas pequenas de uma menina, seguras abertas diante do maari que estava prestes a estuprá-la.

Ainda zonzo, Kasim foi menos ágil para dar cabo do estuprador. Inessa passou por ele, a boca aberta num grito silencioso. Desceu a espada com as duas mãos na cabeça do homem, que grunhiu, soltando a menina. Ele levou uma mão à cabeça, tentando virar-se.

Inessa puxou a espada e colocou a mão no ombro do homem, que soltou um grito de dor. Ele caiu no chão de joelhos, agarrando a cabeça ensanguentada, sua sensação de dor intensificada além de qualquer coisa que jamais sentira na vida. Inessa sorriu de forma cruel, satisfeita.

Kasim deu alguns passos à frente, colocou a ponta da sua espada na clavícula do homem, onde a gola expunha a pele, e penetrou a carne até atingir o coração. O homem parou de gritar. Sangue escorreu pela sua boca. Quando Kasim puxou a espada para fora do corpo, o estuprador desmontou no chão aos seus pés.

Inessa o olhou com certa repreensão, mas Kasim a ignorou. Os gritos do homem atrairiam atenção para aquele lugar. E isso era o que menos precisavam naquele momento.

Limpou a lâmina da arma com a calça descartada do estuprador e guardou a arma antes de buscar nos bolsos das vítimas algo de valioso ou importante. Ignorou Inessa, que foi atender a garota. Em seu caminho, ela tocou no ombro de Kasim, que sentiu sua audição voltar ao normal.

– Temos que sair daqui o quanto antes – disse, sabendo que Inessa podia ouvi-lo novamente.

– Logo – ela respondeu. Ajoelhou-se ao lado da menina caída. Puxou de um dos bolsos um pano, que usou para tentar limpar o rosto da menina.

Kasim levantou-se após pegar algumas peças de prata das bolsas dos dois maari, além de três anéis de ouro, provavelmente saqueados de alguém, e uma corrente fina de prata com seis pequenas cabeças esculpidas em barro. Colocou o butim em seu próprio bolso e virou-se para sair.

– Rais.

Parou, suspirando. Virou-se para ver Inessa quase às lágrimas segurando a menina. Não precisava dizer o que queria que ele fizesse.

– Não somos heróis, Inessa.

Ela nada disse. Apenas olhou novamente para a garota. Não devia ter mais que onze anos. O rosto estava inchado onde os mercenários maari a haviam golpeado. Tinha os olhos fechados e a respiração fraca. O vestido que usava estava sujo e em trapos, mas Inessa tentara cobrir seu corpo nu. Incapaz de fazer muito, retirou o próprio manto e envolveu a menina com ele.

Kasim seguiu até a menina e, sem falar coisa alguma, abaixou-se e a pegou nos braços. Saiu do beco seguido de Inessa, até o mercado.

Quando viram a menina em seus braços, muitos olharam apreensivos. Mais ainda quando viram Inessa, totalmente exposta agora sem a cobertura de seu capuz. Quem antes não havia visto o que consideravam ser um demônio agora gritavam. Mais de um deles pegou pedras no chão para atirá-las contra a bruxa.

Mas um grito de desespero silenciou a turba indignada.

Uma mulher correu na direção de Kasim, gritando pelo nome da menina em seus braços. Ela abraçou a menina, tocando seu rosto, incerta. Suas lágrimas misturavam-se com as da filha. Murmurava preces, agradecia, amaldiçoava e chorava ao mesmo tempo.

Incomodado com a situação, Kasim procurou um lugar onde colocar a menina, finalmente deitando-a sobre uma lona que uma vez pertenceu a uma barraca do mercado. Afastou-se, dando espaço para a mãe da menina, que a abraçava, agradecendo por seu retorno.

Ninguém mais atirou pedras. Ninguém mais os amaldiçoou. Os que não partiam, desaparecendo entre as ruas escuras, observavam o guerreiro e a demônio – ou seria um anjo? – que tinham vindo para resgatar uma criança capturada pelo invasor.

Kasim e Inessa encontraram os cavalos exatamente onde os tinham deixado e partiram para fora da cidade sem outros incidentes.

No caminho de volta, Inessa desabou em lágrimas. Ela não contou o porquê. Nem precisava.

A ida àquela cidade tinha sido uma viagem ao passado para ambos. Uma viagem que preferiam não ter feito, mas que seriam incapazes de recusar dada a oportunidade de escolher.

Kasim levou a mão ao bolso e retirou a corrente de prata. Examinou as cabeças de barro. Eram assimétricas e bem diferentes umas das outras. Eram usadas pelas tribos do norte. Ganhavam uma cabeça toda vez que passavam por um importante estágio de suas vidas. Alguns mercenários gostavam de roubar essas cabeças e usá-las enquanto enfrentavam o inimigo. Eram chamados de caçadores de cabeças, mas faziam bem mais do que apenas matar. As cabeças representavam a alma dos indivíduos. Se elas estivessem em posse de um inimigo, a alma do morto jamais teria descanso.

Um sorriso sem humor surgiu no rosto do mercenário. Ele colocou o colar de volta no bolso e seguiu para o acampamento. Tinha um plano.

Capítulo 29

Sarosh ergueu a tocha mais alto, cuspindo uma ofensa quando queimou a mão em uma brasa solta. A Lua cheia iluminava bem as marcações do cemitério, mas não o suficiente para encontrarem os pontos onde os corpos haviam sido enterrados.

Na maioria das vezes o local da tumba desaparecia sob a grama que crescia rápido no solo remexido, mas a seca que assolava toda Myambe havia tornado boa parte do solo infértil. Pedras viravam poeira em suas mãos.

– Aqui! – gritou Kansbar em outro ponto do descampado. – Encontrei uma!

Kansbar havia descoberto um sinal que identificava as tumbas. Eram pedras dispostas de forma muito discreta, formando algum tipo de sinal de proteção. Sarosh olhou à sua volta, vendo de longe várias tumbas já abertas. Riu enquanto caminhava na direção do outro soldado. Não parecia que os feitiços dos deuses de Abechét tinham efeito. Com a mão livre, tocou o colar que pendia de seu pescoço, carregado de pequenas cabeças de barro.

Outros corriam na direção de Kansbar. Especialmente aqueles que ainda não haviam encontrado nada. Estavam atrás das riquezas que lhes foram prometidas quando abandonaram aquela caravana em Ibongô. Nas duas noites anteriores, quando os mercenários maari perceberam que existiam poucas riquezas para se saquear em Abechét, alguém sugeriu que roubassem dos mortos. Mas não foi fácil fazê-lo. Oficialmente, Abechét era uma província do Império de Diamante, assim como Maar. E, portanto, a única religião oficial era a do deus-vivo.

Mas, novamente como em Maar, o que era desconhecido dos sacerdotes não era heresia e muitos mantinham seus próprios rituais religiosos.

Logo descobriram que muitos em Abechét, especialmente os nobres, ainda cultuavam as divindades antigas como Onokê e Zanzala. Significava que também mantinham seus antigos rituais funerários.

Ao invés de espalhar suas cinzas sobre a terra para tornarem-se um com a terra e, portanto, com o deus-vivo, colocavam-nos em grandes vasos de cerâmica acompanhados de seus tesouros pessoais, água e comida.

Enquanto a água e a comida certamente estavam estragadas, as joias tinham algum valor. Se tivessem sorte, encontrariam a tumba de um nobre particularmente rico.

Isto é, se ainda restassem tumbas para se encontrar.

Kansbar estava cavando a terra seca com a lateral do machado. Parecia fácil, como se a terra estivesse remexida. Talvez alguém tivesse chegado antes. Não, pensou aliviado. Se não, as pedras não estariam indicando o lugar.

Outros haviam se ajoelhado ao lado do primeiro soldado para ajudá-lo a retirar a terra. Sarosh parou sobre eles, fornecendo a luz que precisavam. Os últimos a chegar, percebendo que não haveria butim para todos, voltaram a procurar outras tumbas.

Kansbar soltou um grito de triunfo ao encontrar a tampa do vaso funerário. Ordenou que os outros ajudassem a limpar em torno da tampa. Assim que liberaram as bordas do vaso, enfiou a lâmina do machado por baixo do selo, usando-a como alavanca. Sem qualquer dificuldade, removeu a tampa de barro, que parecia ter perdido o lacre.

– Dê-me a tocha! – ele gritou, largando o machado e erguendo a mão para Sarosh. Tentou enfiar a cabeça para dentro da boca larga do vaso. – Não consigo ver nada.

Os outros se afastaram, rindo felizes à espera de um butim. Sarosh se aproximou e deu a tocha a Kansbar.

– Alguma coisa brilha aqui – disse ele, aproximando a tocha do buraco. – Metal, com certeza!

O que aconteceu em seguida foi confuso para Sarosh. Ele ouviu um som de terra se movendo e Kansbar soltou um grito de surpresa. O soldado abaixado tentou se afastar do buraco, mas algo o segurava. Uma voz ecoou de dentro do vaso funerário, gritando ameaças numa língua estranha.

Ficaram em choque, incapazes de reagir ao que quer que estivesse acontecendo. Kansbar tentou alcançar seu machado com uma mão, deixando cair a tocha. Apoiou as mãos no chão e, com toda a força que conseguia, tentou empurrar-se para longe do buraco.

Os saqueadores gritaram de pânico ao verem um braço sair de dentro da urna funerária, segurando Kansbar pela gola do corselete de couro.

O braço estava sujo de terra e sangue, mas podia-se ver que o tom da pele era mais claro que o normal, como a palidez da morte.

A voz ecoou novamente e, dessa vez, uma espada surgiu de dentro da tumba. Atravessou lentamente a garganta de Kansbar, que, incapaz de fazer qualquer outra coisa, apenas gemeu de dor, sangue escorrendo de sua boca e do corte na garganta. A lâmina atravessou o pescoço, saindo abaixo da nuca.

Instintivamente Sarosh afastou-se de costas. Tropeçou em uma pedra e caiu de costas no chão ao lado de uma tumba aberta. Sentiu o cheiro de morte antiga logo antes de uma mão negra surgir e agarrar o colar com as cabeças roubadas.

– Quero minha alma – sussurrou o morto em seu ouvido.

Sarosh gritou de pavor. Rolou para longe, deixando arrebentar o colar de cabeças. Olhou na direção do morto e o viu sair lentamente do buraco, uma reluzente espada reta na mão. Que tipo de feitiçaria era aquela? À sua volta, mais mortos erguiam-se de suas tumbas e cortavam um a um os outros soldados maari.

Juntando forças que nem sabia mais ter, Sarosh levantou-se e virou-se para correr na direção da guarnição da ponte.

Deu de cara com um fantasma.

Era uma mulher tão branca quanto a morte, envolta em vestes cinzentas. Seu rosto era estreito, os olhos largos e verdes. Cabelos quase brancos, apesar do rosto jovem, escapavam pelas laterais do capuz.

Por um instante, Sarosh ficou paralisado, incerto sobre o que fazer.

Então o fantasma ergueu uma mão esquelética e tocou seu rosto.

E Sarosh ficou cego.

O fantasma soltou uma gargalhada terrível.

Em pânico, o soldado tentou escapar. Incapaz de ver seu caminho, correu para onde acreditava ser a cidade. Tropeçou, caiu, levantou-se e caiu novamente. O coração ameaçava explodir no peito. Seu único sossego era ouvir que a risada macabra, o urro dos mortos e os gritos de seus companheiros caídos tornavam-se cada vez mais distante.

Kasim retirou a espada do último mercenário maari, chutando o corpo para longe de si. Tirou dos ombros o manto puído que antes envolvia o morto da tumba na qual se escondera e usou-o para limpar a lâmina da espada.

– Todos bem?

Anton e Vinko já estavam saqueando os corpos dos homens que haviam caído. Inessa jogava longe o manto funerário que usara em sua interpretação de fantasma. Bateu nos braços para tirar a poeira e a terra do corpo.

– Afora o cheiro de defunto, estou bem.

Ignorando a resposta de Mukhtar e o olhar de nojo dos primos Rahin e Tamir, Kasim abaixou-se para checar os bolsos do homem que tinha acabado de matar. Ao todo haviam eliminado nove homens. O décimo, cegado por Inessa, ainda podia ser ouvido correndo e gritando em pânico. A fuga tinha sido planejada. Ele chegaria até a guarnição da ponte contando a terrível história sobre os mortos que saiam de suas urnas funerárias para confrontar os invasores. Os maari eram supersticiosos, mas guerreiros mesmo assim. Seu comandante enviaria homens para investigar o ocorrido. Mortos-vivos ou não, tinha perdido alguns de seus homens, que, supostamente, estavam em território seguro.

– Temos pouco tempo antes que reajam – disse Kasim, colocando no bolso as moedas e joias que tirou do morto. – Vamos andando.

Mukhtar olhou com desprezo para os mercenários. Certamente considerava Kasim e seus homens tão inferiores como os ladrões de tumbas maari. Sem falar coisa alguma sobre o assunto, imitou o som de uma ave, o sinal para que Rami e os demais viessem.

Surgiram alguns minutos depois com os cavalos. O jovem sacerdote estava montado sozinho em um dos animais. Tinha os pulsos atados diante do corpo e a boca amordaçada, para evitar que tentasse atrair a atenção dos maari durante a emboscada. O garoto tinha desistido de resmungar, especialmente após Mukhtar colocar a espada em sua garganta e ameaçar cortá-la. O sacerdote ficou tão assustado que urinou nas vestes. Kasim não sabia se o silêncio era pelo medo da ameaça ou a vergonha do resultado.

– Acho seu plano arriscado.

Kasim montou seu cavalo, erguendo uma sobrancelha na direção do líder rebelde, que subia em seu próprio animal com a agilidade e facilidade de quem o fazia desde pequeno.

– Você disse o mesmo sobre essa emboscada.

Mukhtar concordou com a cabeça.

– Não muda o fato de que tentar capturar o Zaim é arriscado.

– Você ouviu o que eu disse. Não acha coincidência que ele e um dos primogênitos tenham partido numa expedição para o mesmo lugar que nós?

O líder rebelde não respondeu. Apenas olhou para o norte, onde a densa cobertura de árvores da floresta de Kwindago era visível no horizonte contra o céu noturno.

Kasim não esperou. Deu ordem para o cavalo começar a andar na direção do rio. Os outros o seguiram. Haviam deixado para trás a carroça, longe dali, para não levantar suspeitas, mas levavam os animais que a puxavam.

Assim que alcançaram a margem do rio, onde algumas árvores serviam de cobertura, Kasim desmontou e seguiu o resto do caminho a pé, acenando para que seus homens o seguissem.

– Vocês esperam aqui com o garoto – ele disse para Mukhtar. – Retornarei logo com o Zaim.

– Eu vou com você – disse o rebelde, amarrando seu cavalo, sem intenção de discutir o fato.

Kasim sorriu sem humor.

– Você não confia em mim.

– E deveria?

Os dois permaneceram em silêncio, encarando um ao outro. Então, finalmente, Kasim quebrou o silêncio, sem responder.

– Mexa-se.

Deixaram para trás Rami e os demais rebeldes encarregados do prisioneiro e os animais. Mukhtar, Kasim e seus companheiros desceram até a margem do rio. Não era o ponto mais estreito entre as margens, nem aquele onde a água corria mais devagar, mas havia poucas alternativas. Era um ponto relativamente raso, o que tornava o tráfego de barcos grandes impossível por ali. Ainda assim, a água estaria à altura do peito e movendo-se bem rápido. Não era à toa que a ponte fora construída mais ao oeste daquele ponto. Kasim procurou um galho longo e forte para usar como apoio. Seus homens fizeram o mesmo, enquanto Mukhtar puxou uma de suas lanças de arremesso. Precisariam de ajuda para não serem derrubados pela correnteza.

Aguardaram em silêncio o sinal de Rami, que informaria que a guarnição da ponte estava enviando homens para o cemitério. A atenção daqueles homens desviada, seria possível atravessar o Kori naquele ponto com menos risco de serem avistados.

– Como vamos entrar no forte?

Kasim não se virou para Anton. Manteve os olhos atentos à movimentação próxima da ponte.

– A maior parte das tropas estará perto da ponte. Com a movimentação desse lado, eles estarão esperando por um ataque. Este ponto da margem deverá estar menos protegido.

– E se não estiver?

Kasim olhou para trás e deu de ombros.

– Então adaptaremos o plano.

Um grupo de tochas desprendeu-se daquele lado da ponte. O som de um pássaro conhecido soou vindo do bosque. O grupo sabia que era a hora de avançar.

Em silêncio, Kasim mergulhou na água do rio. Testou com o pé o leito do rio coberto de pedras, olhos mantidos na água escurecida. Estendeu à sua frente o longo galho e o usou para examinar o terreno. Avançou o mais rápido que ousava, seguido de perto pelos outros.

A água era gelada e fazia força para a direita, onde seguia até desviar para o norte e as terras selvagens. Em poucos passos a água já cobria sua cintura.

Olhou para trás, para ver se estavam todos bem. O líder rebelde Mukhtar olhava intensamente para a margem, na direção do forte. Com uma mão, puxava lentamente outra das lanças de arremesso que trazia às costas.

Kasim sentiu o coração disparar de imediato. Voltou-se para a mesma direção, buscando o que o rebelde via como perigo, mas não conseguia distinguir coisa alguma nos vultos das árvores e arbustos do outro lado do rio.

Estava prestes a pedir para Inessa melhorar sua visão quando percebeu movimento e o som de uma conversa distante. O vulto balançou-se e moveu-se para onde a luz da Lua e da cidade próxima permitiam vê-lo. Era um soldado da guarda local ajeitando a calça após aliviar a bexiga no mato. E, se havia um soldado ali, é porque havia mais deles bem perto.

Com um aceno de mão, Kasim deu ordem para que prosseguissem com cautela, apontando na direção do soldado. Por sorte o som da correnteza ocultaria a maior parte do som que faziam durante sua travessia.

Alcançaram as pedras do outro lado e, logo, os arbustos.

Lentamente, Kasim deslizou a espada para fora da bainha. Podia ver de onde estavam mais dois soldados próximos, de costas para eles. Estavam observando a movimentação do outro lado do rio, onde os mercenários maari avançavam cautelosos na direção do cemitério. O terceiro soldado aproximava-se deles, questionando se não era um plano para atacá-los.

Kasim sorriu. O plano estava dando certo. Vários metros dali, a atenção dos soldados no forte e em torno dele estava na ponte bloqueada e nos mercenários que haviam tomado Abechét. Provavelmente aguardavam um ataque a qualquer momento.

Fez um sinal para que esperassem, mas preferiu olhar por sobre o ombro. Não ficou surpreso ao ver a intensidade com que Mukhtar olhava os soldados imperiais. As mãos agarravam tensas a lança de arremesso e o cabo da espada embainhada. O homem estava prestes a saltar sobre os soldados e matá-los ali mesmo.

O líder mercenário fez um som com a boca, baixo, para atrair a atenção do renegado, que o olhou como se Kasim fosse apenas mais um dos alvos de sua fúria fanática. Os dois digladiaram-se apenas com os olhos. Por fim, Kasim pareceu vencer. Por ora. Mukhtar suspirou, irritado, e retirou a mão do cabo da espada. No entanto, a lança permanecia pronta.

Os soldados começaram a caminhar na direção do forte e para longe do grupo.

Assim que considerou estarem a uma distância segura, Kasim fez sinal para que seguissem em frente. Mesmo com o grande número de árvores cortadas, provavelmente para a construção da ponte e do forte, havia ainda cobertura o suficiente para avançarem sem grande risco de serem vistos por sentinelas.

Alcançaram as proximidades do forte poucos minutos depois, dando a volta para estarem do lado norte dele, onde havia um portão na paliçada. Já perto da estrutura, podiam perceber o quanto dela havia sido feita de forma temporária. Parecia recente e provavelmente feito às pressas. Kasim conseguia perceber inúmeros problemas na estrutura, que poderia explorar caso tivesse a intenção de invadir o lugar – e caso tivesse um pequeno exército à sua disposição, é claro.

Mas era óbvio que o lugar era daquela forma por falta de tempo mais do que falta de capacidade técnica. Havia blocos de adobe postos perto da margem, provavelmente prontos para serem utilizados na construção de um muro mais permanente. Com os poucos recursos que pareciam disponíveis, o Zaim de Abechét, ou o homem incumbido de construir o forte, parecia ter feito milagre.

Kasim olhou na direção da floresta. Na noite, era impossível ver muitos metros além, mesmo através da larga estrada cortada pelos soldados locais. Gostaria de não depender de um Zaim do Império, mas não parecia ter muita alternativa.

– Fiquem por aqui. Se demorar muito, vocês invadem o lugar e me salvam.

– O quê? – foi tudo que Inessa teve tempo de perguntar antes de Rais Kasim se levantar e sair do seu esconderijo, andando na direção do portão do forte, mãos desarmadas erguidas em sinal de paz.

– Levem-me ao seu líder.

O tempo que se passou para que os soldados reagissem à cena disse muito sobre sua experiência. A entrada da paliçada estava aberta e uns poucos homens inexperientes na entrada eram a única linha de defesa. Subitamente um deles gritou uma ordem para que formassem uma linha de defesa, enquanto outros dois deixaram cair suas lanças. Um homem correu por trás da paliçada, numa plataforma elevada de forma a poder arremessar suas lanças por cima do muro. Ele apontou para trás de Kasim, gritando para tomarem cuidado com os outros.

Kasim olhou por cima do ombro, tendo certeza do que veria.

Mukhtar aproximou-se, passos seguros como se estivesse liderando um exército de milhares, prestes a esmagar um inseto. Mantinha o rosto coberto pelo véu típico dos seguidores da Estrela da Manhã e portava em uma das mãos a mesma lança de arremesso que sacara no rio. Kasim não esperava menos dele.

Os soldados mais próximos apontaram suas lanças para eles, formando um semicírculo entre Kasim e Mukhtar e a entrada da paliçada. Olhavam desconfiados para a mata, esperando um exército invisível saltar a qualquer momento. Alguns deles trocavam ordens desconexas, tentando organizar a turba.

Kasim aproveitou o momento para estudar os homens que protegiam o Zaim de Abechét.

Não eram experientes, apesar de não serem tão jovens. A aparência era mista de homens daquela região com aqueles vindos de outros povos. Usavam todos corseletes de couro curtido, assim como capacetes do mesmo material. A maioria tinha apenas suas lanças, enquanto outros traziam em sua cintura espadas curtas, facões e machados. Essas armas não pareciam ser de um exército, mas trazidas pelos próprios soldados, pilhadas em combate ou mesmo heranças de família. Pela aparência de algumas, relíquias de guerras esquecidas.

O que mais impressionava era que nenhum dos soldados portava um símbolo fora linhas azuis sinuosas sobre um campo verde esmeralda. Era a bandeira de Abechét. Nada das cores ou do uniforme das tropas imperiais.

O mesmo soldado que tentara pôr ordem na guarda gritou para que largassem suas armas.

– Levem-me ao seu líder – repetiu Kasim, calmo.

O homem voltou a gritar. Enquanto Kasim cogitou a hipótese como sendo uma ótima ideia naquela situação, duvidava que Mukhtar se desarmasse. Considerando o que conhecia do líder rebelde, no fim apenas teria o trabalho de se abaixar e recolher espadas e facas quando o combate explodisse.

Kasim deu de ombros e sorriu sem humor.

– Isso não vai acontecer.

O soldado exaltado avançou, erguendo a lança na direção do peito de Kasim. Ele gritava do alto de seus pulmões.

– Acho melhor você se acalmar e baixar essa arma – disse o mercenário, tranquilamente.

O homem escolheu ignorá-lo. Avançou mais um passo e investiu com a lança. Era uma investida de ameaça, sem intenção de matar, mas ferir. Kasim esquivou-se para trás o suficiente para que a ponta da lança apenas pressionasse a armadura e se fizesse sentir na carne. Incomodou, mas não feriu.

De onde estava, Vinko não tinha como sabê-lo. O soldado com a lança estava morto antes de atingir o chão, uma seta fincada em um dos olhos.

Os demais soldados começaram a gritar. Alguns avançaram com lanças erguidas, enquanto outros recuaram para a proteção da paliçada. Kasim deu de ombros novamente e ergueu as mãos nuas.

– Eu avisei.

Capítulo 30

Era o primeiro momento de calma em que Adisa sentia-se bem. Os hereges estavam quietos, sussurrando de onde se escondiam entre as árvores. Tinham sua atenção do rio, o forte e a ponte. Em que terrível condição encontrava-se Abechét!

Não sabia muito sobre aquela província. Sabia que seu pai tinha negócios com pessoas na cidade e que era uma região importante por manter afastadas hordas de selvagens e feiticeiros que ameaçavam os cidadãos do Império. Olhando a cidade em chamas e, mesmo antes disso, os estranhos barracos e o cemitério herege nas proximidades, Adisa parava para pensar o que poderia ter dado errado com aquele lugar.

Seria o problema apenas com Abechét? As lembranças da viagem para o norte fizeram o coração pesar no peito. Sentiu lágrimas brotarem nos olhos, assim como muitas das noites desde que fora capturado. Mas, dessa vez, recusou-se a esconder. As lágrimas escorreram pelo rosto, livres. Logo Adisa estava soluçando. Abraçou o corpo, respirou fundo e baixou a cabeça.

Onde estava o Império perfeito onde homem algum sofria doença, fome ou sede? O povo unido sob uma única crença? Onde estava a Myambe que conheceu pelas palavras de Iwegi? Sentiu um calafrio ao se lembrar das vilas que viu no caminho e os esfomeados pegando comida na carroça. Não estava fora das fronteiras do Império. Aquele era o Império!

Levantou-se e começou a caminhar para longe, passos curtos, pois a escuridão e as lágrimas tornavam difícil enxergar no terreno coberto de raízes, pedras e folhas.

Os hereges nem mesmo perceberam. Estavam ocupados demais observando seu trabalho sujo. Eles não viam Adisa como uma ameaça. Não acreditavam que ele pudesse fugir. Adisa sentiu raiva. Queria pegar uma pedra ou talvez uma lança e enfrentá-los, matando um por um pelas costas. Isso lhes serviria de lição!

Ele riu da própria idiotice, as lágrimas ainda escorrendo. Quem ele pensava que estava enganando? Eles o matariam com facilidade. Não, pior. Eles o humilhariam e o manteriam vivo para seu plano sórdido.

Qual era seu papel neste plano? Por que ele, apenas um recém-iniciado? Adisa lembrou-se do que leu sobre o passado oculto do Imperador. Olhou na direção da selva. Um reino consumido pela natureza e um período desconhecido da vida do deus-vivo. Poderia haver uma ligação?

Havia uma vantagem em ser considerado inofensivo. As pessoas tendiam a falar perto de você, sem tomar cuidado com o que contavam.

Adisa franziu a testa, lembrando-se da serviçal Surna. Era isso que ela dizia, não era? Ninguém notava uma serviçal. Por isso ela sabia de tudo um pouco. A perfeita espiã... Lembrou-se das cicatrizes no rosto da mulher e, de súbito, uma revelação. Quando ela o confrontara pela última vez, ela não usava os grandes brincos de madeira que costumava usar. As cicatrizes que vira no rosto, perto das orelhas, não eram comuns no ritual Surna. Ela tinha tido os lóbulos das orelhas cortados, separados do resto do rosto. A serviçal tinha poderes divinos assim como ele. Ou seriam poderes profanos, dados por outro deus que queria o fim do Império? Isso explicava por que usava aqueles brincos enormes em seu dia a dia. Mas por que não naquela última vez? Queria ela dizer alguma coisa?

Suspirou e usou a manga das vestes, agora sujas e rasgadas, para limpar as lágrimas do rosto. Encostou o corpo em um tronco de árvore, deixando a cabeça encostar-se à casca grossa.

De onde estava, Adisa podia ver o cemitério herege. Tochas moviam-se naquela direção, onde os homens que tomaram Abechét investigavam os rumores sobre mortos-vivos.

Não sabia o que o enojava mais: a prática absurda de enterro dentro de urnas, ou o plano macabro do mercenário Kasim. Enterrar-se com os mortos! E ainda mais mortos que jamais se tornaram um com a terra e o Imperador. A imagem dos corpos putrefatos e da comida e roupas enterradas com o defunto fizeram Adisa tremer. Os espíritos daqueles pobres coitados deviam estar presos aí com os seus corpos. Que tipo de mal Kasim havia libertado no mundo?

Que tipo de mal tomara a vida dos habitantes de Abechét? Que pessoa em sã consciência manteria rituais fúnebres como aquele?

Por que prefeririam recusar o dever de voltar à terra e à bênção de unirem-se ao corpo do deus-vivo? Não era à toa que acreditavam que os mortos retornavam a vida. Quem poderia ter paz no pós-vida preso em urnas seladas?

Adisa olhou para trás. Os hereges continuavam a manter sua atenção na outra direção. Talvez ele pudesse correr. Poderia gritar enquanto o fazia. Isso atrairia a atenção dos soldados. Duvidava que os hereges o atacassem. Eles o queriam vivo.

Talvez...

Os olhos de Adisa encontraram os buracos abertos no chão e, então, a fumaça que continuava a subir da cidade. Aquele não era o Império de Diamante. Era qualquer outra coisa.

Nunca havia se sentido tão só.

As vozes dos hereges tornaram-se excitadas com alguma coisa. Adisa virou-se para ver os cinco homens apontando na direção do forte. De seu ponto de vista, não podia ver o que era, mas silenciosamente rezava para o deus-vivo que o mercenário e sua turba houvessem sido capturados pelo Zaim de Abechét. E se conseguisse atravessar o rio e pedir ajuda ao Zaim? Ele, sim, seria fiel ao Império e o ajudaria a retornar a Jimfara, claro.

Mas não seria possível. Precisaria passar pelos homens que cuidavam dele e, ainda, cruzar a correnteza.

Voltou a olhar na direção do cemitério, apoiando-se com a mão em uma árvore.

Se pegasse um dos cavalos, presos às árvores poucos metros dali, talvez pudesse fugir. Poderia chegar a Nashwa ou alguma das vilas próximas. Deveria existir alguma coisa além de Abechét! Então conseguiria ajuda.

Uma fecha cravou-se no tronco da árvore, centímetros da mão de Adisa. Sentiu o sangue gelar, temendo se mexer.

Os olhos voltaram-se para os hereges, onde um deles, Rami, o observava com seus olhos frios. Tinha um arco na mão e uma nova flecha já aguardando na corda.

– Você não precisa de todos os seus dedos para cumprir seu papel – ele disse na língua imperial. – Se precisar cortá-los para proteger você como recurso, eu o farei.

E o sacerdote não duvidava disso. Deixou-se cair, subitamente sentindo-se exausto.

Adisa questionou-se se teria forças para fugir. Não que não

estivesse sendo alimentado. Afora as ameaças e heresias, seus captores lhe permitiam comer bem e dormir perto do fogo como os outros. Tinha até direito a transporte, fosse à carroça ou em um dos cavalos de carga. Mas... fugir para onde? Todas as coisas que Adisa vira e ouvira desde que acordara naquela vila moribunda dias antes pareciam questionar tudo o que ele sabia sobre o Império de Diamante.

Quando entendeu que estava em Nashwa e, depois, em Abechét, foi uma questão de fazer as contas. Aquela vila onde a feiticeira-demônio havia deixado a comida da carroça ficava a menos de quatro dias de Jimfara. Então, por que não tinham acesso aos alimentos produzidos na capital e em seus arredores? Lembrou-se do dia do Festival da Colheita e do desespero nos olhos dos aldeões que viviam fora dos muros da capital. "Fervor religioso," fizeram-no acreditar.

Adisa sentiu um frio na espinha ao lembrar-se de outra coisa. Mukhtar, o líder herege, era o mesmo homem que o tentara matar. E a lembrança da fúria nos olhos daquele monstro, avançando para ceifá-lo assim como o fizera o pobre Iwegi, o atormentaria pelo resto da vida. O que mais impressionava o jovem sacerdote era como Mukhtar parecia não reconhecer Adisa como sua vítima daquele dia. Será que o herege havia matado tantos inocentes que nem ao menos se lembrava do rosto de um em particular?

Sentado no mato, encostando o corpo no tronco da árvore, puxou para perto do corpo as pernas e as abraçou. Nada mais fazia sentido naquele mundo.

Talvez sua última esperança fosse o Zaim de Abechét. Ele seria capaz de impedir os hereges. Ele, sim, o salvaria. E, talvez, pudesse explicar o que estava acontecendo fora dos muros de Jimfara.

CAPÍTULO 31

Zaim deu um tapa na peça que representava a Primeira Companhia, arremessando-a para longe da mesa, para bater no chão.

Mortos. Perdidos para o que os dois sobreviventes chamavam de *hunessai*. Demônios das águas, segundo a crença dos nativos de Abechét. Mais uma estupidez, claro. Segundo os soldados, seriamente feridos pelo que pareciam ser um ataque brutal, os tais *hunessai* saltaram do Rio Kori enquanto a companhia atravessava para o outro lado, prontos para atacar as fazendas dos nobres traidores. A emboscada teria pego o grupo de surpresa, tornando impossível defenderem-se dos demônios. Vários homens foram mortos nos primeiros segundos, enquanto outros foram arrastados para dentro do rio e desapareceram.

Zaim Adoud não acreditava em superstições. *Hunessai* não existiam. Certamente existia uma explicação lógica para tal. Da mesma forma que certamente existia uma para os homens-macacos que protegiam as ruínas.

No entanto, como a Primeira Companhia fora perdida não importava, mas sim o fato de ter sido perdida. Zaim tinha poucos recursos disponíveis e, agora, tinha perdido o golpe que decapitaria seu inimigo.

Seu assistente fez um som com a garganta, lembrando que ainda estava ali na sala, perto da porta.

– Se ainda está aí, é porque tem notícias melhores, espero.

O olhar no rosto do jovem, desviado para o chão, dizia que não.

– Dois homens se apresentaram nos portões. Eles exigem falar com o senhor.

– Exigem? Quem são esses homens?

– Pela aparência e dialeto, homens do Vale. Mas um deles traja-se como um estrangeiro.

O general colocou as mãos sobre a grande mesa, apoiando o corpo pesadamente. Olhou para o mapa e as peças do jogo estrangeiro dispostas sobre ele. Cogitou mandar que executassem esses homens. Não era um dia para jogos, muito menos para exigências. O que homens do Vale estariam fazendo em Abechét? A simples questão atraiu a curiosidade do Zaim.

Acenou com a cabeça para que o assistente os trouxesse à sua presença. Afastou-se da mesa e caminhou na direção da janela próxima, tentando controlar sua respiração. Essa série de eventos inesperados estava provocando um início de dor de cabeça e Zaim não tinha por perto o balawoo para oferecer-lhe algum tipo de medicamento.

Zaim Adoud viu desmoronar à sua volta sua amada Abechét. O controle que pensou que finalmente teria sobre a província parecia estar se esfacelando a cada dia. Cada vitória parecia deter-se em uma nova muralha, uma nova armadilha. Olhou pela janela além do rio, na direção da cidade e das fazendas.

Talvez ainda houvesse uma forma de remediar toda aquela situação. Talvez ainda existisse salvação para seu plano.

A porta voltou a se abrir alguns minutos mais tarde. Seu assistente indicou que os visitantes entrassem. O garoto mantinha uma mão na adaga em sua cintura.

Zaim observou os dois homens atentamente. Sim, tinham traços de homens do Vale. O tom mais claro da pele, os olhos arredondados. A única coisa que os diferenciava dos Surna, mais tribais, era a falta das cicatrizes que marcariam sua origem e história. Não, eram seguidores da Estrela da Manhã. As vestes do mais velho dos homens, o que o encarava com ódio, eram típicas dos guerreiros daquela ordem. Talvez até mesmo um dos homens santos que o Império dizia estarem extintos. O homem tinha desafio nos olhos. E também na forma de se portar. Só um louco atravessaria o Império de Diamante usando tais vestes e trazendo os símbolos da sua fé herege à amostra, pendurado no pescoço e cravado no pomo de sua espada.

A origem do outro era visível apenas aos olhos treinados de Zaim. Não se vestia como o homem da Estrela, nem mesmo como um guerreiro de Myambe. Sua armadura era melhor do que a do soldado usual, sendo de couro, tecido reforçado por correntes de aço. Era um modelo incomum no continente, que Zaim vira apenas entre mercenários de além-mar. E portava-se como um mercenário veterano. Não parecia tão seguro ou ousado como o primeiro. Claro que tinha de sê-lo para apresentar-se às portas de um forte imperial sem um exército para apoiá-lo. Mas portava-se mais com cautela.

Estudava cada detalhe a sua volta, preparado para se defender ou escapar se preciso.

Zaim acenou para que seu assistente os deixasse a sós. O garoto pareceu incerto, lançando um olhar para as costas dos dois visitantes antes de voltá-lo para o Zaim, que franziu a testa, irritado. O jovem entendeu o recado e saiu, fechando a porta atrás dele. Conhecendo seu assistente, Zaim tinha certeza de que ficaria do lado de fora, arma em punho, apenas aguardado o momento de entrar para resgatar seu mestre. Zaim permitiu-se um sorriso. Balançou a cabeça e apontou na direção de dois banquinhos do outro lado da mesa.

– Por favor – disse, sentando-se em seu próprio banco, mais alto e decorado com os feitos dos Zaim Adoud prévios gravados na madeira. Era uma espécie de trono que passara discreto de pai para filho e um motivo de orgulho para o atual Zaim.

Os dois homens entreolharam-se desconfiados, e foi o homem de roupas estrangeiras que se sentou primeiro, puxando seu banquinho para mais perto da mesa. O outro homem o observou em silêncio, uma mão repousada sobre o cabo de sua espada. Então seguiu o primeiro e sentou-se também, nada descansado.

O trio permaneceu em silêncio, entreolhando-se, estudando uns aos outros. Então Zaim fez um sinal com a mão.

– Imagino que não tenham vindo até aqui apenas para sentar um pouco.

O forasteiro respirou fundo e inclinou ligeiramente o corpo para a frente.

– Sou Rais Kasim, mercenário contratado por um Dabir do Vale para alcançar algo na floresta de Kwindago.

A objetividade do mercenário pegou não só Zaim, mas também seu companheiro de surpresa. O homem de vestes sagradas pareceu prestes a saltar do banco com a arma em punho para executar o mercenário.

Cauteloso, Zaim concordou com a cabeça, absorvendo a informação. *Algo na floresta* só podia ser uma coisa. Deixou o homem chamado Kasim continuar.

– Sabemos que você liderou uma expedição para o interior da floresta. Então creio que estamos procurando a mesma coisa.

Zaim apoiou um cotovelo na mesa e cofiou a barba. Observou silencioso o mercenário Kasim e seu companheiro. O mercenário transmitia calma agora, enquanto o outro parecia nervoso. Não esperava pelo comportamento de Kasim.

– E o que exatamente você esperava conseguir vindo até mim?

– Passe livre até o lugar – ele disse com um tom de quem diz o óbvio. – E um guia. Não conhecemos Kwindago e vejo pouco motivo para nos arriscarmos sem necessidade.

Zaim tentou controlar um sorriso, que acabou chegando aos seus lábios. Estava incrédulo com o que ouvia.

– O que o faz pensar que eu faria isso?

– Você me parecesse um homem sensato. Um homem sensato com um problema.

Novo silêncio.

– Você sabe que o Imperador caça homens como seu companheiro?

O seguidor da Estrela ficou tenso. Se Zaim tinha dúvida que se tratava de um rebelde, ela havia deixado de existir naquele instante. A mão deslizou novamente na direção de sua arma. Zaim ergueu uma mão para acalmá-lo, fechando os olhos e balançando a cabeça para tirar as preocupações do visitante, que se deteve, mas não relaxou.

– Sei também que as tropas imperiais usam equipamento padrão, todos com o símbolo do Império, e não do Zaim a quem servem.

O sorriso cresceu novamente.

– Rais é um título militar do Vale, correto? Você é capitão de uma companhia?

– Era.

– Quantos homens você tem, Rais?

– O suficiente.

Sempre enigmático. O sorriso se alargou antes de desfazer-se. Zaim Adoud aproximou-se da mesa e dos dois homens diante dele.

– Diga-me, Rais: o que há de tão importante nessas ruínas?

O rebelde cerrou os olhos e ergueu o queixo com desprezo e superioridade. Um pequeno sorriso apareceu no canto de sua boca. Ele não pretendia dizer e acreditava-se ganhando o jogo por saber algo que Zaim não sabia.

Zaim olhou para o mercenário, que parecia mais sensato e menos guiado pelas suas emoções, mas o homem deu de ombros.

– O que posso dizer é que fui pago para levar alguns homens até as ruínas para recuperar algum tipo de segredo.

Zaim percebeu o olhar do rebelde para o mercenário. Era quase tão furioso quanto o que lançava para o próprio general.

– Então creio que estava certo em minhas suposições. Existe algo sobre o Imperador naquele lugar.

O rebelde mexeu-se desconfortável no banco. Zaim havia atingido o alvo.

– Mas perderam seu tempo – ele continuou. – Eu vi algumas das inscrições. Estão em uma língua esquecida. Indecifrável.

– Não para um sacerdote do deus-vivo.

– Kasim!

O mercenário jogou uma mão em desdém, fazendo silenciar – a contra gosto – o rebelde, que usava de todo seu controle para não saltar sobre Kasim. As mãos agarravam forte a beirada da mesa, como se prestes a arrancá-la do chão e usá-la como arma para matar o mercenário. Isso não deteve Kasim.

– Temos um sacerdote conosco. Um tradutor. Ele nos dirá o que está nas ruínas.

Zaim apoiou os cotovelos nos braços na mesa e tocou os dedos das mãos diante do rosto. Os olhos desviaram-se para o mapa, sem alvo certo, enquanto pensava na situação. Os sacerdotes eram dotados de poderes assim como os primogênitos do Imperador. Um tradutor? Será que era capaz de traduzir uma língua morta havia séculos?

– Existe um risco.

Rebelde e mercenário olharam para Zaim, que permaneceu em silêncio, analisando as informações. Ele então alcançou no mapa a peça de jogo do homem coberto por uma armadura intransponível. Jogou-a para rolar pela mesa e parar perto dos dois visitantes. Viu nos olhos de Kasim o entendimento sobre o que representava a peça. O reconhecimento e o medo. O homem engoliu em seco. O rebelde pegou a peça sem preocupação e a examinou, desconfiado, mas sem perceber seu real propósito.

Kasim levantou-se do banquinho, perturbado. Começou a caminhar pela sala.

– Ele está nas ruínas?

Zaim concordou com a cabeça, percebendo o olhar de incerteza do rebelde.

– O primogênito veio a Abechét no intuito de capturar e tomar as ruínas. Enviado pelo próprio conselho clerical, pelo que me disse.

– Então eles sabem – murmurou o rebelde, finalmente compreendendo o significado da peça negra. Olhou-a com novos olhos, colocando-a sobre a mesa com o respeito devido a um inimigo poderoso.

– O que se esperar de um deus-vivo cujo conselho é formado por adivinhos?

O sorriso sem humor de Kasim deixou claro sua descrença no que afirmava. Zaim tinha também suas dúvidas, se não pelo conhecimento que tinha dos poderes dos servos do Imperador. Era difícil esquecer como o primogênito havia lutado nas ruínas dias antes. Não havia nada de humano naquilo.

– Há mais uma coisa – disse Kasim, buscando algo em um dos bolsos de sua armadura. Puxou dele um rolo de papel, que jogou sobre a mesa.

Zaim pegou o papel e desenrolou-o. Leu a mensagem cautelosamente. Seu coração disparou quando viu o símbolo que marcava o final da mensagem.

– Onde você conseguiu isso?

– Um mensageiro num monastério a alguns dias daqui. Se você não sabe nada sobre isso, é porque pelo jeito era para quem capturou sua cidade.

Zaim respirou fundo e colocou a mensagem de lado. Significava que os nobres estavam em contato com alguém na capital. Alguém que prometera enviar tropas. Mas não as tropas imperiais. Isso poderia significar uma coisa: quem enviara a mensagem não queria demonstrar o envolvimento do Império no conflito. Significava, ainda, que Zaim podia ter mais problemas do que apenas alguns mercenários maari.

– Você é um *marid* – disse Zaim, olhando atento para o rebelde.

O homem o encarou sem responder por alguns segundos, antes de confirmar com a cabeça, tão cru e simples como tudo mais que fazia.

– Mukhtar Marid.

Zaim suspirou, absorvendo a informação. Se tivesse ao menos um *marid* ao seu lado, talvez houvesse uma chance. Eram guerreiros experientes e, diziam alguns, também abençoados com dons místicos. Nada diante de um primogênito do Imperador, mas, ainda assim, bastante superior a um soldado comum.

Zaim colocou as mãos sobre a mesa. Após um suspiro longo, falou.

– Eu atrairei o primogênito para cá, deixando o caminho livre para que cheguem até as ruínas.

Mukhtar o encarou suspeitando.

– Em troca de quê?

Zaim reclinou-se no banco.

– Vocês devem ter visto o caos em Abechét – ele disse, jogando uma mão na direção geral da cidade. – Traidores tomaram a cidade.

Ele inclinou o corpo para frente e bateu com um dedo firme sobre a mesa. – Eu os quero mortos.

Kasim cruzou os braços, estudando o general do outro lado da sala.

– Se você não é capaz de retomar sua cidade, por que acha que nós seremos?

– Não precisam retomar a cidade – respondeu, afastando-se novamente da mesa. Seus olhos examinavam a região norte do Império no mapa. – Apenas matar aqueles que financiam os mercenários maari.

Kasim concordou com a cabeça.

– Mesmo assim, me parece pouco para o tipo de poder que teremos nas mãos. Você sabe que, seja lá o que for que as ruínas escondem, será uma ameaça ao seu Imperador.

Ele balançou a cabeça.

– Meu Imperador esqueceu que eu existo. – Uma mão deslizou pelo mapa, onde Abechét estava marcada. – Abechét esteve em suas memórias apenas tempo o suficiente para que ele arrancasse daqui todos os recursos que tínhamos vinte anos atrás. Para conquistar suas terras.

– Você está falando de trair o Imperador.

Zaim percebeu um sorriso surgir nos lábios do rebelde fanático. Tentou ignorá-lo.

– Estou falando de justiça. Abechét pertence aos Adoud e sempre pertencerá.

– Mas e o primogênito? – questionou Kasim. – Acha que pode lidar com ele tempo suficiente?

Zaim suspirou, passando a mão na testa. Não era uma decisão fácil, mas era uma que precisava tomar.

– O primogênito do Imperador não poderá sair vivo de Abechét.

– Palavras fortes – disse o mercenário, um sorriso sem humor no rosto. – Espero que seja capaz de cumpri-las.

– Eu também, Rais Kasim. Eu também.

Capítulo 32

Ounami de Yuwa reclinou-se para trás, deixando seus muitos quilos de flacidez bem cultivada se esparramarem por cada centímetro da poltrona de seda construída à mão em Sokos por um artesão exclusivo. Nada de banquinhos toscos de madeira! Um rei merecia muito mais. Ergueu aos lábios gordos para a taça dourada de onde sorveu o vinho de palmeira de Fawa, deixando o líquido tocar cada pedaço do interior da sua boca, rolando em sua língua, antes de deslizar lentamente garganta abaixo. O vinho juntou-se ao farto banquete que Ounami havia comido mais cedo enquanto comemorava com seus aliados a vitória em Abechét.

O nobre dono de terras soltou um arroto alto que ecoou na noite. Ninguém além de seus servos e guarda-costas poderiam ouvi-lo. E quem se importa com a opinião de serviçais? Talvez fosse uma quebra de etiqueta fazê-lo durante o evento da noite, com outros homens e mulheres de sua estirpe elevada. Agora, não havia qualquer um que importasse por quilômetros dali, até onde suas terras estendiam-se.

Da varanda da sala, no andar superior de sua casa, Ounami observava a cidade de Abechét, visível na noite apenas pelas luzes distantes. Ele não sabia se eram fogueiras dos mercenários que mandara contratar em Ibongô ou se era mais um incêndio. Ounami não se importava com o fato, claro. Logo a cidade estaria sob controle. O capitão da companhia mercenária alertara que aconteceria um período de revolta na cidade. Especialmente porque seus homens não se conteriam e promoveriam seu próprio caos.

Ounami e seus irmãos nobres ignoraram o alerta. Quem se importava com o que aconteceria naqueles primeiros dias? Alguns mortos, alguns roubos. Talvez uns estupros entre os pobres. Ounami sugerira que focassem seu caos controlado na não-cidade. Apesar das tentativas do Zaim para tornar aquela escória uma parte da cidade, qualquer nobre sabia que aqueles imigrantes eram tão inumanos quanto os selvagens que vez ou outra cruzavam o Kori para saquear suas terras.

Escória que podia ser bem utilizada, quando preciso. Mais de uma vez os nobres tentaram canalizar a fúria dos selvagens contra Zaim. Mais de uma vez as tentativas de assassinato falharam. Quem podia confiar naquelas bestas sem alma?

Em tempo tudo aquilo seria resolvido. Zaim Aboud estava isolado de Abechét, preso em Kwindago com os selvagens que o odiavam. Seus exércitos, em grande parte formados por imigrantes e criminosos, seriam lentamente eliminados. Com sorte os próprios soldados matariam Zaim. O que mais poderiam esperar de uma escória como aquela? Zaim merecia pior. Como tivera coragem de obrigá-lo a cancelar o festival a Onokê? Se o mal o seguia, era porque o deus do antigo povo de Abechét vingava-se pelas décadas em que fora obrigado a ser cultuado às escondidas, em pequenos santuários ocultos.

Ounami acabaria com aquilo, ah se ia! Por que deveriam cultuar um deus-vivo que nem ao menos se lembrava deles? Por que deveriam esquecer seu passado, sua cultura? Em troca de quê?

Iobari de Akniyu disse que tinha dado ordem para colocar para fora todas as imagens de Onokê e os outros espíritos. Disse que enfeitara o lado de fora de sua casa com as máscaras que pertenceram a sua avó e seus ancestrais antes dela. Dendele de Mbari confirmara que faria o ritual da terra assim que tivesse notícias da partida do primogênito do Imperador. Ounami pensava em fazer o mesmo. Eventualmente, claro. Preferia não correr o risco do primogênito sentir que Ounami tornara-se um com as terras da antiga tribo de Yuwa, que uma vez foi uma das verdadeiras donas de Abechét. O deus-vivo estava longe havia anos, mas a presença de um de seus primogênitos deixava Ounami apreensivo.

Em breve, ele murmurou antes de sorver mais do vinho.

Um clarão atraiu a atenção de Ounami para o norte. Por um instante pensou que fosse apenas mais um incêndio na cidade, até perceber que o fogo vinha do norte, na direção do rio Kori. Era além de suas terras, o que o fazia sentir-se melhor. Há quanto tempo aquele incêndio estava acontecendo? Colocou a taça de vinho na mesinha ao seu lado e forçou-se em braços gordos a levantar-se de sua poltrona, que chiou ruidosamente com o esforço.

Deu alguns passos na direção do parapeito da sacada e colocou as mãos sobre ele. Sentiu o ar gelado da noite, trazido pelo rio, o que tornava viver naquela região suportável. Havia cheiro de fumaça no ar.

Ouviu gritos, não tão distantes quanto as chamas. Nem era

distante o som de cascos se aproximando. Forçou os olhos para ver além de seu pasto, na direção da comoção. Podia ver tochas e lamparinas em movimento. Seus guarda-costas corriam para descobrir o que estava acontecendo.

Mais refugiados, provavelmente, tentando roubar seu gado. Tinha dado ordem para seus homens matarem qualquer um que tentasse invadir o pasto para roubar leite ou seus animais. Se a escória não era capaz de conseguir seu próprio gado, era porque não merecia viver. Ounami ria, balançando a cabeça imaginando como alguém podia pensar em viver sem cabeças de gado. Nos tempos antigos, alguém sem gado não era ninguém. Era isso que a cidade fizera com Abechét. Era isso que o Império de Diamante havia feito. Havia deturpado a cultura. Havia tentado igualar homens de posses a selvagens incapazes.

Não ouviu o som de combate nem o lamento de dor que costumava se seguir à interceptação de ladrões de gado. Ounami murmurou um expletivo. Sentia falta de seus verdadeiros guarda-costas. Mas a maioria tinha sido forçosamente retirada de suas terras pelo Zaim e o primogênito. Homens para seu exército de brinquedo. Provavelmente estavam todos mortos agora.

Tinha, portanto, de depender dos mercenários maari. Eram eficientes, dentro de suas limitações. Eram estrangeiros, claro. Seres de outros povos, ao norte, onde a pele dos homens desbotava e o nariz afinava. Estavam mais acostumados à vida na cidade do que à vida de verdade. Nem ao menos sabiam como tornar-se um com suas terras. E se perguntavam por que precisavam oferecer seus serviços como mão de obra e armas. Eram estúpidos demais para viver por conta própria. No entanto, eram leais. Ao menos enquanto Ounami e seus irmãos nobres tivessem as riquezas para pagá-los. Seus aliados em Jimfara garantiriam que a fonte de ouro jamais secaria. Eles eram os donos de tudo em Abechét. Que risco havia para suas vidas?

Uma das chamas separou-se do grupo e veio na direção da casa. Ounami suspirou irritado com a incompetência dos maari. Buscou a taça de vinho e bebeu um longo gole enquanto aguardava o guarda-costas aproximar-se.

– Senhor! – gritou o homem no chão, alguns metros abaixo. – É a senhora Iobari de Akniyu e dois de seus maridos. Ela afirma que suas terras foram atacadas e pede auxílio.

Ounami franziu a testa. Olhou na direção do fogo que percebera recentemente. Sim. Ele estava na direção das antigas terras dos Akniyu. Então Iobari as havia perdido para alguém. Provavelmente selvagens. Ou talvez até mesmo seus próprios mercenários.

Ounami riu e bebeu o resto do seu vinho. Akniyu era um caso em particular entre os nobres. A única tribo em que a liderança passava de mãe para filha ao invés de pai para filho. Parece que sua fraqueza finalmente se mostrava.

Poderia ajudá-la. Dar-lhe abrigo agora. Mas em troca de quê? Se suas terras estavam em chamas, nas mãos de um inimigo, não lhe restava nada que pudesse oferecer pela ajuda. E, no final das contas, Iobari não era confiável. Ounami preferia negociar com homens. Mulheres tinham seu papel importante cuidando do lar. Era por isso que ele tinha três delas.

Com um aceno de mão, Ounami dispensou o guarda-costas.

– Diga que procure asilo com os Mbari – ele disse antes de dar as costas e entrar em casa. Deixou a taça de vinho sobre um móvel qualquer e caminhou lentamente para seus aposentos.

Tinha certeza de que o fato deixaria seus próprios guarda-costas alerta. Estariam preparados caso quem tivesse atacado os Akniyu tentasse o mesmo com os Yuwa. Pouco provável. Já deveriam ter suas mãos cheias com o gado da tribo matriarcal. No dia seguinte, Ounami convocaria uma reunião com os outros e discutiria o fato. Certamente localizar os ladrões de gado não seria difícil. Eram tantos animais que deixariam um rastro enorme. Pela manhã, enviariam os maari para recuperar os animais e matar os saqueadores. O gado recuperado seria partilhado entre os demais nobres. Não era culpa deles que Iobari fosse incapaz de manter as riquezas da sua própria tribo.

Ounami parou no corredor que levava aos quatro aposentos da parte superior de sua casa. Nos três mais próximos ficavam suas esposas. No último, era seu próprio quarto de dormir, onde ia quando queria uma noite de paz.

Sorriu, coçando o queixo volumoso com dedos gordos. Qual de suas esposas teria a honra de passar essa noite com ele? Talvez Umi. Tinha sido negligente com sua primeira esposa nas últimas semanas e o fato se demonstrava na forma com que ela o olhava esses dias. E também na comida. Ah, como Ounami podia ignorar o fato? Era claro para seu paladar aguçado que sua primeira esposa estava colocando temperos demais nas últimas refeições. Era sua forma de demonstrar seu desagrado por não receber a atenção que merecia.

Pois bem, pensou Ounami. Remediarei o fato hoje!

Afastou a cortina de seda que destacava o quarto de sua primeira esposa das demais. As joias costuradas no tecido tilintaram ligeiramente, anunciado a entrada do marido. Mas a esposa não se mexeu. Permanecia deitada nos travesseiros que Ounami mandara trazer de Pankejanavaret através de mercadores da Costa Livre. A luz da Lua e das estrelas penetrava pela janela aberta, refletindo nos cristais e joias que enfeitavam o quarto, penduradas no teto e nas paredes. Ounami gostava daquele quarto, pois o lembrava de palácios exóticos, como os que os mercadores viajantes contavam existir nas províncias além do deserto de Kahlar e no outro extremo do Oceano dos Mil Deuses, para onde tantos fugiram. Umi era apaixonada por essas histórias e por vezes gostava de imaginar-se como uma princesa estrangeira. Ounami lhe permitia tal sandice. Se a fazia feliz, isso o fazia feliz também.

Ounami removeu o robe e deixou-o cair no tapete que forrava todo o chão. Puxou o lençol que cobria a primeira esposa e deitou-se ao seu lado. Deu um beijo em seu pescoço, sentindo-o gelado. Olhou na direção da janela aberta e balançou a cabeça.

– Seu marido está aqui para esquentá-la nessa noite fria.

Sua mão deslizou pela cintura da esposa para dentro das vestes da mulher.

Então tocou algo molhado. Ergueu o corpo com o ombro, franzindo a testa. A mão tocou a barriga da esposa, sentindo que fosse o que fosse que molhava as vestes cobria boa parte da roupa e as almofadas embaixo dela.

Um calafrio correu sua espinha.

Jogou o lençol para longe e segurou o ombro da esposa, virando-a para ele.

A luz da Lua reluzia em seus olhos abertos, fixos nos dele. Sangue escorria lentamente do canto de sua boca. Um corte profundo e longo abria Umi de entre os seios até o umbigo. Era seu sangue que banhava a cama de travesseiros.

Ounami saltou para trás mais ágil que pensava ser capaz. Engatinhou de costas, com as mãos e os pés, tentando afastar-se o máximo possível da esposa morta.

– Umi? – foi tudo que foi capaz de dizer.

Levantou-se, apoiado nos móveis caros que mandara trazer de Akanisha. Cambaleou incerto para a porta, através da cortina de seda e joias. A cortina caiu sobre ele, as pedras, soltas, rolaram pelo chão. Seguiu reto através do portal do outro lado do corredor, o quarto de Narita.

Narita estava no chão, barriga para baixo. Um rastro de sangue seguia do seu corpo a partir de sua cama, de onde ela parecia ter se arrastado em vão. Uma mão segurava o ferimento oculto sob seu corpo, enquanto a outra parecia ter tentado alcançar a cortina que selava seu quarto.

Em pânico, Ounami começou a gritar. Gritou pela terceira esposa e pela primeira e a segunda, mesmo sabendo que estavam mortas. Gritou pelos filhos. Gritou pelos servos e pelos guarda-costas. Não ousou entrar nos quartos. Apenas desceu as escadas aos berros, apoiando-se nas paredes frias.

Quando chegou ao salão de entrada de sua casa, viu a luz de algumas lanternas iluminarem o lugar. E viu, dispostos pelo chão, seus mercenários maari, todos eles mortos.

Ounami caiu de joelhos no chão, lágrimas escorrendo pelo rosto.

– Quem é você? – exigiu, a voz trêmula. – Por que está fazendo isso?

Deixou o corpo tocar o chão, os braços estendidos pelo tapete centenário bordado por monges de Helgaard, uma fortuna em cabeças de gado. De que servia seu gado agora?

Viu os pés antes de ouvir os passos. Ergueu os olhos de botas simples de viagem, calças largas de algodão e vestes escuras que cobriam todo o corpo. O homem tinha a cabeça coberta por um capuz que fazia parte das vestes. Ounami lembrava ter visto essas roupas antes em um mercador vindo do sul. Um homem do Vale.

Seu algoz levou uma mão ao rosto e removeu o véu que cobria a face. Era um rosto como muitos outros em Myambe. Mas a expressão era fria. Não era como os mercenários maari que matavam por dinheiro ou prazer. Não era como os soldados que faziam aquilo por dever. Não parecia haver alma por trás daqueles olhos.

– Por quê? – perguntou Ounami, chorando.

O homem do Vale fez deslizar da bainha sua espada. Ounami percebeu que a lâmina estava manchada de sangue. A visão o fez chorar ainda mais.

– Por quê? – ele repetiu.

Mas o homem do Vale não respondeu. Aproximou-se, tão silencioso quanto invadira a casa do senhor de Yuwa, e matou Ounami. Então partiu, para caçar os outros nobres de Abechét.

Capítulo 33

O primogênito do Imperador chegou ao entardecer, dois dias após Zaim enviar o mensageiro com relatório sobre o conflito. Zaim acompanhou sua chegada de sua sala particular no forte. Do alto, pode ver que viera em sua própria zebra incomum, escoltado por quatro de seus soldados imperiais. Os homens portavam-se de forma quase tão misteriosa quanto seu líder. Mais, talvez. Jamais dirigiam uma palavra aos homens de Zaim. Nem mesmo compartilhavam com eles suas refeições ou deveres. Sua presença dizia que o primogênito temia pelo que encontraria. Ou não teria deixado metade de seus homens leais nas fortificações que construía em torno das ruínas de Kwindago.

Ele subiu sozinho, entrando na sala e examinando-a com cuidado. Era como se esperasse ser atacado a qualquer momento.

– Espero que haja um bom motivo para ter exigido minha presença.

Zaim ergueu uma mão na direção do primogênito, como quem diz o óbvio.

– Você viu meu relatório, ou não teria vindo.

O primogênito caminhou pela sala, estalando os nós dos dedos. Zaim o acompanhou com os olhos, sem mover-se de onde estava em pé, diante da mesa com o mapa. A tensão no homem do imperador era perceptível.

Ele parou próximo a uma das janelas, atrás de Zaim. O general sentiu uma gota de suor surgir em sua testa.

– O ouro para seus mercenários está a caminho.

Zaim Adoud virou-se, colocando uma mão sobre o mapa. Inconscientemente, seus dedos tocaram Sokos, de onde vinha o batalhão de mercenários.

– Bom. Já enviei meu assistente para falar com o comandante do batalhão. Eles acamparam fora de Abechét quando viram sinais de fogo na cidade.

O primogênito concordou com a cabeça.

– Isso deve satisfazê-lo.

– Por ora, sim. Precisaremos treinar homens para repor os que perdemos.

– Há ouro o suficiente para fortificar a rota entre Abechét e as ruínas. Use o restante como achar melhor. Pague os maari se achar sensato.

A ideia não era tão ruim. Os maari eram mercenários profissionais, acostumados a trocar de lado quando um contrato terminava. Talvez seu próprio código de honra deturpado os proibisse de renegar seu contrato com os nobres caso Zaim oferecesse mais. Mas, se seus contratantes atuais estivessem mortos...

– E quanto aos nobres? – perguntou o primogênito, como se lendo sua mente.

Zaim deu de ombros.

– Silenciosos há alguns dias. Meus soldados relatam sinais de caos em suas fazendas. Alguns maari capturados falam de conflito entre os nobres.

Os olhos do primogênito cerraram-se, como se desconfiando das palavras do Zaim.

– Muito conveniente.

– Conveniente e esperado – respondeu Zaim com tom despreocupado. – Só suportavam uns aos outros por necessidade. Agora que declararam controle da província, talvez tenham resolvido lutar para decidir qual deles é o dominante.

O primogênito concordou com a cabeça e começou a caminhar pela sala. Chegou perto da mesa. Seus olhos examinaram o mapa e as peças dispostas sobre ela. Zaim havia sabiamente trocado algumas delas para esconder seus planos dos olhos do primogênito.

– Ouvi algo sobre sua primeira companhia. Que foram emboscados?

– Estava planejando um ataque através do Kori, mas alguma coisa os atacou.

– Alguma coisa?

– Os homens falam de demônios. *Hunessai*, segundo eles.

– E o que diz você?

Zaim desviou o olhar. Ele mesmo não tinha certeza da resposta. Não tivera tempo de investigar o fato, mas não podia deixar de lembrar seu desprezo pelas lendas de monstros em Kwindago e a descoberta dos homens-macaco.

– Não sei. Talvez sejam saqueadores de Kahlar. Talvez sejam

monstros. Mais sobreviventes apareceram desde o ataque. Ao todo quinze sobreviventes.

– Quinze de oitenta homens.

Zaim apenas concordou com a cabeça. Não tinha nada mais a falar. Os relatos dos sobreviventes compunham uma história quebrada sobre criaturas saídas do rio. Cavalos do tamanho de elefantes, eles diziam, saltando para fora da água e atacando com bocas cheias de dentes compridos como lanças. Não havia cavalos tão ao norte de Myambe se não os raros mensageiros do Império e, mesmo assim, nunca tinha ouvido falar de cavalos com tal descrição. Mais um irritante mistério das terras além do Império.

– Se continuar a perder homens assim, não há mina de ouro e prata que mantenha seus exércitos.

O sangue do general ferveu. Fechou os punhos, sentindo as unhas marcarem as palmas das mãos. Então seus olhos encontraram o papel entregue por Kasim. Um sorriso ligeiro, não de vitória, mas de quem tem uma arma escondida, surgiu no canto direito dos seus lábios.

– Não posso manter um exército se a capital conspira contra a província.

– O que está insinuando?

Zaim pegou a mensagem e a jogou na direção do primogênito. O rolo de papel caiu sobre a mesa, perto da beirada. O homem do Imperador apenas olhou a folha, desconfiado com a forma com que o general o tratava. Então o pegou e leu seu conteúdo ligeiramente.

– O que é isso?

– Eu é que pergunto. Alguém no conselho imperial financiou a rebelião dos nobres.

– Nada aqui fala sobre nobres.

– E quem mais em Abechét precisa de mercenários para tomar a cidade?

O primogênito voltou a olhar para o papel, lendo novamente a mensagem. O símbolo que assinava a carta era inconfundível. O símbolo de um membro do conselho. Então jogou o papel longe, como se não significasse nada.

– São tempos estranhos no Império e na capital – ele disse, caminhando novamente pela sala.

– Você deu a entender mais de uma vez que existe conflito na capital. No próprio conselho.

Os olhos do primogênito voltaram a fitar Zaim Adoud, estudando-o. Ou talvez estudando o quanto podia revelar.

– As decisões do conselho são suas próprias e do deus-vivo. E devem ser seguidas como as palavras do próprio deus.

– Mesmo quando são paradoxais? Quando dizem uma coisa apenas para logo depois dizerem outra?

Não obteve resposta alguma. O primogênito parecia perdido em seus próprios pensamentos. O que se passava pela cabeça do homem? Tinha ele algum pressentimento do que Zaim Adoud planejava? Havia ele sido alertado por alguém?

– Diga-me, primogênito. O conselho deseja que um Zaim Adoud permaneça no controle de Abechét para o Imperador ou não? Deseja que você tenha sucesso em sua missão?

Passos ecoando pela sala foi a resposta do primogênito do Imperador. Ele caminhou sem responder, seu olhar no chão. Sua mão deslizou pela mesa e pelo mapa de Myambe. O movimento fez cair na floresta de Kwindago a peça negra do homem de armadura.

Ele deteve-se, respirando fundo.

– O conselho é formado por sacerdotes com poderes premonitórios – ele finalmente disse. – Qualquer conflito que promovam é o melhor para o Império e o Imperador a quem servimos.

– Que tipo de resposta é essa?

– É a única resposta que você terá.

O primogênito deu as costas e seguiu na direção da porta.

– Me parece que esse diamante não é tão perfeito quanto parece daqui de longe.

O homem o ignorou. Saiu da sala e desceu as escadas.

Da janela, Zaim o viu pegar sua montaria e, junto as seus quatro soldados pessoais, partir pela estrada na direção das ruínas. Os olhos do general repousaram na mensagem largada no chão. Um conflito proposital? Que sentido fazia aquilo? Poderia um membro da Ordem do Diamante não saber o que realmente acontecia na capital? Estaria o conselho do deus-vivo usando os primogênitos do Imperador sem seu conhecimento?

Zaim suspirou, abaixando-se para pegar o rolo com a mensagem. Abriu-a com uma mão e voltou a lê-la. Então a deixou cair no mapa. Seus olhos encontraram a peça do guerreiro negro caído. Subitamente se lembrou de que a máscara de contas azuis que ocultava o rosto daquele primogênito tinha outro significado.

Sacrifício.

Zaim buscou na caixa as peças dos homens de espadas, todas vermelhas. Ele as colocou em torno do guerreiro caído, na estrada entre o forte e as ruínas.

– Sua jogada, Rais Kasim.

Capítulo 34

Eles haviam aguardado por mais tempo do que gostariam. Kwindago não era um lugar seguro para homens do Vale e de outro continente. Insetos enormes os atormentavam em seu esconderijo. O som de movimento nos arbustos e o rosnar baixo de algum tipo de criatura que não podiam ver os deixavam sem sossego. Mas não havia alternativa. O golpe precisava acontecer longe dos olhos dos soldados do forte, e ainda longe o suficiente do primeiro forte dentro da selva.

– Eu estou sendo devorado vivo aqui!

– Shhh! – comandou Kasim para Anton, que se estapeava mais uma vez, futilmente tentando matar outro mosquito. – Devia ter aceito a sugestão do Zaim.

De seu esconderijo nas árvores, Anton fez um som de nojo.

– Aquela pasta tinha cheiro de fezes humanas!

– E talvez fosse – respondeu Inessa. – Mas ao menos mantem longe os mosquitos.

Kasim já começava a questionar se não deveria ter deixado algum de seus homens com Adisa. Não queria perder novamente o sacerdote de sua vista, mas teve de concordar com Zaim Adoud que trazê-lo para a emboscada era um risco desnecessário. No entanto, mantê-lo prisioneiro no forte às margens do Kori, amordaçado e vestido como um mercenário maari, não parecia ser a melhor das ideia. Kasim odiava ter de depender da confiança em um general do Império. Mesmo um que visivelmente não queria mais nada com o deus-vivo e seu reinado imortal.

O som de movimento na trilha fez o grupo silenciar-se. Zebras se aproximavam, pisando tranquilas na vegetação rasteira e folhas secas que cobriam a trilha.

Os mercenários seguraram o ar, temerosos que o som de sua respiração fosse alertar de sua presença.

Então apareceu seu alvo.

Cavalgando no centro do grupo, dois soldados montados à frente, dois atrás, o primogênito do Imperador surgiu. Era uma visão espetacular que fez Kasim lembrava-se daquela batalha de tantos anos atrás.

Mesmo àquela distância, o corpo coberto por tecidos escuros e o rosto por uma máscara de contas azuis e brancas, o primogênito parecia emanar poder. Aquela energia parecia tocar cada um daqueles escondidos na mata com ordens de matar o guerreiro sagrado. Estremeceram inconscientemente.

Deixou as zebras passarem por eles. Então Kasim fez o sinal e Vinko disparou com sua besta. Não foi a única arma a disparar. Seguida dela, de vários pontos das árvores que cercavam a trilha para as ruínas, surgiram flechas e lanças.

Elas acertaram seus alvos. Ou quase.

Um dos soldados imperiais tombou, seu corpo perfurado por duas lanças de arremesso. Outro tentou segurar-se às rédeas da zebra, que empinou assustada. Enfraquecido pela flecha que perfurara seu ombro, o homem acabou por cair. Já o primogênito, nada. A seta de Vinko resvalou no invisível, desviou-se no ar e perdeu-se na mata. Uma lança o atingiu nas costas, mas caiu no chão como se tivesse de súbito perdido a força.

O primogênito olhou na direção da mata, por sobre o ombro direito. Por entre as frestas da máscara de contas seus olhos encontraram os de Rais Kasim, assim como seu nêmesis na Batalha do Vale havia feito. Um calafrio correu a espinha do líder mercenário. Pensou, irracionalmente, *poderia ser o mesmo homem com máscara de contas brancas e azuis?* Fosse ou não, era impossível o homem saber onde ele estava!

Seu alvo virou-se para a frente, dando ordem para fugirem. Os dois soldados que permaneciam em suas montarias dispararam alguns metros à frente do seu líder, que incitou seu poderoso animal a correr apenas depois que seus homens já estavam em movimento.

Kasim engoliu em seco. O homem olhou novamente sobre o ombro em sua direção. De alguma forma, ele sabia.

Mais adiante, Mukhtar deu a ordem para seus homens esticarem a corda. Ela saltou do seu esconderijo entre as folhas e a terra atravessada bem diante das zebras dos soldados imperiais. Não houve tempo para os animais ou seus cavaleiros perceberem a armadilha. As zebras foram ao chão, arremessando os soldados longe. O primogênito, mais atrás, fez parar seu próprio animal bem antes de cair vítima da armadilha. Sacou sua espada e gritou para seus homens que atacassem o inimigo.

Kasim e Mukhtar saltaram de seu esconderijo, assim como os

cinco homens da Estrela da Manhã e os três mercenários. Cercaram o primogênito e seus homens, avançando rápido.

O homem que caíra com a flecha no ombro ergueu-se, espada em punho. Apesar do ferimento, estava pronto para o inimigo. Deu passos para trás, na direção de seus companheiros distantes. Cambaleou. O suor escorria pela face, juntando-se com o sangue onde o rosto havia ralado no chão com a queda. Anton arremessou uma faca em seu peito, mas o soldado a evitou com a espada. Deu mais dois passos para trás. Então uma seta atingiu sua perna.

O homem grunhiu de dor, mas recusou-se a cair. Kasim avançou, acenando para que Vinko se concentrasse no primogênito. Um homem com aquela coragem merecia uma morte digna.

Kasim sacou sua espada e uma adaga. Com um ligeiro aceno da cabeça cumprimentou o soldado sem nome. O homem, visivelmente cansado e com dor, retornou o cumprimento.

Então Kasim lançou-se sobre ele.

Era um bom soldado. Um bom espadachim. Mas estava ferido, pego de surpresa. Evitou um golpe. Evitou o segundo. Com mais perícia e fôlego que Kasim podia imaginar, o homem esquivou-se, deslizou sua própria lâmina pela de Kasim e quase lhe desferiu um golpe.

Quase. A adaga de Kasim desviou a espada, abrindo a guarda do soldado para a lâmina curva do mercenário. A espada cortou o abdome do homem onde a armadura de couro reforçado o protegia mal. Ele cambaleou para trás, sem ar. Com um suspiro, Kasim desviou com a espada um golpe débil do soldado e fincou em seu peito a adaga.

Dedos fracos deixaram cair a arma. Os joelhos fraquejaram. O soldado abraçou Kasim como a um amigo. Soltou seu último fôlego e foi ao chão.

Kasim voltou sua atenção ao primogênito e seus outros dois soldados. Mukhtar e seus homens estavam avançando rápido. Um dos soldados estava no chão, sendo finalizado por Haziz, enquanto o outro fazia frente sozinho os primos rebeldes.

O primogênito mantinha-se no centro da trilha enquanto Mukhtar, Rami e Raffik avançavam contra ele. Raffik chegou perto demais e a espada do primogênito fez espirrar seu sangue. O homem que Kasim considerava exímio em camuflagem cambaleou para trás, agarrando sua garganta. Caiu logo depois, tossindo seu próprio sangue. Deveria ter permanecido às escondidas.

Vinko lançou mais setas, mas cada uma batia na parede invisível e desviava. Temendo que uma atingisse um dos homens de Mukhtar, Kasim acenou para que Vinko aguardasse. O caçador o fez, seta na besta, corda esticada para o ataque.

O último dos soldados imperiais caiu com uma adaga nas costas. Anton aproveitou a abertura, dando aos primos rebeldes o espaço de que precisavam para eliminar o imperial, que se juntou aos três companheiros no chão.

Rami e Haziz haviam deixado de lado seus arcos por lanças, avançando na direção do primogênito e sua montaria. Mukhtar afastou-se, puxando sua própria lança. O primogênito não contra-atacava, seu animal inquieto, empinando e ameaçando atingir Haziz com suas poderosas patas. Kasim notou curioso o comportamento. Se o primogênito era invulnerável aos seus ataques, por que simplesmente não avançava sobre seus inimigos, atropelando-os?

– Vinko. A zebra.

O caçador olhou na direção de Kasim e, então, de Inessa. A mulher respirou fundo, mas concordou com a cabeça. Kasim ignoraria o fato. Sabia que Inessa tinha seu próprio código de conduta em relação ao que ferir e matar, mas precisaria deixar bem claro que estava no comando.

Vinko disparou sua besta, que atingiu o animal na lateral, perto da coxa traseira. O ferimento provocou um relinchar do animal, que cambaleou, sangrando.

Kasim viu os olhos do primogênito através da máscara. Ele estava assustado com o ferimento do animal.

Mukhtar compreendeu o ataque e deu ordem para que seus homens fizessem o mesmo. Lanças e flechas voaram contra o animal e seu cavaleiro.

Furioso, o primogênito gritou e avançou contra as lanças dos rebeldes. As patas da zebra atingiram Haziz no peito, enquanto a espada do primogênito abriu um corte que traçou sangue do rosto ao ombro de Tamir.

A zebra, no entanto, caiu, uma lança fincada em seu peito, outra fundo em suas costelas.

Mas a queda não deteve o primogênito. Ele saltou do animal antes mesmo que atingisse o chão, lançando-se sobre o homem que havia golpeado. Sua lança presa sob o animal, Tamir tentou sacar sua espada. Mas o ferimento que fazia escorrer um rio de sangue sobre seus olhos o impediram de reagir a tempo e apropriadamente.

O primogênito decepou-lhe a mão num golpe mais rápido que os olhos e então cortou-lhe a cabeça.

Vinko lançou mais uma seta, que resvalou no escudo invisível que cercava o homem do imperador.

Sem temer o confronto, Mukhtar, Rami e Rahin avançaram com espadas. Inessa e Kasim fizeram o mesmo, vindos do outro lado. Vinko olhou incerto, uma nova seta pronta na besta.

Os rebeldes atraíram a atenção do primogênito enquanto Anton arrastou Haziz pelas vestes para longe da luta. O homem tossia atordoado e seria uma vítima fácil do primogênito enfurecido.

Golpes de espada falharam em penetrar as defesas impossíveis do guerreiro sagrado, que rodopiava mais rápido que parecia possível, sua espada dançando, oculta pelas suas vestes que, soltas, rodopiavam com ele. Aquele furacão de morte atingia Mukhtar e seus homens. Sangue escorria de ferimentos em vários lugares.

Kasim parou e virou-se para Inessa. Apontou para seus olhos.

Inessa concordou com a cabeça e baixou a guarda. Esticou a mão na direção do primogênito e fechou os olhos. De súbito o homem do imperador parou seu ataque furioso. Seu rosto virou na direção de Inessa. O movimento súbito revelou por baixo da máscara de contas um par de olhos brancos. Ele estava cego.

Mukhtar aproveitou a deixa para avançar com sua espada pela lateral. Mas o primogênito sem a visão não era menos formidável. Sua espada atingiu a de Mukhtar, desviando seu golpe. Seus passos tornaram-se mais calculados. Mais lentos. Mas golpe após golpe ele se defendia. E não raro suas próprias investidas tiravam sangue.

Anton saltou do alto de uma árvore nas costas do primogênito. Desceu com a força do seu próprio peso duas adagas nas costas de sua vítima. Mas as lâminas lançaram faíscas no ar e erraram o alvo, desviadas pelo escudo impossível.

Com um movimento tão rápido quanto seus ataques, o primogênito agarrou Anton pelo ombro e o ergueu no ar. Girou Anton diante do seu corpo como se fosse feito um boneco de pano, mantendo longe dele os rebeldes. Então arremessou o mercenário para longe de si. Anton atingiu com força o tronco de uma árvore e caiu imóvel nos arbustos.

– Inessa!

O grito de Kasim disse à feiticeira o que ela precisava saber. A cegueira não era o suficiente. Respirando fundo, ela mais uma vez ergueu a mão na direção do primogênito. Ela cambaleou e foi Vinko que a segurou de pé. Mas a energia que ela usava não era em vão. O primogênito gritou de dor, levando as mãos aos ouvidos. Suas pernas tremeram como as de Inessa, e ele quase foi ao chão.

Novamente Mukhtar e seus homens aproveitaram a deixa. Atacaram e, dessa vez, mais de um golpe passou da esquiva e espada do primogênito. Atingiram o escudo invisível, que brilhou e soltou faíscas, mas não cedeu.

O homem gritou de dor e fúria, a espada fincada no chão para impedir que caísse, um joelho tocando as folhas mortas.

Mukhtar avançou novamente, mas o primogênito reagiu. Agarrou a lâmina da espada com a mão nua e saltou sobre o líder rebelde. Golpeou sucessivas vezes o rosto de Mukhtar com o punho da espada, empurrando o rebelde para trás com cada passo seu.

Tão furioso era seu ataque que por segundos ninguém soube como reagir. Mukhtar deixou cair a espada e cambaleou para trás, caindo de costas nos arbustos. Gritando enlouquecido, o primogênito derrubou Rami com um soco e ergueu sua espada com ambas as mãos. Estava prestes a descê-la sob um Mukhtar inconsciente quando gritou novamente, cambaleando para trás.

A magia a sua volta brilhou e desfez-se no ar. O primogênito buscou apoio numa árvore. Desesperado, arrancou a máscara de contas. Rasgou o tecido que cobria seu corpo, como se estivesse sufocando. Uma seta poderia derrubá-lo.

Kasim ouviu um gemido do seu lado e viu Inessa caída, apoiada apenas por Vinko, que havia largado no chão a sua besta. A mão da feiticeira, mais pálida do que o usual, estava aberta, apontada na direção do primogênito. Seus cabelos estavam empapados de suor. Seus olhos estavam pálidos como os do primogênito, e sangue escorria de seus ouvidos e nariz. Ela usava toda sua energia para sobrecarregar os sentidos do primogênito que, torturado pela dor de uma pele hipersensível, era incapaz de manter a magia que o tornava invulnerável.

Olhou para Vinko para dar-lhe a ordem para disparar, mas percebeu que o caçador tinha coisas mais importantes na mente do que sua missão.

Não havia tempo a perder. Se demorasse muito, Inessa podia morrer. E, se ela morresse, o primogênito do Imperador teria tempo de se recuperar.

Com passos largos, Rais Kasim avançou na direção do primogênito.

O homem invencível arranhava a própria pele, desesperado. Fios de sangue surgiam por todo o corpo contorcido no chão.

Kasim ergue a espada para desferir o golpe no guerreiro caído. Seus olhos encontraram os cabelos do homem. Como o outro primogênito que encontrara semanas antes, ele tinha um losango branco no topo da cabeça. Diferente de Shu, em Porto Qadis, aquele era mais jovem, talvez com sua idade. O homem ergueu seus olhos brancos para ele. O rosto contorcido pela dor encarou Kasim. O rosto parecia estranhamente familiar. Mesmo incapaz de vê-lo, o primogênito sabia quem era seu carrasco.

– Rais Kasim – ele disse com voz trêmula. – Sempre soube que nos encontraríamos novamente.

A afirmação pegou o mercenário de surpresa. Lembrou-se daquele fatídico dia vinte anos antes. Lembrou-se de Shu e o que ele lhe havia contado naquela caverna perto de Porto Qadis.

– Não se culpe pelo que acontecerá – disse o primogênito, forçando um sorriso sem humor. Lágrimas escorriam de seus olhos brancos. – Nós somos apenas peças em um jogo muito maior. Em nossas mãos está o destino de toda Myambe.

Kasim respirou fundo. Preferia ignorar o que dizia o homem.

Sua espada desceu sobre o pescoço vulnerável do primogênito do Imperador.

A cabeça rolou pelas folhas secas, indo parar em uma poça de lama.

O corpo do primogênito caiu para o lado, sem cerimônia, e ali permaneceu para ser devorado pelos carniceiros de Kwindago.

Capítulo 35

Kasim deixou-se cair sentado em um dos enormes blocos de pedra do antigo forte reconstruído pelo Zaim no alto da colina. De onde estava, podia ver bem a estrada que seguia para o interior da floresta, na direção das ruínas. Abaixo dele uma enorme catapulta havia sido construída, voltada na direção das ruínas. Podia ver as torres e edifícios milenares, bem longe do alcance da arma de artilharia. Só podia supor que tal peça era uma medida de segurança apenas. Talvez um sinal da paranoia do Zaim de Abechét.

Haviam deixado o local da emboscada assim que conseguiram ficar de pé. Mukhtar dera ordem para que retirassem de seus homens caídos seus corações. Queria por fogo nos corpos, ou talvez enterrá-los, mas Kasim logo o convenceu do contrário. Gastariam tempo demais com algo inútil. Os próprios corações apodreceriam antes que pudessem ser levados de volta ao Vale. Com ressentimento, Mukhtar concordou. Fez uma prece para que a Estrela da Manhã guiasse os corpos de Raffik e Tamir e removeu de cada um deles seus colares da Estrela.

Retiraram dos soldados o que poderiam usar – armas e algumas moedas – e esconderam os corpos dentro da mata. Recuperaram duas das zebras. As outras estavam feridas demais e precisaram ser sacrificadas. Ninguém quis pôr as mãos no corpo do primogênito. O temor era óbvio nos olhos de todos os sobreviventes do ataque. Irritado, mas ligeiramente temeroso, Kasim pegou a espada do guerreiro caído e prendeu-a às suas costas. Sentiu um calafrio ao ver os olhos arregalados do morto encarando-o. Jurava ter visto algo escapar do ferimento no pescoço do morto, como um vulto, uma fumaça. Tinha a impressão de que aquele sujeito não ia estar de bom humor quando reincorporasse.

Kasim chutou a cabeça na direção do mato e deu ordem para seguirem em frente.

Chegaram ao acampamento dos homens de Zaim Adoud horas mais tarde, cansados e precisando de cuidados médicos. Foram bem recebidos, embora com certo temor, pelo oficial deixado no comando. Um mensageiro havia sido enviado mais cedo informando que receberiam visitantes.

O oficial os tratou como mercenários contratados. Pelo tom e olhar do homem alto que dizia ter sido sargento da milícia da cidade poucos meses antes, nem ele nem seus soldados viam mercenários com bons olhos. Talvez um reflexo do contato com os maari. Talvez puro dever para com cidade que os abrigara.

Rais Kasim preferiu ficar separado dos outros enquanto os feridos eram tratados. Havia entre os soldados do forte alguns com bons conhecimentos médicos e, mais importante, equipamento e condições apropriadas.

Aquilo poderia levar alguns dias, até que estivessem novamente prontos para seguir. Seria tempo suficiente para que o Zaim enviasse Adisa até eles. Kasim ainda temia a reação dos soldados se soubessem que o garoto era um sacerdote do Imperador de Diamante. Leais ou não à cidade, talvez fossem mais temerosos do poder do deus-vivo do que qualquer general de uma cidade remota.

– Rais.

Kasim virou-se para ver Vinko de pé ao seu lado. Não o havia ouvido subir as escadas até o alto da muralha. O caçador tinha a cabeça baixa, os olhos com um interesse bastante incomum nas linhas dos blocos de pedra sob seus pés.

O líder mercenário não disse nada. Apenas encarou o caçador. O silêncio fez efeito. Vinko suspirou pesadamente e falou:

– Creio que falhei com você.

Os dois permaneceram quietos por alguns segundos. Então Rais Kasim respondeu, levantando-se, caminhando lentamente pelo alto da muralha, sem afastar-se muito.

– Vinko, eu preferi ignorar o que surgia entre Inessa e você. Desde o navio para cá. Desde antes.

Kasim parou perto da beirada da muralha. A ligação entre Vinko e Inessa havia começado cedo, quando Kasim e ele salvaram Inessa mais de um ano antes. Um ano... Parecia tanto tempo mais desde que deixaram Isaamar...

– Ignorei porque achei que você fosse experiente o suficiente para não deixar esse tipo de coisa ficar no caminho do seu julgamento como soldado.

– Capitão...

Kasim levantou uma mão para silenciar o caçador. O efeito foi imediato. Continuou.

– Todos dependemos de você. Quando você deixou o combate para ajudar Inessa...

– Ela estava morrendo! – gritou o caçador. O olhar de desespero no seu rosto deixou Kasim irritado e temeroso ao mesmo tempo.

– Todos nós estávamos – disse o líder mercenário, virando-se para Vinko e cutucando-o no peito com um dedo acusador. – Anton, Mukhtar... Raffik e Tamir estão mortos e Haziz está gravemente ferido!

Vinko respirou fundo e baixou o olhar novamente. Seu líder deu as costas e voltou a caminhar. Com tom mais calmo, continuou a falar.

– Não havia nada que você pudesse fazer por ela naquele momento. Mas havia o que podia fazer pelos outros.

– A magia de proteção...

– Estava falhando. Porque Inessa estava disposta a ajudar o grupo.

Kasim parou e voltou-se novamente para Vinko.

– E se ela tivesse morrido e, por isso, o primogênito retomasse o controle dos seus poderes? E se ele tivesse matado Mukhtar? O esforço que ela fez teria sido em vão, não acha?

O caçador apenas suspirou.

– Vá ajudar os outros.

Vinko concordou com a cabeça e saiu sem uma única palavra. Kasim acompanhou-o com os olhos enquanto se afastava, seguindo para onde um dos homens de Mukhtar ajudava a cuidar dos ferimentos dos companheiros. Já no chão do pátio central do forte, Inessa apareceu. Falou algo para o caçador, tocando seu ombro. Cabeça ainda baixa, Vinko apenas virou-se e passou pela feiticeira sem nada dizer.

Inessa lançou um olhar na direção de Kasim, e o líder mercenário achou curioso que não conseguisse ao certo definir o que se passava pela cabeça da mulher que pensara conhecer.

Ela virou as costas e seguiu em outra direção.

Duas manhãs depois eles despertaram com o som de uma trombeta. Kasim saiu da tenda que havia sido oferecida aos mercenários, espada em punho. Rami já estava do lado de fora, olhando na direção do portão.

– Creio que já é hora.

Kasim concordou com a cabeça, sem olhar para o rebelde. Preferia ter mais tempo para que todos se recuperassem apropriadamente. Pelas histórias que ouvira dos soldados da guarnição, o caminho entre a selva e as ruínas passava por território selvagem e, enquanto nenhum grande confronto acontecera desde a tomada das ruínas, conflitos esporádicos eram comuns. Especialmente contra grupos menores de soldados.

Os portões se abriram para um grupo de zebras montadas. Zaim Adoud vinha escoltado por seis homens bem armados. O próprio Zaim parecia outro. O corpo estava coberto por uma cota de malha decorada com metais preciosos, um elmo fechado na cabeça. Pendia na sela de pano da zebra um machado de lâmina curva, um artefato nessa região de Myambe que Kasim aprendera a temer em seus primeiros anos de profissão.

Kasim quase não reconheceu o último cavaleiro. Estava usando o mesmo tipo de armadura de couro curtido que os demais soldados, mas não trazia armas. Suas mãos estavam amarradas diante do corpo, apoiadas na sela. Sem os trajes cerimoniais, o rosto finalmente limpo do suor e sujeira da longa viagem, o jovem sacerdote parecia um escudeiro do general.

– Ele parece mais jovem.

Olhou para o lado para perceber Inessa com os braços cruzados diante do peito. Parecia estar abraçando o próprio corpo, como se com frio. Mas não havia frio naquele lugar. Kasim acostumara-se a sentir o suor empapar seu rosto e a roupa colar no corpo. Parecia ainda pior do que as terras secas fora de Jimfara. Pelo menos lá o calor era seco. Na selva de Kwindago, era como se respirar fosse impossível sem esforço. Sentia-se como se dentro de um forno.

Zaim Adoud cumprimentou o oficial no comando da guarnição e saltou de sua montaria em um único movimento. Apesar da idade e do posto, o Zaim parecia tão preparado para o combate como qualquer um de seus soldados.

Fez um sinal para que desmontassem Adisa e caminhou seguro na direção de Kasim, retirando o elmo.

– Espero que estejam prontos.

– Apenas esperando por você – respondeu Kasim, sem pensar duas vezes.

O olhar do general deslizou para as outras tendas. Anton estava saindo de uma delas abraçando o corpo. Tinha de usar uma muleta improvisada para levantar-se. A expressão no rosto do Zaim dizia que ele duvidava da resposta.

– Espero que estejam certos sobre as ruínas. – Ele voltou sua atenção para o líder mercenário, sério. – Há muito em jogo nesse momento.

– Estamos, – respondeu Rami com certo orgulho.

– E mesmo se não estivermos – disse Kasim, forçando um sorriso –, você sempre pode dizer que mercenários e hereges do Vale atacaram Abechét. Pode até sair dessa como um herói.

O Zaim balançou a cabeça. Olhou na direção dos portões, mas parecia estar olhando a sua volta para seus soldados. Temeroso que alguém o ouvisse?

– Não. Tarde demais.

Kasim pressentiu que havia algo mais naquela conversa. O Zaim parecia ter percebido, pois se voltou novamente para os mercenários e o rebelde e explicou-se.

– Enviei mensageiros para os quatro cantos de Myambe informando que Abechét declara sua independência do Império.

A notícia pegou Kasim de surpresa. Rami riu. Inessa e Anton pareciam ter entendido o suficiente do que fora dito na língua nativa para trocarem olhares.

Já Kasim não tinha tanta certeza de como reagir àquela notícia.

– Ousado.

– Necessário. Isso fará com que os outros Zaim de províncias negligenciadas pela capital façam o mesmo.

– E atrairá a atenção do clero para Abechét.

Zaim Adoud riu como se de uma piada própria.

– Já era hora.

Inessa deu as costas e foi ajudar Anton na direção das tendas. Precisariam acelerar o preparo da refeição da manhã antes de partirem.

Kasim percebeu os olhos do Zaim acompanharem Inessa enquanto se afastava. Ele observava curioso, não como os soldados de Mukhtar ou outros nativos de Myambe. Era um olhar de quem tinha um conhecimento acima do usual sobre o que Inessa era.

– De onde ela é?

– Isaamar, – respondeu Kasim, sem olhar na direção da companheira. – É um continente selvagem leste daqui.

– 'Terra além' em maari.

Kasim sorriu sem humor. O Zaim o surpreendia cada vez mais. Concordou com a cabeça.

– Apesar do significado já ter se perdido para os nativos. Vivem brigando por quem é o verdadeiro herdeiro de um reino que nem lembram que existe.

– Não me parece muito diferente de Maar. Refugiados?

Kasim deu de ombros. Uma vez ouviu de um acadêmico que todos os povos humanos eram descendentes de Myambe, e que colonizaram o mundo em levas ao longo de vários milênios. Não duvidaria que fosse por culpa das conquistas do Imperador de Diamante ou algum tipo de limpeza étnica liderada por ele.

A curiosidade do Zaim pareceu apenas aumentar.

– E são todos assim? Inumanos?

Kasim balançou a cabeça, tanto em resposta negativa à pergunta como por considerar o comentário ofensivo. E sabia que tanto Inessa quanto Vinko receberiam esse comentário de forma bem pior. Mas Kasim podia compreender. Em Myambe, ter nascido com dons mágicos era inumano.

– Isaamar tem uma relação bem próxima com os Azanzi.

Isso atraiu a atenção do Zaim de volta ao mercenário. Ele franziu a testa.

– Os Azanzi são apenas uma história para crianças.

Kasim apenas sorriu. Azanzi, Outros, Fadas, Deuses, Anjos, Demônios... Em todos os continentes acreditava-se na existência dessas entidades. Em cada uma o contato era diferente. Kasim já havia visto e ouvido o suficiente para saber que nem tudo eram apenas histórias para crianças.

Percebendo o desconforto no rosto do general, e nada interessado em discutir sobre uma terra que deixara para trás havia tanto tempo, Kasim mudou de assunto.

– Os nativos?

– Aparentemente calmos. Mas eu ficaria de olhos abertos. Não creio que desistam tão fácil assim das ruínas.

– Acha que tem algum tesouro lá dentro?

– Acho que só existe morte naquele lugar.

A expressão no rosto do general era séria. Ele olhava para longe, como se preferindo evitar olhar para Kasim, ou talvez para o que restava do forte original onde se abrigavam.

– Não é exatamente o que eu espero encontrar.

– Reze para sua Estrela – disse o Zaim, apontando para o peito do mercenário. – Talvez ela ouça suas preces.

Kasim sentiu um calafrio na espinha. A mão foi imediatamente para onde o colar da Estrela da Manhã estava oculto sobre a roupa. Podia senti-la, mas não imaginou que ela fosse visível como o que era. Ninguém o tinha visto comprar a peça no mercado de Porto Qadis. Ninguém o havia visto colocá-la no pescoço depois do sequestro quase miraculoso de Adisa de dentro do palácio imperial.

O Zaim sorriu como se satisfeito pela surpresa do mercenário, então fez um sinal de cumprimento e deu as costas, recolocando o elmo enquanto caminhava para sua montaria. Deu o mínimo de atenção ao sacerdote e acenou com a cabeça, sem dizer coisa alguma. O garoto o observou partir com sua guarda, incerto sobre o que fazer.

Percebendo o olhar de Rami para sua mão e o sorriso de agradável surpresa do rebelde, Kasim fechou a cara e falou em voz ríspida.

– Avise Mukhtar. Está na hora de partirmos.

Capítulo 36

As montarias atravessaram os portões da paliçada que separava a floresta densa da clareira. Soldados desconfiados observavam o grupo de mercenários e rebeldes que cavalgava para dentro do perímetro que defenderam por semanas. Não pareciam nada satisfeitos e, se não fosse pela escolta de soldados de Abechét guiando-os até o local, provavelmente os teriam recebido com lanças.

Kasim observou o lugar com cuidado. Os blocos de pedras cobertos por trepadeiras tornavam-se mais abundantes dentro do forte improvisado, onde era possível identificar o que restava de muralhas, torres e edifícios. Em alguns pontos, lagos artificiais, identificáveis apenas pelo seu formato simétrico, formavam um caminho de pedras arredondadas até o centro do complexo. Cobertos por uma camada de folhas e limo, tinham sido demarcados com galhos pelos soldados, certamente para evitar que alguém caísse em uma dessas armadilhas.

Identificar o que era a estrutura no centro do complexo já era mais difícil. Se fora um templo ou um castelo, Kasim não sabia. Agora havia sido tomado pela selva. Árvores estranhas retorciam-se sobre a estrutura, pesando sobre ela. Colunas haviam tombado em seu caminho e serviam agora para demarcar tendas de soldados ou como assento para macacos que rondavam o lugar. Assim como os soldados, os animais os observavam como quem questiona quem são os desconhecidos invadindo seu território.

– Me sinto cada vez mais em casa – comentou Anton, sorrindo sem humor. Ele ainda tinha a mão sobre as costelas. As bandagens que mantinham a pressão estavam escondidas pelo corselete de couro, mas Kasim ainda estava preocupado com a recuperação do companheiro.

O próprio caminho pela floresta, do forte no topo da colina até as ruínas, fora tenso. Não sofreram ataque algum além de algumas raras flechas ou lanças arremessadas em seu caminho, nenhuma delas chegando perto o suficiente para serem ameaças. No entanto, a simples possibilidade de sofrerem um ataque surpresa vindo de qualquer ponto da mata fechada foi incentivo suficiente para acelerarem o passo.

Passaram por um morro artificial cujo topo havia sido arrancado por algumas pedras muito bem disparadas pela catapulta do primeiro forte. Lá alguém, nativos, decerto, havia colocado as cabeças de soldados desaparecidos fincadas em estacas no chão. As órbitas dos olhos vazios, havia muito comidos por animais, pareciam acompanhar a passada dos viajantes por aquele local de morte.

Inessa comentara que não sentia magia alguma naquelas cabeças, portanto era apenas uma tentativa de assustar os soldados. Não era, no entanto, o mesmo caso das ruínas.

– Ela parece emanar daquele lugar – ela comentou, emparelhando seu cavalo ao lado do de Kasim. A expressão em seu rosto era uma mistura de medo e ansiedade. – É bem forte. E bem... familiar.

Kasim respirou fundo. Familiaridade naquela situação não era nada agradável. Se Inessa reconhecia a força presente dentro das ruínas, significava que era algo que havia encontrado antes em Isaamar. Kasim preferia não encontrar qualquer uma das coisas que vira em Isaamar. Especialmente não se precisasse confrontá-la.

Os cavalos chegaram à sombra das ruínas, e então pararam. Um grupo de soldados guardado a entrada se aproximou, todos armados, desconfiados.

– Notou que nem os animais chegam perto da entrada?

Kasim olhou para Anton e depois em torno das ruínas. Realmente, era o único lugar aonde os macacos de pelos marrons e brancos não chegavam perto.

– Isso é o máximo a que vamos – disse o soldado que os guiou. Não cumprimentou os mercenários. Apenas deu a ordem para seus homens seguirem-no. Deu a volta e seguiu na direção das tendas. Provavelmente passariam a noite lá antes de retornar ao forte da colina.

Mukhtar desmontou do seu cavalo, cuidadoso com as bandagens que cobriam seus ferimentos. Os outros fizeram o mesmo. Um dos homens que se mantinham a postos diante da entrada das ruínas aproximou-se. Era alto e magro e trazia sobre o peito, costurado no corselete de couro reforçado, o símbolo que indicava ser um oficial.

– Temos ordens para inspecionar o lugar.

O oficial franziu a testa diante da afirmação de Kasim. Olhou para o grupo, um a um, e então deu de ombros.

– Contanto que não nos obrigue a entrar ali, o problema é de vocês.

– Algo de errado lá dentro?

– Tudo – respondeu o oficial. Ele fez sinal para que alguns homens pegassem as rédeas dos cavalos e os levassem para onde outros animais estavam sendo cuidados.

Aguardando os soldados estarem mais distantes, Kasim fez um sinal para que o seguissem na direção do templo em ruínas. Rami pegou Adisa pelo braço e o forçou a andar. O garoto olhava para o templo como quem vê a forca que o matará.

A entrada do templo era complicada. Árvores haviam crescido sobre e em torno do edifício, deslocando os degraus e enormes blocos de pedra com suas raízes tortuosas. Foram obrigados a saltar por sobre blocos que pareciam formar uma escadaria para gigantes. Apoiavam-se nas árvores e na paliçada armada pelos soldados, que fechava aquele lado da clareira.

O som do desembainhar de espadas atraiu a atenção de Kasim. Viu que Mukhtar e seus homens tinham as armas nas mãos e olhavam atentos em um ponto do outro lado da paliçada.

Kasim acompanhou seus olhos até o que uma vez foi um tipo de pequeno templo de teto em cúpula. Sentados nos degraus rachados cobertos de musgo e trepadeiras estava um grupo de criaturas com pelos negros e grossos. Estavam comendo folhas e frutas, alguns brincavam ou mexiam nos pelos uns dos outros.

– O que são aquelas coisas? – perguntou Rami, uma flecha pronta para ser disparada.

Uma das criaturas percebeu a presença dos visitantes sobre a paliçada e começou a gritar em um som gutural. Bateu no peito tão forte que o som pôde ser ouvido de onde estavam.

– Eu... não consigo compreender o que ele diz.

Kasim olhou para Adisa e começou a rir. Mukhtar franziu a testa, irritado pela reação do mercenário.

– Você não pode compreendê-los porque são animais.

– São Azanzi.

– São gorilas!

Kasim percebeu o olhar de incerteza nos olhos dos rebeldes e do sacerdote. Até mesmo seus companheiros olhavam curiosos.

– Como macacos, só que bem maiores.

Rami olhou na direção dos pequenos macacos que ocupavam boa parte da clareira dentro da paliçada. A expressão no seu rosto indicava sua descrença na comparação.

Anton apoiou-se na paliçada.

– Colonos de Muskulsehir?

Kasim voltou a escalar os blocos de pedra. Não eram de todo diferentes dos estranhos brutamontes com quem guerrearam anos antes, do outro lado do Oceano dos Mil Deuses.

– Se vocês são filhos de refugiados de Myambe, quem sabe os muskul não são descendentes de gorilas?

Anton riu, observando um dos animais admirando uma flor amarela, antes de comê-la. Esses gorilas pareciam bucólicos demais para serem ancestrais de um império militarista expansionista aos moldes do próprio Império de Diamante.

Quando chegaram à entrada do templo, percebeu que Mukhtar ainda tinha a espada na mão. O rebelde encarou a escuridão dentro do templo.

– Se esse tipo de criatura existe por aqui, só pode significar que o que existe dentro desse lugar é mais poderoso do que podíamos imaginar.

Do outro lado da paliçada, uma fêmea amamentava um filhote, enquanto dois jovens gorilas pescavam cupins com um graveto. Kasim fez um som de desdém e balançou a cabeça. Não valia a pena discutir sobre aquilo.

– Claro, – ele disse, soltando de seus pertences uma das lamparinas a óleo. – Vamos?

Capítulo 37

Eles estavam morrendo lentamente. Ninguém havia percebido quando começou, mas os efeitos pareciam inevitáveis. Inicialmente parecia apenas que os dias eram mais longos e que o clima era mais quente. Então, no período das chuvas, os rios sazonais deixaram de aparecer. Os outros, que antes existiam por todo o ano, tornavam-se cada vez menos volumosos. Nos primeiros anos, as crianças brincavam com os peixes presos em poças rasas onde antes corria o rio. Os homens da tribo riam dos jovens caçadores, mas agradeciam a dádiva da comida.

Mas, com o passar os anos, a seca tornou-se cada vez mais intensa.

Depois de desaparecerem os rios, foram os arbustos frutíferos. Então a grama começou a morrer e as manadas de gado tiveram dificuldade em encontrar comida ou água.

As tribos começaram a deslocar-se com mais frequência. Não era mais apenas em períodos de seca, pois parecia que ela durava para sempre. Tornava-se cada vez mais comum encontrar outras tribos e não ter nada para trocarem. O gado lentamente definhava com a terra.

Em desespero, as tribos encontraram-se às margens do Grande Lago, que já nessa época era pouco mais que uma poça enlameada. Os rios que uma vez o alimentaram não chegavam mais lá. Brigas pelo que restava tornaram-se frequentes e até mesmo os animais que antes mantinham distância dos homens tornavam-se mais ousados. Ataques de chitas e leões eram constantes. Aqueles que não eram perdidos para a fome e a sede tornavam-se presas dos predadores.

Em assembleia diante do grande rei, as tribos exigiam que algo fosse feito. Mas, se esperavam encontrar aquele guerreiro forte que uma vez fora escolhido pelos deuses como o líder de todas as tribos, estavam enganados.

Quando o rei surgiu diante dos líderes e os antigos, era um homem fraco e doente. Tossia a cada poucas palavras e parecia incapaz de permanecer de pé sem apoiar-se no bastão do poder. Suas ordens eram tão fracas quanto seu corpo e suas decisões pareciam débeis. Ele havia adoecido com a morte de suas filhas e seu gado, diziam alguns. Outros, que morria com a terra.

– Ele está matando todos nós – disse um jovem guerreiro que tinha apenas recentemente participado de sua primeira caçada.

Lançaram olhares de repreensão a ele, mas também não poucos de dúvida ou aprovação. O rei era a terra e, se o rei estava moribundo, também estaria a terra.

O guerreiro não sabia se os deuses o haviam escutado. Sabia apenas que, duas noites mais tarde, havia sido anunciado que o rei morrera e um sucessor faria o ritual da terra em breve.

Como era o costume das tribos, cada líder escolheu um campeão que deveria passar pelos desafios. O vencedor provaria que era digno de se tornar rei de todas as tribos do Grande Lago. Jamais passara pela cabeça do jovem guerreiro ser um dos escolhidos. Não podia imaginar-se um rei. Queria apenas ser um grande guerreiro, o dono de muitas cabeças de gado. Deu o apoio que podia ao campeão de sua tribo, escolhido entre os melhores e, novamente, os deuses pareciam tê-lo escutado.

O ritual da terra aconteceu dias mais tarde diante de todas as tribos. O campeão vestido na pele de um leão, a juba do animal como uma coroa em sua cabeça, cortou a palma da mão com a faca cerimonial. Seu rosto nem sequer tremeu com o ferimento autoinfligido. Um bom sinal.

Então o campeão pegou a terra às margens do Grande Lago, fazendo misturar a terra ao seu sangue.

– Essa é minha terra e ela me pertence – disse o campeão, entoado o ritual milenar. – Eu sou a terra e a ela eu pertenço.

Sua mão se abriu e a terra manchada de sangue escapou.

As tribos do norte ergueram-se em festa e clamaram pelo seu novo rei. Havia esperança.

Mas ela não veio.

O tempo passou, mas a seca apenas se tornava pior. Logo as tribos estavam entrando em conflito umas com as outras. Ataques para roubar o gado tornavam-se comum. Escaramuças pela posse de lagos e trechos de rios levavam à morte de dezenas. O desespero estava lentamente destruindo as tribos.

Foi durante uma expedição em busca de água que o jovem guerreiro encontrou pela primeira vez pessoas que não pertenciam às tribos.

Observando de longe, acompanhado de outros caçadores, notou as estranhas tendas coloridas em torno do novo lago. Aquela tribo não possuía gado, mas outro tipo de animal baixo e gordo. Não eram nômades como eles e viviam não só dos animais, mas também do que tiravam da terra, em áreas demarcadas, como se os deuses fizessem as plantas crescerem ordenadamente.

Naquela noite, o jovem caçador atacou aquela tribo de forasteiros e tirou de lá o sustento dos seus. Mataram alguns homens e mulheres, mas era o preço. A vida da tribo era mais importante do que a de forasteiros.

Os caçadores retornaram para a tribo levando animais e comida suficiente para alimentar a tribo por alguns dias. As mulheres queriam fazer uma festa, mas o rei interviu. Ordenou que os caçadores o encontrassem na tenda central para explicarem como e onde conseguiram aquele tesouro.

– Espero que não tenham saqueado outra tribo – disse o rei, de pé diante de seu banco de madeira, sua melhor lança de caça na mão.

– Claro que não – disse o caçador, desafiador em sua jovem idade. – Tiramos isso de seres inferiores além das colinas.

O rei o encarou curioso, franzindo a testa. Os conselheiros atrás dele cochicharam, descrentes do que dizia o caçador. Mas os outros caçadores confirmavam, indignados com a desconfiança.

– Há tribos que não são do Grande Lago, além das colinas. Eles vivem às margens de outro lago e jamais saem de lá.

Por mais alguns minutos o rei continuou a observá-los, como se vendo dentro de suas almas em busca da verdade. Era compreensível. Que povo jamais saía do mesmo local? A comida nunca acabava? Então ergueu uma mão para silenciar seus conselheiros.

– Existem mais desses povos? Com essas mesmas riquezas?

– Sim – respondeu o caçador. – E não são guerreiros. Trabalham a terra e cuidam de seus animais que jamais andam para longe. Não caçam, não lutam.

– Então são uma presa como qualquer outra – disse o rei levantando-se de seu trono. – Vamos festejar, pois retornaremos às terras além das colinas amanhã.

E festejaram por toda a noite.

A notícia correu os ventos e chegou às outras tribos do Grande Lago. E, uma a uma, elas enviaram seus melhores guerreiros para a caçada.

Investiram contra os povos além das colinas por semanas, depois meses. E, a cada vez, avançavam mais ao sul, atrás de novas presas. O jovem caçador tornou-se um líder de homens sob o comando do rei. Descobriram que valia a pena manter algumas dessas tribos estrangeiras com o suficiente para sobreviver e, de tempos em tempos, retornavam para exigir seu tributo.

As tribos do Grande Lago cresceram em número e território e expandiram aos quatro ventos. Logo seu grito de guerra e seus escudos coloridos eram temidos por todo o norte de Myambe.

Então, um dia, o caçador encontrou algo que jamais havia visto antes.

Abaixo de um planalto extenso onde já haviam conquistado cada tribo de estrangeiros, um povo desconhecido havia construído algo inesperado. O caçador estava acostumado ao estilo estranho daqueles povos que se recusavam a manter-se em movimento, que preferiam viver sempre no mesmo lugar. Acostumara-se a ver tendas permanentes feitas de couro, barro e pedra. Mas jamais vira algo tão grande.

Aquela tribo vivia cercada por toras de madeira que formavam um cercado alto, similar ao que se usava em alguns lugares para prender o gado, mas mais alto e mais fechado. Eram os troncos mais altos que o caçador e seus companheiros jamais haviam visto. De onde estavam podiam ver dentro do cerco de madeira, onde havia tendas de barro de um, dois e três andares! Dezenas... talvez centenas de pessoas viviam naquele lugar fechado. Do lado de fora, mais deles trabalhavam a terra, onde plantavam e colhiam a comida que as tribos do Grande Lago precisavam.

Era um tesouro grande demais para ser ignorado. Alimento para meses e, certamente, uma tribo a ser mantida viva como gado. Paredes de madeira não resistiriam aos caçadores das tribos do Grande Lago!

O ataque aconteceu durante o amanhecer dias mais tarde. Naquele momento, o portão da cidade estava aberto para a saída dos camponeses que cuidavam da terra. Uma horda de centenas de caçadores desceu a colina cantando e gritando. Os mais afoitos arremessavam suas lanças e bastões bem antes da hora.

A horda chegou até os campos de plantação pouco depois do grito de guerra e suas lanças e porretes já estavam manchados do sangue dos agricultores antes mesmo dos portões da cidade se fecharem. Na frente de seus homens, o jovem caçador ria a cada golpe desferido. Podia ver não muito longe dele seu rei, alto e poderoso, matando ou mutilando o inimigo. Aquela tribo precisava aprender sobre o poder das tribos do Grande Lago. Assim se curvaria mais facilmente.

Um som alto veio de dentro dos muros da tribo, como um animal enorme chorando. Aqueles guerreiros que não estavam por demais absortos pelo combate pararam assustados. O que era aqui? Talvez um animal desconhecido?

No alto na muralha de madeira, um homem tinha um enorme chifre de animal nos lábios. Ele parecia estar soprando o objeto como se fosse um instrumento musical.

Como se ouvindo o chamado, dezenas de homens surgiram no alto dos muros de madeira trazendo em suas mãos longos gravetos de madeira. Daquela distância, o jovem caçador não era capaz de ver detalhes, nem o que aqueles homens pretendiam fazer. Outro caçador ao seu lado riu, perguntando se eles pretendiam arremessar aqueles gravetos contra eles. Os caçadores gritaram ameaças e desafios. Bateram suas lanças nos escudos de couro, saltando e dançando.

Então a primeira flecha atingiu um homem poucos metros do jovem caçador. O homem caiu agarrando o ferimento no peito, de onde jorrava sangue. A maioria não percebeu o fato até que as outras flechas chegaram até eles.

Um a um começaram a cair. O rei, ainda rindo, de peito aberto, caiu atingido por ao menos seis flechas no peito e no rosto.

Caos tomou conta da horda de caçadores. Poucos pensaram em erguer seus escudos. A maioria apenas correu sem rumo. Tombaram mortos pelas costas.

Quando a chuva de morte cessou, dezenas estavam inertes e muitos mais urravam de dor, caídos com flechas atravessando pernas, braços e outras partes do corpo. Os poucos líderes ainda vivos gritavam os nomes de homens mortoes e vivos, ambos, tentando organizar os sobreviventes.

O chifre soou novamente e o jovem caçador sentiu gelar seu sangue.

Mas, dessa vez, não vieram flechas. Abriram-se os portões e, deles, saíram os guerreiros daquela tribo. Portavam escudos longos e estreitos como os do Grande Lago, mas, ao invés de lanças, portavam outro tipo de arma. Possuíam lâminas de bronze curvas como uma lua crescente, presas a hastes curtas. Seus corpos eram protegidos pelo couro curtido, assim como ossos costurados sobre o couro.

O jovem caçador gritou o alerta e incitou todos a erguerem-se para o combate. O suor que escorria livre pelo rosto fazia arder seus olhos. Jamais haviam enfrentado um grupo tão organizado de guerreiros. Mas eram poucos! Certamente não poderiam lidar sozinhos com tantos caçadores experientes.

No entanto, enquanto o inimigo pudesse se proteger dentro das muralhas e pudesse lançar suas flechas, os caçadores das tribos do Grande Lago jamais sobreviveriam.

O fato veio ao jovem caçador tão forte quanto a ameaça de morte. Não existia alternativa.

Com um grito de guerra, ele ergueu seu escudo e sua lança e avançou contra os guerreiros inimigos e os portões da muralha. Não olhou para trás para saber se alguém o seguia. Ouviu seu grito ecoar atrás dele.

Caçadores e guerreiros chocaram-se violentamente abaixo da muralha. Homens caíram em ambos os lados e, apesar das armas e armaduras mais eficientes dos guardiões daquela tribo, a pura violência e desespero dos caçadores parecia prevalecer.

Os guerreiros foram empurrados para dentro das muralhas e os arqueiros pouco podiam fazer. Logo os caçadores do Grande Lago invadiram a tribo, liderados pelo jovem que um dia seria o Imperador de todo aquele continente.

Sobre os corpos dos guerreiros caídos, o futuro Imperador ergueu-se e soltou um grito de guerra. Foi também lá que o futuro Imperador morreu.

Uma flecha o atingiu no peito, logo acima do coração, e o fez cair para trás. Em meio à confusão, ninguém pareceu perceber. Apoiou-se no chão com a lança e buscou seu escudo para proteger-se, mas outra flecha foi mais rápida e o atingiu no abdome.

Ele gritou, dessa vez furioso e assustado. Arremessou sua lança na direção de que achava estar vindo o ataque, mas nem ao menos podia ver seu algoz. Sentiu a cabeça leve e a visão escurecer.

Um guerreiro lançou-se sobre ele com seu machado, mas o jovem caçador defendeu-se a tempo. De novo e de novo, a lâmina curva atingiu e cortou o couro esticado sobre o escudo. Sangue correu pelos cortes no antebraço do conquistador. Furioso, atacou com uma lança que nem ao menos sabia como chegara à sua mão. A ponta de madeira perfurou logo abaixo da mandíbula do homem com o machado e afundou até bater do lado de dentro do crânio.

Cambaleando, arrancou as flechas do corpo. Elas quebraram em suas mãos, as pontas presas dentro do seu corpo. A cada uma que tentava puxar, sentia-se prestes a desmaiar. Caiu de joelhos e arrancou a lança do corpo diante dele. Duvidava que fosse capaz de usá-la contra alguém, mas recusava-se a cair desarmado.

O futuro Imperador andou mais alguns passos, então tropeçou e caiu.

Ele ouviu um sussurro em seu ouvido. Era uma voz de mulher, algo discreto como o vento sobrando arbustos. Ele podia sentir o toque de mãos quentes como a vida roçarem sua pele.

Você é um vencedor, ela disse. *Você não pode cair. Não pode morrer.*

Mas eu caí, ele pensou, sem conseguir dizer as palavras.

Então se levante, ela desafiou, lendo seus pensamentos. *Ou você é apenas uma criança?*

Ele não se lembrava de ter levantado ou de ter saído da cidade. Lembrava apenas de estar andando, o corpo queimando de febre, corpos por todos os lados.

Desolado, o futuro Imperador caminhou para longe do campo de batalha. Os poucos homens ainda de pé, na sua maioria parte do exército inimigo, apenas o observavam, afastando-se do seu caminho. Talvez não soubessem que aquele era um dos líderes dos caçadores do Grande Lago. Como poderiam pensá-lo? Era apenas um garoto sujo e desarmado vestido em trapos. Mas era um jovem sem proteção saindo ileso de uma verdadeira carnificina. Um feiticeiro, alguns pensariam. Um deus, estariam certos outros.

O que havia de divino em tudo aquilo? Os olhos fixos no chão, o jovem imperador viu os corpos mutilados de guerreiros e aldeões, homens, mulheres e crianças. Viu o olhar de um amigo, companheiro de muitas caçadas, que sorrira confiante logo antes da batalha. Agora não havia inocência nem alegria. Os olhos estavam arregalados. A boca, aberta em um grito de dor. Estava em pânico quando morreu. Sangue coagulado cobria o que restava da garganta e o peito.

Com um suspiro, o Eterno continuou. E continuou por dias e noites, caminhando sem parar, sem descansar. O que havia feito? Quantos homens e mulheres havia levado à morte? E por que era o único vivo?

Sua jornada terminou quando alcançou um precipício.

Piscou os olhos como se despertando de um sonho e olhou à sua volta. Um campo aberto, coberto de grama e folhas secas onde as árvores definhavam. Um vento gelado era a única coisa que dava movimento ao lugar, uma falsa vida. O terreno terminava abruptamente em uma descida rochosa, íngreme, terminando em um deserto que se estendia até montanhas distantes. Não fazia ideia de onde estava.

Encostou a mão em uma árvore próxima, examinando-a como se vendo uma pela primeira vez. Sentiu como se ela queimasse sua mão.

Era maior do que estava acostumado a ver na savana. Mais folhas, tronco mais largo. Mas estava morrendo. Quanto tempo havia caminhado? Percebeu a barriga roncar e a garganta seca, mas não se sentia fraco pela falta de água e comida. Nem cansado pela falta de sono. Olhou a sola dos pés. Estava em carne viva. A mão tocou o sangue, que parecia grudar com a sujeira do chão.

Deu um sorriso sem humor. Pegou um punhado da terra e a grama seca, que grudava no sangue em sua mão.

– Essa é minha terra e ela me pertence – ele disse, debochado. As palavras do ritual da terra pareciam uma piada após tanta destruição. – Eu sou a terra e a ela eu pertenço.

O futuro Imperador abriu a mão. O vento levou a terra e o sangue. Deixou-se cair debaixo da árvore. Encostou as costas no tronco e fechou os olhos.

Então, adormeceu.

O tempo passou. Dias, semanas, meses, anos, décadas.

Enquanto dormia, o mundo à sua volta mudou. Chegou o verão e voltou o inverno, e o ciclo se repetiu diversas vezes. As plantas renasceram e voltaram a morrer. O clima como um todo mudou. O período de secas tornou-se mais curtos, as noites mais longas, a temperatura mais fresca. Animais que chegavam perto do Imperador adormecido recuavam, assustados com um poder invisível. Homem algum o encontrou, fosse por sorte ou intervenção mística. Cidades ergueram-se e deixaram de existir. O jovem que havia liderado um exército contra as cidades-estado de Myambe foi esquecido como nada mais que uma lenda.

Ouviu um sussurro de mulher em seu ouvido, e abriu os olhos séculos depois como se tivesse apenas piscado. Sentiu algo na palma das mãos. Surpreso, percebeu duas pontas de flecha de bronze cobertas de sangue coagulado. Os ferimentos em seu peito e braços haviam desaparecido. Seus pés estavam curados sem deixar cicatriz. Apoiou as mãos no chão e percebeu que não ouvira o som das folhas secas partindo-se. O que havia lá era uma grama alta e as flores mais coloridas que jamais vira. Levantou-se, assustado. A árvore atrás dele não parecia mais a mesma. Era, de fato, gigantesca.

Muitas outras, de tamanhos variados, pareciam ter crescido à sua volta enquanto descansava. Pássaros e insetos habitavam a floresta que nascera ali.

Maravilhado, correu para ver o que encontrava e quase caiu no precipício. Olhou, abismado, ao perceber que o deserto de pedras havia sido substituído por um lago de águas cristalinas.

O futuro imperador começou a rir alto. E, então, ele entendeu.

O ritual da terra havia funcionado. Ferido e cansado, ele deitou-se na terra que agora lhe pertencia. Então, enquanto ele se fortalecia, a terra também se fortalecia. Se ele era imortal, então também seria sua terra!

Era a resposta para a seca e a fome que causaram a guerra. Era o fim de tantas mortes! Se ele se tornasse um com toda Myambe, então jamais homem ou mulher algum passaria fome. Jamais haveria sofrimento como antes.

Determinado, o jovem Eterno caminhou para fora de sua floresta e foi em busca de um novo exército.

Tinha um mundo a conquistar.

Lágrimas escorriam do rosto de Adisa. Lágrimas de felicidade pela bênção de ter lido uma história tão importante sobre o deus-vivo. A gênese do seu imperador! O momento em que o Império de Diamante ganhou vida!

– O que esse idiota está murmurando?

Nem mesmo a ignorância do rebelde parecia afetar Adisa naquele momento. Era tolo demais para compreender o significado daquela maravilhosa descoberta que Adisa havia narrado.

– Você não vê? – disse ele apontando para os desenhos na parede, o sorriso tão largo que chegava a doer o maxilar. – É a prova do poder do Imperador. Ele salvou Myambe graças a sua divindade!

Kasim fez um som de troça.

– Não seja tolo. Ele dormiu tanto tempo que a seca passou. Só isso.

Adisa ergueu uma sobrancelha, virando-se para o mercenário. Na escuridão do salão dentro do templo perdido era difícil ver seus captores. A luz das lamparinas era suficiente apenas para que ele lesse os textos entalhados nas paredes. Mas podia perceber o olhar no rosto do mercenário. Podia compreender a repúdia de Mukhtar, seguidor de um falso deus. Mas o mercenário descrente? O que lhe faltava para aceitar a fé verdadeira?

– O texto não diz nada sobre isso – disse o herege Rami, sentado distante.

– Nem como o Imperador ganhou seus poderes, – retrucou Mukhtar, irritado como sempre.

Foi a vez do sacerdote estalar a língua em sinal de desdém.

– Ele nasceu com eles, obviamente. É um deus.

– Não – afirmou a bruxa. – A história deixa claro que descobriu seus poderes depois dessa batalha. Mas há alguma peça faltando.

Mukhtar caminhou a passos largos até a parede e o sacerdote. Agarrou a gola da roupa de Adisa e o ergueu para perto de si.

– Você não disse o nome do Imperador. Está escondendo?

– O nome foi arrancado! – respondeu Adisa, tentando em vão soltar a mão sólida do herege.

– Você está mentindo.

– Ele não está.

Ao som da voz de Kasim, Mukhtar soltou Adisa, virando-se para ele. O mercenário estava do outro lado do sacerdote, olhando de perto as inscrições na parede. Aproximou a mão que segurava a lamparina das inscrições. A outra, livre, arranhou a superfície com a unha.

– Olhe aqui. Alguém arrancou símbolos da parede. Em vários lugares.

– São os nomes – explicou Adisa, dando alguns passos para longe de Mukhtar. – Foram todos arrancados. A cidade, o Imperador, a tribo. Ficou apenas a referência a esse Grande Lago.

– Inútil – reclamou Mukhtar dando um tapa no ar e caminhando para longe. – Tal lago provavelmente não existe mais.

– Exato. Mas quem apagou? Agentes do Imperador?

– Provável, considerando o que seus escribas fazem.

Rami suspirou, baixando a cabeça.

– Não faz diferença – ele disse, levantando-se e caminhando pelo salão escuro. – Não há nada de útil aqui.

– Talvez mais fundo das ruínas.

Os olhares voltaram-se para a bruxa chamada Inessa. Ela, por sua vez, olhava para a escuridão, onde a luz das chamas não alcançava. Um vento gelado veio de fora, uivando baixo nas rochas como o som do lamento dos mortos. Parecia tentar direcionar o grupo para mais fundo nas ruínas. Adisa engoliu em seco.

– Esse lugar é profano.

Kasim riu sem humor, balançando a cabeça.

– Não creio que tenhamos outra opção.

Capítulo 38

Enquanto os outros protegiam o sacerdote que decifrava as paredes do salão de entrada do templo, Mukhtar decidira explorar os corredores e câmaras mais profundas, em busca de outras pistas, acompanhado de Haziz e os outros dois mercenários. Preferia agir apenas com seus homens, mas via sentido na sugestão de Kasim de levar Vinko e Anton com ele. Os dois mercenários tinham mais experiência com esse tipo de ambiente, e o próprio Mukhtar preferia manter Rami de olho no que o sacerdote fazia. Especialmente com o a bruxa por perto.

Além das primeiras câmaras, a escuridão era total, a não ser por raríssimos pontos onde os blocos de pedra nas paredes ou teto possuíam frestas para o lado de fora. Ainda assim, esses fachos de luz eram tênues demais para fazer mais do que indicar o risco de todo aquele lugar desmoronar sobre suas cabeças.

As lamparinas a óleo que Mukhtar e Anton carregavam era tudo que permitia que não escorregassem nas inúmeras poças de água e limo formadas pelo constante pingar que escapava por entre as pedras, ou tropeçassem nos blocos que se descolaram do teto. O lugar todo parecia uma grande armadilha esperando para se fechar sobre eles.

Após mais de uma hora de exploração sem muitos frutos, seu caminho os levou a um corredor longo e relativamente largo. Raízes das árvores da selva lá fora forçavam entrada, empurrando os blocos de pedra. Andar por aqueles corredores, naquele escuro, tornava-se uma tarefa arriscada.

– É como se a floresta estivesse consumindo o lugar – comentou Vinko. E Mukhtar era obrigado a concordar. Não sabia como fora aquela cidade quando estava viva, mas, agora, parecia que a natureza tentava destruir todo e qualquer sinal de que seres humanos já tinham estado por lá.

O corredor terminava em um portal em arco que ocupava toda a estrutura. Os blocos de pedra que seguravam paredes e teto eram regulares, diferentes da maioria das pedras que formavam a estrutura. Cada um dos blocos tinha nele entalhados símbolos distintos que pareciam de origem diferente daqueles encontrados nas paredes. Lembravam, no entanto, o templo do oráculo de Lugdasa. Mukhtar sentiu os pêlos da nuca arrepiarem-se e um formigamento percorrer a pele.

Anton aproximou-se, os dedos tocando um dos símbolos. Afastou a mão de súbito, como se a pedra estivesse fervendo ao toque. Virou-se com olhos arregalados para os outros, a mão fechada perto do peito.

– Talvez seja o momento oportuno de dizer que isso não me cheira bem.

Mukhtar olhou os outros nos olhos, mas balançou a cabeça. Podia ver a tensão, mas não via alternativa. Já haviam passado tempo demais nas ruínas sem encontrar muito mais do que deslizamentos, raízes invadindo o lugar e desenhos destruídos pela chuva e pelo tempo.

– Nós seguiremos em frente – declarou, erguendo a lamparina para examinar o arco de pedra.

Anton olhou para Vinko e de volta ao rebelde. Deu de ombros.

– Você está pagando.

Fazendo esforço para ignorar mais um comentário do mercenário, Mukhtar voltou-se para a entrada. Sem pensar novamente sobre sua decisão, caminhou para atravessar o portal.

Assim que seu pé tocou o outro lado do portal, um clarão forte atingiu seus olhos. Mukhtar ergueu a espada, dando dois passos para trás, temeroso de uma armadilha.

A primeira certeza de que algo estranho estava acontecendo foi ao perceber que seus pés afundavam levemente em areia. O que veio em segunda foi a sensação do calor do Sol na sua pele.

Quando os olhos se acostumaram à claridade, Mukhtar Marid percebeu que estava em um deserto vasto coberto de areia fina e branca. Afora os três que o acompanharam ao interior das ruínas, não havia mais nada. Sem plantas, sem sinal de montanhas distantes. O sol estava bem no alto e fazia ferver sua pele exposta.

– Qual é o sentido disso?

Mukhtar baixou a espada, curioso. O mercenário Vinko soltava a gola de seu manto, o rosto já empapado em suor. Os olhos sempre atentos do caçador percorriam cuidadosos o horizonte. Já o outro,

Anton, caminhava de um lado para o outro, nervoso. Até mesmo Haziz parecia incerto. Sua mão foi ao colar da Estrela da Manhã pendendo do pescoço.

– Um milagre... – murmurou Haziz.

– Feitiçaria – respondeu Mukhtar, cuspindo no chão.

– Seja o que for – disse Anton, ambas as mãos acariciando suas adagas –, eu não gosto nada.

O caçador deu um tapa no braço de Mukhtar para atrair sua atenção. Olhava fixamente para o horizonte. Com a cabeça, apontou numa direção.

Longe, onde antes não havia nada além do deserto, era visível um vulto escuro erguendo-se nas areias em direção ao céu azul.

– O que é aquilo? Uma torre?

Vinko balançou a cabeça na negativa.

– Estreita demais. Parece uma árvore.

– Uma árvore? Estamos no meio do deserto!

– Marid... olhe.

Mukhtar franziu a testa ao som de maravilhamento de Haziz. O homem apontava para o céu, acima da suposta árvore. O guerreiro sentiu o coração disparar. Era o brilho de uma única estrela no céu azul, impossivelmente visível apesar do Sol fervente sobre suas cabeças.

A Estrela da Manhã.

Haziz caiu de joelhos no chão, a boca aberta em admiração.

– Ela está nos guiando até nosso destino como guiou o Primeiro Dabir para fora do deserto.

Cauteloso, o guerreiro santo não disse nada. Apenas observou a cena. Lambeu os lábios que começavam a ressecar com o calor e sentiu-os salgados. Observou o chão. Então, abaixou-se e tocou a areia branca com os dedos. Sentiu uma fina camada do deserto partir-se em seus dedos, como se fosse uma crosta fina de material mais branco do que a areia abaixo. Levou os dedos à boca.

– Sal.

O caçador virou-se para Mukhtar com o olhar silencioso de curiosidade.

– Kahlar. O Deserto de Sal. É de onde o Império compra seu sal mais caro.

– "Compra"? – questionou Anton, chutando a areia misturada com placas de sal. – Parece que poderiam muito bem arrancar do chão por conta própria.

– Mas não o fazem – disse Mukhtar, logo seguido do pensamento, *sabe-se lá o porquê.*

– De qualquer forma – comentou Vinko, ainda estudando o novo ambiente –, uma árvore tão grande não deveria ser capaz de crescer em um deserto de sal.

– É um milagre – murmurou Haziz, ainda de joelhos. Agarrava com ambas as mãos o colar da Estrela da Manhã, os olhos vidrados na luz do astro distante.

Mukhtar encarou seu soldado. Toda aquela experiência além do Vale parecia estar afetando Haziz de uma forma inesperada. O homem sempre devoto à Estrela revelava-se cada vez mais um supersticioso. Mukhtar temia o que isso poderia significar a longo prazo para a fé do companheiro.

Vinko não esperou. Enrolou seu manto sobre um ombro e começou a caminhar na direção da árvore.

– Seja o que for – ele disse –, parece o melhor lugar para começarmos a procurar.

Anton deu de ombros e começou a seguí-lo. Mukhtar permaneceu imóvel por um tempo, observando Haziz seguir os outros. A atenção do guerreiro não estava nos mercenários, mas sim no objeto distante. O líder rebelde balançou a cabeça e seguiu logo atrás.

Estavam alguns metros adiante quando o mercenário Anton virou-se, um sorriso curioso no rosto.

– Eu sou o único que percebeu que nós estamos nos entendendo perfeitamente não importa que língua falemos?

Não haviam. Entreolharam-se, mas não disseram nada, como se temerosos de que simplesmente falar alimentasse fosse qual fosse o encantamento em efeito, ou o responsável por conjurá-lo.

Mukhtar sentiu a cabeça leve. Não sabia se era o Sol ou a súbita mudança de temperatura, mas sentiu a visão escurecer por uns segundos. Cambaleou dois passos, então tudo voltou ao normal. Tudo menos o fato de que estava sob a sombra da gigantesca árvore.

Colocou a mão no cabo da espada, olhando à sua volta, furioso por estarem mexendo com seus sentidos. Encarou os outros três, que pareciam igualmente assombrados com o que tinha acontecido.

Haziz foi o primeiro a desviar sua atenção do incidente, aproximando-se do tronco da árvore e tocando-o como se temendo que ela não fosse real. Quando a mão tocou a casca da árvore, ele a retraiu assustado. Então aproximou-se novamente.

– Nunca vi uma árvore tão gigantesca...

– Eu vi – comentou Vinko, tocando o tronco da árvore. Deu alguns passos para trás, observando até onde ia. – Mas Isaamar é bem diferente daqui. Árvores como essa são comuns, mas o clima é fresco e o solo é fértil.

Mukhtar caminhou lentamente em torno da árvore. O tronco era extremamente grosso, com cerca de oito metros de largura. A casca parecia uma armadura enrugada. Talvez fosse tão resistente que nem mesmo machados, ou o clima árido, fossem capazes de derrubá-la.

– Como as raízes dessa coisa conseguem mantê-la de pé?

Chegou do outro lado para ver Anton chutando a base da árvore.

– Um lago subterrâneo?

Anton não pareceu convencido.

– Talvez... Bem fundo.

Vinko suspirou, balançando a cabeça.

– Não... Não é por isso. A árvore vive porque é Eterna.

Olhou para Anton, que engoliu em seco. Pareceu ficar pálido com o uso do termo. Vinko não parou aí. Virou-se para os dois rebeldes.

– Assim como seu Imperador.

Mukhtar cerrou os olhos para o caçador.

– Que blasfêmia é essa que você diz?

O caçador suspirou, olhando para baixo. Caminhou por perto da árvore, a mão tocando na casca.

– Kasim estava errado. De que Myambe não tinha Eternos. Obviamente eles estão por aqui.

Fosse o que fosse aquele título, Mukhtar não gostava nada do que implicava o termo, ou a expressão no rosto de ambos os mercenários estrangeiros. Já havia ouvido os mercenários murmurarem a palavra durante os dias de viagem, mas imaginava apenas que fosse outro uso do termo 'imortal'. Algo perdido na tradução. Agora tinha dúvidas. 'Eterno' soava ainda mais permanente do que 'imortal'. Olhou para a árvore e perguntou-se o que seria de Myambe se o Imperador fosse literalmente eterno.

– Os Dabires contam que o Imperador destruiu toda uma floresta para fazer suas armas. Que matou seu povo para conquistar Myambe.

Mukhtar virou-se para olhar para Haziz. Os olhos do guerreiro revelavam um medo perturbador enquanto falava. Era verdade. Conhecia bem a história, que era narrada para simbolizar como o Imperador de Diamante via seus irmãos. Se mataria seu povo para conquistar o inimigo, porque não sacrificaria seus súditos conquistados?

– 'A terra morreu e se tornou sal,' – ele mesmo recitou, relembrando a passagem final da história. Um calafrio percorreu sua espinha.

– Quer dizer então que esse é o local de origem do Imperador? – Anton olhou a sua volta, visivelmente surpreso pelo que tudo aqui indicava. – Isso explicaria por que ele jamais tentou conquistar esse lugar.

– E a árvore imortal. Edinkira.

Mukhtar agarrou Haziz pelo braço e chacoalhou o homem.

– Que tipo de sandice é essa?

– Olhe os sinais, Marid! Fomos arrancados de uma selva para um deserto em um piscar de olhos! A Estrela nos guiou até aqui! Uma árvore imensa num deserto sem vida!

– Sem falar na mulher nua vindo de trás da árvore.

O grupo virou-se na direção em que Anton olhava, um sorriso no rosto. Mukhtar levou a mão ao cabo da espada, mas resistiu em sacá-la. Por detrás da árvore, onde antes não havia ninguém, saía uma mulher tão pálida quanto as areias de sal. Haziz murmurou uma prece e deu um passo para trás.

Com passos curtos, caminhando com pés pequenos que pareciam jamais penetrar a superfície do deserto, a mulher aproximava-se com um olhar de curiosidade, a cabeça ligeiramente inclinada para o lado. Havia um ar de sobrenatural naquela criatura, e um estranhamento na sua forma.

O rosto era estreito e alongado, assim como seus olhos. Os olhos, aliás, eram estranhos por si só. Não havia branco nos olhos, nem pupilas visíveis. Eram totalmente verdes como esmeraldas. A cabeça era emoldurada por cabelos ondulados como as raízes de uma árvore, mas o tom era dourado como ouro, brilhando com luz própria. Parecia reluzir em cores próprias que surgiam e desapareciam na medida em que a criatura se movia na direção dos soldados. Um pescoço impossivelmente fino ligava a cabeça ao corpo.

Lembrava os desenhos que viu nas paredes do templo e lembrava, ainda, as histórias que ouvira quando criança sobre os Azanzi. Mais. Os traços estranhos da mulher lembravam em muito Inessa. Mukhtar virou-se para o caçador. O olhar de surpresa nos olhos de Vinko dizia que ele pensava o mesmo.

Ela chegou diante dos quatro homens, observando-os um a um.

Não parecia preocupada por sua própria nudez perante eles, mesmo com o olhar de cobiça dos dois forasteiros. Para Mukhtar, aquele corpo pálido e excessivamente magro parecia profano. Ainda mais que o da bruxa Inessa. Haziz continua a murmurar orações, tentando evitar olhar diretamente. Mukhtar podia compreender. O corpo era tão pálido que reluzia à luz do Sol, quase os cegando apenas de olhar diretamente.

– Quem é você?

A mulher voltou sua atenção para Mukhtar. Inclinou a cabeça na outra direção. Um sorriso discreto surgiu nos lábios finos e pálidos, mas ela nada disse.

Ergueu os braços diante do rosto do guerreiro, revelando os pulsos presos por correntes de ferro que não estavam lá antes.

Mukhtar deu um passo para trás e percebeu que os calcanhares da criatura também estavam unidos por correntes.

– O que você quer de nós?

– Me parece bastante óbvio – comentou Anton, lentamente caminhando em torno da criatura.

Pelo olhar no rosto do forasteiro, Mukhtar estava incerto sobre se ele se referia a libertar a criatura ou copular com ela. O guerreiro sentiu um calafrio apenas de pensar na ideia.

– Por que a libertaríamos? Não sabemos o que é ou o porquê de estar presa aqui.

– A Estrela nos guiou até aqui por alguma razão.

– Se foi ela que nos trouxe até aqui, acho que não deve ser boa ideia discordar dela.

Mukhtar voltou-se para a criatura que continuava a observá-lo de perto, o sorriso ainda no rosto pálido.

– Se é tão poderosa – disse ele, olhando diretamente nos olhos estranhos da criatura –, por que não se liberta por conta própria?

A criatura pareceu ficar triste, os ombros finos caídos. Ela olhou para o chão e, com os dedos do pé, desenhou no chão o formato de um losango.

Quando o guerreiro voltou a olhar para as correntes, elas haviam se transformado em pedras brancas transparentes. Uma corrente de diamantes.

Anton aproximou-se, colocando uma mão sobre as joias. Riu alto.

– Só isso já vale libertá-la.

Mukhtar deu um tapa na mão do mercenário, que recuou irritado, uma mão tocando o punho de uma de suas adagas. O estrangeiro parecia ignorar o significado de tudo aquilo e o peso naquele momento sob seus ombros. A criatura certamente estava vinculada ao Imperador e à sua imortalidade. Mas libertá-la significaria o quê? Poderiam eles estar trocando um mal por outro ainda maior?

A mulher diante dele sorriu um sorriso curioso e Mukhtar questionou-se se ela entendia sua preocupação.

Suspirou, dando um passo para trás.

– Como poderíamos libertá-la? Não há como partir correntes de diamante.

Um vento gelado cortou o deserto, fazendo-os esquecer de imediato o calor escaldante.

Quando se viraram na direção do vento, viram apenas um túnel de pedra, escuro havia séculos. Atordoados, olharam à sua volta. O sol, as areias, a árvore e a criatura haviam desaparecido. Estavam novamente nas ruínas, em uma câmara circular. Um calafrio percorreu o corpo de Mukhtar e ele não tinha certeza se era apenas devido à mudança de temperatura.

As paredes da câmara estavam cobertas por hieróglifos contando uma história. No centro havia um grande bloco de pedra escura, as laterais desenhadas e cravejadas de esmeraldas. No topo, um tampo de granito repousava sobre o bloco. O desenho de uma estranha mulher de rosto estreito e alongado olhava com olhos de esmeralda para o teto em cúpula.

Mukhtar suspirou profundamente, a mão passando pelo desenho gravado na rocha.

– Foi uma ilusão.

A risada de Anton ecoou na câmara. Mukhtar virou-se para ver o mercenário abaixando-se no chão. Passou uma mão sobre a bota e ergueu-a.

– Se foi, foi bem convincente.

Os dedos do mercenário estavam cobertos de areia e sal.

Capítulo 40

O cheiro no ar era uma mistura de medo e ansiedade. Centenas de homens já em formação aguardavam enquanto, muito longe dali, as tropas imperiais marchavam em sua direção. Era a primeira vez em vinte anos que aquelas tropas deixavam a capital. Era a primeira grande batalha desde a queda do Imperador.

Zaim Adoud respirou fundo e soltou o ar lentamente. Observou do alto da torre da fortificação temporária o exército que fora capaz de formar. Dois mil homens, a maioria cuja única experiência vinha da incursão em Kwindago e o combate nas ruas de Abechét, formavam o coração do exército da recém-nascida nação de Abechét. A maioria serviria como soldados leves, com escudos e lanças arremessáveis, mas o suficiente havia sido treinado para usar as máquinas de artilharia que ordenara construídas junto às fortificações. Zaim dera ordem para que as tropas se preparassem alguns quilômetros ao sul da cidade, para evitar mais danos a ela. Tivera tempo o suficiente para preparar uma linha de defesa sólida usando o terreno ao seu favor.

Mas os soldados que treinara não eram os únicos a unir-se a esse esforço. Duas companhias formadas pelos mercenários maari sobreviventes atuariam como arqueiros, cada uma em uma ponta do regimento de Abechét. Muitos de seus homens não viam com bons olhos a ideia de trabalharem lado a lado com os que saquearam sua cidade, mas pareciam compreender a necessidade de arqueiros. Eles mesmos não tinham tempo para aprender a usar eficientemente essas armas. A alternativa, a de usar os selvagens de Kwindago, chegou a cruzar a mente do Zaim. Nos dias desde a tomada das ruínas, seu assistente conseguira negociar alguns acordos com tribos locais. O próprio Zaim fora pego de surpresa pela iniciativa e eficiência do garoto, mas ainda estava temeroso de incluir outro elemento de incerteza naquela batalha. Além do mais, os selvagens provavelmente não atuariam tão bem em território aberto como agiam na selva.

No entanto, o que dava mais força ao exército de Abechét não eram suas tropas nativas, mas sim o batalhão de mercenários vindos de Sokos. Pagos com dinheiro fornecido pelo próprio Império, os veteranos que vestiam armaduras de couro revestidas de escamas metálicas e portavam estranhas espadas e lanças fariam grande diferença simplesmente pela sua presença. Enquanto os maari eram famosos por sua experiência como mercenários, os guerreiros sokosi eram temidos pela sua crueldade inumana. Diziam que cada um levava escondidos em suas armaduras um conjunto de poções mágicas produzidas por seus feiticeiros. As lâminas de suas armas eram embebidas em uma dessas misturas que, com um corte, provocava a dor de chamas percorrendo o sangue. Os próprios guerreiros bebiam suas misturas e, diziam aqueles que os viram em ação, transformavam-se em demônios que continuavam a lutar mesmo depois de mortos.

O Zaim não acreditava nessas lendas, como não acreditava em muitas outras. Mas, contanto que o inimigo cresse, a questão estava resolvida. Imagine se os sokosi resolvessem dar essas poções aos seus elefantes de guerra? Havia pouco mais de duas dúzias deles no batalhão mercenário, protegidos por placas de metal, lâminas terríveis fixadas em suas presas e levando sobre suas costas altas um posto de ataque bem protegido onde arqueiros poderiam atacar com pouco risco de serem feridos.

Era uma força respeitável que Zaim Adoud jamais pensou que veria. Pensava se não seria bom se tivesse conseguido entender o suficiente dos homens-macacos para usá-los como tropas. Se guerreiros psicóticos e monstros gigantes não assustassem as tropas do Império, talvez homens-macacos o fizessem.

– Senhor, um dos mensageiros acaba de retornar.

Zaim Adoud virou-se da visão do seu exército para o assistente que subia as escadas de madeira. O Zaim cumprimentou os arqueiros posicionados na torre e seguiu na direção das escadas, fazendo sinal para que o assistente continuasse.

– Zaim Ullan diz que permanecerá fiel ao deus-vivo e exige sua cabeça pela heresia de ameaçar o Império.

Foi difícil evitar um sorriso. O general balançou a cabeça. Chegaram ao pé da torre, onde dois de seus guardas pessoais o cumprimentaram e começaram a segui-los alguns passos atrás. Caminharam por entre as barracas de campo na direção da tenda central, que servia tanto de sala de conferências quanto aposentos do Zaim durante a campanha.

Não esperava que Ullan se aliasse a ele. Era o Zaim de Wakalla, logo ao leste da província da capital. Era, também, um inútil sem espinha que jamais fazia algo que ameaçasse sua posição de poder. Ao menos não fizera como o Zaim de Dnege que enviou a cabeça do mensageiro como resposta.

– Nada ainda das províncias do norte?

– Não – respondeu o assistente, a voz incerta. – A travessia do deserto de Kahlar torna a viagem mais difícil e demorada.

Adoud fez um sinal de desdém com a mão.

– Não viva de fantasias ou desculpas. Aja com base em fatos concretos, ou acabará arruinado.

A tenda era grande o suficiente para receber dezenas de pessoas, separada apenas numa pequena área que servia de quarto do general. No centro havia uma mesa pesada sempre ocupada por mapas e anotações. Peças diversas marcavam pontos do mapa. Gostando da ideia de usar as peças do jogo estrangeiro, Zaim dera ordens para que seu assistente obtivesse peças daquele mesmo tipo para usá-las em seus planejamentos. Pareciam facilitar em muito o processo.

Zaim Adoud deu a volta na mesa, os olhos passando pela armação de madeira onde estava sua armadura, elmo e armas. Enquanto caminhando entre seus homens, preferia parecer mais relaxado. Se permanecesse todo o tempo protegido até os cabelos passaria a impressão errada aos seus homens. Não devia parecer ter medo de andar entre os exércitos que comandava. Por isso, usava apenas uma armadura de couro curtido simples sobre roupas leves. Considerando o calor seco da região, ele agradecia que seus homens não esperassem vê-lo com aquela armadura completa.

O chão da tenda era coberto por um enorme tapete em padrões geométricos, trazido do oeste de Myambe. Era um presente dado por Ounami anos antes. Era uma satisfação especial estar pisando nele naquele momento.

A verdade era que muito do que ocupava aquela tenda agora era proveniente de presentes dados pelos nobres. Almofadas de seda, bancos de madeira esculpida, o baú com suas roupas. Onde a tenda era dividida por tecido entre o local de dormir e onde estava podia ver o vulto de um servo qualquer arrumando seus pertences. Até mesmo sua cama de campanha, feita de tecidos e almofadas para que fosse fácil de transportar, era presente dos falecidos. Zaim sentiu um calafrio ao imaginar os fantasmas dos nobres mortos observando-o em cada sombra.

– Também temos um relatório dos batedores.

O general piscou os olhos, voltando sua atenção ao presente. Colocou uma mão sobre o mapa, onde estava Abechét. A última informação que tinha dizia que as tropas imperiais estavam na província vizinha, Manjija.

– Algum sinal de primogênitos do Imperador?

O ajudante hesitou por alguns segundos, o que era confirmação suficiente.

– Um, senhor. Segundo o que sabemos, chamam-no de Shu.

Zaim Adoud franziu a testa, voltando sua atenção ao jovem.

– Um primogênito como nome? Isso é uma novidade.

– Na verdade é mais como um título. Significa 'mensageiro'. É associado ao movimento.

Mais asneiras supersticiosas. Seu assistente perdia tempo demais estudando teologia. Balançando a cabeça, o Zaim indicou que o assistente continuasse com seu relatório.

– Pelo menos quatro mil homens estão marchando para o norte. Em breve estarão subindo a colina.

– E estarão visíveis para nós, sim.

O primeiro teste de coragem de um exército inexperiente era o contato visual com um inimigo superior. O segundo teste era a capacidade de aguentar a espera enquanto as tropas inimigas se preparavam para avançar.

– Alguma confirmação sobre a composição das forças?

– Soldados leves em sua maioria, com apoio de tropas pesadas da Ordem de Ferro. Uma cavalaria leve relativamente pequena.

Zaim concordou, movendo as peças adequadas no mapa mais para perto de suas próprias peças. Esperava algo assim. O Império não teria tempo de juntar uma força grande o suficiente de homens montados. Focariam em tropas leves. O terreno entre a capital e Abechét, da província de Manjija, era árido e quente. Quando mais leves seus soldados, mais rápido poderiam avançar. Precisariam se preocupar menos também com alimentação.

– Algum sinal da linha de suprimentos?

– Algumas carroças foram vistas duas noites atrás.

– Zaim Gontal?

O assistente balançou a cabeça na negativa. Bom. Gontal era o Zaim de Manjija. Enquanto ele ainda não havia respondido a mensagem de Adoud, tampouco havia demonstrado ser contra. Manjija era uma das regiões mais afetadas pela seca dos últimos anos e, assim como Abechét, fora negligenciada pela capital, mesmo estando mais próxima dela.

Olhou o rosto do assistente, que parecia preocupado, os olhos dançando sobre o mapa, estudando-o. Havia feito alguns exercícios com aquele mapa e o garoto tinha se saído bem. O assistente levantou a hipótese de oferecer aliança a Zaim Gontal, que fingiria aliança ao Império apenas para atacar por trás e cortar a linha de suprimentos do exército invasor. Assim, Gontal e Adoud atacariam de ambos os lados ao mesmo tempo, esmagando os imperiais.

Isso, claro, se Zaim Gontal concordasse com o plano. O plano havia sido enviado com o mesmo mensageiro que levava a carta de Adoud informando da declaração de independência de Abechét. A proposta deveria ser apresentada juntamente à carta.

Zaim desviou a atenção para um som à sua direita. O servo que arrumava sua cama saía por detrás da divisória. Adoud voltou sua atenção ao mapa, desinteressado. Colocou uma mão sobre a peça de seus batedores, pensando em como poderia atacar as linhas de suprimento. Percebeu algo curioso. O servo o olhara diretamente nos olhos quando saiu do quarto e não os desviou quando encontraram o do Zaim. Reconheceu o rosto! Era um dos soldados pessoais do primogênito morto! Ergueu a cabeça a tempo de ver seu assistente arregalar os olhos e buscar sua espada.

Zaim Adoud virou-se, erguendo um braço para defender-se enquanto a outra mão alcançava a adaga em sua cintura.

Em vão. A adaga do assassino atingiu entre suas costelas, na costura do corselete de couro. A lâmina penetrou novamente mais duas vezes antes que o assistente empurrasse para longe o assassino.

Sentindo suas forças escaparem com o sangue que começou a jorrar dos ferimentos, Zaim Adoud rolou os olhos e começou a cair. Atingiu o chão tentando em vão segurar o pano que cobria a mesa de planejamento. Os dedos não tinham forças para fechar.

Viu confuso seu assistente pular sobre ele, espada em punho. Ouviu gritos e sentiu um corpo cair no chão não muito longe dele. Sua cabeça estava leve e a visão começava a escurecer. Furioso, o Zaim tentou colocar a mão no chão para levantar-se, mas não parecia capaz. Era como se tudo estivesse se movendo lentamente. Como um sonho no qual você não tem controle.

O rosto do assistente surgiu diante dele. O garoto estava assustado. Dizia algo que o Zaim não conseguia compreender.

Outros homens chegaram. Eram os dois guardas pessoais, que pareciam incertos do que fazer.

– Ele está morto – disse um deles, mas o Zaim não sabia se era sobre ele ou o assassino.

Que injustiça! Morto de forma tão estúpida tão perto de sua maior vitória!

Agarrou com as forças que não sabia ter a gola do uniforme do assistente.

– A morte de um general antes de uma batalha pode ser o fim para a mais corajosa das tropas.

Tossiu convulsivamente e sentiu o sangue escapar pela boca. Não sabia sequer se o assistente o havia compreendido.

Então, os olhos se fecharam e Zaim Adoud foi entregue aos braços da escuridão.

Capítulo 41

Enquanto Adisa terminava mais uma parede, Kasim caminhava de um lado para o outro. Olhava nervoso na direção da entrada. Percebeu o olhar de Rami em sua direção e se deteve. Colocou uma mão sobre o cabo da espada e encostou-se em uma das paredes.

– Nervoso? – questionou o rebelde.

– Apreensivo. Não acho nada disso seguro.

– Relaxe – disse Rami, caminhando na direção do sacerdote. – Logo seu trabalho estará terminado e você terá sua recompensa.

Kasim sorriu sem humor, virando-se para a entrada do templo. Era isso que o preocupava. Sentiu o mesmo vento gelado novamente e o cheiro de chuva. Fora isso, o clima parecia firme e sem nuvens.

– Alguma novidade?

Adisa suspirou, balançando a cabeça.

– É como o trabalho nos arquivos. Há muita repetição, muito material mundano. E cheio de inconsistências.

– Tipo?

– Tipo isso – ele disse, levantando-se e apontando para um entalhe na parede. Era uma árvore enorme cercada de seres estranhos, de olhos oblíquos e cabeças alongadas. – Alguns textos falam sobre uma árvore imortal, Edinkira, acredito, que guardaria o espírito do Imperador. Mas neste outro, Edinkira é o nome de um poderoso espírito da natureza venerado nessa cidade. Ao menos até ter sido traída por alguém.

Inessa aproximou-se. Sua surpresa ao ver os entalhes era óbvia.

– Os Outros?

Rami a olhou curioso, mas Adisa pareceu entender o que ela queria dizer.

– Azanzi. Espíritos da natureza.

Inessa engoliu em seco e caminhou para longe, olhando na direção de Kasim. O mercenário nada disse. Ela havia chegado à mesma conclusão que ele.

– Levantem-se!

Todos se voltaram para o interior das ruínas. Mukhtar Marid avançava às pressas na direção de Adisa, os outros três companheiros seguindo logo atrás.

– Precisamos de você para traduzir algo.

Kasim se aproximou, olhando desconfiado. O olhar de Mukhtar era de urgência, mas o de Haziz era de pânico. Vinko e Anton pareciam preocupados.

– O que vocês acharam?

– Inessa estava certa – disse Vinko, olhando a amante com as sobrancelhas erguidas.

– Um demônio! – gritou Mukhtar, apontando acusadoramente para Inessa. – Um demônio como essa bruxa. O Imperador a mantém presa em troca de sua imortalidade.

Inessa abraçou Vinko, assustada. Isso respondia à pergunta sobre a existência daqueles espíritos em Myambe. Kasim balançou a cabeça, descrente. Sempre achou que os Azanzi eram uma lenda. Jamais havia visto qualquer sinal de sua existência em Myambe. Pelo menos não até aquele momento.

Mas fazia sentido. Em algumas terras, como a de Inessa e Vinko, essas entidades místicas eram mais presentes. E em todos os lugares que foram encontraram ao menos lendas de seres com quem essas entidades se uniram. Tornavam-se incapazes de morrer de velhice e extremamente resistentes à morte. Chamavam essas criaturas de Eternos.

Se o Imperador era um Eterno, e o era por manter um daqueles espíritos presos em seu corpo, talvez isso justificasse a inexistência dessas entidades no continente. A não ser, é claro, que as entidades sempre tenham estado por lá, sussurrando no ouvido de oráculos ou vivendo nos corpos de escolhidos. Escolhidos como os primogênitos do Imperador.

O vento gelado voltou a penetrar o salão, mas, dessa vez, ele não foi apenas um mau presságio.

Kasim virou-se para ver um vulto de pé no corredor. Vestes negras como as do homem que mataram na selva esvoaçavam ao vento. O primogênito observava em silêncio, sem avançar.

– Ele voltou! – gritou Haziz, desesperado. – Imortal como seu mestre!

O rebelde deixou cair sua lança. Lágrimas começaram a escorrer dos olhos arregalados de pânico. Então ele pôs-se a correr na direção da saída, ignorando que passaria ao lado do seu algoz.

O primogênito mal desviou sua atenção dos demais. Apenas

ergueu uma mão adornada por anéis e foi como se o vento que entrava pelas ruínas se desviasse para o lado. Um violento golpe de vento tirou Haziz do chão e o arremessou contra a parede. O corpo do rebelde estalou com o impacto, ossos partindo-se. O vento cessou tão rápido quanto surgiu e o corpo de Haziz caiu no chão, sangue escorrendo do ferimento aberto na cabeça.

Era tudo o que Kasim precisava para saber que, apesar da aparência idêntica, não era o mesmo guerreiro sagrado que mataram na selva, ou aquele que encontrara no bosque de Porto Qadiz. Percebeu apesar da falta de iluminação que a máscara desse indivíduo era feita de contas laranja e rosas. Não sabia se o fato o deixava mais tranquilo ou preocupado.

– Detenham-no!

Mukhtar agarrou o braço do sacerdote e o arrastou para o interior da caverna, desaparecendo na escuridão.

Rami não pensou duas vezes. Avançou na direção do primogênito, espada em riste. Ao seu lado, Rahin fazia o mesmo, um tanto incerto. A lança em suas mãos parecia estar lá mais para manter o primogênito afastado do que para ameaçá-lo.

Ouviu-se o som de trovões do lado de fora, como se uma tempestade começasse a se formar onde antes era um dia claro.

O primogênito não se moveu. Não sacou sua espada. Permaneceu imóvel, pernas afastadas, braços postos ao lado do corpo, enquanto esperava os dois rebeldes aproximarem-se.

Rami olhou para o lado e, então, para trás. Percebeu que os mercenários não estavam avançando contra o inimigo.

– Kasim! Ajudem!

Inessa baixou a cabeça e mordeu o lábio inferior. Vinko balançou a cabeça e desviou o olhar. Atrás deles, Anton procurou um bloco de pedra para sentar-se e o fez.

Kasim voltou a embainhar a espada e cruzou os braços. Viu a fúria nos olhos de Rami e o desespero em Rahin. Mas os dois não desistiram. Avançaram contra o primogênito.

Caíram quase tão rápido quanto Haziz.

Kasim tinha de admitir que Rami era um excelente guerreiro. Enquanto o primogênito moldava os ventos com o movimento das suas mãos, desviando a lança arremessada por Rahin sem tocá-la e fazendo o mesmo cair no chão como se golpeado no peito por um aríete, Rami parecia dançar em torno das forças invisíveis controladas pelo primogênito. O suficiente para chegar perto do homem sem rosto e atingir sua coxa com a espada.

Foi, no entanto, o máximo que os rebeldes puderam fazer. Segurando a perna onde fora feito o corte, o primogênito do Imperador lançou a mão esquerda em um arco. A poeira e folhas que cobriam o chão das ruínas ergueram-se à sua volta, desenhando a curva de um violento furacão que jogou Rahin contra a parede e arremessou Rami para fora do templo.

O vento cessou e o primogênito caminhou na direção do interior do templo. Passou olhando Kasim e os mercenários sem dizer palavra alguma.

Assim que havia desaparecido na escuridão, Kasim suspirou. A mão foi ao amuleto escondido sobre a armadura. Subitamente ele parecia um peso bem maior do que realmente era.

– Estão mortos.

Não precisava olhar para saber que Inessa se referia a Rahin e Haziz. Apenas começou a caminhar na direção da saída.

– E agora, Rais?

Sem olhar para Anton, Kasim tirou de dentro da armadura o colar. Observou a estrela prateada. Sentia-se um idiota por ter novamente sido levado a acreditar numa farsa. Não havia divindade alguma no mundo. Arrancou o amuleto e jogou-o no chão das ruínas.

– Nosso trabalho terminou.

Os três mercenários seguiram Kasim na direção da saída. Quando chegaram do lado de fora, chovia forte. O céu havia escurecido por completo e trovejava muito. Corpos estavam estirados pela entrada das ruínas, mas nenhum deles era o de Rami. Eram soldados de Abechét, mortos fosse pelo primogênito ou pelo rebelde.

– Você nunca nos explicou o que Shu o disse naquela noite no bosque. Só que ia pagar uma fortuna.

Kasim olhou para Inessa, então para longe, na direção da floresta. Suspirou fundo.

– Não. Eu não disse.

Então começou a descer os degraus do templo. Seria um longo caminho de volta para casa.

Capítulo 42

O primogênito do Imperador soprou a fumaça que escapava da sua caneca de café e tomou um gole.

– Rais Kasim – ele disse, sem olhar para trás. – Você demorou mais tempo do que eu esperava.

Semanas atrás, num bosque de Porto Qadis, Rais Kasim encontrara sua presa, apenas para descobrir que eles mesmos não eram os predadores.

Por um momento, Kasim cogitou atacar o primogênito enquanto ele estava de costas. Mas logo percebeu que a vulnerabilidade era certamente aparente. Os poderes de um dos guerreiros sagrados da Ordem de Diamante eram ilimitados, ou ao menos desconhecidos. Por tudo que sabia, o senhor bebendo café diante dele poderia ser apenas uma ilusão e o verdadeiro Shu poderia estar invisível ao seu lado, esperando para atacar. Nervoso, o mercenário olhou para os lados, sem ver nenhum inimigo aparente. Isso não acalmou seus ânimos.

Kasim caminhou lentamente em torno do primogênito e sua fogueira, mantendo-se o máximo possível próximo da parede da caverna. Quando estava ao lado do homem, viu o rosto de quem já vivera por muitas décadas. Era o rosto de um homem qualquer, um veterano como muitos outros com quem Kasim lutou lado a lado em seus anos de experiência. Difícil imaginar que aquele senhor tinha o poder de um exército em suas mãos.

Shu acenou para que o mercenário sentasse oposto a ele diante do fogo. Havia uma caneca de café quente pousada lá, esperando por Kasim. Uma máscara de contas pretas e vermelhas estava no chão, adornada pela crista de palha.

– Os adivinhos do Conselho sabiam o que iria acontecer. Alertaram-nos do que aconteceria naquela batalha vinte anos atrás. – Shu bebeu um pouco de café antes de continuar. Ele fez um careta e buscou no chão um pote com açúcar mascavo. – Mas o deus-vivo os ignorou. Não acreditava que um mero mortal, um mercenário comum, fosse capaz de derrubá-lo.

Kasim sentiu um arrepio correr seu corpo. Sentou-se cauteloso. Tornando-se consciente da espada em sua mão, agarrou-a mais firme e logo se sentiu patético por aquilo. Quem era ele para derrotar sozinho um primogênito? Observou a expressão calma no rosto de Shu. Não havia hostilidade. E, se tivesse, o que Kasim poderia fazer a respeito? Seria possível que eles soubessem quem ele era desde o início?

– Acredite. Sabíamos seu nome, seu rosto e seu passado. Mas, em meio ao exército do Vale, era impossível identificá-lo. Foi Ango quem o viu e saltou sobre o inimigo para tentar matá-lo. Hoje ele entende que era inevitável.

O mercenário engoliu em seco lembrando-se do primogênito que se lançara sobre os exércitos do Vale com fúria nos olhos. Não havia entendido, então, por que aquele homem tentara alcançá-lo com tamanho desespero.

Ele sabia o que Kasim estava prestes a fazer antes mesmo do próprio Kasim.

– Tarde demais o descobrimos. Você atingiu o Imperador. Dei a ordem de retirada e levamos o deus-vivo de volta à capital.

Naquele dia, Kasim pensou que tinha matado o Imperador. Tinha certeza. Mas, antes de retornar a Myambe, preferiu esquecer aquela noite e o que tinha feito.

– Ele não estava morto, – confirmou Shu, olhando por cima da caneca e a fumaça. Ele movia a caneca em círculos lentamente para fazer misturar o açúcar. – Ele devia ter morrido, mas a criatura que o montava não deixou. Ela o fez resistir, o fez sobreviver. Mas enquanto a ferida física se curava, a ferida emocional não se fechou.

E assim permanece até hoje, completou Kasim em sua própria mente. Desviou os olhos para a chama e engoliu em seco. O que justificava as histórias de que o Império de Diamante havia se retraído para a capital. Ele não havia matado o Imperador, pois o Imperador não podia ser morto. Ele era, sim, um Eterno. Um ser possuído por um dos Outros, um dos Azanzi. Um espírito de outro mundo que o usava como campeão ou escravo. Ou será que o próprio Imperador aprisionara aquele espírito dentro dele?

– A terra está morrendo – continuou Shu após um silêncio prolongado. – Assim como seu senhor, ela está ferida. Cada vez mais as plantas, os alimentos que deveriam crescer nela, tornam-se fracas. Logo não haverá mais vida em Jimfara e todos morrerão de fome.

Kasim sentiu um frio percorrer a espinha. Levantou o olhar para o primogênito. O Imperador é o Império, diziam seus seguidores. E, com um golpe de desespero, Kasim havia condenado milhares de pessoas.

A fome e a seca em Myambe eram sua culpa. Sem seu senhor, a terra definharia e morreria. E, com ela, o povo que dependia dela.

– A não ser que o deus-vivo desperte novamente.

Rais Kasim pôs de lado a espada e esticou as costas. Não podia mais ouvir o som de batalha vindo da outra caverna. Logo seus companheiros estariam lá. Mas não podia deixar que interrompesse. Precisava saber mais.

Percebendo a curiosidade do mercenário, Shu bebeu seu café e continuou.

– Os adivinhos viram o futuro novamente. Eles têm um plano. E, curiosamente, mais uma vez você tem um papel chave nos eventos.

– Por que eu?

– Porque você iniciou tudo.

Ele bebeu mais um gole do café e observou a caneca. O dedo deslizou pela borda, desenhando um círculo.

– A vida é feita de ciclos que sempre voltam ao mesmo ponto. Assim como é perfeito um diamante, também é a eternidade. Um ciclo começou com você. Agora deve terminar com você.

Kasim sentiu-se desconfortável com a premissa. Levantou-se, pegando sua espada, e começou a caminhar pela caverna. Embainhou a arma enquanto refletia sobre o que havia ouvido. Havia sido dele a escolha de abandonar a crença que lhe fora ensinada desde pequeno. Contra seus pais, decidiu tornar-se um mercenário e servir em todos os cantos de Myambe. Lutara contra os exércitos do Imperador não por ideais, mas por dinheiro. E, quando as coisas pareciam pender contra ele, fora ele que decidira deixar tudo para trás e buscar vida nova em outras terras.

Nunca poderia imaginar que suas ações poderiam afetar tantos de uma única vez.

– Você retornará a Porto Qadis comigo como prisioneiro. Isso atrairá a atenção do movimento rebelde. Eles o contratarão para uma missão especial. Aceite-a e faça exatamente como comandado.

Kasim franziu a testa. Um sorriso inconsciente surgiu em seus lábios.

– Para salvar o Imperador eu preciso ajudar seus inimigos?

Shu concordou com a cabeça.

– Até certo ponto. Você saberá quando seu trabalho estiver concluído.

Shu levantou-se, batendo nas vestes para tirar a poeira e fuligem que a cobriam. O fogo da fogueira se extinguiu de imediato; o primogênito nem movera um músculo para fazê-lo. Ele começou a caminhar para fora da caverna. Kasim tornou-se subitamente consciente do fato de que seus companheiros já deveriam ter chegado até lá. Seguiu Shu alguns metros atrás dele.

– Você espera que eu ajude a salvar o homem que trouxe tanto sofrimento para Myambe?

O primogênito do Imperador não olhou para trás.

– Se o Imperador morrer, todo seu império morrerá. E, então, serão muitos mais aqueles que sofrerão. Sua salvação é a salvação de milhares de pessoas que vivem em suas terras.

Passaram pelo corpo do último homem que Kasim matara. Podia ver a luz trêmula do fogo da primeira caverna.

– E, além do mais – disse Shu, virando-se com um sorriso no rosto –, se você não o fizer por livre e espontânea vontade, sabemos como forçá-lo.

Kasim voltou à caverna onde emboscaram os soldados para descobrir seus três companheiros sentados no chão. Os corpos dos guarda-costas estavam onde haviam sido deixados, mas o olhar dos mercenários não era de vitória. Provavelmente pelo fato de que três homens cobertos dos pés à cabeça com vestes negras os mantinham reféns. Todos usavam máscaras feitas de contas vermelhas e pretas idênticas. Todos primogênito do Imperador.

– A vida do Imperador e seus súditos e uma recompensa em ouro, ou a morte nas nossas mãos. Sua escolha.

Rais Kasim olhou seus companheiros nos olhos e suspirou. Escolhas. Ele riu sem humor. Quem disse que a vida era feita de escolhas?

Capítulo 43

A mão do líder rebelde esmagava o pulso de Adisa, que tropeçava pela escuridão. A luz da lamparina, balançando violentamente em sua posse, servia apenas para lançar sombras medonhas onde raízes curvadas invadiam o corredor largo pelo qual seguiam. Mukhtar Marid não se detinha pela falta de luz ou o medo do desconhecido. Continuava, arrastando atrás dele o sacerdote aterrorizado.

Adisa tropeçou e quase deixou cair sua única fonte de luz. Se o fizesse, ficariam presos em um labirinto perigoso em completa escuridão. Segurou a alça de metal tão firme quanto Mukhtar segurava seu braço. Sentia doer a palma das mãos onde suas unhas fincavam na carne.

Mukhtar parou de súbito. Tão súbito que Adisa caiu, bufando. A lamparina escapou de sua mão e rolou pelo chão. Houve um estalo, mas o óleo não escapou. No entanto, enquanto a lamparina rolava pelo chão de pedra, sua chama iluminava o ponto onde o corredor terminava em um portal de pedra. As palavras escritas em cada bloco eram desconhecidas para qualquer ser vivo naquela era a não ser para Adisa. E o que elas diziam não fazia nada para deixá-lo mais tranquilo sobre o que pretendiam fazer.

Traidora do Trono Esmeralda, Escrava do Imperador.

Havia mais. Símbolos de proteção. Mas não para impedir alguém de entrar, mas sim de sair da câmara.

Mukhtar agarrou o pescoço de Adisa e ergueu sua cabeça.

– Leia a maldita parede, sacerdote, ou eu te garanto que seu corpo jamais voltará às terras do Império!

Adisa engoliu em seco.

– Nós não devíamos entrar aí.

Não esperava compreensão do herege, mas ainda assim esperava um mínimo de confiança em seus dons. Se o arrastaram por dias da capital até aquela selva, Adisa tendia a acreditar que ao menos acreditariam no que ele tinha a dizer.

Mukhtar não parecia ligar para isso. Ergueu o sacerdote até que ele se levantasse. Espada em riste, forçou Adisa a atravessar o portal de pedra e seguiu logo depois.

Quando Adisa caiu novamente, seus joelhos afundaram em areias brancas. A umidade da selva foi substituída pelo calor seco de um deserto de sal. Os olhos e a garganta arderam com o ar quente que o atacou de imediato. Começou a tossir incontrolavelmente.

– Fale – disse Mukhtar.

Adisa não compreendeu o que o herege queria dizer. Virou-se para perguntar, quando percebeu uma criatura de pé diante dele. Era como a bruxa chamada Inessa, só que pior. Nua, ela tinha os pulsos e tornozelos acorrentados. A criatura o olhava com um sorriso delicado no rosto.

– Sou Adisa, sacerdote da Ordem de Bronze do Império de Diamante.

O sorriso no rosto da criatura cresceu ligeiramente. Quando ela abriu a boca, o som que saiu dele pareceu com o do vento em folhas secas, mas Adisa conseguia compreender perfeitamente o que dizia. O que apenas tornava tudo muito pior.

– *Sabia que reconhecia sua essência. Há algo de mim em você. Em todos vocês, 'filhos' do Imperador.*

Ela riu, debochada, balançando a cabeça. Deu alguns passos para o lado, como se pensando sobre o que significava aquilo. Parou, de súbito, novamente diante de Adisa. Inclinou o corpo para frente, para ter seu rosto frágil bem próximo do de Adisa.

– *Liberte-me, verme. Ou tornarei sua vida um inferno.*

Adisa engoliu em seco. O tom da voz da criatura deixava claro que a ameaça podia ser cumprida. Olhou para Mukhtar, que nada compreendia. O herege empurrou-o com a mão, como se esperando que Adisa fizesse algo. Com um suspiro, o sacerdote voltou sua atenção para a criatura.

– Onde nós estamos?

A criatura inclinou a cabeça para o lado. Uma sobrancelha fina se levantou. Era como uma pessoa curiosa com um truque inesperado de um animalzinho.

– *Dentro do seu 'Imperador'* – ela respondeu, o pequeno sorriso ainda no rosto.

A aridez do lugar se tornou mais perceptível ao sacerdote. Lágrimas escorreram, mas ele não sabia dizer se era apenas a ardência nos olhos. Atrás da criatura estava uma única árvore, gigantesca e forte. Muito alto, na copa daquela árvore impossível, podia ver folhas perfeitamente verdes como esmeraldas. Edinkira. Era o único sinal de vida naquele deserto.

A criatura esticou as mãos para Adisa, as correntes chacoalhando.

– *Liberte-me!*

O som de passos na areia atraiu a atenção do trio. O primogênito do Imperador havia surgido do nada. Ele olhava desconfortável para o ambiente. A criatura sibilou, furiosa.

– *Você!?* – ela gritou, apontando para o primogênito. – *Como ousa invadir meus domínios?*

Adisa podia ver algo logo atrás e acima do guerreiro de Diamante, como um vulto, uma sombra que parecia desprender-se das vestes do primogênito. Era como se uma força invisível tentasse arrancar do corpo sua alma. A forma pareceu gritar de frustração silenciosamente. O primogênito sacudiu a cabeça, e o vulto retornou ao seu corpo. Então o primogênito sacou da bainha sua espada. Mukhtar ergueu sua própria arma.

– Descubra como acabar com isso – ele disse a Adisa. Então, seguiu na direção do seu oponente.

O primogênito ergueu uma mão na direção de Mukhtar, mas nada aconteceu. Ele pareceu surpreso, olhando a própria mão, incerto. Quando o herege chegou até ele, gritando e golpeando com a espada, o primogênito teve pouco tempo para saltar para trás e levantar sua própria arma para aparar o golpe.

– *Pensa que trazer meus inimigos aqui me derrotará?* – sussurrou a criatura em sua língua inumana. – *Não importa. Aqui eu tenho o controle, e matarei cada um de vocês.*

Adisa voltou-se para a criatura, assustada com o significado daquilo. O monstro sorriu largamente.

– *Vocês pertencem a mim.*

O que de fato da história ensinada do Imperador de Diamante era real? Era ele um deus ou apenas o carrasco de uma entidade verdadeiramente divina? Lembrou-se do que dissera o adivinho sobre a responsabilidade dos escribas em editar a história pelo bem do Império.

Compreendia, então, as várias peças do quebra-cabeça. O Imperador havia aprisionado aquela criatura na noite em que atacou aquela primeira cidade e perdeu todos os seus homens. Não compreendia quando ou como. Com a essência imortal da criatura dentro dele, ele também se tornou imortal.

Significava, portanto, que libertar a criatura significava a morte do deus-vivo e o fim do Império de Diamante.

Olhou por sobre o ombro para o primogênito e Mukhtar. Os dois duelavam ferozmente. O primogênito não usava seus poderes, impedido pelo controle da criatura que observava, divertindo-se com o confronto mortal.

Adisa via poucas alternativas.

A criatura gritou.

– *Liberte-me!*

A aparência delicada da criatura mudou. A pele escureceu e tornou-se enrugada como a casca de uma árvore. Os olhos verdes ganharam um tom vermelho escuro. Os cabelos pareceram tornar-se finos e quebrados como galhos secos de uma árvore. As mãos antes delicadas da criatura alongaram-se em garras retorcidas como as raízes que destruíam as ruínas. Ela tentou agarrá-lo, mas Adisa jogou-se para trás na areia. Sentiu bater em algo atrás dele.

Mukhtar estava de pé, espada na mão, um fio de sangue escorrendo da lâmina, mas também de vários cortes em seu peito, rosto e braços. O herege olhava com olhos cerrados para a criatura, que recuara e voltara a ser a forma da mulher delicada. Um sorriso de inocência estava em seu rosto.

– Sacerdote!

Adisa olhou para trás. O primogênito do Imperador estava se levantando. Ele se deteve, segurando com uma mão um corte em seu abdome. Mesmo naquela distância, Adisa podia ver que o homem o fitava olhos nos olhos. Então ele fez um sinal discreto com a cabeça, e Adisa sabia exatamente o que devia responder. O suspirou profundamente e, então, olhou Mukhtar.

– Mate-a.

A criatura arregalou os olhos em pânico.

– *O que você está fazendo!?*

Mukhtar Marid não questionou aquela ordem. Com três passos longos alcançou a criatura que tentava recuar na direção da árvore, as mãos presas erguendo-se diante do rosto. A espada do herege atravessou a pele branca logo abaixo das costelas, emergindo do outro lado e liberando um jato de sangue espesso como a seiva de uma árvore.

– *Você não pode me matar!* – ela sussurrou, furiosa.

– Mas pode enfraquecê-la – disse Adisa, com um sorriso no rosto.

Mukhtar recuou, tirando a espada do corpo da criatura. Ela caiu de joelhos no chão, tentando desesperadamente cobrir o ferimento de onde fluía sua seiva. Lágrimas do mesmo líquido escorriam pelo seu rosto magro.

O herege virou-se para Adisa e o primogênito. Parecia ter percebido que havia sido usado. Fúria contorceu o seu rosto.

Com a mesma fúria em que atacou a criatura imortal, Mukhtar agarrou Adisa pela gola da roupa e o ergueu. A espada ainda embebida na seiva da entidade desceu sobre o corpo do sacerdote, que fechou os olhos, um sorriso de satisfação no rosto.

O golpe, no entanto, nunca chegou.

Quando Adisa voltou a abrir os olhos, viu uma mão negra segurando o punho de Mukhtar Marid. O herege olhava abismado para o jovem que o segurava. Não devia ser muito mais velho que Adisa e usada pouco mais que um manto e uma tanga de couro. Na outra mão ele portava um longo bastão de madeira encimado por um adorno de prata no formato de um diamante.

Adisa começou a chorar ao reconhecer o rosto do deus-vivo.

– Ambos cumpriram seu propósito – disse o Imperador de Diamante, um largo sorriso no rosto. – É hora de voltar para casa.

Mukhtar soltou Adisa, que deu dois passos para trás. O sacerdote caiu de joelhos, maravilhado. Começou a rir alto. Atrás do Imperador, a criatura imortal estava caída chorando, submissa aos pés do deus-vivo.

– Não! – gritou Mukhtar, furioso. Puxou seu braço com a espada, tentando libertar-se da mão do Imperador, mas sequer o fez tremer. – O Oráculo me prometeu uma vitória! Isso não devia acabar assim!

Em torno deles, o deserto começou a se abrir. Grama, flores e árvores rompiam do solo. Nuvens começavam a se formar no céu. O calor seco lentamente era substituído por uma brisa fresca.

– Uma vitória, mas não aquela que você esperava – disse o Imperador. – Myambe será restaurada. Graças a você.

– Não!

O Imperador soltou a mão de Mukhtar, que puxou a espada para trás. Olhou à sua volta e para seus pés. O deserto havia sido substituído por uma floresta extensa. O som da chuva se aproximando podia ser ouvido, assim como o de pássaros e insetos. Um rio havia surgido perto dali.

Mukhtar deixou cair a espada e caiu de joelhos no chão e, para a surpresa de Adisa, começou a chorar.

Capítulo 44

Chamas erguiam-se sobre o campo de batalha junto ao som dos gritos dos feridos e dos moribundos. Mas era o som dos cantos de vitória que venciam na planície de Abechét naquele final de tarde.

Após horas de batalha, os corpos de centenas de homens e mulheres estavam espalhados ao sul do forte improvisado. O próprio acampamento e as fortificações foram atingidos, mas não o suficiente para quebrar a espinha dorsal do exército de Abechét.

O exército imperial recuava ferido. Especialmente após ser flanqueado de surpresa por tropas de Zaim Gontal, surgindo no último instante para dar suporte a Abechét. Logo as notícias de que o Zaim da província de Manjija havia se aliado a Abechét chegaram às tropas e haviam fortalecido seu desejo de lutar pela liberdade. Estariam ainda mais esperançosos quando ouvissem que Maar havia também se unido às províncias independentes e que marchava neste instante contra Zaim Ullan em Wakalla.

As zebras da guarda de elite retornaram às fortificações e os soldados gritaram o nome de seu líder. Do alto de sua montaria, Zaim Adoud ergueu seu machado em meia-lua, saudando seus soldados. Seu elmo e armadura revelavam-se amassados, mas nada que parecesse ser sério.

Abriram caminho para que o general passasse flanqueado por seus mais fiéis protetores.

Seguiram diretamente até a tenda de comando, onde o Zaim desmontou e caminhou a passos largos para o interior da tenda.

Parou diante da mesa de planejamento, onde retirou o elmo. Um golpe na lateral havia amassado parte da proteção e talvez lhe custado alguns dentes, tornando difícil remover o aparato. Um de seus guarda-costas se aproximou, ajudando-o a remover a proteção. O homem examinou o rosto, então sorriu.

– Só um inchaço. Logo passará.

Zaim Adoud concordou com a cabeça e suspirou. Passou uma

mão enluvada sobre a testa, tentando limpar o suor que fazia colar no rosto seu cabelo. A aspereza das luvas de couro o irritavam, então ele as removeu e as jogou no chão.

Elas caíram no tapete ainda manchado de sangue.

– Você fez um ótimo trabalho.

Zaim virou-se para o homem que o cumprimentava com tapas no ombro. Estavam com eles apenas os dois guardas mais fiéis ao Zaim. Os mesmos que entraram na tenda para acudi-lo quando o assassino atacou. Os mesmos que haviam trazido o balawoo para a tenda. Cumprimentando seu líder, saíram da tenda e o deixaram a sós.

Cansado, Zaim Adoud caminhou até as almofadas e deixou-se cair sobre elas, lembrando o pânico após o ataque do assassino. Ele havia matado o desgraçado, mas não a tempo.

O balawoo chegou rápido o suficiente para fazer o que podia.

Um calafrio percorreu a pele sob a armadura ao lembrar-se do necromante entoando seus cânticos para os mortos e da sensação de que almas flutuavam na tenda. Havia sentido como se alguém passasse dedos etéreos em seu rosto, que sussurrasse em seu ouvido.

O espírito do póstumo Zaim Adoud possuiu o corpo do balawoo que, de olhos revirados e corpo envergado, falou na voz do morto o que tinha a dizer antes de partir.

– A morte de um general antes de uma batalha pode ser o fim para a mais corajosa das tropas, – ele repetiu suas últimas palavras, e continuou. – Eles não podem saber que morri.

E não souberam.

O jovem assistente sabia o que precisava fazer e, imediatamente, vestiu a armadura e elmo do seu antigo mestre.

– Meu filho ainda é uma criança – disse o espírito do Zaim através do corpo do necromante. – Incapaz de manter Abechét em seu momento mais importante.

Sem palavra alguma, o assistente aceitou a última ordem do quarto Zaim Adoud. Tornou-se, naquele dia, o quinto Zaim Adoud, abandonando para trás seu nome.

Lembrando-se daquele momento, o novo Zaim Adoud sorriu. O que era um nome, afinal? Duvidava que seu mestre soubesse seu verdadeiro nome. Tinha sido 'o assistente' por tantos anos. Assim como o próprio senhor de Abechét e tantos outros senhores das províncias de Myambe abandonavam seus nomes em troca de um título.

Cada um deles, assim como os primogênitos, cujos nomes eram apagados da história, e os sacerdotes, que eram dados um novo nome. O balawoo, os oráculos de Melkat. Até mesmo o Imperador de Diamante. De que valiam os nomes?

E seus inesperados aliados. Rais e Marid. Títulos para dizer quem somos. Títulos para esconder verdades. Quando nos tornamos tão paranoicos que começamos a temer nossos próprios nomes?

O novo Zaim Adoud soltou as presilhas do peitoral de sua armadura, deixando-a cair pesadamente sobre as almofadas. Alcançou com uma mão uma taça de vinho deixada para trás por um servo. Olhou o líquido, então o derramou sobre o chão. Não custava ser cauteloso. Precisaria ser se pretendia seguir as ordens do seu mestre e ser Zaim Adoud até a maioridade do herdeiro.

Ergueu-se das almofadas e olhou a sua volta. Um sorriso formou-se em seu rosto.

Precisaria de um assistente. Seu mestre dissera que seu filho era jovem demais para governar Abechét.

Bem, ele precisava começar de alguma forma. E, nada melhor do que o novo Zaim Aboud para ser o tutor do futuro governador.

Capítulo 45

A multidão ergueu-se em júbilo quando o Imperador de Diamante surgiu no balcão do palácio, jogando pequenas pedras preciosas para todos. A alegria não era apenas pelas joias, mas também pela nova temporada de chuvas que chegava. As terras além de Jimfara lentamente voltavam a ser verdes e a esperança retornava aos rostos dos aldeões que por vinte anos conheceram apenas a seca.

Rais Kasim suspirou e virou-se para longe do espetáculo, surpreendendo-se ao ver, diante dele, um homem alto de vestes negras, uma máscara feita de contas vermelhas e pretas cobrindo o rosto, apenas a parte de cima da cabeça descoberta, para revelar uma pele negra e cabelos brancos raspados na forma de um diamante. Um calafrio percorreu a espinha. Outro maldito fantasma?

– Estava me perguntando se você viria para saber o resultado do seu feito.

– Shu – disse Kasim com um novo suspiro. Sentiu os ombros caírem. A ideia de sacar sua espada nem chegou a cruzar sua mente.

O primogênito do Imperador sorriu por trás das contas e ergueu uma mão aberta para acalmar o mercenário.

– Acalme-se. Não estou aqui para fazer-lhe mal.

Kasim balançou a cabeça e começou a andar pela rua e para longe dos gritos da multidão que agora cantavam honras ao seu deus-vivo e ao retorno das chuvas. Apesar de estarem em uma das ruas principais daquele quarteirão da capital, onde muitas lojas e alguns dos principais jardins ficavam, não havia praticamente ninguém por perto. O comércio estava fechado. O dia era voltado a um festival onde tudo seria oferecido gratuitamente pelo Imperador. Pela manhã, quando a Estrela da Manhã surgisse no céu, Mukhtar Marid seria executado, encerrando o evento.

Shu fez um som de riso e começou a seguir Kasim. Em poucos passos e sem esforço, estava ao lado do mercenário.

– Achei que estaria satisfeito pelo fim dessa parte de sua vida.

– Por que estaria? – respondeu Kasim, ríspido. – Não gosto de ser usado.

– Cada um de nós tem um papel no mundo. O destino traçou nossos caminhos.

– A ideia de não ter escolha não me agrada nem um pouco.

Continuaram a andar por vários passos antes do primogênito voltar a falar.

– Você preferiria o caos? Livre arbítrio é apenas uma ilusão criada para que o ser humano não enlouqueça. Somos o que o destino define de nós.

– Escravos, você quer dizer.

Shu sorriu novamente.

– Sentirei falta de nossas conversas. Foram poucas, mas todas de qualidade.

Kasim deteve seus passos. Parou, encarando o guerreiro de Diamante.

– Vocês vão me matar, não vão?

O outro riu alto. A risada assustou Kasim. Não era macabra ou fria. Era bastante... humana.

– Nenhum mal vindo de servos do Império cairá sobre você.

– Quem diz isso?

– O Imperador.

Kasim ergueu uma sobrancelha.

– Imaginei que ele quisesse vingança.

– Muito pelo contrário. Ele está agradecido pelo que você fez.

Foi a vez de Kasim sorrir, nada convencido.

– Tentar matá-lo?

– Lembrar que até um jovem assustado é capaz de derrubar um Império se seu deus acreditar-se invencível.

Shu cumprimentou Kasim com tapas leves no braço. Então se virou, segurando levemente o braço do mercenário para fazê-lo voltar a caminhar. Kasim não resistiu.

– O Imperador ignorou os avisos. Disse que homem algum poderia derrubar um Império de Diamante.

O primogênito virou-se para olhar nos olhos do mercenário. Mesmo por trás do véu de contas, Kasim podia ver naqueles olhos antigos o sofrimento de quem quase perdeu tudo.

– Ele estava errado. E todos nós pagamos o preço por isso.

Kasim tinha certeza agora de que o primogênito, talvez todos eles, amavam o Imperador tanto quanto o Império que serviam.

Lembrou-se daquele que mataram na selva e a aceitação em seus olhos. *Somos todos peças em um jogo muito maior*, ele disse antes de morrer. Kasim ficara furioso em ouvir aquilo. Furioso porque sabia que era verdade.

– O Imperador teve tempo o suficiente para refletir sobre o que é. E acredita que você o fez torná-lo um homem melhor.

– Ah, é? E o quê, agora? Vai me transformar num Zaim?

Shu inclinou a cabeça ligeiramente para o lado.

– Ele quer que você aceite um posto ao seu lado, como oficial do exército imperial.

Kasim ri sem humor, balançando a cabeça.

– Myambe não é mais para mim. Talvez nunca tenha sido.

O primogênito sorriu e concordou.

– Ele disse que essa seria sua resposta. Ele o admira.

– Então ele sabe muito bem o que eu farei a seguir.

Shu apenas manteve o sorriso.

Rais Kasim caminhou sozinho na direção dos portões de Jimfara, onde seus três companheiros o aguardavam. A descoberta de que o Imperador era um Eterno habitado por um Azanzi era revelador e, ao mesmo tempo, aterrorizante. Nenhum dos quatro pretendia permanecer mais tempo dentro do Império. Muito menos agora que o Imperador havia retornado e provavelmente iria querer demonstrar sua renovada força com mais algumas conquistas.

Retornar à Costa Livre pelo Vale não parecia uma boa ideia. Rami havia escapado e certamente alertaria o Dabir da traição dos mercenários. Por tudo que sabia, podia está-los seguindo, desejoso de vingança.

Mas havia muito trabalho em Myambe para um grupo de mercenários experientes. Pelo menos três das províncias do norte haviam declarado independência do Império e estavam contratando. Talvez Zaim Adoud tivesse emprego para eles. Havia, ainda, rumores de conflitos nas terras a oeste, onde lendas de feiticeiros poderosos e tesouros fabulosos sempre atraíram a atenção de Kasim.

Com um sorriso no rosto, Rais Kasim montou seu cavalo e voltou à estrada.

Havia muitas escolhas e seria sua a opção de que caminho seguir.

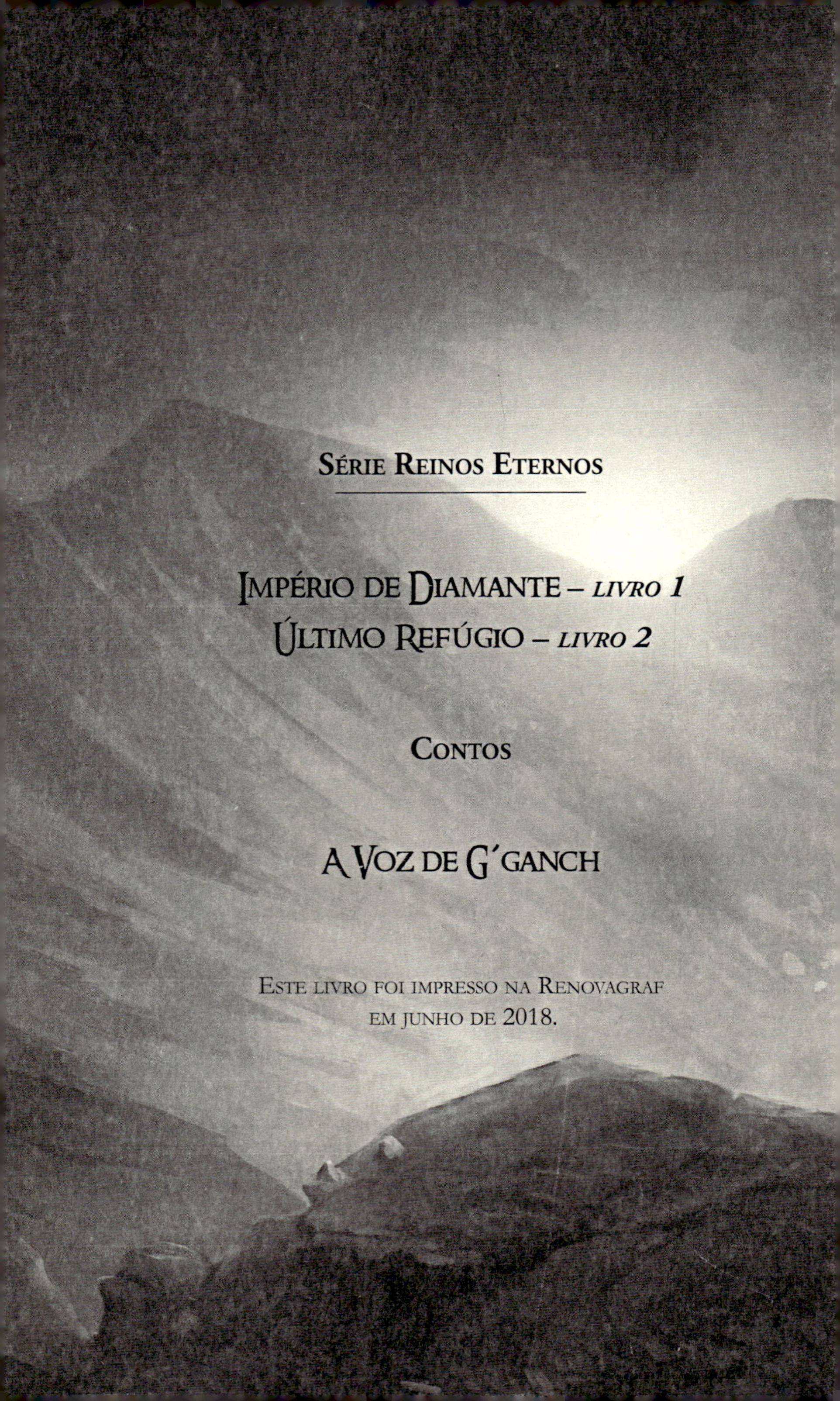

Série Reinos Eternos

Império de Diamante – *livro 1*

Último Refúgio – *livro 2*

Contos

A Voz de G´ganch

Este livro foi impresso na Renovagraf
em junho de 2018.